SCHERZ

AF214689

ROYSTON REEVES

ICH WAR'S NICHT

THRILLER

Aus dem Englischen
von Maria Poets

SCHERZ

Erschienen bei SCHERZ

Die Originalausgabe erschien 2023 unter dem Titel
»The Weatherman« bei Bedford Square Publishers, London
© Royston Reeves 2023
Für die deutschsprachige Ausgabe:
© 2025 S. Fischer Verlag GmbH,
Hedderichstr. 114, 60596 Frankfurt am Main
Die Nutzung unserer Werke für Text- und Data-Mining
im Sinne von § 44b UrhG behalten wir uns explizit vor.
Satz: Dörlemann Satz, Lemförde
Druck und Bindung: GGP Media GmbH, Pößneck
ISBN 978-3-651-00115-2

Kontaktadresse nach EU-Produktsicherheitsverordnung:
produktsicherheit@fischerverlage.de

1 Ich möchte euch von der schlimmsten Sache erzählen, die mir jemals passiert ist.

Aber damit ihr es richtig einordnen könnt, müsst ihr zuerst ein paar Dinge über mich wissen: Ich bin kein schlechter Kerl. Ich versuche immer, zu allen nett zu sein; ich habe meine Freundin noch nie betrogen, und ich spende regelmäßig was für gute Zwecke. Ich mag Kinder, und ich bin kein Rassist oder irgend so ein Mist. Ich bin ein ganz normaler Mensch.

Na ja, ich habe eine Depression. Aber man merkt es nicht, ich kann es ganz gut verbergen. Meistens würdet ihr davon nichts mitbekommen. Ich habe vielleicht drei oder vier schlechte Tage im Monat, und damit kann ich umgehen. Ich bin achtundzwanzig und lebe etwas außerhalb von London.

Es war im Oktober letzten Jahres, und ich hatte einen echt miesen Tag bei der Arbeit. Ich arbeite in der Werbebranche, was angeblich total cool und superkreativ ist, obwohl man meistens bloß in langweiligen Meetings sitzt, sich Gründe ausdenkt, warum die unrealistischen Deadlines nicht zu schaffen sind, und sich mit Pedanten über irgendwelche belanglose Details streitet.

Aber von den Leuten her ist es okay. Mittags gehen meistens ein paar von uns auf ein Glas ins *Three Kings* gegenüber von Clerkenwell Green. Da gehe ich oft mit, wenn ich kann. Und mittwochs oder donnerstags treffen sich oft ein paar von uns noch nach der Arbeit irgendwo auf ein paar Drinks. Normalerweise gehe ich da auch mit. »Aber nur auf ein Bier«, sage ich und lande dann doch bei ein paar mehr; es fühlt sich irgendwie befreiend an, mitten in der Woche was zu trinken und Unsinn zu reden. Da kommt einem die Arbeit nicht mehr ganz so übermächtig vor.

Es war Oktober. Wahrscheinlich der Monat, den ich am wenigsten mag – Oktober oder Januar. Der Oktober macht einem klar, dass das schöne Wetter und die langen Tage vorbei sind, aber bis Weihnachten dauerte es noch zu lange, um ein Gefühl von Behaglichkeit, Freude, Festlichkeit oder was auch immer aufkommen zu lassen. Also schlurfen alle nur mit langen Gesichtern durch die Gegend. Ich wette, teilweise liegt es auch daran, dass durch irgendwelche äußeren Reize unser Gehirn getriggert wird und die ganzen Erinnerungen an die bescheuerte Schule wieder hochkommen. Früher mussten wir nach den großen Ferien im September wieder in die Schule, und der Oktober war der Monat, in dem einem dämmerte: *Es ist so trübselig, und das muss ich jetzt den ganzen Winter über ertragen!*

Wie immer zu dieser Jahreszeit fühlte ich mich also niedergeschlagen. Ich nehme zwar ein leichtes Antidepressivum, doch es hilft nicht viel; es ist nicht verkehrt, aber eben auch kein Zaubermittel. Am Mittwochabend ging ich mit vier Arbeitskollegen ins *Three Kings*. Ein paar Jungs vom Social-Media-Team und der Leiter vom Kundendienst waren dabei. Er war immer für ein Bier zu haben und war eigentlich jedes Mal dabei.

Das *Three Kings* ist ein altmodischer Pub und wird von einem etwas passiv-aggressiven Waliser namens Pat geführt. Er ist ganz in Ordnung, aber ein bisschen arrogant. Einmal ist er einem meiner Kollegen aufs Dach gestiegen, weil der die Lautsprecher verschoben hat, um sein Telefon an einer der Steckdosen aufzuladen. Dann ist da noch Rochelle, die hinterm

Tresen arbeitet, sie ist fröhlich und nett, man kann gut eine halbe Stunde mit ihr verquatschen, ohne es zu merken.

Wir saßen direkt neben dem Eingang an diesem kleinen Tisch, weil der als einziger noch frei gewesen war, tranken alle Bier und waren ziemlich aufgekratzt. Wir lästerten über die unterbelichteten Kunden und gingen alles noch mal durch, was am Tag so passiert war, damit wir uns sagen konnten, wir hätten mal wieder alles richtig gemacht. Ich hatte eine Sportwette laufen, so dass ich immer mal wieder auf mein Handy schaute, um den Punktestand zu checken.

Gegen halb zehn beschloss ich, nach Hause zu gehen. Die Seife auf der Herrentoilette war mal wieder ausgegangen, so dass man sich die Hände nur mit Wasser waschen konnte. Danach fühle ich mich immer ein bisschen schmutzig und werde irgendwann unleidlich. Außerdem gehe ich nicht so gern nach elf Uhr schlafen, wenn ich am nächsten Tag arbeiten muss, und die Fahrt nach Hause dauert eine Stunde.

Mein Kumpel Clem brach zur gleichen Zeit auf wie ich, aber er ging in die entgegengesetzte Richtung nach Hause, und ich war allein. Mir war nicht danach, Musik zu hören, also setzte ich meine Kopfhörer auf und wählte einen True-Crime-Podcast aus, über einen Jugendlichen, der in Vermont verschwunden war. Ein paar amerikanische Bundesstaaten vergesse ich immer wieder, die gehen irgendwie unter, weil man nie darüber redet.

Ich kannte eine Abkürzung zum U-Bahnhof, durch die der Fußweg ein paar Minuten kürzer wurde. Es gibt da diese kleine Gasse beim Café, die an einer Baustelle vorbeiführt, dann muss man nicht den ganzen Weg außen um den Bahnhof herum nehmen, um zum Eingang zu gelangen. Ich lief also los, hörte den Podcast und chattete über WhatsApp mit meinem Arbeitskollegen Jack. Er hatte bei der gleichen Wette verloren wie ich.

Es passierte oft, dass wir unabhängig voneinander die gleiche Wette abschlossen, vermutlich folgten wir denselben Tippgebern in den sozialen Medien und suchten auch nach denselben Teams.

Ich bog in die kleine Gasse neben diesem Café namens *Limon* ein und lief an der Baustelle vorbei. Es war ungewöhnlich kühl, und ich trug einen Pullover, eine dünne Regenjacke und Handschuhe, doch ich sah auch ein paar Leute mit richtigen Mänteln, Schals und Mützen, als sei es tiefster Winter, was ich ziemlich übertrieben fand. Okay, ich hatte selbst Handschuhe an, aber manchmal trage ich sogar Handschuhe zum T-Shirt. Meine Hände sind irgendwie immer viel kälter als der Rest meines Körpers, also trage ich normalerweise schon Handschuhe, bevor ich mir einen Pullover überziehe. Ich glaube, wenn die gesellschaftlichen Konventionen nicht wären, würden das viel mehr Leute machen.

In der schmalen Gasse war niemand unterwegs, es war ziemlich still. Vielleicht hätte ich nicht dort durchgehen dürfen, aber eine Menge Leute nahmen nach der Arbeit gegen fünf oder sechs diesen Weg zum Bahnhof. Dem Besitzer des *Limon* schien es egal zu sein. Manchmal sehe ich ihn, wie er stirnrunzelnd und mit verschränkten Armen die Leute beobachtet, die an seinem Café vorbeigehen. Aber ich habe ihn auch schon in genau derselben Pose Fußball schauen sehen, also steht er vielleicht einfach gern so da und beobachtet etwas.

Überall standen Paletten mit Ziegelsteinen, Sandsäcke und Kaffeebecher herum, die die Bauarbeiter zurückgelassen hatten. Ich weiß nicht, was sie dort bauten, aber über den Boden verliefen jede Menge von diesen klobigen gelben Röhren, wahrscheinlich Abwasserrohre für ein Gebäude oder so etwas, dachte ich. In diesem Moment verstummten meine Kopfhörer. Der blöde Akku war leer. Das ist das Problem bei diesem kabellosen Kram. Ich nahm sie ab und stopfte sie in die Tasche. Ich hasse Zugfahren ohne Kopfhörer – das führt nur dazu, dass ich meinen eigenen Gedanken zuhöre, obwohl ich den Tag lieber vergessen würde, statt ihn zu analysieren. Als ich es endlich geschafft hatte, meine ziemlich großen Kopfhörer in die Tasche zu quetschen, schaute ich auf und sah eine Gestalt, die sich durch die Dunkelheit langsam auf mich zubewegte. Es war ein Mann, und mir fiel auf, dass er nicht in gerader Linie ging. Wahrscheinlich war er betrunken.

Eine Menge betrunkener Banker nehmen diese Abkürzung zur Old Street Station, wo sie in ihre Züge steigen, die sie raus in den Speckgürtel nach Hertfordshire oder Essex oder weiß der Teufel wohin bringen. Diese Banker können ganz schön arrogant sein, wenn sie in unserem Pub auftauchen. Auf mich blicken sie runter, weil ich mich für die Arbeit nicht schick anziehe. Aber das muss ich auch nicht, und das ist auch gut so. Wenn du keinen Anzug zu tragen brauchst, gehörst du meiner Meinung nach zu den Gewinnern. Doch diese Businesstypen aus der City sehen darin ein Zeichen der Schwäche, als wärst du weniger wichtig.

Als der Typ vielleicht zehn Meter von mir entfernt war, bemerkte er mich. Er blieb stehen. Dann lachte er laut und sagte etwas – was ich hören sollte, glaube ich. Aber was immer er auch sagte, ich konnte es nicht verstehen. Er spuckte auf den Boden.

Warum machen die Leute so was?

Dann tat er etwas, was ich nicht kapierte: Er steuerte auf dem schmalen Weg direkt auf mich zu. An seiner Silhouette konnte ich erkennen, dass er mich ansah. Ich hatte keine Lust auf irgendwelchen Stress, also wich ich ihm ein wenig aus, damit genug Platz für uns beide war und wir ungehindert aneinander vorbeilaufen konnten. Als er näher kam, konnte ich ihn unter einer der wenigen Laternen ein bisschen besser erkennen. Er arbeitete eindeutig irgendwas in der City, aber er sah beschissen aus.

2

Ich muss kurz etwas über mich und Prügeleien sagen. Ich gebe mir darin selbst 5,5 von 10 Punkten. Nicht vollkommen nutzlos, irgendwo zwischen Überlebenslevel und »gewinnt ab und zu«. Bis ich sechzehn war, habe ich, glaube ich, jede Rangelei verloren, in die ich verwickelt war. Mein Dad behauptet, er habe in seinem Leben noch nie zugeschlagen; zu wissen, wie man sich verteidigt, findet er brutal und vulgär. Meine Mum hat mir immer den Rücken gestärkt; sie konnte nicht selbst kämpfen, aber sie ist eine Kämpfernatur und wünschte sich wahrscheinlich insgeheim, ich wäre ein wenig zäher.

Jedenfalls wurde ich früher ziemlich oft von Jugendgangs in unserer Gegend provoziert, und es endete immer damit, dass ich verprügelt wurde. Es war nicht so, dass ich schwach gewesen wäre, aber das Adrenalin überwältigte und lähmte mich, bis meine Arme und Beine sich taub und nutzlos anfühlten, als befände ich mich in einem Traum. Ich bin niemals vor irgendwas davongelaufen. Ich stand einfach da und verlor.

Hauptsächlich deswegen, weil ich nie sauer genug war. Als Jugendlicher war ich so gechillt, dass ich nie wütend genug war, um irgendjemandem weh tun zu wollen. Ich hatte einfach keinen Bock. Aber dann, mit sechzehn, siebzehn, änderte sich das, und ich wurde wütend, wenn ich provoziert wurde. Ich weiß nicht, warum das plötzlich so war, wahrscheinlich hatte ich einfach genug von diesen ständigen Dreistigkeiten der anderen.

Das Gesamtergebnis der Prügeleien, die ich in meinem Leben hatte, liegt jedenfalls bei ungefähr vier Siegen, zehn Niederlagen und ein paar Unentschieden. Ich kann also auf mich selbst aufpassen. Ich komme klar. Aber Medaillen würde ich keine gewinnen.

3

Der Anzug des Bankers war total zerknittert und saß nicht mehr ordentlich. Die obersten zwei oder drei Hemdknöpfe waren offen, und die Krawatte hing schief, als könnte sie sich für keine Richtung entscheiden. Er hatte kurzes, mausgraues Haar, das ein wenig zurückging, und obwohl er nicht wirklich dick war, konnte man einen kleinen Bierbauch sehen, der gegen sein Hemd drückte. Das Hemd war grauweiß mit diesen schmalen, hellblauen Streifen. Es sah aus, als würde er diese Sorte Hemd bereits seit Jahren tragen und schon lange nicht mehr mögen, aber er trug sie weiter, weil er das schon immer getan hatte. Es war die Sorte Hemd, bei der man denkt: *Dieser Typ lebt nicht mit jemandem zusammen, der ihn liebt.* Singlemänner sind ziemlich tolerant, was abgenutzte Klamotten angeht.

Als er näher kam, schaute ich nach unten. Nicht weil ich Angst hatte oder so, aber ich war einfach nicht in der Stimmung für irgendeine Art Interaktion oder betrunkenen Geplänkels mit diesem nuschelnden einsamen Wolf. Was konnte dabei schon herauskommen? Selbst sein Gang ließ meine Alarmglocken schrillen. Dieses unbeholfene, schiefe Torkeln.

Kurz bevor er an mir vorbeiging, konnte ich sein Gesicht sehen. Er hatte kleine, eingefallene Augen und eine spitze Nase, wie ein kleiner Schnabel. Dazu dieser höhnische Gesichtsausdruck, was ziemlich verächtlich und herablassend wirkte.

Dann machte er aus heiterem Himmel einen Schritt zur Seite, so dass er wieder auf mich zukam – direkt auf mich zu, so dass ich nicht an ihm vorbeikommen würde, ohne ihm Platz zu machen. Nur damit es kein Missverständnis gibt: Ich hatte mir die Mühe gemacht, ihm aus dem Weg zu gehen, um es für uns beide einfacher und angenehmer zu gestalten, und dann geht er absichtlich einen Schritt zur Seite, um es wieder peinlich werden zu lassen. *Das ist ganz schön respektlos.* Im Ernst, stellt euch das mal vor: Jemand weicht von seinem Weg ab, um dir Probleme zu machen. Und dabei kannte dieser Typ mich nicht einmal. *Warum nimmt er ausgerechnet mich aufs Korn?* Was habe ich an mir, dass jeder auf mir herumhacken will?

Wir würden unweigerlich zusammenprallen, doch ich versuchte nicht mehr, es zu verhindern. *Scheiß drauf, ich habe meinen Anteil geleistet.* Ich versteifte mich und wappnete mich für den Aufprall. Ich schaute stur geradeaus und versuchte, ruhig und lässig zu wirken. Ich schaute sogar auf meine Uhr, als würde ich dieses kleine Kräftemessen gar nicht bemerken und mich nur um meine Angelegenheiten kümmern.

Jetzt konnte ich sehen, dass der Typ etwa so groß war wie ich, einen Meter dreiundsiebzig, und wahrscheinlich ein bisschen schlanker und leichter. Mein Adrenalinpegel stieg, aber ich fühlte nichts, außer dass ich genervt war von diesem Kerl, der glaubte, er könne mich ohne jeden Grund schikanieren. Warum hat er mich ausgesucht? Strahlte ich für diesen Mann irgendwelche »Schwach-und-verletzlich«-Signale aus? Der Gedanke machte mich sauer.

Als unsere Wege sich kreuzten, rempelte er mich mit der Schulter an. Wir stießen kräftig zusammen und gingen beide weiter, keiner von uns gab dem anderen die Genugtuung, seinen Kurs zu ändern. Ich ging weiter, ohne zurückzuschauen. Ich hörte ihn anhalten; die Sohlen seiner Schuhe scharrten auf dem Boden, als er sich zu mir umdrehte. Ich ging einfach weiter.

Bis er seelenruhig sagte: »Du Pussy.«

Das Wort brachte mich sofort auf die Palme. Es war gar nicht so sehr das Wort »Pussy«, sondern vielmehr die Art, wie er es gesagt hatte. Mit so viel Verachtung in der Stimme, das »P« völlig überbetont, damit es möglichst hart und scharf klang. Im Weitergehen wandte ich mich zu ihm um und lachte. Mir fiel nichts anderes ein, außer so zu tun, als würde ich ihn jämmerlich finden. *Was für ein Idiot.*

Das Blut rauschte in meinen Ohren. Ich ging weiter, doch meine Vernunft wurde vom Ärger einfach weggespült. Mein Herz begann zu rasen. *Wieso glaubt er, er könne mich einfach so beleidigen? Ich habe den ganzen Tag gearbeitet, ich fühle mich nicht gut, und jetzt kann ich nicht einmal zur Bahn gehen, ohne dass jemand sich mir gegenüber Unverschämtheiten rausnimmt. Mich beschimpft und mich rumschubst.*

Schließlich drehte ich mich um und biss die Zähne richtig fest zusammen. Das Feixen verschwand aus seinem Gesicht. Er wollte mich wissen lassen, dass er sauer war, weil ich mich umgedreht hatte. Wie konnte ich es *wagen*, mich umzudrehen?, dachte er. Er dachte: *Du bist ein Niemand. Halt mal schön den Ball flach, Junge.*

Als ich mich ihm näherte, spürte ich, dass ich aus irgendeinem Grund nickte. Ein paar Schritte vor ihm blieb ich stehen. Seine Stirn war gerunzelt, und er hatte die Schultern hochgezogen. Ich wollte ihm sagen, dass er verdammt bescheuert aussah. Jetzt schob er den Unterkiefer ein Stückchen vor, und das schummrige Licht der Straßenlaterne hob die Stoppeln an seinem Kinn hervor und ließ sie feuerrot aussehen.

»Hast du etwas zu mir gesagt?«, fragte ich mit einem tiefen Raunen – so tief, wie ich konnte, und gerade laut genug, damit er es hörte. Mein Kehlkopf fühlte sich an, als hätte er sich zusammengezogen, und ich zitterte; ich habe kein Problem damit, das zuzugeben.

Er grinste und schüttelte den Kopf. »Nein.«

Ich starrte ihn eine Weile an und lächelte leicht. »Das denke ich auch.«

Das war's, abgehakt, dachte ich. Damit konnte ich leben. *Ich werde es einfach dabei belassen. Jetzt hatte ich wenigstens das letzte Wort.*

Doch dann packte mich der Zorn erneut. Dieses *fiese* Grinsen in seiner Fresse.

»Selber Pussy«, schrie ich und zielte mit der Faust auf seinen Kopf. Keine Ahnung, warum ich das gerufen habe. Ich wollte es ihm wohl einfach mit gleicher Münze heimzahlen. Ihm irgendwie zeigen, *das ist dafür, dass du mich beleidigt hast,* damit klar war, dass ich in dieser Sache immer noch der Gute war. Ich war der Anständige von uns beiden!

Ich erwischte ihn direkt oberhalb des Kieferknochens. *Bang.*

Ich hörte seine Zähne aufeinanderschlagen. Das hatte er nicht erwartet. Ich weiß nicht, ob es an der Trunkenheit lag oder an seiner Arroganz, aber er hatte den Schlag nicht kommen sehen. Er wirbelte mit den Armen herum wie ein Kreisel, wie eines dieser altmodischen Kinderspielzeuge. Als er sich einmal halb um sich selbst gedreht hatte, kippte er einfach nach vorn und krachte mit dem Kopf voran auf den Gehweg. Er wurde ganz still, dann kam dieses Geräusch. Ein leises Winseln, wie ein kleines Tier.

Ich war immer noch mit Adrenalin vollgepumpt, also baute ich mich breitbeinig über ihm auf. Ich war immer noch sauer und zitterte heftig. Ich fühlte mich stark.

»Na los, sag's noch mal!« Die Worte waren so schnell aus meinem Mund heraus, dass eine Menge Speichel mitkam und das Wort »Sag's« leicht gelispelt klang. Ich war so überdreht, dass ich nicht mal mehr richtig sprechen konnte. Es regnete. Ich hatte es bis jetzt nicht einmal bemerkt, aber es regnete schon seit ein paar Minuten. Große Regentropfen, die auf dem Pflaster wie Farbspritzer aussahen.

Er rührte sich nicht. Starrte nur mit entrüsteter Miene zu mir hoch. Immer noch ein bisschen feixend. Um zu zeigen, dass ihm das Ganze sonst wo vorbeiging. Ich murmelte etwas, an das ich mich nicht erinnere, bevor ich mich umdrehte und ihn kopfschüttelnd zurückließ. In welchen Blödsinn war ich hier bloß hineingezogen worden?

4 Ich kam zum Ende der Abkürzung und schaute zurück. Ich wollte das gar nicht, denn jetzt sah es so aus, als hätte ich Angst, er würde mir folgen. Ich hatte keine Angst. Ich wusste auch so, dass er mir nicht hinterherkam. Ich konnte zum Beispiel seine merkwürdigen, scharrenden Schritte nicht hören.

Er war immer noch da. Ich wusste, dass ich ihn nicht k. o. geschlagen hatte. Als ich neben ihm gestanden hatte, hatte er noch Geräusche von sich gegeben. Er war eindeutig besoffen. Vielleicht war er so betrunken, dass er ohnmächtig geworden war? Aber *so* besoffen war er auch wieder nicht. So, wie er sich bewegt hat, war er nicht sternhagelvoll. Er hatte mich viel zu konzentriert angesehen, *so hinüber war er nicht. Zum Teufel mit dem Kerl. Ich gehe nach Hause.*

Kurz darauf beschloss ich, doch zurückzugehen und nach ihm zu sehen. Ich war in Richtung Bahnhof gelaufen, und irgendwann war mir klargeworden, dass ich mich morgen beim Aufwachen wegen der Sache ziemlich mies fühlen würde. Sobald die Wirkung des Adrenalins etwas nachgelassen hatte,

hatte ich das Gefühl, nachsehen zu müssen, ob mit ihm wirklich alles in Ordnung war.

Ich bezweifelte, dass mein Schlag großen Schaden angerichtet hatte, aber er war mit dem Kopf aufgeschlagen, und vielleicht hatte er eine Gehirnerschütterung. Er war auf dieser leicht vorstehenden Betonkante gelandet, die den Gehweg vom Randstreifen trennte. Nicht ganz eine Bordsteinkante; eher so ein Konstruktionsding, eine Bürgersteigeinfassung oder so etwas. Ich hatte die ganze Zeit nicht darüber nachgedacht, doch plötzlich konnte ich an nichts anderes mehr denken.

Ich wusste nicht, warum, aber ich geriet ein wenig in Panik. Mein Mund wurde trocken, und meine Zunge kribbelte, als hätte ich Nadeln und Reißzwecken im Mund. Er war auf diese Kante geknallt, und es hatte ein echt komisches Geräusch gegeben. Ein ganz übles Geräusch, wie ein kurzes, stumpfes *Knack*. Wenn ich recht überlege, hatte ich so ein Geräusch noch nie zuvor gehört. Meine Schritte wurden schneller. Mein Adrenalinpegel stieg erneut, aber dieses Mal war es anders. Vorher hatte es mich hitzig gemacht, dieses Mal wurde mir ganz kalt. Als ich mich der Ecke näherte, an der die Gasse abzweigte, merkte ich, dass ich zu rennen begonnen hatte.

5   Er war immer noch da. Er hatte sich überhaupt nicht bewegt. Lag immer noch auf der Seite, die Arme vor sich, die Handflächen berührten sich fast, die Beine wie in einer Laufbewegung auf dem Boden. Ich lief zu ihm, wurde langsamer und näherte mich zögernd.

»Brauchst du einen Krankenwagen?« Die Worte platzten aus mir heraus, ehe mein Verstand der Frage richtig zugestimmt hatte.

Keine Reaktion.

Ich ging noch ein wenig näher. Nicht zu nahe, für den Fall, dass er nach mir schlagen würde. Etwa einen Meter entfernt blieb ich stehen.

»Nenn mich nie wieder ohne jeden Grund Pussy«, sagte ich langsam und ruhig. Ich sagte es, um die Wogen zu glätten, bevor er reagierte. Er sollte wissen, dass es unentschieden stand und er keine offene Rechnung zu begleichen hatte.

Ich ging um ihn herum, hielt dabei immer meinen Ein-Meter-Abstand ein und sah ihm ins Gesicht. Er starrte ausdruckslos in meine Richtung. Schaute direkt durch mich hindurch.

»Hey, Alter«, sagte ich. Meine Souveränität verpuffte.

Ich fühlte mich wie ein Kind, das darauf wartete, dass ein Erwachsener auftauchte, der sich der Sache annahm. Ich wusste nicht, was ich sonst noch sagen sollte. Ich schaute die Gasse hoch und runter. Absolute Stille, absolute Leere.

Vergiss den Meter. Ich ging zu ihm, kniete mich hin und streckte meine Finger in den Handschuhen nach seinem Gesicht aus. Mit der linken Hand stützte ich mich ab und legte den Zeige- und Mittelfinger der rechten vorsichtig auf seinen Wangenknochen. Er reagierte nicht.

Ich wedelte mit der Hand vor seinen Augen herum und flüsterte: »Hallo?«

Ich wusste nicht, wie man nach dem Puls tastete, also rollte ich ihn auf den Rücken, und dabei wurde ein Blutfleck sichtbar, den sein Kopf bisher verborgen hatte, direkt unter seiner Schläfe. Ich zuckte zurück und schnappte nach Luft. Ich konnte nicht erkennen, woher das Blut kam, aber es war ziemlich viel und verklebte die ganze Seite seines Gesichts. Die Stoppeln an seinem Kinn sahen jetzt pechschwarz aus, dort, wo sie vom Blut und dem Schatten verdunkelt wurden.

Mit rasendem Herzen zog ich mein Telefon aus der Tasche.

Ohne den Mann aus den Augen zu lassen, versuchte ich ein paarmal, das Display zu entsperren, bis ich kapierte, dass ich meine Handschuhe anhatte und es nicht funktionieren würde. Ich griff nach dem Saum des Handschuhs, um ihn auszuziehen, hielt dann aber inne. *Soll ich meine Handschuhe lieber anbehalten?* Holy shit.

Ich sah mich erneut in der engen Gasse um. Ich hörte meinen eigenen Atem, ziemlich schwer und ziemlich schnell. Ich versuchte, mehr Luft zu bekommen, als bekäme ich plötzlich nicht genug. Ich murmelte etwas, war aber nicht sicher, was. Ich konnte mich selbst nicht hören, als wären meine Ohren zusammengeschrumpft.

Ich stand auf und ging an ihm vorbei, wobei ich die ganze Zeit die Gasse beobachtete und blinzelnd in die Dunkelheit spähte, um zu sehen, ob jemand in der Nähe war. Ich schaute über die Baustelle und zu den hellgelben Fenstern in dem Bürokomplex in mittlerer Entfernung. Keine Bewegung, nirgendwo.

Ich schaute wieder zu ihm hinunter. Trotz allem wirkte er irgendwie friedlich. Ich drehte mich um und lief wieder los in Richtung Bahnhof. Das Telefon hielt ich in der Hand, damit ich, falls irgendjemand sah, wie ich mich entfernte, sagen könnte, dass ich ihn dort gefunden hatte und zu helfen versuchte. Und dann, wenn ich wieder zu Hause und weit weg war, würde ich den Notruf wählen und erklären: »Es ist wahrscheinlich gar nichts, aber ich habe einen Betrunkenen gesehen, der da auf dem Boden lag, als ich vorbeigegangen bin.«

Aber ich hatte bereits entschieden, dass ich nicht dort in der Gasse bleiben würde. Ich hätte ja ohnehin nicht helfen können. Tatsache war, dass ich diesen Typen geschlagen hatte –, und er war gefallen und hatte sich am Kopf verletzt, weil er betrunken gewesen war. Hätte ich ihn nicht geschlagen, wäre er wahrscheinlich nicht umgekippt. Vielleicht aber doch.

Meine DNA und kleine Fasern von meinen Kleidern klebten wahrscheinlich überall an ihm. Ich hatte genug True-Crime-Dokumentationen gesehen, um zu wissen, dass es, sobald sie herausfanden, dass ich zur selben Zeit wie er vor Ort gewesen war, nicht lange dauern würde, bis sich die Schlinge zuzog. Es brauchte nur ein paar Wollfäden von meinen Handschuhen, ein winziges Stück Baumwolle von meiner Jacke oder ein Haar von mir, eine Wimper oder ein paar Hautzellen, und ich war erledigt. Ich hatte Geschichten aus den 90ern gehört, wo irgendwelche Quadratschädel bei Prügeleien durch einen »Glückstreffer« unabsichtlich jemanden umgebracht hatten. Die tragischsten Fälle waren diejenigen, bei denen es nur ein ganz normaler Typ von nebenan gewesen war. Ein einziger unglücklicher Schlag, und der Kerl wanderte für zehn Jahre ins Gefängnis, und sein ganzes Leben war ruiniert.

Ich torkelte zu einem Mülleimer und übergab mich.

6   Die Zugfahrt nach Hause schien mehr als drei Stunden zu dauern. In Wirklichkeit war es wahrscheinlich nicht mehr als eine halbe Stunde, weil ich eine Direktverbindung erwischte. Ich ging mit schnellem Schritt nach Hause, ohne anzufangen zu joggen. Ich kam mir vor wie einer von diesen olympischen Gehern, die den Schwung aus der Hüfte holen.

Am liebsten wäre ich gerannt, aber ich tat es nicht. Ich dachte die ganze Zeit an die Kameras, die überall auf mich gerichtet waren und die später wahrscheinlich benutzt werden würden, um mein *Verhalten nach dem Vorfall* zu dokumentieren. Es fühlte sich an, als würde sich plötzlich die ganze Welt nach mir umdrehen und mich anstarren. Wenn sie anfingen, die Schlinge um mich enger zu ziehen, würden solche Details wichtig werden. Also ging ich so langsam und lässig, wie ich konnte, mit den Händen in den Jackentaschen. Ich schüttelte unaufhörlich den Kopf, wie ein Hund, der sein Fell ausschüttelt.

Als ich endlich zu Hause war, schloss ich die Wohnungstür ab und ging direkt in die Küche. Ich brauchte ein großes Glas Wasser. Als ich mit den Handschuhen nach der Schranktür griff, hielt ich inne, streifte die Handschuhe ab und steckte sie in eine Supermarkttüte. Ich beschloss, sie wegzuwerfen. Ich wusch mir die Hände, dann zog ich meine restlichen Kleider aus und stopfte sie ebenfalls in die Tüte. Anschließend duschte ich lange und heiß. Als ich fertig war, packte ich die Stiefel, die ich getragen hatte, in einen Müllsack und stopfte diesen ebenfalls in die Tüte. Ich vernichtete den letzten Rest von der angebrochenen Flasche Wein, die ich noch im Kühlschrank hatte, und rauchte einen Joint im Schlafzimmer. Er war ziemlich schwach, und ich rauchte das ganze Ding in vielleicht zehn Minuten, ohne husten zu müssen. Dann nahm ich zwei Wick-MediNait-Tabletten, legte mich aufs Bett und starrte gegen die Zimmerdecke. Mein Herz raste immer noch, doch ich hatte das Gefühl, wieder etwas klarer denken zu können.

Eine Stunde später war ich eingeschlafen.

7 Ich hatte vergessen, den Wecker zu stellen, und schlief bis fast elf Uhr durch. Als ich aufwachte, nahm ich mein Telefon, um auf die Uhr zu schauen, und saß mit einem Ruck aufrecht im Bett. *Verdammt.* Wick-MediNait hat diese Wirkung, wenn man es zusammen mit Alkohol nimmt.

Zwei verpasste Anrufe und ein Haufen E-Mail-Benachrichtigungen auf dem Display.

Hastig tippte ich eine E-Mail, dass ich krank sei, und schickte sie meiner Chefin. Dann schickte ich ihr sofort noch eine E-Mail, in der ich erklärte, dass die erste in meinem Postausgang hängen geblieben war, seit ich sie um sieben Uhr morgens versucht hatte zu senden. Danach wurde ich etwas ruhiger. *Eine Verschnaufpause.*

Ich ging die Nachrichten der letzten Nacht durch und überflog die E-Mails, die ich bekommen hatte. Nichts. Während ich erleichtert Luft holte, wechselte ich gedankenverloren zur BBC-App, um mir die Spielstände anzusehen. Keine Ahnung, warum ich in diesem Moment dachte, die Fußballergebnisse wären wichtig. Es war fast ein Reflex, als Erstes am Morgen diese App zu starten. Dann sah ich etwas, das mir den Magen umdrehte. Und ich begriff, dass nichts je wieder so sein würde wie zuvor.

8   Alles ist so einfach, wie du es dir machst. Wenn du dich konzentrierst, kannst du die meisten Situationen so weit vereinfachen, bis sie beherrschbar sind. Deshalb reden die Leute ständig von Atemübungen und so etwas. Weil es hilft. Keine Aufgabe ist zu kompliziert, wenn du sie herunterbrichst auf Dinge, die du bewältigen kannst. Du musst nur die entsprechenden Techniken erlernen.

Aber ich hatte gerade einen Menschen getötet. Ich war mir nicht sicher, wie ich das herunterbrechen sollte. Auf der BBC-Site war es die am zweithäufigsten gelesene Story in London. *Atmen.*

Schon das kleine Bild neben dem Artikel verriet, dass es eine große Sache war. Zwei Polizeitransporter und ein Streifenwagen parkten vor der Gasse. Mein Magen flatterte, als ich den

Rettungswagen sah. *Vielleicht ist er ja doch nicht tot.* Doch die Schlagzeile sprach von einem »tödlichen Vorfall«.

Atmen.

Vielleicht ging es hier ja um einen *anderen* Vorfall? Könnte das alles ein Riesenzufall sein? Verdammt, verdammt.

Eine Hitzewallung trieb mich ins Badezimmer, wo ich mir am Waschbecken kaltes Wasser ins Gesicht spritzte. Ich betrachtete mich im Spiegel und konnte nicht glauben, wie alt ich aussah. Für einen Moment dachte ich, wie trivial meine gewöhnlichen Probleme doch waren. Am Montag war ich gestresst gewesen, weil ich eine Präsentation für eine neue Craftbeermarke halten musste. Craftbeer ist mir im Großen und Ganzen komplett egal.

Ich hörte mein Telefon auf dem Nachttisch im Nebenzimmer klingeln. Ich rannte, um den Anruf entgegenzunehmen. Vielleicht wollte ich irgendeine Reaktion von der Welt, um mich von meinen Gedanken abzulenken. Es war eine der Frauen aus meinem Team, Anna, die mir Bescheid gab, dass meine Chefin gar nicht glücklich über mein Fernbleiben war. Sie konnte meine hastig zurechtgeschusterten E-Mails noch nicht gelesen haben.

»Ich komme gleich«, sagte ich. »Ich fühle mich schon viel besser – ich hatte ein paar Magenprobleme.« Die guten alten Magenprobleme. Plötzlich war ich ganz versessen darauf, zur Arbeit zu gehen, zurück zur Normalität. Keine ungewöhnlichen Vorfälle, alles lief, wie es sollte.

Ich riss meinen Kleiderschrank auf und kaute an den Nägeln, während ich die Kleiderstange von links nach rechts absuchte. Immer wieder schaute ich dabei auf mein Telefon – Gott weiß, was ich erwartete, wer mich anrufen würde. Ich zog ein graues Hemd an, zusammen mit der schwarzen Jeans, die über meinem Bett hing. Danach verbrachte ich zehn Minuten mit der

Suche nach meinen schwarzen Stiefeln, bis mir einfiel, dass ich sie und die Mülltüte dringend loswerden musste, was mir einen heftigen Schauer über den Rücken jagte.

In was zum Teufel hatte ich mich da bloß reingeritten?

Eine Stunde später war ich in London-Farringdon. Die Stadt war feucht, kalt und grau. Schon allein durch London zu laufen kann dich beim falschen Wetter völlig fertigmachen. Im Sommer ist es eine ganz andere Stadt. Obwohl der Regen aufgehört hatte, waren die Straßen noch tiefschwarz von der Nässe, und überall an den Straßenrändern hatten sich Pfützen gebildet.

In Farringdon wimmelte es von Leuten, die zum Lunch wollten. Zur Mittagszeit an einem Donnerstag waren die Pubs halb voll. Ich ging schneller als alle anderen, sprang von links nach rechts über den Gehweg, um mich zwischen den Langsamgehern hindurchzuschlängeln. Ich bog um die Ecke auf die Hauptstraße neben dem Bahnhof, aber ich brachte es nicht über mich, nach vorn zu blicken. Als ich schließlich doch aufschaute, an der Express-Reinigung vorbei zum Ausgang der Gasse, in der es am Abend zuvor passiert war, konnte ich nichts Ungewöhnliches erkennen. Alles sah ziemlich normal aus, was mir einen sanften, kurzen Endorphinrausch bescherte. *War das alles nur ein Missverständnis? Hatte ich etwas falsch verstanden?*

Als ich an der Gasse vorbeiging, warf ich verstohlen einen Blick hinein. Ich konnte nicht weit hineinsehen, aber mir fielen keinerlei Aktivitäten auf. Nur ein einzelner Absperrkegel stand etwa drei Meter tief in der Gasse. Doch die Kräne bewegten sich; die Arbeit auf der Baustelle ging also weiter. Das war doch bestimmt ein gutes Zeichen, oder? Ich suchte die Gesichter um mich herum ab, versuchte, ein Gefühl für die Stimmung zu bekommen. Die ganze Zeit über tat ich unbeteiligt, doch unter der Oberfläche nahm ich alles in mich auf; sah mich verstohlen um, um die Positionen der Kameras zu erfassen, musterte Gesichtsausdrücke und lauschte angestrengt, was die Leute möglicherweise zueinander sagten.

Es gab ziemlich viele Kameras in dieser Gegend. Ich zählte mindestens sieben, aber weil ich möglichst entspannt wirken wollte, übersah ich vermutlich ein paar. An der Kreuzung stand ein hoher Pfosten mit drei Kameras, die alle in verschiedene Richtungen zeigten. Eine war direkt auf das Café *Limon* neben dem Eingang zur Gasse gerichtet. Unwillkürlich zuckte ich zusammen. Am Ende der Straße bog ich um die Ecke, und da sah ich schließlich den ganzen Zirkus.

Eine Polizeiabsperrung. Die Gasse war mit gelbem Flatterband abgesperrt, und da hing ein Schild, auf dem um Informationen gebeten wurde. Ich las keine Details. Ich spürte, wie Übelkeit in mir aufstieg, aber ich musste cool bleiben. Hastig lief ich weiter zum Büro.

9

Bei der Arbeit war die Stimmung anders, als ich erwartet hatte. Allerdings war ich mir nicht sicher, was ich erwartet hatte. Ich weiß nicht, warum, aber ich hatte mit einer halben Trauerstimmung gerechnet. Niemand erwähnte das Treiben da draußen in Farringdon. Andererseits, warum sollten sie? Es hatte nichts mit uns zu tun.

Währenddessen passierte etwas Merkwürdiges mit mir. Ich stellte fest, dass ich mir ausgesprochene Mühe gab, besonders nett zu den Leuten zu sein; ich war super zuvorkommend. Vermutlich war es so ein schräger Nebeneffekt, der Versuch klarzustellen, was für ein netter Kerl ich eigentlich war. Der Versuch, mir selbst zu beweisen, dass ich ganz anders war als gestern Abend und dass das gar nicht mein Stil war.

Doch je länger sich der Nachmittag hinzog, desto schlechter konnte ich mich konzentrieren. Ich saß geistesabwesend in Meetings, den geöffneten Laptop vor mir, und googelte Sachen wie »Farringdon«, wobei ich meine Suche bewusst vage hielt. Nur ein Mann, der mehr über Farringdon erfahren wollte. In den sozialen Medien war alles ruhig, aber auf lokalen Nachrichtenseiten gab es ziemlich viele Berichte. Sein Name war Richard King. Er war Versicherungsmakler und allem Anschein nach ein anständiger, hart arbeitender Kerl, der von allen gemocht wurde. Ja klar. Wann sagt man jemals etwas anderes über jemanden, der gerade gestorben ist?

Jemand fragte mich etwas, und mein Kopf schoss unwillkürlich in die Höhe. *Ich bin in einem Meeting. Jemand hat mich etwas zu einer E-Mail wegen der Auftragsvergabe gefragt.* »Ja, ich bleibe dran.« Ich tat, als würde ich etwas in meinem Notebook notieren. Ein paar Leute nickten, und das Gespräch ging weiter. Niemand sah mich merkwürdig an.

Richard King kam aus Colchester in Essex. Er war ein umgänglicher Mann und schon lange mit seiner Freundin zusammen; er liebte seine Mum, mochte seine Kumpels und war Fan der Blackburn Rovers. Sein Dad stammte aus Blackburn.

Zum ersten Mal fragte ich mich, ob ich mich stellen sollte. *Ist es das Beste, was ich im Moment tun konnte?* Ist es das Beste *für mich?* Ich könnte haargenau erklären, dass es ein absolutes Versehen war und dass keinerlei Absicht dahintergesteckt hatte und dass ich erst heute begriffen habe, dass er ernsthaft verletzt gewesen war. Dafür würden sie mich doch nicht bestrafen. Jedenfalls nicht ins Gefängnis stecken.

Bei dieser Vorstellung wurde mein ganzer Körper eiskalt. In diesem einen Gedanken nahm das gesamte Entsetzen, das an meinen Eingeweiden zerrte, Gestalt an. Ich, im Gefängnis. Ich war nicht einmal gerne auch nur eine einzige Nacht von zu

Hause fort. Die Vorstellung, dass sich mein ganzes Leben so krass verändern könnte, war unerträglich.

Ich hielt mein Telefon unter den Tisch und begann, nach ähnlichen Fällen zu googeln. Nachdem ich mich durch ein paar Artikel geklickt hatte, hörte ich auf. *Ich hinterlasse eine deutliche Spur aus Brotkrumen.* Die Polizei hat auf alles Zugriff. Das sind alles Indizienbeweise. Sie können deine gesamten Internetaktivitäten nachverfolgen, wenn sie wollen. Hastig löschte ich den Verlauf auf meinem Telefon und dem Arbeitslaptop.

10 Als ich nach Hause kam, nahm ich die Tüte mit den Kleidern vom Vorabend, fuhr zum Park in der Nähe meiner Wohnung und warf sie in den Altkleidercontainer auf dem Parkplatz am Eingang. Irgendwie fühlte sich das sicherer an, als wenn ich sie in meine Mülltonne geworfen hätte. Als würden sich die Sachen so nicht so leicht zurückverfolgen lassen. Wenn man etwas in diesen Spendencontainer wirft, wird es gereinigt und wieder in Umlauf gebracht. Es war nicht länger etwas von mir, das ich weggeworfen hatte, sondern wurde zu einem Gegenstand, der jemand anderem gehörte.

Obwohl es mich in den Fingern juckte, weiter nach dem Fortschritt der polizeilichen Ermittlungen zu googeln, schaffte ich es, den ganzen Abend nicht ins Internet zu gehen. Ich fasste den Entschluss, dass ich mich ab jetzt wie eine normale Person verhalten würde, die nichts von der ganzen Sache und von Richard King wusste.

Ich sagte mir immer wieder, dass es nicht meine Schuld war, dass irgendetwas davon passiert war. Aus den paar Fällen, auf die ich im Internet gestoßen war, schloss ich, dass es möglich wäre, für das, was ich getan hatte, acht oder zehn oder sogar fünfzehn Jahre Gefängnis zu bekommen – für einen einzigen Impuls in einem hitzigen Moment. Es gab sogar ziemlich viele Präzedenzfälle. In den letzten Jahren kam häufig etwas darüber in den Nachrichten.

Der *Fatale Faustschlag*, wie die Boulevardpresse es nannte. Eine Seuche, die ausgemerzt werden musste, wie religiöser Extremismus oder Messerstechereien in der Innenstadt. Der jüngste Angstmacher, über den man sich in den Vorstädten aufregen konnte. Eine kleine Dosis Panik, damit wir uns lebendig fühlen, ein Schreckgespenst, vor dem wir uns alle wegducken. *So ein Mann kann unmöglich ich sein.*

Nachdem ich gefühlte Stunden in meiner Küche auf und ab gelaufen war, entschied ich, dass ich alles herunterschlucken und einen dicken Strich unter die ganze Geschichte ziehen musste. Ich würde mir ein oder zwei Tage Reue und Bedauern gestatten und dann den Namen Richard King vergessen und vollkommen normal mit meinem Leben weitermachen. Das war der einzige Weg, mir von dieser Sache nicht den Rest meines Lebens bestimmen zu lassen. Ich hatte nicht darum gebeten, ich hatte Richard King nie zuvor gesehen, und vor vierundzwanzig Stunden hatte ich nichts über ihn gewusst. Ich hatte ihn nicht darum gebeten, sich in mein Leben zu drängen.

Also, mich könnt ihr da raushalten.

11 Am nächsten Morgen fuhr ich sehr früh zur Arbeit. Um halb fünf wachte ich von allein auf und konnte nicht wieder einschlafen; mir schwirrte der Kopf. Unablässig wiederholte ich diesen einen Gedanken wie ein Mantra: Der einzige Weg, um nicht den Verstand zu verlieren, bestand darin, einen

Schlussstrich unter alles zu ziehen und in meinem Kopf eine Null-Toleranz-Strategie zu etablieren, die mir schon das Nachdenken darüber verbot. Ich musste jedes Gefühl von Besorgnis oder Angst wegen dieser Geschichte sofort und mit aller Gewalt zurückdrängen, sobald es auftauchte, und irgendwann würde es nur noch ein Fleck in der Landschaft im Rückspiegel sein.

Meine Aufgabe war es, die ganze Sache energisch hinter mir zu lassen, sie in einem Teil meines Verstandes zu archivieren, den ich nicht oft abrufe, und mich mit Arbeit auf Trab zu halten. Aber vorher musste ich noch eine letzte Sache erledigen. Ich musste etwas überprüfen.

Auf meinem Weg zur Arbeit nahm ich die Abkürzung durch die Gasse, die wieder für die Öffentlichkeit zugänglich war. Drei oder vier Meter von der Stelle entfernt, wo es passiert war, lagen fünf, sechs Blumensträuße und ein Blackburn-Fußballtrikot, auf dem etwas mit einem Filzstift geschrieben stand. Ich hielt nicht an, um es mir anzusehen oder Interesse daran zu zeigen.

Vor dem Café *Limon* hing das Hinweisschild der Polizei, auf dem um Informationen gebeten wurde. Wenn sie die Öffentlichkeit fragten, was passiert war, fischten sie vermutlich ziemlich im Trüben – falls sich bisher niemand gemeldet hatte. Niemand lief herum und achtete groß auf das, was vor sich ging. *Wir sind alle viel zu beschäftigt.* Dieser Gedanke stimmte mich für einen kurzen Moment optimistisch.

Doch das Wichtigste war, dass es dort keine Überwachungskameras gab. Keine einzige. Genau das wollte ich herausfinden, als ich dort herumschnüffelte. Ich passte den ganzen Weg über auf, und es war ausgeschlossen, dass irgendetwas von einer Kamera aufgezeichnet worden war. Ein Silberstreif. Es gab nicht einmal eine unverbaute Blickachse in irgendeine Richtung, bis auf die Fenster ganz oben in den hohen Gebäuden drum herum. Die Gasse wurde ziemlich gut durch die umstehenden Häuser verborgen.

Das Büro war so gut wie leer. Ich hatte erwartet, der Erste zu sein, aber als ich meinen Chip vor den Sensor hielt, sprang die Eingangstür rumpelnd auf. Sie war nicht verriegelt, was bedeutete, dass jemand vor mir gekommen war. Normalerweise füllte ich, sobald ich das Büro betreten hatte, als Erstes meine Wasserflasche am Spender bei der Rezeption auf. Heute nicht. Ich lief direkt durchs Büro zu meinem Schreibtisch, der in einer Ecke neben einem großen Schild mit dem Aufdruck *Planung* stand.

Aus dem Konferenzraum konnte ich murmelnde Stimmen hören, also reckte ich den Kopf, um über den Streifen aus Milchglas zu blicken, als ich daran vorbeiging. Ich konnte niemanden entdecken. Doch als ich weiterlief, sah ich unter dem Milchglasbereich der Glasfront vier Paar Füße unter dem Konferenztisch.

Ich ließ mich auf meinen Bürostuhl fallen und klappte meinen Laptop auf, drückte den Power-Button mit dem Zeigefinger und warf mein Handy und die Geldbörse auf den Tisch. Als ich mich vorbeugte, um ein halbes, altbackenes Croissant aus der offenen Tüte in der obersten Schublade zu nehmen, weckten schlurfende Schritte aus Richtung Küche meine Aufmerksamkeit. Meine Kollegin Emily kam gerade mit einem Tablett mit Kaffee und Wassergläsern heraus. Ich nickte ihr zu, den Mund voll Croissant.

»Morgen.«

Als Em mich sah, riss sie die Augen auf und nickte in Richtung Konferenzraum, während sie das Tablett auf ihrem Schreibtisch abstellte und in ihrer Handtasche nach einem Päckchen Taschentücher suchte. Sie grinste nervös und formte mit den Lippen ein paar Worte, während sie das Tablett wieder aufnahm und damit zur Tür des Sitzungszimmers deutete.

»*Was?*«, fragte ich tonlos zurück.

Sie antwortete nicht, sondern ging zum Konferenzraum und stieß die Tür auf. Musste ein Kundengespräch sein.

Nach ein paar Minuten siegte die Neugier. Ich hatte da drin ein klobiges Paar Schuhe mit dicken Kunststoffsohlen gesehen. Das waren nicht die Schuhe eines gewöhnlichen Marketingfuzzis. Ich stand auf und schlenderte am Sitzungszimmer entlang in den Druckerbereich. Ich tat, als würde ich nach einem Ausdruck suchen, stellte mich auf die Zehenspitzen und spähte in den Raum.

Dort saßen zwei Polizisten, ein Mann und eine Frau.

O Gott.

12 Die Frau blickte auf und sah mir in die Augen. Instinktiv duckte ich mich, doch sie hatte mich bemerkt. *Und jetzt?* Ich ging zurück zu meinem Schreibtisch, schnappte mir aber vorher einen Stoß Druckerpapier aus dem Gerät. Mein Mund war trocken. Als ich mich zögernd setzte, schwang die Tür zum Konferenzraum auf. Meine Chefin beugte sich um die Ecke und winkte mich herein.

Ich schluckte schwer und stand auf; mein Herz hatte angefangen, heftig zu schlagen. Schweißperlen bildeten sich auf meiner Stirn, also ging ich zuerst auf die Toilette. Ich ließ das Wasser gute dreißig Sekunden laufen, damit es richtig kalt war, ehe ich ein paar Hände voll direkt in mein rotes, heißes Gesicht spritzte. Zuletzt schöpfte ich eine Handvoll Wasser in meinen trockenen Mund und nahm mir ein paar Handtücher aus dem Spender.

Atmen.

Ich hatte das überwältigende Verlangen, mich hinter einer Sonnenbrille zu verstecken. Aber würde die Polizei es nicht merkwürdig finden, wenn ich bei diesem Treffen eine Sonnenbrille trug?

Ich stieß die Tür zum Konferenzzimmer auf, und da saßen sie. Meine Chefin Julia, Brian, der Leiter der Finanzabteilung, und die beiden Officers, ein Mann und eine Frau.

»Hallo«, krächzte ich, »was ist denn los?«

Ein paar entsetzliche Momente lang starrten mich alle nur schweigend an.

»Das ist Will«, verkündete Julia und zog den Stuhl neben sich unter dem Tisch hervor.

Die Polizistin sah mich nur ausdruckslos an. Ihr Kollege, der eine teuer wirkende silberne Brille trug, deutete mit offener Hand auf den Stuhl. »Hallo, Will, ich bin Detective Inspector Matt Probert, und das ist Police Sergeant Sarah Kane.«

Ich nickte Kane zu und zwang mich, Probert anzulächeln. »Worum geht's?«, platzte ich mit vorgetäuschter Neugier heraus. In meinem Bemühen, so zu tun, als fände ich die Sache aufregend und irgendwie lustig, schrie ich den Satz beinahe.

Probert öffnete ein kleines Notizbuch vor sich, nahm ein Foto heraus und schob es zu mir. »Sie haben vielleicht von dem Vorfall am Mittwochabend gehört, ganz in der Nähe des Bahnhofs? Wir versuchen, uns ein Bild davon zu machen, was zu dieser Zeit dort vorgefallen ist.«

So emotionslos wie möglich sah ich den Detective an. Mein Mund und meine Kehle fühlten sich an, als seien sie fest mit Baumwolle ausgestopft.

»Verzeihung … *was* für ein Vorfall?«

Die Officers sahen sich an, und Kane antwortete. Du meine Güte, hatte die ein hartes Gesicht. Sarkastisch blickende Augen in diesem merkwürdigen Winkel, die dir verraten, dass jemand ein harter Brocken ist. Sie sah gut aus, keine Frage. Wahrscheinlich Anfang oder Mitte dreißig. Ihre Haut wirkte frisch, und sie hatte schulterlanges, dunkelblondes Haar, das sich unten ein wenig kräuselte. Ihr Mund war perfekt geformt und rahmte eine Reihe gerader weißer Zähne ein.

»Am Mittwochabend gab es einen tödlichen Vorfall in der Gasse, die zur Bahnstation führt, zwischen 21.15 und 21.50 Uhr«, sagte sie.

Ihre wachen, braunen Augen waren direkt auf mich gerichtet, und sie hatte einen Tonfall wie eine alte ungeduldige und überhebliche Lehrerin.

»Ach ja! Ich habe das Schild gesehen, neben dem ...«

»Neben dem Café *Limon*«, unterbrach sie mich. Sie musste gewusst haben, dass ich vorgeben würde, nicht auf den Namen des Cafés zu kommen. Irgendwie dachte ich, wenn ich so tat, als könnte ich mich nicht an den Namen des Lokals erinnern, bliebe ich vor weiteren Fragen verschont. Doch sie schien mir einen Schritt voraus zu sein.

Probert deutete mit einem Nicken auf Brian. »Sie waren an dem Abend zu mehreren in dem Pub gegenüber dem Park? Ihr Kollege hier hat erwähnt, dass Sie dabei waren. Haben Sie etwas dagegen, wenn wir uns kurz unterhalten?«

»Oh ... ja, klar! Aber ich bin mir nicht sicher, wie ich Ihnen helfen kann.« Ich lächelte verlegen und suchte den Tisch nach Wasser oder etwas Ähnlichem ab. Vor Probert und Kane stand jeweils ein unangerührtes Glas Wasser. Ich malte mir aus, eines davon zu nehmen und einen tiefen Schluck zu nehmen. Ich könnte behaupten, ich hätte gedacht, das Glas wäre übrig. Ich konnte hören, wie mein Mund sich mit einem leisen Schnalzen öffnete und schloss, und ich nahm an, dass alle anderen es ebenfalls hören konnten.

»Alles, woran Sie sich von diesem Abend erinnern, könnte hilfreich sein«, fuhr Probert fort und zog einen Kugelschreiber aus der Brusttasche seines Jacketts. »Wissen Sie noch, um welche Zeit Sie gegangen sind?«

Ich blies die Wangen auf und hob den Blick zur Zimmerdecke. »Puh. Gegen halb elf?«

Mir schwirrte der Kopf. Warum hatte ich mir noch keine Geschichte ausgedacht? Was *war* meine Geschichte?

Probert schaute zu Brian. Brian blinzelte mir kurz zu, ehe er nachdenklich zur Decke schaute. Er würde mich nicht berichtigen, aber seine Miene schien zu fragen: *Bist du dir sicher?*

Ich beschloss, ihm zuvorzukommen. »Nein, warten Sie, es muss früher gewesen sein. Das Fußballspiel lief noch. Eher halb zehn, viertel vor zehn.«

Probert nickte; Kane notierte sich etwas.

»Genau, ich bin ja vor dir gegangen, oder?«, sagte ich und nickte Brian zu, als würde es mir gerade erst wieder einfallen.

»Ja, ich glaube, *wir* haben den Pub um halb elf verlassen«, erwiderte Brian.

»Welchen Weg haben Sie nach Hause genommen?«, fragte Kane. »Sind Sie zum Bahnhof Farringdon gegangen?«

Probert ging dazwischen. »Tut uns übrigens leid, Sie bei Ihren Aufgaben zu stören. Es wird nicht lange dauern, wir versuchen nur, die Einzelteile zusammenzusetzen und uns ein Bild vom gesamten Abend zu machen. Der Wirt vom *Three Kings* meinte, Sie seien zu der Zeit dort gewesen, und wir müssen nur wissen, ob irgendjemand von Ihnen etwas Ungewöhnliches gesehen hat und welche Richtung jeder von Ihnen vom Pub aus eingeschlagen hat … Jedes Detail, das Ihnen einfällt, könnte uns helfen, uns ein besseres Bild zu machen.«

Meine gesamte Stimmung hellte sich plötzlich auf. *Er entschuldigt sich bei mir für diese Unannehmlichkeit. Er belästigt einen gesetzestreuen Bürger (mich), deshalb entschuldigt er sich.* Ich fühlte mich wie befreit. *Ich bin nur ein weiterer gesetzestreuer Bürger, der mit allem hilft, was er weiß. Hier gibt es nichts zu sehen. Bitte gehen Sie weiter.*

»Irgendetwas Ungewöhnliches …« Ich rieb mir den Kopf und tat, als würde ich mir das Hirn zermartern.

Diesmal funkte Kane dazwischen. »Es würde uns wirklich helfen, wenn Sie Ihren Fußweg für uns beschreiben könnten. Sind Sie zum Bahnhof Farringdon gelaufen?«

Ich bin ein gesetzestreuer Bürger.

»Ja, das bin ich«, antwortete ich. »Ich fahre immer von dort aus nach Hause.«

Ich beschloss, meinen gesamten Weg zurück zum Bahnhof genauso zu schildern, wie es gewesen war, nur ohne den Versicherungstypen. Ich erzählte ihnen von der Abkürzung, ich erzählte ihnen, dass ich dort abgebogen sei und über WhatsApp mit meinem Kumpel Jack Wade gechattet hatte. Um zu zeigen, wie hilfsbereit ich war, ging ich zurück zu meinem Schreibtisch und holte mein Telefon. Ich zeigte ihnen die Unterhaltung zwischen Jack und mir, zeigte ihnen die genauen Zeiten der Nachrichten, während ich die ganze Zeit wusste, dass diese Unterhaltung ein paar Minuten vor dem Tod des Versicherungstypen stattgefunden hatte. *Wenn sie irgendwann seinen genauen Todeszeitpunkt ermitteln, wird meine Unterhaltung mit Jack genau zur selben Zeit stattgefunden haben. Das ist im Grunde ein Alibi. Niemand bringt jemanden um, während er mit einem Kumpel über WhatsApp chattet.*

Julias Mobiltelefon klingelte. Sie entschuldigte sich, als sie aufstand, um ranzugehen, und erklärte, dass später noch jemand kommen würde, um den Drucker zu reparieren.

Ich fuhr mit meiner Geschichte fort und erzählte ihnen, dass ich nichts und niemanden gesehen hätte, aber dass ich nicht besonders aufmerksam gewesen sei, weil ich in mein Smartphone getippt und gleichzeitig einen Podcast gehört hatte. Ich war jetzt richtig in Erzähllaune, schmückte meine Geschichte mit kleinen Details aus, um diese parallele Version der Wahrheit zu festigen. Mit jeder Sekunde, die verstrich, wurde ich sicherer.

Dann war ich fertig, ich konnte nichts Nützliches mehr beisteuern. Ich trug etwas dicker auf, stellte Fragen, die eine neugierige, unschuldige Person vielleicht stellen würde.

»Was ist mit der DNA und so was? Konnten Sie etwas sicherstellen? Tut mir leid, ich schaue mir eine Menge Dokus an.«

Probert lächelte verlegen, doch weder er noch Kane beantworteten meine Frage. Kane starrte mich nur weiter unbeirrt an.

Ich lächelte.

Julia kam wieder herein.

»Ist das der Drucker, der kaputt ist?«, fragte Kane und deutete auf das riesige Teil, dessen Umrisse sich vage durch das Milchglas erkennen ließen.

»Ja«, sagte Julia. »Und er wird noch unser Untergang sein, fürchte ich. Er ist jetzt schon seit fast einer Woche defekt, dabei sollte er auf vollen Touren arbeiten.«

Nach und nach standen wir alle auf und suchten unseren Krimskrams zusammen. *Das Meeting ist vorbei. Wir gehen zum Smalltalk über.*

Nicht jedoch Kane. Sie blieb sitzen und sah immer noch nachdenklich aus.

»Haben Sie dort vorhin nicht etwas ausgedruckt, Will?« Sie lächelte halb und deutete durch die Milchglasscheibe auf den Drucker.

Alle sahen mich an.

»Nein«, antwortete ich.

Kane blickte mich weiter an.

»Na ja, ich habe etwas zum Drucken geschickt, und erst danach ist mir eingefallen, dass er kaputt ist.«

»Ich verstehe«, sagte Kane.

Für ein paar Augenblicke sahen sich alle gegenseitig an.

Schließlich kam Kane wieder auf den Punkt zurück. »Aber er ist schon seit einer Woche kaputt?«

Eine merkwürdige Stille senkte sich über den Raum.

»Ja, so ungefähr«, sagte ich und schaute zu Julia.

Kane saß immer noch da und starrte mich an.

»Möchten Sie etwas Wasser haben?«, fragte sie und schob mir ihr Glas zu.

Ich warf Julia und Brian verwirrte Blicke zu.

»Mir fehlt nichts, danke.«

Mein Mund war wieder wie ausgetrocknet und machte erneut dieses schnalzende Geräusch.

13 Kane und Probert kamen im Verlauf des Tages noch zweimal und befragten alle, die an jenem Abend im Pub gewesen waren. Niemand hatte irgendetwas Ungewöhnliches gesehen. Ein paar erzählten von dem wütenden Bibelfreund, einer lokalen Berühmtheit, der die Leute früher am Tag vor dem Bahnhof durch einen Absperrkegel angeschrien hatte, aber das war es auch schon.

Nach dem Mittagessen redeten wir alle im Büro darüber. Es war doch echt *verrückt*, dass ein Mann umgebracht worden war und ich nur wenige Minuten zuvor an genau der Stelle, an der es passiert war, vorbeigekommen sein musste. Emily begann, sich über diesen Versicherungstypen auszulassen. Redete davon, dass er ganz normal gewesen zu sein schien, »wie einer von uns.« Es war typisch für sie, solche Situationen emotional aufzuladen.

Am Ende des Tages ertrug ich das Gefühl der Überspanntheit nicht mehr. Meine Muskeln waren völlig verkrampft, und mein Rücken schien seit dem Morgen aus verrosteten Sprungfedern zu bestehen. Im Spirituosengeschäft neben dem Bahnhof kaufte ich eine Flasche Prosecco, ging nach Hause und duschte ausgiebig. Hin und wieder stieg ich aus der Dusche und nahm einen Schluck aus der Flasche. Dann nahm ich zwei Wick-MediNait und ging ins Bett.

Die Stunden vergingen, und ich war immer noch hellwach. Allmählich wurde ich nervös. Meine Gedanken irrten herum, während ich anfing, mir einen Joint zu bauen. Immer wieder spielte ich in meiner Vorstellung die Szene durch, wie ich mich stellte und die Detectives so etwas sagten wie: *Junge, machen Sie sich keine Sorgen. Sie wären überrascht, wie oft so etwas passiert!* Es endete immer damit, dass ich am selben Abend wieder zu Hause war. Und mit meinem Leben weitermachen konnte wie bisher.

14 Ein paar Tage verstrichen. Das ganze Wochenende sah ich keine Menschenseele, und auch der Montag ging ohne irgendwelche besonderen Vorkommnisse vorbei. Noch immer hielt ich die Augen offen, wenn ich durch Farringdon lief, und allmählich fragte ich mich, ob die Polizei je in der Lage sein würde, mich mit dem, was passiert war, in Verbindung zu bringen. Je genauer ich die Sache beleuchtete und überdachte, desto klarer wurde mir, wie schwer es für sie war, überhaupt irgendetwas über den Vorfall herauszufinden. Es gab keine Kameras, die diese Gasse erfassten, und es gab keine Zeugen für das, was passiert war, abgesehen von mir und dem Mann selbst. Die Lage der Gasse mit der Baustelle auf der einen und der Rückfront einer Reihe von Läden auf der anderen Seite machte sie zu einer Art blindem Fleck in London, einer Stadt, die rund um die Uhr vom unbestechlichen Blick der Kameras überwacht wurde. Wenn ich Punkt für Punkt durchging, was die Polizei hatte, war das nicht besonders aufschlussreich:

- Ein betrunkener Versicherungsmakler läuft abends durch Farringdon, wahrscheinlich auf dem Weg zur Old Street Station, um den Zug zurück nach Essex zu nehmen. Aus irgendeinem Grund steigt er nicht in Farringdon in den Zug, sondern geht am Bahnhof vorbei und die Straße neben den Gleisen entlang. Vielleicht wollte er einfach nur zur Old Street laufen. Vielleicht war ihm schlecht vom Saufen.
- Er nimmt die Abkürzung durch eine Gasse, wo er irgendwie unglücklich stürzt und sich den Kopf anschlägt.
- Eine Menge anderer Leute benutzen diese Gasse jeden Tag, und sie ist nicht durch Überwachungskameras abgedeckt, so dass die Polizei nicht wissen kann, wer zu dieser Zeit dort war, aber sie wissen, dass niemand die Sache beobachtet hat. Jemand hat den Mann Stunden später gefunden.
- Ein Mr. Will Cox war zufällig einer der Leute, die ungefähr zu der Zeit durch die Gasse gegangen sind, aber er muss das Ereignis knapp verpasst haben. Alle haben es verpasst. Das kommt vor. Der Versicherungsmakler hatte getrunken. Tödliche Unfälle unter Alkoholeinfluss passieren einfach.

Keine Zeugen, keine Fingerabdrücke oder sonst irgendetwas. Der Vorfall glich einem schwarzen Loch, bei dem die Vermutung nahelag, dass es sich um einen Unglücksfall unter Alkoholeinfluss handelte. Damit mehr daraus wurde, brauchten sie ein Geständnis oder jemanden, der sich verplapperte. Ich musste einfach nur den Mund halten, für immer. Ich durfte es keiner Seele erzählen. Das war mein Part in diesem Deal.

Am Dienstagnachmittag arbeitete ich mit Jack an einem Pitch für einen Kunden. Im Hintergrund hörten wir Brian etwas in den Raum rufen, woraufhin sich die Leute um seinen Monitor scharten und wild durcheinanderredeten. Ich lehnte mich auf meinem Stuhl zurück und sah Brian fragend an.

»Sie haben den Kerl gefunden«, rief er mir zu.

Sekunden später war ich bei Brians Schreibtisch und versuchte, ruhig zu wirken.

»Sie haben jemanden verhaftet. Sie müssen ihn auf den Kameras gehabt haben«, sagte Lauren vom Social-Media-Team. »Du kannst ihnen inzwischen nicht mehr entkommen – sie erwischen einen immer.«

Die Story auf Brians Monitor überraschte mich. Es hieß, es habe eine Verhaftung im *Gassenmord von Farringdon* gegeben. Seit wann hatte diese verdammte Sache einen eigenen Namen? *Gassenmord von Farringdon* klang viel zu dramatisch. Wie viele echte, vorsätzliche Verbrechen passierten jeden Tag, ohne dass sie so viel Aufmerksamkeit von den Medien bekamen? Ganz zu schweigen von einem Spitznamen.

Mir wurde klar, dass gerade tatsächlich irgendwo ein armes Schwein verhört wurde, wegen einer Sache, mit der er nichts zu tun hatte. Aber ich hatte deswegen kein so schlechtes Gewissen, wie man vielleicht vermuten könnte. Zugegeben, ich empfand eine Art schuldbewusste Erleichterung, aber mir ging noch ein anderer Gedanke durch den Kopf: Ich wollte mehr über den Kerl wissen, den sie verhaftet hatten, ehe ich irgendetwas unternahm.

Denn die letzten paar Tage, in denen ich jede Nacht hände-ringend in der Küche auf und ab gelaufen war, hatten mir die Augen geöffnet: Die Welt ist nicht gerecht. Sie ist zu nieman-dem gerecht, auch nicht zu den Guten. Schlechte Menschen bekommen nicht immer, was sie verdienen, und gute Men-schen bekommen nicht immer, was ihnen zusteht. Die Welt ist manchmal gerecht, aber ziemlich oft ist sie es nicht. Viele der übelsten Leute auf der Welt bekommen niemals auch nur die geringste Konsequenz für ihre bösen Absichten und Taten zu spüren. Ich glaube nicht an Karma oder Schicksal oder so etwas, wir wursteln uns alle nur so durch. Manche von uns handeln in guter Absicht, manche von uns haben Übles vor, aber das bedeutet nicht notwendigerweise, dass man bekommt, was man verdient. Manchmal ist es Zufall, und manchmal ist es alles andere als Zufall: Es gibt Leute, die auf fiese Weise clever sind, die die Gutmütigkeit der Welt ausnutzen und gute Menschen für ihre Zwecke in Schwierigkeiten bringen. Es gibt Macht-menschen, bei denen es im Leben nur darum geht, andere, die schwächer sind als sie, zu drangsalieren und in die Enge zu treiben und sie teuer dafür bezahlen zu lassen, endlich in Ruhe gelassen zu werden. Es gibt gerissene, hinterhältige Menschen, die die Not anderer ausnutzen. Es gibt gierige Menschen, die wissentlich die Früchte der harten Arbeit anderer einsacken – und dafür dann manchmal sogar noch als Vorbilder gepriesen werden. Dann sind da noch jene, denen es einen Kick gibt, Un-ruhe zu stiften und die Welt auf jede erdenkliche Weise zu be-herrschen – aus Eigennutz oder einfach nur zum Spaß. Es gibt Tausende, die mit schlechten Absichten für die Welt durchs Leben gehen.

Und genau darum ging es: Ich wusste, dass ich nichts davon war. Ich habe niemals wissentlich oder absichtlich irgendje-manden ausgenutzt oder jemandem etwas weggenommen. Ich bin jemand, der sich bemüht, so gut er kann, ich strampele im Hamsterrad, versuche, glücklich zu sein und andere Menschen glücklich zu machen, wo immer es mir möglich ist. Das ist alles, was ich je versucht habe: *glücklich zu sein.* Das ist wichtig, das darf ich nie vergessen.

Nehmen wir einen Moment an, die Polizei hätte den Typen, den sie festgenommen haben, schon länger auf dem Schirm: Er könnte ein übler Bursche sein, auf welche Weise auch immer. Sie könnten auf die Chance gewartet haben, ihn einzubuchten, aber er ist der Justiz immer wieder entwischt. Manche Leute haben das zu einer Kunstform entwickelt. Manche Leute haben die Obrigkeit in der Hand, oder sie haben die Mittel, sich ihr immer wieder zu entziehen.

Ich überlegte, ob dies nicht ein seltenes Beispiel dafür sein könnte, wie das Universum aus Versehen eine seiner Unzulänglichkeiten wieder ins Lot bringt: Ein guter Mensch hat einen Fehler gemacht; ein schlechter Mensch war zur richtigen Zeit am richtigen Ort – und es endet damit, dass der schlechte Mensch eingesperrt wird. Ich versuchte, mir das immer wieder vorzubeten, um den Gedanken realer zu machen.

Wie viele gute Menschen werden jeden Tag eingesperrt? Und wie viele schlechte Menschen laufen gerade frei herum, leben ein besseres Leben als gute Menschen, trotz ihrer bösen Absichten und üblen Taten? Niemand stört sich daran; wir, die Menschen ohne Macht und Einfluss, machen einfach murrend weiter und akzeptieren, dass es im Leben oft nicht gerecht zugeht.

Nun, dieses Mal könnte es versehentlich einmal gerecht zugegangen sein.

Ich nahm mir vor, den Gang der Dinge nicht zu stören, bis ich mehr wusste. Ich entschied, so ruhig und methodisch weiterzumachen wie bisher, weil ich es im Leben tatsächlich *immer gut gemeint* hatte. Ich beschloss, dass ich der Polizei nicht helfen und mich nicht stellen würde. Wie diese unzähligen *schlechten* Menschen da draußen, von denen sich auch nicht täglich jemand stellte. Ich würde mich blind und taub stellen und dem Schicksal freien Lauf lassen.

15   Die Wochen vergingen, und langsam kehrte wieder so etwas wie Normalität in mein Leben ein. Es ist erstaunlich, wie viel rücksichtslose Entschlossenheit man aufbringen kann, wenn man das Gefühl hat, die eigene Freiheit sei in Gefahr. Das brodelnde, Übelkeit erregende Gefühl in meinem Bauch beruhigte sich zu einem gelegentlichen Köcheln, und ich stürzte mich in die Arbeit. Die Schilder, die Pylone und das gelbe Absperrband der Polizei blieben noch eine Weile, bis es zu einem blassen Flirren im Hintergrund wurde. Ich hörte einfach auf, dort entlangzugehen. Ich hörte einfach auf hinzusehen.

Die Menschen kehrten schnell zu ihrem üblichen Alltag zurück. Darin ist London gut. Ich gab mir große Mühe, dafür zu sorgen, dass diese Sache mich nichts anging. Und es klappte. Allmählich wurde er wahr, dieser Grundsatz, dass die Sache nichts mit mir zu tun hatte. Ich behielt meine Strategie dabei, nie danach zu googeln, es niemals zu erwähnen, mir niemals zu gestatten, darüber nachzudenken. Sobald der Gedanke daran in meinem Verstand aufploppte, wie intensiv auch immer, hatte ich es mir zur Gewohnheit gemacht, sofort *Stopp* dazu zu sagen und ihm in meiner Vorstellung den Rücken zuzukehren. Ich hatte einen dicken schwarzen Strich unter die Sache gezogen. Ich hatte es hinter mir gelassen.

In den Läden tauchte die Weihnachtsdeko auf, und die Menschen dachten nur noch an die kommenden Feiertage. Es war ein langes Jahr gewesen, und alle freuten sich darauf, ausgiebig zu essen und zu trinken. Ein oder zwei Wochen freizumachen, um neue Kraft zu tanken.

Ich gewöhnte mir an, abends laufen zu gehen, wenn ich nach Hause kam. Ich hörte Musik über meine Ohrhörer, so laut mein Smartphone es zuließ, und lief einfach eine große Runde durch die Gegend um meine Wohnung herum, die etwa fünfundvierzig Minuten dauerte. Allerdings verlor ich kein Gewicht durch dieses Training. Etwa eine Stunde nach dem Laufen bekam ich Hunger und kochte mir eine riesige Portion Irgendwas oder bestellte eine Pizza. Aber das Laufen selbst fühlte sich reinigend an und half mir zu schlafen.

Ich schaffte es zwar irgendwie, nicht über das nachzudenken, was passiert war, doch tief in meinem Inneren wusste ich, dass sich in mir eine Art Stausee gebildet hatte: Dieses elende Ereignis erzeugte permanent eine Energie in mir, die ich immer wieder aufs Neue loswerden musste. Ich war ständig in Bewegung, immer mit irgendetwas beschäftigt.

In dieser Verfassung lernte ich Ellie kennen.

Eines Abends ging ein Pulk Kollegen nach der Arbeit noch in die Liverpool Street, in einen Pub namens *Dirty Dicks*. Natürlich sagte ich ja, als ich gefragt wurde, ob ich mitkäme. Eine solche Ablenkung am Abend würde ich mir nicht entgehen lassen. Ich musste noch ein paar Sachen im Büro erledigen, also gingen sie ohne mich los, und ich gesellte mich später zu ihnen. Gegen halb neun kam ich dort an und fand meine Leute vermischt mit einer anderen Gruppe in einer Traube von vielleicht zwanzig Menschen. Ich wurde etwas grantig; ich wollte einfach nur ein paar entspannte Drinks mit meinen Kollegen nehmen und war nicht sicher, ob ich es ertrug, mit neuen Leuten zu reden und von meinem Job oder was auch immer zu erzählen.

Ich stahl mich zur Bar, bestellte zwei Cider und musterte die Gruppe, während der Barkeeper die Drinks einschenkte. Das zweite Glas war für niemand Bestimmten, aber im Laufe der Zeit hatte ich mir angewöhnt, immer zwei Getränke zu holen – ich mag es nicht, mit nur einem einzigen Glas in der Hand bei einer Gruppe aufzutauchen, das fühlt sich egoistisch an. Auf der anderen Seite wollte ich auch nicht vorher herumfragen, wer einen Drink wollte, denn das konnte verdammt lange dauern, wenn man mit angeduselten Leuten unterwegs war. Mit zwei Drinks aufzutauchen und zu verkünden: »Ich habe ein Bier übrig, will jemand noch eins?«, kürzt diesen Prozess gewaltig ab. Es ist eine gute Taktik.

Sie hockten alle um einen Tisch unter einem großen Treppenaufgang herum. Ich stellte mich an den Rand der Gruppe und hielt das zweite Glas mit hochgezogenen Brauen in die Runde. Emily sah mich und sprang auf, warf mir die Arme um den Hals und durchtränkte uns beide mit Cider. Sie hatte schon einiges intus. Sie drehte sich um, wobei sie mich immer noch sanft am Hals festhielt, und zeigte auf eine Frau, die neben meinem Freund Jack stand. Sie wirkte desinteressiert, als er ihr etwas auf seinem Handy zeigte.

»Das ist Ellie«, quiekte Em, packte die Frau am Ärmel und zog sie zu uns.

Ellie und ich lächelten uns an und warteten auf mehr Informationen, die niemals kamen; stattdessen schnappte Em plötzlich nach Luft, grinste von einem Ohr zum anderen und reckte einen Zeigefinger in die Höhe. Ich brauchte mich nicht umzudrehen, um zu wissen, dass gerade eine Schüssel Pommes am Tisch angekommen war. Diese Reaktion hatte ich bei Em schon oft im Pub gesehen.

»Hi.« Ich nickte Ellie zu, als Em davonstürmte.

»Hi«, erwiderte sie lächelnd. »Durstig?«

»Äh, sieht so aus«, sagte ich.

Ellie deutete mit einem Nicken auf die zwei Gläser in meiner Hand.

»Oh«, sagte ich und lachte gezwungen. »Willst du eins?«

»Was ist das?«, fragte sie.

»Cider.«

Sie spitzte den Mund. »Wieso hast du zwei?«

Tja. Wie soll ich das erklären? »Na ja, ich bin gerade angekommen und hatte ein schlechtes Gewissen, nur für mich selbst ein Glas zu holen. Also habe ich einfach noch ein zweites bestellt, für wen auch immer …«

Sie wirkte einen Moment verwirrt, dann lächelte sie und streckte die Hand aus. »Klar. Danke.«

Es schien sie zu entspannen, dass ich im Umgang mit Menschen leicht verunsichert war. Ihr Gesicht wurde weicher, als sei plötzlich ihr Interesse geweckt, mehr über mich zu erfahren.

Als der Abend voranschritt und die Gruppe sich allmählich zerstreute, redeten Ellie und ich immer noch. Wir bewegten uns kaum von der Stelle, wo wir uns begegnet waren, bis auf einen gelegentlichen Besuch an der Bar, um frische Gläser Cider zu holen. Sie war genau mein Typ: fröhlich, intelligent und energiegeladen, selbstbewusst, aber ohne den Hang, sich aufzuspielen. Sie war frech und geistreich und ein klein wenig verrückter, als man auf den ersten Blick vermuten würde. Die Stunden vergingen wie im Flug.

Anfangs hatte ich gar nicht damit gerechnet, dass ich mich so gut mir ihr verstehen würde, denn als Em sie mir vorgestellt hatte, hatte sie ziemlich überzeugt von sich gewirkt, wie eine, bei der es immer nach ihrer Nase gehen musste. Ich hatte nicht gedacht, so leicht Gemeinsamkeiten mit ihr zu finden.

Sie war im selben Alter wie ich, aber ich hatte sie etwas jünger geschätzt. Sie war zierlich, vielleicht einen Meter sechsundfünfzig groß, hatte glatte, strahlende Haut, umwerfend dunkelbraune Augen und kurzes, rabenschwarzes Haar. Wenn sie sprach, blitzte der silberne Knopf eines Zungenpiercings im Kerzenlicht um uns herum auf. Ich hatte Mühe, es nicht die ganze Zeit anzustarren. Ihre dunklen Augen waren von dichten, perfekt geformten, pechschwarzen Brauen umrahmt. Wenn sie sich zurückhielt oder über etwas spottete, hob sich die rechte Braue ein wenig.

Sie hatte diese unglaubliche Art, mit Worten umzugehen. Ellie arbeitete für irgendeine Firma in Clerkenwell, die Golf-Reisen an reiche Knacker verkaufte. Sie schien nicht viel von ihrem Job zu halten, andererseits beschwerte sie sich auch nicht darüber. Ihr war einfach vollkommen klar, dass sie sich damit im Moment ihren Lebensunterhalt verdiente. Es bezahlte die Miete, und damit war sie zufrieden. Ich fand das so erfrischend, dass sie einfach mit dem Leben zufrieden war und es genoss, es zu leben, einen Tag nach dem anderen. Das wirkte unglaublich anziehend auf mich.

Zur Sperrstunde waren immer noch sieben oder acht von uns da. Em und Ellie wollten zusammen aufbrechen; sie ließen ihre Taschen bei mir, als sie vor der Heimfahrt noch einmal auf Toilette gingen. Ich stand mit diesen Taschen neben dem Eingang, während die Angestellten die Tische abwischten und den Boden fegten. Eine Frau fragte mich, ob es mir etwas ausmachen würde rauszugehen. Es machte mir nichts aus, obwohl es anfing zu regnen; ich will nicht zu den Leuten gehören, die noch ewig in einer Kneipe rumhängen, die gerade schließen will. Die Angestellten wollen auch nach Hause.

Ich stand da, beobachtete die Betrunkenen, die über die Liverpool Street torkelten, und überlegte, wie ich Ellie nach ihrer

Telefonnummer fragen oder sie wiedersehen könnte. Obwohl ich stundenlang mit ihr über tausend verschiedene Themen gesprochen hatte, hatte ich es irgendwie nicht geschafft herauszufinden, ob sie Single war oder ob sie überhaupt Interesse an mir hatte. Ich hatte Angst, mich zum Deppen zu machen; ich wollte sie nicht direkt fragen und abgewiesen werden, weil sie es Em erzählen würde, und Em würde es allen anderen bei der Arbeit erzählen.

Nach ein paar Minuten tauchte Ellie wieder auf, ohne Em. Sie lächelte, trat zu mir und nahm ihre Tasche. Ich begriff, dass ich vielleicht dreißig Sekunden hatte, ehe Em kommen und meine Gelegenheit verpasst sein würde. Doch ich wusste nicht, was ich sagen sollte. Ich stand einfach schweigend neben ihr, während wir ein paar betrunkene Leute auf der anderen Straßenseite beobachteten, die anscheinend etwas in einen Gully hatten fallen lassen und sich jetzt um eine Frau scharten, die versuchte, den Gegenstand mit einem Stift herauszuangeln.

Em tauchte auf, schnappte sich ihre Tasche und hob wedelnd den Arm, um ihn mir in einer lockeren Umarmung um den Hals zu werfen, während sie sich bereits zum Gehen wandte.

»Ich seh dich morgen, Digga.«

»Ja, wir sehen uns«, sagte ich und hob ungeschickt einen Arm, um Ellie zuzuwinken.

Ellie lächelte. »War schön, dich kennenzulernen.«

Während sie das sagte, stellte ich fest, dass ihre Lippen die Farbe gewechselt hatten. Sie hatte auf der Toilette ihren Lippenstift aufgefrischt.

»Ja, dich auch«, sagte ich und brachte ein falsches Grinsen zustande.

Nachdem die beiden gegangen waren, drehte ich mich um, um ein Taxi an der belebten Straße anzuhalten. Als der schwarze Wagen stoppte und ich mich zum Fenster beugte, tastete ich instinktiv nach meiner Geldbörse in der Gesäßtasche. Sie war nicht dort. Hastig klopfte ich die Seiten- und die Gesäßtaschen meiner Jeans ab und zuckte zusammen, als ich auch die Innentasche meiner Jacke überprüfte, wohl wissend, dass sie nicht dort sein würde, weil ich sie niemals dorthin steckte.

Ich entschuldigte mich beim Taxifahrer und schickte ihn weg. *Zuerst die Katastrophe mit dem frischen Lippenstift und jetzt das.* Was ein großartiger Abend hätte sein sollen, war binnen weniger Sekunden zu einem einzigen Reinfall geworden.

Der Pub war inzwischen geschlossen und die Vordertür verriegelt, aber ich konnte die Crew noch im Inneren arbeiten sehen. Ich drückte mein Gesicht an die Fensterscheibe und klopfte vorsichtig. Eine Frau, die gerade einen Tisch abwischte, drehte sich um und formte mit den Lippen, dass sie geschlossen hätten. Ich rief in die Fensterscheibe: »Sie haben nicht zufällig eine Geldbörse gefunden?« Sie hielt eine Hand hinters Ohr, und ich tat, als würde ich eine Geldbörse aus meiner Tasche ziehen und sie öffnen.

Die Frau entriegelte die Tür und ließ mich herein. »Eine Geldbörse?«, sagte sie. »Ich glaube, jemand hat eine gefunden. Gehen Sie nach oben und dann rechts bis zum Ende des Korridors und fragen Sie im Büro – meine Chefin ist noch da.«

Was für eine Erleichterung! Es ist ein unglaubliches Gefühl, dein Smartphone oder dein Portemonnaie wiederzufinden und leibhaftig vor dir zu sehen, nachdem du schon gedacht hast, es sei weg. Die Geschäftsführerin, die aussah wie sechzehn, zog die Geldbörse aus ihrer Schublade und überprüfte die Angaben auf meinem Führerschein, ehe sie sie mir aushändigte. Ich schob sie in die Hosentasche, dankte ihr und ging. Ich fühlte mich beschwingt, geradezu energiegeladen. Gleich draußen vor dem Büro nahm ich mein Handy und schickte eine WhatsApp-Nachricht an Em.

Habe ganz vergessen zu fragen: Ist Ellie eigentlich Single? Ich wollte sie nach ihrer Nummer fragen, wusste aber nicht, ob sie einen Freund hat oder so.

»Vergessen zu fragen«, klar doch. Weil ich ja so beschäftigt damit war, die Betrunkenen in der Liverpool Street zu beobachten.

Ich hielt ein Taxi an. Als es durch den spätabendlichen Verkehr auf Kings Cross zukroch, musste ich mindestens fünfzigmal auf mein Handy geschaut haben. Jedes Mal redete ich mir ein, ich wollte wirklich nur noch mal nach der Uhrzeit sehen. Als das Taxi gerade neben St. Pancras hielt, sah ich endlich, wie sich das Display aufhellte: *Ja, sie ist Single, und sie hat mich nach deiner Nummer gefragt.*

Bevor ich in den Zug nach Hause stieg, saß ich eine halbe Stunde draußen vor St. Pancras auf einer Bank im Nieselregen und sah mir immer wieder Ems Nachricht an. Ich suhlte mich darin, wie gut es sich anfühlte.

16 In den nächsten Tagen war bei der Arbeit viel los, und ich hielt meinen Verstand so lange wie möglich auf Trab. Ich übernahm immer mehr Aufgaben. Das kam mir sinnvoller vor, als nach Hause zu fahren und allein mit meinen Gedanken herumzuhocken. Die Leute machten Bemerkungen darüber, dass ich ja gut gelaunt zu sein schien. *Wenn ich überall den Eindruck hinterlasse, »gut gelaunt zu sein«, ist das sicher nicht verkehrt.*

Auch Ellie war eine willkommene Ablenkung. Sie ließ sich ein paar Tage Zeit, um sich bei mir zu melden, doch dann schrieb sie mir eines Abends gegen neun: »Hi, hier ist Ellie.«

Komm schon, gib mir etwas für den Anfang, dachte ich.

Ich bemühte mich sehr, damit der Chat mit ihr in Schwung kam, aber sie hatte den Hang, nur sehr langsam auf meine Nachrichten zu reagieren, oder ihre Antworten waren aufreizend kurz. Vermutlich gehörte sie einfach nicht zu den Leuten, die gerne Textnachrichten schickten.

Ich wusste, dass ich irgendetwas unternehmen musste, doch ich wollte nicht zu forsch rüberkommen. Also führten wir diese merkwürdige, steife Unterhaltung, die im Hintergrund vor sich hin plätscherte. Aber manchmal musst du geduldig sein mit Leuten, wenn es darum geht, eine neue Beziehung aufzubauen; ich glaube, das können nicht alle. Aber das bedeutet nicht, dass es am Ende nicht gut werden kann.

An einem Donnerstagabend machte ich auf dem Weg nach Hause bei einem Fish-and-Chips-Laden halt. Ich fühlte mich ziemlich ausgelaugt und wollte nur noch nach Hause, mich aufs Sofa lümmeln und eine Riesenportion Fettiges vertilgen. Ich bestellte eine große Portion Fish & Chips, nahm mir neun Tütchen Tartarensoße und stopfte sie mir in die Manteltasche. Ich bemerkte, wie die Dame hinter der Theke mich aus dem Augenwinkel komisch ansah, aber das war mir egal. Diese Tütchen sind so klein, dass du mindestens vier brauchst, besonders wenn du den panierten Fisch nimmst, der ziemlich trocken sein kann.

Als die Dame mir die Tüte mit dem Essen über die Theke reichte, hielt ich ihr meine Bankkarte hin und lächelte, um zu verdeutlichen, dass ich damit zahlen wollte.

Die Dame lächelte nicht zurück; sie zeigte nur auf ein kleines Pappschild, das mit Tesafilm seitlich an der Kasse befestigt war: LEIDER NUR BARZAHLUNG.

Na toll, jetzt darf ich einen Geldautomaten suchen, weil ihr eure Steuern nicht zahlen wollt.

»Gibt es in der Nähe einen Geldautomaten?«, fragte ich die Frau, als würde ich nicht seit fast vier Jahren hier in der Gegend wohnen.

Sie beugte sich über den Tresen und zeigte mit einem roten, rauen Finger die Straße hinunter. »Sehen Sie das *Iceland's*? Wenn Sie in die Richtung gehen und dann noch hundert Meter weiter, aber auf der anderen Straßenseite. Oder am Bahnhof, da ist auch einer.«

Na super. Ich hatte die Stelle in Südengland gefunden, die am weitesten vom nächsten Geldautomaten entfernt war. Ich seufzte und nickte zum Dank.

Als ich wieder auf den Gehweg trat, beschloss ich, ein letztes Mal meine Geldbörse zu durchwühlen, für den Fall, dass doch noch ein abtrünniger Zwanziger darin steckte, zusammengefaltet zwischen alten Rechnungen oder Zugtickets. Ich bewahre nicht viel in meinem Portemonnaie auf, aber es gibt da dieses eine Fach, in dem sich ständig irgendwelche Zettel ansammeln. Ich schob meine Finger hinein und zog den Haufen heraus. Ein Heftchen mit sechs Briefmarken und eine zusammengeknüllte Quittung von irgendwoher.

Und dann war da dieses Ding, das ich nie zuvor gesehen hatte. Ein USB-Stick, eins von diesen superdünnen Dingern zum Aufdrehen, aber ich bekam ihn nicht auf, weil er klemmte. Gott weiß, woher ich den hatte. Ich sah mich nach einem Mülleimer um, um den Stick wegzuwerfen. Es gab keine. So ist das in St. Albans in Bahnhofsnähe, die Gehwege sind zu schmal.

Ich lief die Straße hinunter zum Geldautomaten, dachte an Ellie und was ich ihr schreiben sollte, während ich die ganze Zeit mit diesem Ding in meiner Hand herumspielte. Es war ein ziemlich schickes Ding mit einer weichen glatten Oberfläche. Unwillkürlich strich ich beim Gehen immer wieder mit dem Daumen darüber.

Ein Stück weiter die Straße hinunter spürte ich, wie sich der Mechanismus unter meinen Fingern bewegte. Das Ding war aufgegangen. Stirnrunzelnd sah ich nach unten und klappte den Stick ganz auf, bis der Stecker frei lag. Ich erkannte, warum er vorher geklemmt hatte: Ein winziges Stück Papier hatte den Mechanismus blockiert. Ein dünner gelber Zettel; ein abgerissenes Stück von einem Post-it. Eine Seite davon klebte immer noch. Ich drehte es um und sah, dass jemand mit einem ganz weichen Stift etwas darauf geschrieben hatte. Es war so schwach, dass ich in der Dunkelheit nichts erkennen konnte. Ich hielt den Zettel ins Licht eines Ladens, an dem ich vorbeikam. Die Schrift war unbeholfen und krakelig, und es dauerte eine Weile, bis ich sie endlich entziffert hatte. Dort stand:

Ich weiß, was du getan hast.

17 Ich ließ mein Essen Essen sein. Mir war der Appetit vergangen; ich musste nachdenken. Ich ging direkt nach Hause und lief mit dem Zettel in der Hand in meinem Wohnzimmer hin und her. Ich musste wissen, was los war. Ja, ich hatte die Sache ganz bewusst verdrängt, da das alles nichts mit mir zu tun hatte, aber nun fühlte es sich mit einem Mal so an, als müsste ich auf der Stelle herausfinden, wie es weitergegangen war.

Alle paar Minuten hielt ich mir den gelben Zettel nah vors Gesicht, als sei ich kurz davor, eine wichtige, kriminaltechnische Entdeckung zu machen. Plötzlich wollte ich unbedingt wissen, was hier vor sich ging. Obwohl dieser Zettel ganz sicher überhaupt nichts mit der Sache zu tun hatte – er sah ziemlich alt aus, als sei er schon vor Jahren geschrieben worden. Doch ich musste einfach nachschauen, was aus dieser Richard-King-Sache geworden war.

Im Netz legte ich sorgfältig die Spur von jemandem, der sich zu Hause entspannt und die Nachrichten liest. Ich ging auf die Website der BBC und klickte mich durch ein paar Artikel, »las« jeden für ein oder zwei Minuten, ehe ich den Bericht über eine Festnahme im Fall des Versicherungstypen in Farringdon anklickte. Der *Gassenmord von Farringdon*. Dieser Name hatte sich offenbar durchgesetzt.

Ich weiß nicht, warum, aber irgendwo tief in meinem Innern hatte ich gehofft, der Fall sei als »mutmaßlicher Unfall« zu den Akten gelegt worden. Ich hatte es recht gut hinbekommen, die Sache Tag für Tag aus meinen Gedanken fernzuhalten. Jetzt wieder davon zu lesen traf mich wie eine scheußliche, kalte Welle. Es war nicht einfach verschwunden. Für einen kurzen Moment überwältigte mich ein Gefühl der Entrüstung. Ich war wütend, weil die Ermittler es nicht einfach auf sich beruhen ließen.

Am Ende des Berichts gab es ein paar Links zu anderen Berichten über den Fall, unter anderem über die Verhaftung. Ich überlegte kurz, ob ich die Verhaftung googeln sollte. Immerhin ist es in meiner Nähe passiert, buchstäblich auf meinem Heimweg von der Arbeit. Natürlich interessiere ich mich dafür, was passiert ist. Ich habe die Schilder dazu jeden Tag gesehen. *Natürlich ist es für mich von Interesse.* Für jeden Außenstehenden wäre es merkwürdiger, wenn ich es *nicht* googeln würde.

Der Typ, den die Polizei verhaftet hatte, hieß Jacob Evatt. Er war achtundzwanzig Jahre alt und hatte bereits im Gefängnis gesessen, wegen schwerer Körperverletzung und als Mittäter in einem Raubüberfall. Er war schon früher am Abend mit Richard King aneinandergeraten, in einer Weinbar am Exmouth Market. Der Streit hatte damit angefangen, dass Evatt Kings Gruppe gesagt hatte, sie solle leiser sein, was eine ganze Kette an Beleidigungen auslöste, und am Ende beleidigte King Evatts Freundin, als er die Bar verließ. King und Evatt prügelten sich kurz auf der Straße, wobei Evatt dem Vernehmen nach mühelos die Oberhand hatte, ehe ein paar Männer, die vor einem Pub auf der anderen Straßenseite standen, die beiden trennten. Der zugekokste Evatt wurde von seiner Freundin weggezerrt. King ging, was vermutlich klug war, allein über Farringdon zur Old Street Station. *Aber halt, das war alles andere als klug.* Jedenfalls ging er in diese Richtung davon, und die Theorie lautete, dass Evatt ihm gefolgt war.

Die sozialen Medien waren voll davon. Verschiedene Leute hatten den Vorfall der Polizei gemeldet, und Evatt wurde ziemlich schnell identifiziert. Es gab wahrscheinlich Aufnahmen der Überwachungskameras, nicht lange nachdem er die Weinbar verlassen hatte, die ihn allein unterwegs zeigten, ohne seine Freundin. Er war ziemlich krass drauf. Auf den Fotos von ihm in den Berichten hatte er einen wilden Blick. Und es gab eine Menge über ihn im Internet zu lesen.

Jacob Evatt war riesig, bestimmt zwei Meter groß, weiß, mit kurzem Bart. Seine kurz rasierten Haare bildeten ein schmales »V« über seiner Stirn. Für einen Typ in den Zwanzigern war sein Haar echt schon weit zurückgegangen. Dazu hatte er diese dichten, vollen Brauen, mit denen er aussah, als würde er ständig die Stirn runzeln, und zwei tiefe Falten auf der Stirn wie ein Shar-Pei. Und darunter diese bohrenden, pechschwarzen Augen.

Er hatte keine Arbeit. Wegen Problemen mit dem Rücken war er als arbeitsunfähig registriert. Angeblich hatte er sich tatsächlich einmal den Rücken gebrochen, als ihn jemand während eines Streits mit einem Auto überfahren hatte – zweimal, vor und zurück. Seit einem Motorradunfall hatte er auch Metallstifte in der Schulter und im Rücken.

Doch ein Arbeitsloser hätte nicht halb so schicke Klamotten. Er trug nur Designerjeans und maßgeschneiderte Jacketts. Seine Freundin postete regelmäßig Bilder davon, wie sie in den angesagtesten Locations aßen und tranken. Er war ganz klar ein Mann, bei dem sich viel hinter den Kulissen abspielte. Er hatte im Gefängnis gesessen, weil er während der Fußball-WM nach einem Spiel der englischen Mannschaft in einem Pub in Barking eine Gruppe Studenten verprügelt hatte. Er hatte einen Stuhl auf dem Kopf von einem dieser jungen Leute zerschmettert und ihm den Schädel zertrümmert. Ein anderes Mal wanderte er zusammen mit einem Kerl namens Jamie Keane in den Knast, der immer noch einsaß, weil er ein halbes Kilo Kokain in einem kaputten Kühlschrank in seiner Garage aufbewahrt hatte.

Evatt durfte auch nicht mehr nach Polen einreisen, nachdem man ihn dort verhaftet und kurzzeitig festgehalten hatte, weil er in irgendwelche Gewalttätigkeiten in Zusammenhang mit einem Fußballspiel verwickelt gewesen war. Je mehr ich über diesen Typen herausfand, desto weniger mochte ich ihn. Seine Freundin sah nett aus und wirkte ziemlich normal. Ich fragte mich, wie Frauen wie sie sich mit so einem zufriedengeben konnten. Wenn jemand schon wegen dieser Sache aus dem Verkehr gezogen werden musste, dann war ich froh, dass es Jacob Evatt war.

Das redete ich mir zumindest ein.

Ich nahm den gelben Zettel und hielt ihn mir erneut dicht vors Gesicht.

Ich weiß, was du getan hast.

Das konnte nicht sein. Eine Weile saß ich da und spielte das

Szenario durch, dass jemand tatsächlich wusste, was passiert war, und dass dies seine Art war, es mir zu sagen. Und dann hatte sich ihm die Gelegenheit geboten, den Stick in meine Geldbörse zu schmuggeln.

Aber warum sagte er es mir? Warum erzählte er es nicht der Polizei? Der Zettel sah so alt aus. Dazu kam die Tatsache, dass er in einen USB-Stick gestopft war, den ich vorher nicht gehabt hatte. Damit etwas, das in der Hülle von diesem Stick klemmte, so zerknittert aussah, musste es Monate darin gelegen haben, nicht Tage.

Ich öffnete den Stick und pustete kräftig hinein, um den Schließmechanismus vom Staub zu befreien. Eigentlich hatte ich gelesen, dass man das nicht tun sollte und dass es die Sache nur noch schlimmer machte, aber ich machte es immer so. Ich war nicht sicher, ob ich den USB-Stick zuvor schon einmal gesehen hatte. Ich steckte ihn in meinen Laptop.

Auf dem Stick war nur eine einzige Datei, ein Video. Es war eine riesige Datei, und es dauerte eine Weile, sie zu öffnen. Als es so weit war, sah ich für ein paar Sekunden einen leeren, grauen Hintergrund und dann ein erschütternd vertrautes Bild.

Es war die Aufnahme eines Ortes in Farringdon, aufgenommen aus großer Höhe. Es war Abend oder Nacht, aber man konnte alles erkennen: die Baustelle, die ganzen Gerätschaften und die Container voll Schutt. Rechts im Bild waren Zäune zu sehen und etwas, das aussah wie einige Bürogebäude – und die Gasse.

Meine Abkürzung.

Die Blumen und das Fußballtrikot konnte ich nirgends entdecken, also musste die Aufnahme aus der Zeit vor dem bewussten Abend stammen. Im Hintergrund waren die hoch aufragenden Gebäude zu sehen, deren untere Stockwerke größtenteils von den Maschinen auf der Baustelle verdeckt waren. Ich brauchte einen Moment, um mich zu orientieren, doch ich schätzte, dass dieses Video aus einer Wohnung im obersten Stock eines Gebäudes neben der Baustelle gefilmt worden war.

Die Aufnahme war klar und scharf. Eindeutig nicht das, was man von einer Überwachungskamera gewohnt war. Ich kannte mich mit Kameras nicht besonders aus, aber ich wusste, dass dies hier mit einer sehr hochwertigen aufgenommen worden war. Die Aufnahme war von weit oben und wahrscheinlich aus großer Entfernung gemacht worden, aber sie war weder körnig noch pixelig. Das Bild war gestochen scharf. Die Kameraführung war extrem ruhig. Keine Bewegung, kein noch so leichtes Schwanken. Vermutlich hatte niemand die Kamera in der Hand gehalten.

Etwa eine Minute geschah nichts. Ich stellte die Lautstärke höher, damit ich nichts verpasste. Es gab keinen Sound. Schließlich tauchte eine Gestalt auf. Eine Person rannte durch die Gasse. Es war weder ich noch Richard King, sondern ein großer Mann, wahrscheinlich ein Jogger, dessen lange Beine unter ihm wirbelten wie die Rotorblätter eines Hubschraubers. Dann war er verschwunden, und es war wieder ruhig.

Während ich zusah, fiel mir auf, dass sich hinter den Fenstern der hoch gelegenen Wohnungen hin und wieder jemand bewegte: Ich sah, wie eine Person in ihr Schlafzimmer ging und sich auf die Bettkante setzte, während sie etwas in ihr Handy tippte. Ich sah jemand anderen in die Küche gehen und den Kühlschrank öffnen.

Nach ein paar Minuten bewegte sich wieder etwas in der Gasse, eine weitere, kleine Gestalt. Dieses Mal war es unverkennbar der Versicherungstyp, Richard King.

Mein Herz sank.

Da war er, so deutlich zu erkennen wie am helllichten Tag.

Die Gesichtszüge waren nicht im Detail zu sehen, aber es war eindeutig er. Ich kannte ihn überhaupt nicht, trotzdem erkannte ich ihn am Gang. Dieser merkwürdige, vogelähnliche Körperbau und die plumpen Bewegungen, plattfüßig und ein wenig zu weit nach vorn gebeugt.

Er lief nicht ganz in gerader Linie den Weg entlang. Selbst aus dieser Entfernung konnte ich den Blick aus seinen fiesen Vogelaugen spüren, mit denen er die Gegend vor sich absuchte. Dann tauchte noch eine Gestalt auf. Ich. Ich sah mich selbst durch die Gasse laufen. Mein Gesicht war nicht zu erkennen, und auch meine Kleidung war nicht besonders gut zu sehen. Ob ich erkennen würde, dass ich das war, wenn ich nicht wüsste, dass ich es war?

Man sieht mich durch die Gasse gehen, und man sieht, wie ich leicht von meinem Kurs abweiche, um King aus dem Weg zu gehen. Als der Abstand zwischen uns geringer wird, kann man sehen, dass wir aufeinander reagieren, aber es gibt keinen Ton, und man kann auch keine Gesichtszüge erkennen. Man sieht, wie wir uns anrempeln, dann, wie ich mich umdrehe und ein paar Schritte zurückgehe, wieder auf ihn zu. Man sieht ihn leicht den Kopf schütteln. Sekunden später hole ich aus, und man sieht ihn zu Boden stürzen. Man sieht, wie ich gehe und kurz darauf zurückkomme und mich über den Mann beuge.

Dann wird der Bildschirm schwarz.

Wenige Sekunden später war das Bild wieder da, aber dieses Mal viel näher an Richard Kings reglosem Körper, der auf dem Boden zusammengebrochen war wie ein nasser Sack.

Und dann hörte es einfach auf. Das war's, das Video war zu Ende. Ich riss den USB-Stick aus meinem Computer und starrte ihn entsetzt an.

18 Ich musste mir dieses Video über hundertmal angesehen haben. Ich wurde Experte darin, die Pausen zwischen den Actionszenen zu überspringen. Wusste genau, wann es Zeit wurde, den Schieber am Balken weiterzuziehen, und wie weit.

Natürlich verstand ich die Botschaft.

Stundenlang lag ich, mit dem Gesicht nach unten, auf dem Bett, halb an einer Seite heraushängend, und starrte den Fußboden an. Ich schaltete nicht einmal den Fernseher ein, um irgendwelche Hintergrundgeräusche zu haben. Ich lag einfach da und dachte nach. Ich empfand keinen Druck, ich weinte nicht, ich rührte keinen Muskel. Ich lag einfach nur da und dachte nach. Verarbeitete.

Die Wick-MediNait halfen mir nicht so gut wie früher beim Einschlafen. Ich hatte mir angewöhnt, sie regelmäßig zu nehmen, und ich glaube, die Wirkung ließ allmählich nach. Ich beschloss, die doppelte Dosis zu nehmen, nur dieses eine Mal. Ich hatte kein Gras mehr, und ich brauchte etwas, um abzuschalten. Ich würde etwas schlafen und hoffentlich am nächsten Tag meinen Verstand wieder beisammenhaben.

Ich nahm vier Tabletten und machte ein Bier auf, dann drehte ich mich auf den Rücken und starrte an die Zimmerdecke. Um mich abzulenken, schaltete ich den Fernseher ein und sah mir eine Dokumentation aus den Neunzigern an, Japanisch mit Untertiteln: Da waren Dorfbewohner, die eine Art Gedenkfeier veranstalteten, und ein Mädchen, das etwa sieben war und auf einem Grill aus Metalldrähten mehr als fünfzig Fische räuchern musste. Sie machte ihre Sache großartig, soweit ich das beurteilen konnte. Dann dämmerte ich weg.

Ich stopfte den USB-Stick ganz nach unten in eine Keksdose in meinem Küchenschrank. Ich musste mir überlegen, was ich mit dem Ding anstellen sollte. Was ich deswegen *unternehmen* sollte, war eine andere Sache.

Am Freitag sagte ich meine sämtlichen Meetings ab, saß mit Kopfhörern an meinem Schreibtisch und tat, als würde ich über ein Projekt oder so nachgrübeln. Die Arbeit fühlte sich wie eine außerkörperliche Erfahrung an, als ich mechanisch die alltäglichen Routineaufgaben erledigte, während mir der Kopf schwirrte wie ein kaputter Ventilator. Zum Lunch machte sich ein kleines Grüppchen für einen Drink auf den Weg ins *Three Kings*, aber ich ging nicht mit. Sosehr ich den Alkohol auch wollte, ich konnte jetzt keinen Smalltalk ertragen. Oder jede andere Art von Gespräch.

Gegen halb drei erfasste mich ein merkwürdiges Gefühl. Ich fühlte mich schwach, und mein Körper begann zu kribbeln. Es fing in den Fingerspitzen und den Zehen an und kroch bis auf die Brust hoch, bis meine Lunge sich anfühlte, als würde sie auf Rosinengröße schrumpfen. Ich schaffte es nicht mehr, einen richtig tiefen, erfrischenden Atemzug zu nehmen. Alles fühlte sich eng an, und die rostigen Sprungfedern in meinem Rücken waren wieder da.

Ich beschloss, einen Spaziergang zu machen, um meinen Kopf freizubekommen. Ich hatte mir angewöhnt, zu jeder Straßenkamera hochzublicken, an der ich vorbeikam, und mir ihren Einstellwinkel und die Sichtachse zu merken. Die meisten dieser Kameras waren vermutlich entweder gar nicht an, oder die Aufnahmen wurden alle paar Tage oder Wochen überschrieben. Ich weiß, dass es so läuft. Wenn es auf diesen Bändern irgendetwas gegeben hätte, was für die Polizei von Nutzen sein könnte, dann hätte ich inzwischen davon gehört.

Geistesabwesend scrollte ich auf meinem Handy herum, während ich zu *Itsu* lief, wo ich ein paar Teigtaschen mit Gänsefleisch und Sojasoße und eine Schokomousse essen wollte.

Es war ein schöner Tag, kalt, aber sonnig. Die Abkürzung und die Andenken an King konnte ich nicht ertragen, also nahm ich den Umweg außen herum. Ich überflog die Schlagzeilen auf meinem Telefon. Von Jacob Evatt war schon eine ganze Weile nichts mehr zu hören gewesen.

Dann spürte ich, wie etwas von der Seite gegen meinen linken Fuß stieß. Es war, als hätte jemand mit einem Hammer auf meine Ferse geschlagen. Meine Absätze schlugen zusammen, und bevor ich kapierte, was los war, trug mein Schwung mich nach vorn, über meine Füße auf den Boden. Ich schaffte es nicht rechtzeitig, meine Hände hochzureißen: Mein Kinn und der linke Ellbogen krachten auf den Gehweg, und mein Smartphone flog mir aus der Hand.

Als ich versuchte aufzustehen, packte eine Hand meinen Kragen und drückte mich zurück auf den Boden.

19 »Steh nicht zu hastig auf. Bleib liegen«, sagte eine männliche Stimme.

»Alles okay? Sie bluten ja. Hier.« Eine Frau tauchte hinter mir auf, legte mir einen Stapel Taschentücher auf das Kinn und streckte mir ihre Arme entgegen, damit ich mich auf sie stützen konnte, um mich wieder aufzurappeln.

Ich tastete nach meinem Kinn. Es blutete, und ich spürte, dass die Haut aufgeschürft war. Meine Hand war ebenfalls aufgekratzt und blutig.

»Ist mit dir alles in Ordnung?«, fragte die männliche Stimme.

Ich versuchte zu antworten und merkte, dass ich mir auf die Zunge gebissen hatte, als ich auf dem Boden aufgeschlagen war. Die Wirkung des Adrenalins ließ nach, und ich stellte fest, dass es ziemlich weh tat.

»Es tut mir *so* leid«, sagte die Stimme.

Ich blickte auf und sah einen Mann mittleren Alters über mir stehen. Er trug eine schwarze Cordhose und braune Arbeitsschuhe. Unter einer lila Arbeitsjacke lugte ein kariertes Hemd hervor, das bis oben zugeknöpft war.

»Ich glaube, unsere Füße haben sich verheddert«, sagte er. »Ich hatte es wohl zu eilig.«

Er beugte sich vor und legte mir die Hände links und rechts an die Schultern, um mir aufzuhelfen. »Oh!« Er bemerkte die Schürfwunde an meinem Kinn und zuckte zusammen. Er hatte Mundgeruch.

»Mir fehlt nichts«, sagte ich und klopfte mir irgendwelchen imaginären Dreck von der Brust. Meine Zähne schmerzten, weil meine Kiefer so hart aufeinandergeprallt waren. Ich begann, meine Taschen nach meinem Smartphone abzuklopfen.

»Hier«, nuschelte der Mann mit der Arbeitsjacke und beugte sich ein Stückchen vor, um mein Telefon aufzuheben. »Du hast es fallen lassen.«

Er brachte es mir, den Kopf bedauernd zur Seite geneigt. Er hatte eine fettige Nase und eine zu große Brille mit silbernem Gestell. Ich fand nicht, dass er wie ein Hipster aussah, was wohl bedeutete, dass er diese Hipsterbrille völlig ironiefrei trug. Was wiederum hieß, dass es einfach eine echt scheußliche Brille war.

»Danke«, sagte ich und streckte die Hand aus, um mein Telefon von ihm entgegenzunehmen.

Er zog seine Hand zurück, und zum ersten Mal verschwand die Herzlichkeit in seinem Auftreten.

»Ich werde dich nicht anzeigen, keine Sorge. Ich verpetze dich nicht.«

Ich sah ihn an, dann wieder auf seine Hand, mit der er mein Smartphone zurückgezogen hatte.

Er reichte es mir, ganz langsam. »Tut mir leid, hier!«

Ich schnappte es mir und schob es in meine Gesäßtasche. Misstrauisch machte ich einen Schritt von ihm weg. Sein ganzes Verhalten wirkte merkwürdig und gereizt.

Er drängte sich erneut an mich und schaute über die Schulter, um sicherzugehen, dass niemand zuhörte. Dann packte er mein Handgelenk, senkte den Kopf und funkelte mich mit gerunzelter Stirn an.

»Hör zu, ich verpetze niemanden, aber ich weiß, dass du mein Video gesehen hast. Entspann dich, Wilbur, okay? Alles gut. Ich wollte dich gerade nicht umrennen, das war keine Absicht.«

Mit einem Nicken deutete er auf die Stelle, wo wir zusammengeprallt waren.

Keine Absicht?

Was sollte ich tun? Diese Sache hatte sich *erledigt*. Ich hatte mit alldem abgeschlossen. Ich wollte ihn wissen lassen, dass ich absolut keine Ahnung hatte, wovon er da redete. *Absolut keine Ahnung.* Ich schaute mich um, ob er allein war, dann sah ich ihn blinzelnd wieder an und täuschte Verwirrung vor.

Er ließ mein Handgelenk los und öffnete langsam seine Hände, als wollte er sich ergeben.

»Ich will nur mit dir über das reden, was passiert ist; ich habe niemandem davon erzählt. Werde ich auch nicht, versprochen.«

20 Er nannte sich Solly.

Er begleitete mich den restlichen Weg zu *Itsu*, erklärte aufgeregt flüsternd, dass er von seinem Balkon aus »alles mit der Kamera eingefangen« habe. Ich blickte nur starr nach vorne und hörte ihm zu. Ich konnte nicht sagen, ob er verrückt war oder mir zu helfen versuchte oder mich bedrohte oder was auch immer.

Er sagte, er sei Filmemacher und habe den ganzen Vorfall nur zufällig aufgenommen. Er sagte, er habe mich im Video erkannt, weil er mich »schon öfter in Farringdon gesehen« habe. Offenbar wollte er mit mir über die Sache reden, ehe er die Aufnahmen löschte. Er sagte, er fühle sich schlecht, weil er die Sache mit angesehen hatte, und er wolle »nur darüber reden, ohne irgendwas damit anzufangen«.

Ich wusste echt nicht, was ich dazu sagen sollte. Ich meine, ich verstand, dass der Typ sich irgendwie schlecht deswegen fühlte, aber dass er mich gesucht und gefunden hatte, um mit mir darüber zu reden, haute mich einfach um. Wie um alles auf der Welt hatte er mich aufgespürt?

Auf jeden Fall war er ein total schräger Typ. Schon allein sein Aussehen: Sein dünnes, dunkles Haar war zurückgestrichen und zeigte eine faltige Stirn über dieser bescheuerten Brille. Die Augen waren groß und grün, mit tiefen Krähenfüßen an den Augenwinkeln, die bis zu den Schläfen reichten, und sein Blick hatte etwas Jämmerliches. Er schien ganz erpicht darauf, mich wissen zu lassen, dass er »nichts weiter damit anfangen« wolle.

»Ich brauche nur jemanden zum Reden, damit ich damit fertigwerde.« Immer wieder sprach er davon, dass er niemanden verpfeifen würde. Das schien ihm echt wichtig zu sein.

Er schob eine Hand in seine Jackentasche und hielt mir einen zusammengefalteten Post-it-Zettel entgegen:

»Ruf mich an. Bitte. Ruf mich an, wenn du mit der Arbeit fertig bist, ja? Solly, okay? War nett, dich zu treffen.«

Ich wusste nicht, was ich sagen sollte. Von dem Sturz stand ich immer noch ein wenig unter Schock.

Ich hielt eine Hand an die Wunde am Kinn und nahm das Stück Papier.

Natürlich meldete ich mich bei ihm.

Ich konnte es nicht *nicht* tun. Seit der Sekunde, in der ich das Video gesehen hatte, quälte ich mich damit, welche Auswirkungen und Risiken das möglicherweise für mich hatte. Jetzt hatte ich eine Antwort. *Ich war gesehen worden.* Und nicht nur das: Eine Kamera hatte mich gefilmt. *Er braucht nur dieses Video der Polizei zu übergeben, und ich bin geliefert.*

Doch das schien er gar nicht zu wollen. In diesem Punkt war er sehr beharrlich gewesen. Sonst hätte er es ja auch längst getan, und in den wenigen Minuten, die ich in seiner Gesellschaft verbracht hatte, hatte ich begriffen, dass er eine aufrichtige Abneigung gegen das *Petzen* hatte. Aber offenkundig wollte er irgendetwas von mir.

Kurz vor fünf am Nachmittag schrieb ich ihm eine SMS.

Hallo Solly, hast du Zeit für einen Drink nach der Arbeit?

Er antwortete Sekunden später mit einer Adresse in Farringdon und der Frage: *Halb sieben?*

21 Um fünf machte ich Feierabend und ging mit einem flauen Gefühl im Magen zu der Adresse, die Solly mir geschickt hatte. Als ich das Haus fand, blieb ich stehen und starrte eine Weile zum Dach des Gebäudes hoch, ehe ich mich in den Pub gegenüber setzte, um bis halb sieben zu warten. Von meinem Platz am Fenster aus beobachtete ich die Leute, die das Hochhaus betraten und verließen. Gegen Viertel nach sechs hatte ich zwei Bier getrunken und beschloss, die Straße zu überqueren und zu klingeln.

Sollys Wohnung lag im obersten Stock. Als ich aus dem Fahrstuhl trat, wartete er bereits an der Wohnungstür und begrüßte mich. Ich lächelte ihm kurz zu, als ich mich ihm näherte; vermutlich eine Art unterschwelliger Instinkt, nett zu ihm zu sein.

Er bat mich herein. Die Wohnung war einfach eklig. An den Wänden klebte Dreck, und der billige Teppichboden war mit Flecken übersät. Ich stand mitten im Wohnzimmer, während er geräuschvoll einen Stapel Plastikstühle auseinanderriss, die in einem Schrank verstaut waren. Schließlich reichte er mir einen davon.

Ich nahm den Stuhl und stellte ihn in die Ecke, in die Nähe der Tür. Ich fühlte mich noch zu unbehaglich, um mich zu setzen, also blieb ich vor dem Stuhl stehen, während ich den Raum musterte. Es war nicht einmal besonders unordentlich, aber es war schmutzig, und ein beißender Gestank nach altem Pommesfett und Schmutzwäsche hing in der Luft.

Solly bot mir nichts zu trinken an – aber aus dieser Küche hätte ich ohnehin nichts gewollt. Er entschuldigte sich und ging ins Badezimmer, während ich mich weiter umsah. Ein unaufgeräumter Tresen trennte den Küchenbereich in einer Ecke des Raumes vom restlichen Wohnzimmer. Ein paar Haushaltsgeräte waren mit einem dichten, schmierigen Fettfilm bedeckt. Ich schwor mir im Stillen, hier auf keinen Fall etwas anzufassen, und behielt die Hände in den Taschen.

Überall am Herd waren Fingerabdrücke zu sehen, und die Zimmerdecke darüber war dunkelgrau, vielleicht vom Rauch der Fritteuse oder auch davon, dass jemand über lange Zeit beim Kochen Zigaretten geraucht hatte. Gegenüber der Küche starrten vier große, schmutzige Fenster auf Farringdon hinaus. In allen Ecken hatte sich auf dem Boden diese Mischung aus Staub und Fett festgesetzt, als wäre dort seit Jahren nicht mehr richtig sauber gemacht worden. Die Wände waren größtenteils nackt, bis auf ein Landschaftsbild in einem Holzrahmen. Ich glaube, das hatte Solly selbst gemalt, denn es war absolut scheiße.

Das Merkwürdige war, wie mir schnell klarwurde, dass der Typ Geld haben musste. Überall gab es Hinweise darauf. An der Wand hing ein riesiger Flatscreen, und es gab jede Menge Kram, der Wohlstand verriet. Ein in Decke und Wände eingebautes Sonos-Soundsystem, ein stylishes Designerstück aus alten Metallbierfässern in der Ecke sowie ein großer brauner Lehnsessel in Leder gegenüber dem Fernseher. Von hinten wirkte er fast wie neu, doch die Sitzfläche war überzogen mit Kratzern, die von einem Schlüssel oder einem Messer zu stammen schienen, sowie Brandflecken von Zigaretten. Ein paar tiefe schwarze Narben sahen aus, als hätte dort etwas Heißes gestanden und sich tief ins Leder eingebrannt.

Vom Geruch im Raum wurde mir ein bisschen schwindlig. Schließlich kam Solly zurück, in der Hand einen Multipack Chips. Hatte er die aus dem Badezimmer geholt? Unbeholfen drehte er den Lehnsessel so um, dass er mir gegenübersitzen konnte.

»Du meine Güte«, nuschelte er. »Das ist echt eine ziemlich wüste Sache, was?« Dann sprang er auf, trat vor und streckte mir die Hand entgegen.

»Solly.«

»Ich bin Will«, sagte ich.

»Ich weiß«, schnaubte er. »Das weiß ich doch.«

»Woher weißt du das?«

»Ich habe drei Wochen fast ausschließlich damit verbracht, dich zu finden.« Er nickte und ließ sich wieder in seinem Sessel nieder. »Diese Sache lastet auf meinem Gewissen! Du weißt doch, dass der Typ tot ist, oder?

Ich starrte ihn an. »Ja.«

»Yep. Weißt du von Jacob Everett?«, fragte er und schob seine Hüften vor, als er in seiner Hosentasche herumfummelte. Der abgewetzte Cordstoff glänzte speckig.

»Evatt«, korrigierte ich leise.

»Er wird die Sache ausbaden müssen«, legte Solly nach und musterte mich, um meine Reaktion zu sehen.

Ich schaute zu Boden und zuckte die Achseln.

»Er ist ein verdammter ... Ein echt harter Typ. Mit dem will man sich nicht anlegen«, fuhr Solly grinsend fort.

»Ich wollte nicht ... dass irgendjemand dafür die Schuld bekommt«, murmelte ich.

»Na ja, dieser Typ sitzt jetzt aber im Knast. Wenn du nicht willst, dass er den Kopf hinhalten muss, kannst du ihn ganz einfach da rausholen«, lachte er. »Ich würde sagen, du kannst ausgesprochen froh sein, dass jemand anders die Schuld dafür bekommt. Ich wäre das jedenfalls.«

Da war etwas an Sollys Auftreten, was mir echt nicht gefiel. Er wirkte ziemlich aufgeregt wegen der ganzen Sache, aber überhaupt nicht verstört. Es war, als würde er mit einem Kumpel über eine Fernsehserie reden. Er war nicht unhöflich, aber er fragte mich eindeutig Sachen, auf die er die Antwort bereits kannte. Er war wie ein *Gaffer*. Es fühlte sich ein wenig erniedrigend an, als würde er mir den Scheiß unter die Nase reiben, einfach, weil er es konnte.

Er zog ein Päckchen Tabak aus der Tasche und strich ein Blättchen auf seinem Oberschenkel glatt. Ich schaute aus dem Fenster auf seinen Balkon. Dort standen sechs oder sieben Kameras, jede auf einem eigenen Stativ. Vor den Kameras hing ein Tarnnetz von oben herab, damit sie von außen nicht zu erkennen waren, so ein Ding, das Naturfreaks benutzen, wenn sie nachts Dachse beobachten. Auch das war ohne Zweifel das Spielzeug von jemandem, der Geld hatte.

»Was ist mit diesen Kameras?«, fragte ich.

»Hör zu«, sagte er und legte vorsichtig etwas Tabak auf das Blättchen. »Ich will eins klarstellen.«

Jetzt kommt's.

»Ich hab nichts Kriminelles oder so im Sinn. Mein alter Herr ist durch die Polizei gestorben, als ich ein Kind war, ich will also nichts mit denen zu tun haben.«

Zum ersten Mal seit mehr als sechs Stunden holte ich richtig Luft.

»Es geht nur um mich und meine Gefühle. Dieses Video war einfach ein Schock für mich, und ich muss damit irgendwie abschließen«, sagte er.

Es fühlte sich an, als würde jemand kaltes, klares Wasser in meinen heißen, trockenen Kopf gießen. Er wirkte aufrichtig. Ich sah ihm in die Augen, und er erwiderte meinen Blick, nickte und atmete langsam aus. Ich glaubte ihm. Es war eine unglaubliche Erleichterung.

»Es war nicht meine Schuld«, sagte ich schließlich und starrte auf den schmutzigen Boden.

Er ließ sich ewig Zeit mit der Antwort, dann beugte er sich zu mir und sagte sanft: »Aber es ist alles okay, oder? Es ist gut ausgegangen. Niemand gibt dir die Schuld.«

»Ich denke, niemand sollte dafür die Schuld bekommen. Niemand hat Schuld, bis auf ...«

»Die Versicherung«, unterbrach er mich.

»Wie bitte?«

Langsam griff er in seine Innentasche und zog ein Feuerzeug hervor. Nachdem er seine Zigarette angezündet hatte, deutete er aufs Fenster. »Er war Versicherungsmakler, dieser King.«

»Warum hast du mir das Video geschickt?«, fragte ich.

»Wenn ich es nicht getan hätte, wärst du dann hergekommen und hättest dich mit mir getroffen?«, antwortete Solly. »Ich musste dich schließlich irgendwie herbekommen. Inoffiziell, meine ich; ohne dass ...« Er zeigte mit dem Finger auf die Zimmerecken, als wollte er eine Form von Überwachung andeuten. Er hatte echt eine Macke. Man merkte, dass er zu viel Zeit allein verbrachte.

»Ich muss dir ein paar Fragen stellen, damit ich die Sache aus meinem Kopf bekomme«, fuhr Solly fort, legte seine Zigarette kurz weg und hielt mir die Chipstüten hin.

Ich lehnte kopfschüttelnd ab. Er nahm sich eine Tüte Ready Salted heraus und legte den Rest auf den Boden. Er riss die Tüte auf und begann, die Chips einen nach dem anderen herauszuholen. Mir fiel auf, dass er sie im Mund behielt und eine Weile daran lutschte, ehe er sie kaute. Manchmal zog er an seiner Zigarette, während ein pampiger Chip in seinem Mund zerfiel. Es war echt eklig, ihm dabei zuzusehen. Er atmete ohnehin schon schwer durch die Nase, und wenn er kaute, wurde es noch schlimmer.

Solly war vielleicht einen Meter achtundsiebzig groß und zwischen fünfzig und sechzig Jahre alt. Sein Aussehen wurde stark von dieser dämlichen Brille bestimmt; damit wirkte er wie ein Sonderling. Sein Gesicht unter der vorgewölbten Stirn war mit roten Flecken und Kratzern von einem ungeeigneten Rasierer übersät, seine Haare gingen zurück. Obwohl er schlank war, hing die Haut an den Wangen schlaff herunter, und die dichten Brauen waren zusammengewachsen. Die Nase lief spitz auf dünne, trockene Lippen zu. Seine blasse Haut wirkte fettig und ungepflegt.

»Na los«, drängte ich ihn.

»Erzähl mir davon, von Anfang an«, sagte er, bevor er sich einen weiteren Chip in den Mund schob und daran lutschte.

Wieder war mir seine offenkundige Begeisterung unangenehm. Aber ich musste ihm nachgeben, um es hinter mich zu bringen. Also erzählte ich ihm, was passiert war.

Er zeigte keinerlei Reaktion. Seine Miene blieb vollkommen ausdruckslos; er hörte nur zu. Es war, als hätte er alles schon einmal gehört.

Als ich fertig war, holte er tief Luft, nickte und legte die leere Chipstüte auf die Armlehne des Sessels.

»Ich verstehe«, sagte er, als wollte er mich beruhigen.

Ich streckte meine Hände aus, um ihm mit dieser Geste zu verdeutlichen, dass ich nicht wusste, was ich sonst noch sagen sollte.

»Fühlst du dich schlecht?«, fragte er.

»Natürlich. Aber was kann ich jetzt schon tun, außer mich schlecht zu fühlen?«

»Nichts«, antwortete er. »Du kannst nichts tun. Aber ich werde dir etwas sagen: Ich fühle mich wesentlich besser, jetzt, wo du mir die Geschichte dahinter erzählt hast. Es hört sich an, als hätte er bekommen, was er verdient hat.«

Ich zuckte zusammen. Das ging dann doch zu weit.

22 Ich saß noch etwa fünfundvierzig Minuten mit Solly zusammen. Obwohl dieser Typ ganz offenkundig ein merkwürdiger Kauz war, fühlte es sich gut an, mit jemandem über all das reden zu können. Es war, als könnte ich endlich ein wenig davon loswerden. Aber es gab immer noch ein paar Dinge, die irgendwie nicht zusammenpassten. Ich kaufte ihm die Geschichte nicht ab, er habe mich *schon öfter in Farringdon gesehen:* Wie hatte er es geschafft, mich aufgrund dieses Videos zu identifizieren? Wie hatte er mich gefunden?

Ich sah keinen Sinn darin, irgendetwas zu verschweigen. Ich dachte, dass ich genauso gut reinen Tisch machen konnte. Also stellte ich ihm ebenfalls Fragen: Wie er mich wirklich gefunden hatte, wie er diesen USB-Stick in meine Geldbörse geschmuggelt und ob er mich auf der Straße absichtlich umgerannt hatte. Er solle es mir einfach ganz ehrlich sagen.

Er blieb bei seiner Geschichte, dass er mich wiedererkannt habe, weil er mich schon öfter hier in der Gegend gesehen habe. Er sagte, es ließe sich nun mal nicht vermeiden, dass er die Gasse von seiner Wohnung aus ständig im Blick habe, so dass er mich ziemlich häufig dort habe entlanggehen sehen. Fairerweise muss ich sagen, dass er die blau-weiße Regenjacke erwähnte, die ich gelegentlich trug. Das überraschte mich und machte seine Geschichte zugleich merkwürdig glaubwürdig. Offenbar hatte er mich tatsächlich vorher schon gesehen, denn diese Jacke hatte ich monatelang nicht getragen.

Er erklärte, er sei Stammgast im *Three Kings* und würde mich dort ein paarmal in der Woche mit meinen Kollegen sehen. Er sagte, er sei an den meisten Nachmittagen dort und sähe regelmäßig Leute aus meiner Firma. Er gab zu, dass er mir, sobald er mich in der Aufnahme erkannt hatte, eines Abends nach der Arbeit nach Hause folgen wollte, mit der Absicht, später seine Nachricht in meinen Briefkasten zu werfen. Er habe »Angst gehabt, ich könnte ihn angreifen«, wenn er mich persönlich ansprächte.

Aber an jenem Abend war ich in dem Pub in der Liverpool Street gewesen. Da habe er meine Geldbörse geklaut, als ich mich in der überfüllten Bar mit Ellie unterhielt, und sie mit seiner Nachricht und dem USB-Stick der Geschäftsführerin gegeben, in dem Wissen, dass ich danach fragen würde. Er sagte, das sei einfacher für ihn gewesen. Ich sagte ihm, noch leichter wäre es gewesen, mich einfach direkt anzusprechen.

Er bestritt energisch, mich absichtlich umgerannt zu haben. Er sagte, er habe draußen vor meinem Büro gewartet, um mit mir zu sprechen, doch dann sei er abgelenkt gewesen und musste mir durch Farringdon folgen, um mit mir zu reden. Immer wieder sagte er, dass er mich nicht anrempeln wollte, aber dabei grinste er. Es war, als würde er seine eigene Aussage untergraben. Seine Worte waren beruhigend, aber mit seiner Miene machte er diesen Effekt prompt wieder zunichte. Unwillkürlich berührte ich die wunde Haut an meinem Kinn.

»Du hast versucht, mir bis nach Hause zu folgen?«, fragte ich. »Und, warte mal, warum überwachst du eigentlich die Gasse?«

Solly ließ sich in seinen Sessel zurückplumpsen und sah mich an.

»Ich überwache die Gasse nicht …« Einen Moment lang machte er ein nachdenkliches Gesicht, bevor sich ein Mundwinkel zu einem Grinsen kräuselte.

»Schau her.« Er sprang aus dem Sessel auf und sammelte zwei verschiedene Fernbedienungen auf. Dabei blickte er zu mir zurück und grinste verschwörerisch.

»Ich habe etwas gegen dich in der Hand, jetzt kannst du etwas gegen mich in die Hand bekommen.«

Ich wappnete mich. *Was für ein Mist kommt jetzt?*

Fünf Minuten später sah ich fassungslos zu, als Solly mir seine hausgemachten Pornos zeigte. Direkt an der Gasse, nicht weit von Sollys Balkon entfernt, stand ein neues Gebäude, unten waren Büros, in den oberen Stockwerken befanden sich Wohnungen. Solly erklärte mir, dass in »achtzig oder neunzig Prozent« der Apartments »ganz ansehnliche Frauen« wohnten und dass einige von ihnen »aktiven Sex« (was immer das bedeutete) hatten und dass »viele von ihnen keine Vorhänge« hatten oder sie nicht zuzogen.

Ich vermute, wenn man in eine neue Wohnung zieht, hat man in den ersten Monaten andere Prioritäten; vor allem, wenn die Fenster so hoch über der Straße liegen. Solly fuhr fort und erklärte, dass er im Verlauf der letzten Jahre eine Sammlung von mehr als 600 vollständig bearbeiteten, qualitativ hochwertigen Videos zusammengestellt hatte. Die Genres reichten von ahnungslosen Frauen, die in ihrem Zuhause Sex hatten, bis zu anderen ahnungslosen Frauen, die in der U-Bahn, im Supermarkt oder in diversen Umkleideräumen von einer Kamera gefilmt worden waren.

Für sein Hobby hatte er in einige professionelle Geräte investiert. Er hatte alles Mögliche an Technik da, wovon das meiste brandneu aussah, einschließlich eines Nikon-Teleobjektivs mit Nachtsichtfunktion, das ihn nach seiner Schätzung mehr als dreißig Riesen gekostet hatte. Ich sagte kein Wort, während er mir begeistert seine Aufbauten erklärte. Ich war schockiert und begriff, dass ich umdenken musste. Was zum Geier war das bloß für ein Typ?

Ich war ziemlich erleichtert darüber, wie sich alles entwickelt hatte, und wollte die Sache nicht vermasseln oder Ärger machen, indem ich voreingenommen wirkte oder andeutete, dass er komplett gestört sei. Auf eine schräge Art war ich froh, dass es ein Perversling war, der das alles mit angesehen hatte. Das bedeutete, dass er keinerlei Anreiz hatte, jemanden wissen zu lassen, was er in der Hand hatte. Im Stillen beschloss ich, allen Frauen in diesen Wohnungen eine anonyme Botschaft zukommen zu lassen, um sie darüber zu informieren, dass es an der Zeit war, sich ein paar Vorhänge anzuschaffen.

»Bei dir war das alles nur Selbstschutz«, sagte er, als er mich zu seiner Wohnungstür begleitete. »Wusstest du«, fuhr er fort, »dass du in China, wenn du jemanden mit dem Auto anfährst und verletzt, dem anderen sämtliche Arztrechnungen zahlen musst, die mit dem Unfall zu tun haben? Solange der andere lebt? Wenn es ein schwerer Unfall ist und die Person ernstlich verletzt wurde, aber *lebt*, dann kann das in die Hunderttausende gehen – wer kann sich das denn leisten? Aber wenn die Person *stirbt*, musst du nur für die Beerdigung bezahlen, das ist eine einmalige Ausgabe.«

Ich nickte langsam.

Er fuhr fort: »Und was ist das Ergebnis? Unerwartet viele Leute sorgen jetzt dafür, dass der andere auch tatsächlich tot ist. Ein Autofahrer fährt aus Versehen einen Fußgänger an, weil er vielleicht am Steuer irgendwas gesnackt hat, und dann denkt er instinktiv erst mal: ›O mein Gott, der arme Kerl, hoffentlich geht es ihm gut.‹ Und dann – zack! – kippt seine Moral um 180 Grad; die Logik schaltet sich ein, und er begreift die nackten Tatsachen. Und in dem Moment – anstatt zu hoffen, die Person sei am Leben – hofft er, dass die Person *tot* ist. Es gibt Videos von Leuten, die einen Fußgänger mit dem Auto anfahren und dann zurücksetzen und ihn noch einmal überfahren, um die Sache zu Ende zu bringen. Ich kann es dir zeigen, wenn du willst.«

Ich schüttelte den Kopf. Mir war schlecht.

»Aber du verstehst, was ich meine? Es ist nicht so, dass die Autofahrer irgendjemanden verletzten wollen oder irgendwelche bösen Absichten haben. Das sind ganz normale Leute, von denen wir hier reden, Menschen wie du und ich. Es ist reiner Selbstschutz. Passiert uns allen. Die Leute haben wahrscheinlich Kinder, die sie großziehen und durch die Schule bringen müssen, und Eltern, deren Medikamente bezahlt werden müssen, und sie denken einfach nur: ›Es ist nun mal passiert, und ich kann es mir nicht leisten, mein ganzes Geld zu verlieren.‹ In diesem Moment fällen sie das Urteil, dass ihr Leben weitergehen und nicht von diesem einen irrwitzigen Moment überschattet werden soll, um den sie nie gebeten haben. Aber zuerst müssen sie etwas unternehmen, und zwar ganz schnell.«

Die Analogie gefiel mir nicht. Ich würde so etwas nicht tun, niemals. Einfach den Rückwärtsgang einlegen. So bin ich nicht.

Ich nickte noch einmal und sammelte meine Kräfte für einen letzten Vorstoß.

»Hey, danke, Solly. Ich meine, du hast dir angehört, was ich zu sagen hatte, und ich bin froh, dass du mich verstehst. Jetzt muss ich das alles erst einmal sacken lassen. Ich muss irgendwie nach vorne schauen.«

Er spitzte die Lippen und nickte weise.

»Es ist vorbei. Vergiss es. Wenn du jemanden in die Enge treibst, und seine Lebensgrundlage ist in Gefahr, wird er alles tun, um zu entkommen. *Du* wurdest in die Enge getrieben, und du hast es geschafft zu entkommen, also freue ich mich für dich. Die Welt dreht sich weiter.«

Ich zwang mich zu einem Lächeln.

Er öffnete die Wohnungstür für mich, und im Hausflur drehte ich mich noch einmal um und sah ich ihn an. »Wofür die ganze Mühe?«

Solly lächelte. »Weil ich dich irgendwie herlocken musste, oder? Ich musste in Ruhe mit dir reden.«

Ich nickte, doch ich begriff immer noch nicht, wofür all das nötig war. Er wirkte bei weitem nicht so angeschlagen oder verwirrt, wie er behauptete. Eigentlich schien er die ganze Situation ziemlich gut unter Kontrolle zu haben. Zum dritten Mal, seit ich ihn kennengelernt hatte, sah ich ihm in die Augen.

»Hör zu, ich muss einfach fragen. Diese Aufnahme. Das bewusste Video. Kann ich es mitnehmen? Dann kann ich es vernichten. Ich meine, ich weiß, dass es nirgendwohin kommen wird, es würde mich einfach nur beruhigen, wenn ich ganz sicher wüsste, dass es *weg* ist.«

Solly sah mich verstört an. »Was meinst du damit?«

»Ich ... dieses Video?« Ich spürte, wie die Atmosphäre sich veränderte.

Nach einer langen, unbehaglichen Pause löste er sich endlich wieder aus seiner Erstarrung. »Ach ja, das Video!«

»Genau. Ich meine … wenn das in Ordnung ist?«

Ich wollte nicht misstrauisch wirken, aber ich musste diese Sache endlich beenden.

»Cool«, sagte er. »Ja klar. Ich lösche es.«

»Kann ich … dabei sein, wenn du es löschst?«, fragte ich.

»Nein«, sagte er entschieden.

Die Atmosphäre hatte sich definitiv verändert. Von seiner ganzen Empathie schien nichts mehr übrig zu sein. Ich presste einen falschen Lacher heraus. »Okay, aber … woher weiß ich dann, wenn du es getan hast?«, fragte ich.

»Weil ich es dir sagen werde«, antwortete er.

Ich verschränkte die Arme und hielt seinem Blick stand.

»Wenn ich nicht sehe, wie du es löschst, wie soll ich dann wissen, dass es weg ist?«, fragte ich.

»Weil ich es dir sagen werde«, wiederholte er.

Ich zwang mich zu einem unbeholfenen Lächeln. »Hör mal, bitte … es ist wichtig, also … «

»Jetzt hör mir mal gut zu«, knurrte er. »Ein bisschen Respekt wäre ja wohl angebracht, Sportsfreund.«

Ich sah ihn ungläubig an. »Solly, ich … ich wollte wirklich nicht respektlos klingen.«

»So hört es sich aber nicht an!«, sagte er. »Willst du hinter mir stehen, während ich es lösche?« Er schrie jetzt, und die Tür zum Treppenhaus stand offen.

»Nein, nein, das meine ich ja gar nicht«, sagte ich und versuchte, die Wogen zu glätten.

Sein Blick flackerte wild hin und her. Er beugte sich zu mir vor und flüsterte: »Bist du ein Mörder?«

»Nein!«, protestierte ich.

»Gut«, sagte er. »Und ich bin keine Petze. Gute Nacht, Will. Betrachte die Angelegenheit als erledigt.«

Fast behutsam schloss er die Tür vor meine Nase.

23   Es wurde kompliziert, und ich kam emotional an
meine Grenzen. Ich glaube, ich hatte das ursprüngliche Trauma
aufgrund des Geschehnisses unter einem Gefühl der Entrüstung begraben. Meine Entschlossenheit, unbeschadet davon-
zukommen, hatte alles andere überdeckt. Mit der Zeit wird so
ein Abwehrmechanismus schwächer, und man fängt an, die
Dinge mehr so zu sehen, wie sie sind. Oder wie sie waren. Allmählich wurde mir bewusst, dass ich den Tod eines Menschen
verursacht hatte.

Ganz egal, ob es unabsichtlich passiert war oder ob er es verdient hatte oder ob ich es verdient hatte –, als die Betäubung
durch den Schock nachließ, begann ich, die seelische Erschüt-
terung zu spüren. Die Polizei, Solly, Richard King … Etwas in
mir zog sich zurück, als wollte es nichts mehr mit der Welt zu
tun haben. Und nicht nur mit dieser Situation, sondern mit gar
nichts mehr in der Welt.

Ich begann, mehr zu rauchen, und trank regelmäßig ein,
zwei Bier zum Lunch. Abends machte ich spätestens um sechs
damit weiter.

Doch jetzt trank ich allein, in meiner Küche. Ich hatte mich
mit niemandem von der Arbeit verkracht, aber ich konnte einfach keinen ertragen. Meine Kollegen wussten inzwischen
ganz gut, wann sie mich in Ruhe lassen mussten.

So fühlt sich eine Depression an. Sie verschluckt dich, reißt
dir die Seele heraus und übernimmt die Kontrolle über dein
gesamtes Sozialleben.

Sie macht dich zu einer Marionette, zieht dich hierhin und
dorthin, während du zusiehst, wie deine Beziehungen in die
Brüche gehen, weil du die Leute immer öfter verprellst. Du
siehst dich selbst von Szene zu Szene wandern und spürst genau, dass es falsch ist und dass du nicht richtig mitmachst. Aber

es ist schlicht nicht möglich, dieses Denkmuster zu ändern und dich zu retten.

Eines der Dinge, die mir im Laufe der Jahre aufgefallen sind, ist Folgendes: Wenn du eine Depression hast, willst du einfach nur, dass endlich alles *vorbei* ist. Jedes Projekt, an dem du arbeitest, jeder Abend, den du durch die Pubs ziehst, jede Unterhaltung, jede sexuelle Erfahrung: Du wartest darauf, dass es vorbei ist. Und warum? Damit du verschwinden und was tun kannst? Nichts. Damit du gehen und nichts tun kannst. Irgendwie fühlt sich das Nichtstun wie der am wenigsten schlechte Lebensstil an. Wenn du nichts tust, hast du nicht das Gefühl, irgendetwas zu Ende bringen zu müssen, weil es nichts zu Ende zu bringen gibt.

Zu den nervigsten Begleiterscheinungen für Introvertierte in der modernen Welt gehört, dass die Leute glauben, mit ständigem Smalltalk wäre schon alles geritzt. Und so schwelt unter meiner Depression immer auch Groll, weil doch alle sehen müssen, dass hier jemand am Kämpfen ist, aber mir niemand zu Hilfe kommt. Ich bin wütend auf die anderen, obwohl ich tief in mir weiß, dass mir niemand helfen kann. Diese ganzen bescheuerten Leute, die mit mir über bescheuerte Dinge reden und mich nur nerven, anstatt mir zu helfen. Dabei weiß ich ganz genau, dass ich keine Ahnung habe, wie sie mir helfen könnten – woher sollen sie es dann wissen?

Also ziehe ich mich in einen Kokon zurück, in dem es nur mich und ein paar Fernsehserien gibt. Ich versinke in diesem Vakuum in meinem Kopf, in dem jeder in meiner Umgebung ein Feind ist und alle Leute, denen ich am Herzen liege, mein Problem unterschätzen. Ich kann es nicht ertragen, sie zu sehen oder in ihrer Nähe zu sein.

Ellie wurde zu meinem einzigen sinnvollen Kontakt zur Welt. Sie sorgte dafür, dass es mit mir nicht völlig den Bach runterging. Nachrichten, kleine Chats, bei denen ich mich normal, manchmal sogar kurz gut fühlte. Ich glaube, auf eine Art wurde Ellie umso neugieriger auf mich, je abweisender ich wirkte, wenn ich eine Zeitlang verstummte. Sie fing an, häufiger das Gespräch zu suchen. Doch ich schaffte es einfach nicht, sie zu treffen. Ich fühlte mich nicht in der Lage, ihr eine gute Show zu liefern, also lehnte ich immer wieder ab.

Solly hatte mich in einen Strudel gerissen. Ich befand mich in einem vagen Schwebezustand; und da war diese dumpfe Ahnung, dass er es genoss. Er hatte mich absichtlich zu sich gelockt, hatte mich dieses ganze seltsamen Treffen mit ihm durchstehen lassen und mich dann mit dem Gefühl entlassen, dass die Sache noch nicht ausgestanden war. Er schien mit der Situation zu *spielen*.

Ein paar Tage, nachdem ich mich mit ihm getroffen hatte, bekam ich eine Textnachricht von ihm, in der nur stand: *ERLEDIGT*.

In dieser Kürze lag so viel Arroganz und Trägheit, als wüsste er genau, dass er am längeren Hebel saß. Er wusste, dass ich mehr brauchte als das, aber ich durfte nichts riskieren. Ich antwortete nur: *OK*.

Ich glaubte nicht, dass er das Video tatsächlich gelöscht hatte. Aber ich war nicht in der Verfassung, mich diesem Problem zu stellen. Ich spürte, dass er nicht daran interessiert war, die Polizei zu informieren, sondern dass er etwas anderes wollte. Aber dann hörte ich lange Zeit nichts mehr von ihm. Er verschwand einfach, genauso schnell, wie er aufgetaucht war.

Eines Abends kam Ellie vorbei, um einen Film zu sehen. Ich hatte es nun doch vorgeschlagen, dachte, das würde meinem Verstand eine Atempause verschaffen. Es war gut, dass sie da war, es beruhigte mich. Sie erzählte mir Geschichten über ihre

Zeit an der Uni und von ihrer Arbeit in der City. Sie fühlte sich an wie eine kleine Sauerstoffpipeline mitten durch das Chaos. Sie merkte, wann ich reden und wann ich einfach nur schweigen wollte, sie hatte echt ein gutes Gespür dafür. Manchmal schwiegen wir minutenlang, was sie nicht zu stören schien. Ich hätte ihr gern gesagt, wie verdammt dankbar ich war, sie um mich zu haben. Aber das wäre ein bisschen viel gewesen, so früh am Anfang unserer Beziehung.

Eines Morgens Anfang Dezember bekam ich eine weitere Nachricht von Solly. Dieses Mal hieß es nur: *EVATT ANGE-KLAGT.*

Ich googelte es, konnte jedoch nichts finden, also antwortete ich: *Hab nichts davon gehört.* Ich hoffte, er würde seine Behauptung weiter ausführen, gönnte es ihm aber nicht, mehr zu wissen als ich.

EVATT WIRD ANGEKLAGT, wiederholte er.

Einzelheiten?, antwortete ich.

Keine Antwort.

Drei Stunden später war die Story in den Nachrichten. Dieser Jacob Evatt wurde beschuldigt, Richard King getötet zu haben, und wartete jetzt auf seinen Prozess. Eine riesige Welle von Erleichterung und Schuldgefühlen gleichzeitig überrollte mich. Ich zitterte unkontrolliert am ganzen Körper.

Wie sich herausstellte, hatte die Polizei nicht nur nichts gegen mich in der Hand, sondern sogar erdrückende Beweise gegen diesen Evatt. Ungläubig scrollte ich durch die Berichte und Tweets. Es war die Rede von einem klaren, eindeutigen Fall. Die Polizei hatte Videoaufnahmen von Evatt und King, wie sie sich vor einer Bar in Clerkenwell streiten, und dann von Evatt, der King in Richtung Bahnhof Old Street verfolgt.

Es gab zwar diese toten Winkel in der Turnmill Street und

in der Gasse. Sie schienen zu wissen, dass King dort entlang-gegangen war und Evatt ihm in die Richtung gefolgt war. Sie wussten, dass Evatt hinter ihm her war, und Kings Leiche und seine Kleidung waren mit Evatts DNA von der vorangegange-nen Schlägerei übersät. Alles, was die Polizei hatte, deutete auf diesen Mann hin. Ich gestattete mir den Gedanken, dass ich durch diese glückliche Fügung des Schicksals gerettet worden war. Ich wusste nicht, wie ich mich fühlen oder was ich denken sollte. Aber ich wusste, dass ich den Kopf einziehen und den Mund halten musste.

24 Zu dieser Jahreszeit war es schwierig, mich in Ar-beit zu vergraben. In Werbeagenturen wie der unseren wird es ziemlich ruhig, wenn die Kunden über die Feiertage schließen. Ich konzentrierte mich auf Ellie. Ich brauchte mehr mensch-liche Gesellschaft, wenn ich weiterleben und zur Normalität zurückkehren wollte.

Ellie kam jetzt alle paar Tage vorbei. Es war einfacher, sich bei mir zu treffen als bei ihr; sie wohnte in einer WG in Mor-nington Crescent, in der Privatsphäre Luxus war. Normaler-weise saßen wir in meinem Zimmer, tranken Wein und schau-ten Filme. Manchmal gingen wir auch in den Pub, aber wir hatten kaum Kontakt zu anderen Menschen. Keiner von uns beiden hatte groß Lust dazu. Wir lebten in unserer eigenen kleinen Blase, weit weg von der rauen Welt da draußen. Wir brauchten keine anderen Menschen.

Wir redeten über die Nachrichten oder erzählten uns Dinge aus unserem Leben. Ich erzählte ihr lustige oder oberpein-liche Geschichten von der Arbeit. Auf eine sehr elegante Weise konnte sie mir das Gefühl geben, witziger zu sein, als ich bin.

Sie schien einfach meinen Sinn für Humor zu verstehen. Ihr Humor war verdammt trocken. Allein ihre Ausdrucksweise und Reaktionen brachten mich zum Lachen. Ich sagte ihr, dass sie Comedienne werden könnte, wenn sie wollte. Das gefiel ihr gar nicht. Ich sagte: »Ich meinte ja nicht so etwas wie Mr. Bean«, aber das half auch nicht.

Am Montag vor Weihnachten gingen Ellie und ich zusammen durch die Stadt zur Arbeit. Ich küsste sie zum Abschied, und alles fühlte sich gut an. Ich ignorierte jeden Anflug von Schuldgefühl, der sich einschlich. Ich erlaubte mir keinen Gedanken an King oder diesen Evatt, niemals. Das hatte nichts mit meiner Welt zu tun.

Von Solly hatte ich nichts mehr gehört, und ich fing an zu glauben, er hätte vielleicht tatsächlich das Interesse an mir verloren. Trotzdem hatte ich bis auf fünftausend Pfund alles von meinem Konto abgehoben, nur für den Fall, dass er beschloss, mich zu erpressen, und ich beweisen musste, dass das alles war, was ich hatte. Abgesehen davon versuchte ich einfach nur, mein Leben wieder auf die Reihe zu bekommen.

Bei der Arbeit waren alle gut drauf. Ich half einem Kollegen, ein Brainstorming mit ein paar Kunden zu organisieren. So ein Brainstorming ist eines dieser merkwürdigen Rituale im Geschäftsleben, auf denen die Amerikaner bestehen, obwohl alle wissen, dass dabei nie etwas Nützliches herauskommt. Doch es gehört zu unserem Job, und die Kunden mögen es.

Eine Keksfirma hatte uns damit beauftragt, fürs nächste Jahr ihre »kultige Weihnachtsdose« neu zu gestalten, und wir mussten so tun, als würden in einem langen Prozess zuerst alle Seiten Einfälle beisteuern, die wir dann weiterentwickeln würden, bis unser Creative Director eine Idee hatte. Dann würden wir diesen Vorschlag präsentieren und alles andere verwerfen. (Ja, genauso sinnlos ist mein Job manchmal.)

Ich stellte Weihnachtsmusik an, um in die richtige Stimmung zu kommen, und wir legten los. Am Ende sah der Raum aus, als ob eine Bombe eingeschlagen hätte, und wir hatten einen Berg A1-Papier, über und über mit unleserlichen Filzstiftkritzeleien und kleinen Diagrammen bedeckt. Alle bedankten sich bei mir und verdrückten sich. Es ist ziemlich schräg, wenn erwachsene Leute so tun, als sei so was wirklich lohnend und bereichernd. Dabei wissen alle, dass das nicht stimmt.

Sobald ich so ein Brainstorming erledigt hatte und die Sache für eine Weile los war, fühlte ich mich immer gut. Ich packte zusammen, und gegen halb fünf hatte ich das Gefühl, für diesen Tag meinen Teil geleistet zu haben. Ich fragte herum, ob irgendjemand noch kurz mit in den Pub kommen wollte (kein Interesse), bevor ich mich in Richtung nach Hause aufmachte. Ich holte mein Handy raus, um Ellie zu texten und zu fragen, ob sie zum Abendessen zu mir kommen wolle.

Ich schaffte es vielleicht drei Schritte aus der Tür, bevor ein Streifenwagen langsam um die Ecke bog und vor dem Büro anhielt. Auf dem Beifahrersitz saß Kane, Probert fuhr. Ich winkte Kane zu, und sie nickte zurück. Ich wollte weitergehen, aber die Neugier siegte, also blieb ich stehen und rief ihnen, als sie aus dem Wagen stiegen, zu: »Wieder da?«

Während Probert zurückblieb, um den Seitenspiegel auf der Fahrerseite einzuklappen, kam Kane zu mir.

»Sie sind Will, nicht wahr?«

»Ja. Hi.« Ich spürte, wie mein Blutdruck stieg, war aber entschlossen, cool zu bleiben.

»Will, es tut mir leid, dass wir Sie noch einmal stören müssen, aber hätten Sie vielleicht kurz Zeit?«

»Oh.« Ich schaute auf meine Uhr und dann wieder zu ihr. »Klar.«

Gott weiß, warum ich auf die Uhr geschaut habe. Ich musste

nirgendwohin, außer nach Hause, um mit Ellie einen Prosecco zu trinken.

Ich führte sie in ein leeres Büro, fragte, ob sie etwas zu trinken wollten und ob noch jemand dazukommen sollte. Sie lehnten beides ab. Als wir uns setzten, schwor ich mir im Stillen, mich nicht von Kane aus der Ruhe bringen zu lassen. Was immer sie zu sagen hatten, ich würde hilfsbereit, überzeugend und langweilig sein, wie eine ganz normale Person. Ich würde nett sein, jemand, den sie leicht wieder vergessen würden, damit sie weitermachten wie zuvor. *Wenn sie mich mit King in Verbindung bringen könnten, hätten sie es schon vor Monaten getan. Die haben ihren Mann.*

»Will«, begann Probert. »Wie Sie sich wahrscheinlich schon gedacht haben, sind wir wegen des Todes von Richard King hier.«

25 Ich saß reglos da und hörte zu, während sie noch einmal das Wesentliche durchgingen.

Sie berichteten mir, dass King neben der Baustelle in der Nähe des Bahnhofs Farringdon mit einem Gegenstand auf den Kopf geschlagen worden war. Die Kopfverletzung hatte ein Hämatom verursacht, das zu seinem Tod geführt hatte. Offenbar hatte die Art des Sturzes zu einem Aufprall zwischen dem Bürgersteig und »dem weicheren Teil seines Schädels« geführt. Bei dieser Formulierung wurde mir ganz übel. Seine Leiche wurde zwischen 21.50 Uhr und 22.00 Uhr von einem Mieter eines nahegelegenen Wohnhauses gefunden, der die Gasse als Abkürzung vom Bahnhof nach Hause nutzte. Als ich nachfragte, sagte Probert, die Polizei »gehe einer Reihe von Spuren« in diesem Fall nach.

Was ist mit Evatt? Die Frage lag mir auf der Zunge. Solche Todesfälle werden normalerweise früh oder gar nicht aufgeklärt. Und sie hatten ihn aufgeklärt und ihren Täter gefunden. Die Wahrscheinlichkeit, zu einem späteren Zeitpunkt noch aussagekräftige, neue Beweise zu finden, musste gering sein. Trotzdem saßen sie hier, vor dem Typen, der es getan hatte.

Der Typ, der es getan hatte.

Auf der Plusseite stand, dass keiner der beiden nervös oder erregt wirkte, wie es meiner Vorstellung nach der Fall wäre, wenn sie kurz davor stünden, einen Verdächtigen zu verhaften. Sie waren völlig gelassen. Von beiden ging eine ruhige Stimmung aus, als würden sie das alles nur pro forma durchgehen, was mich ein wenig entspannte. Keiner der beiden hatte die Jacke ausgezogen, bevor sie sich setzten. Ich konzentrierte mich darauf, ruhig und langsam zu atmen.

Probert öffnete einen Notizblock. »Will, die Unterhaltung, die wir mit Ihnen führen werden, ist sehr wichtig. Ich möchte, dass Sie alles vergessen, was vorher war, und dieses Gespräch behandeln, als würden wir zum ersten Mal miteinander reden.«

Kane sah ihn scharf an, als er das sagte. Ich konnte sehen, dass sie wegen irgendetwas sauer war. Probert zog ein Stück Papier aus seiner Tasche und begann, es beim Sprechen langsam auseinanderzufalten.

»Es ist nicht einfach, sich an Dinge zu erinnern, die zu einem bestimmten Zeitpunkt in der Vergangenheit stattgefunden haben«, fuhr er fort. »Ich wette, wenn ich Sie fragen würde, was Sie letzte Woche um diese Zeit auf Ihrem Heimweg gemacht haben, würden Sie es wahrscheinlich nicht sagen können.«

Ich lächelte und zuckte die Achseln.

»Aber es ist wichtig, dass Sie sich wirklich Mühe geben. Unser Team hat sich die Aufzeichnungen der Überwachungskameras aus dieser Gegend angesehen, und wir haben die Routen und die

Zeiten für jede Person aufgezeichnet, die während der fraglichen Zeit dort entlanggekommen ist. Sie sind eine von nur drei Personen, die so gut wie sicher Richard King über den Weg gelaufen sind – egal, ob Sie sich daran erinnern oder nicht. Und so gut wie sicher sind Sie der Person begegnet, die ihn angegriffen hat.«

Er hatte das Papier auseinandergefaltet. Es war ein vergrößerter Kartenausschnitt von Nordost-London. Probert zog einen schwarzen Kugelschreiber aus seiner Tasche und malte einen kleinen Kreis halb über den St. James Walk bis zu Clerkenwell Green, wo sich mein Büro befand. Unvermittelt befand ich mich wieder in einer Situation, in der ich mit trockenem Mund und ohne ein Glas Wasser dasaß. Unwillkürlich schaute ich zu Kane, während ich versuchte, meinen Gaumen mit der Zunge zu befeuchten.

»Also, wir sind *hier*«, fuhr Probert fort und ließ den Finger kreisen, als wollte er bestätigen, was »hier« meinte. »Und da ist das *Three Kings*«, sagte er ruhig und malte noch einen Kreis.

Ich spürte, wie meine Körpertemperatur anstieg. Mein Gesicht wurde heiß. Eine der Besonderheiten meines Büros war, dass fast immer drückende Hitze herrschte, vor allem, wenn es draußen kalt war.

»Bitte entschuldigen Sie«, unterbrach ich, »haben Sie etwas dagegen, wenn ich kurz auf die Toilette verschwinde? Ich platze gleich.«

»Ja, natürlich, gehen Sie nur«, sagte Probert und legte den Kugelschreiber auf den Tisch.

Kane seufzte hörbar.

»Vielleicht können Sie dabei über den letzten Oktober nachdenken«, sagte Probert, als ich aufstand. »Sie müssen uns nur erklären, welche Route Sie genommen haben, und uns jedes Detail nennen, an das Sie sich erinnern. *Alles*, was Sie gesehen oder gehört haben, könnte von Bedeutung sein.«

26   Als ich zurückkam, eine Flasche Mineralwasser in der Hand, fühlte ich mich ruhiger und gefasster. Wenigstens war ich zuversichtlich, dass ich keine Schweißflecken auf seinem Stadtplan hinterlassen würde. Ich hatte mir die feuchten Hände mit kaltem Wasser gewaschen, was vorübergehend geholfen hatte. Ich zeichnete meine Route mit dem Kugelschreiber nach, ohne Probert oder Kane anzusehen. Meine Hand zitterte ein wenig, aber nicht sehr. Keiner von beiden machte sich Notizen oder sagte etwas; sie beobachteten mich nur mit ausdruckslosem Blick.

Ich erklärte ihnen, ich hätte den Pub verlassen und sei die Clerkenwell Close hinuntergelaufen. Da hätten ein paar Leute rauchend draußen gestanden, erinnerte ich mich, vor dem Pub, aber ich konnte mich an nichts Genaueres erinnern, nicht einmal, ob es Männer oder Frauen gewesen waren. Männer wahrscheinlich. Dann hatte ich den Platz überquert und war quer über die Straßen gegangen, anstatt die Fußgängerüberwege zu benutzen, da es so ruhig war. Ich konnte mich nicht erinnern, viele Autos gesehen zu haben oder dass viel los gewesen wäre. Es war ein ruhiger Abend gewesen. Schließlich gelangte ich auf die Hauptstraße, wo ich, wie ich glaubte, den Fußgängerüberweg benutzt hatte, bevor ich in die Gasse neben dem Café *Limon* eingebogen war.

»Okay, okay, großartig, aber etwas langsamer bitte«, unterbrach mich Probert. »Je mehr Einzelheiten, desto besser. Gehen Sie in Gedanken etwas langsamer. Selbst wenn Sie den Hinterkopf von jemandem in einem vorbeifahrenden Autofenster gesehen haben, ist es erwähnenswert. Gehen Sie davon aus, dass *alles* erwähnenswert ist.«

Ich blies die Wangen auf und sah ihn mit großen Augen an, als wollte ich ihm zu verstehen geben, was für eine schwere

Aufgabe das war. Die Wahrheit allerdings war, dass ich meine ereignislose Version dieses Abends inzwischen so oft im Kopf geprobt hatte, dass ich nicht bereit war, sie auszuschmücken oder von meiner Beschreibung abzuweichen. So wie ich es sah, sank ihre Chance, mich zu erwischen, je starrer und minimalistischer meine Version der Ereignisse war. Natürlich hatte ich daran gedacht, dass ich jemanden in der Gasse oder zumindest in der Nähe gesehen haben *musste*. Also ließ ich diesen Teil der Story im Ungewissen.

»Die Lichtverhältnisse waren dort nicht besonders gut, aber ich war die einzige Person in der Gasse, *glaube* ich«, fuhr ich fort. »Aber ich habe mich nicht umgedreht. Gut möglich, dass jemand hinter mir war. Ich habe nicht drauf geachtet.«

Kane schaute zu Probert, bevor sie ihr Schweigen brach. »Darf ich fragen, wie viel Sie getrunken hatten?«

Schulterzuckend sah ich zur Decke. »Vier Bier? Vielleicht fünf?«

»Okay. Sie waren also nicht vollkommen betrunken, aber auch nicht mehr ganz nüchtern?«, fragte sie.

Ich war nicht sicher, was ich darauf antworten sollte, also sagte ich nur: »Genau.«

Wieder hatte Kane etwas an sich, das mir gar nicht gefiel. Sie verhielt sich immer, als bezweifelte sie alles, was gesagt wurde, und sie schlug mir gegenüber diesen gewissen Ton an –, als wüsste sie etwas, das ich nicht wusste.

Ich erklärte ihnen, ich sei ohne Verzug durch die Gasse gegangen, auf der anderen Seite herausgekommen, dann links in die Turnmill Street abgebogen und dieser Straße bis zum Bahnhof gefolgt.

»Erinnern Sie sich noch, auf welcher Straßenseite Sie gegangen sind?«, fragte Probert.

Ich blickte nach oben und tat, als würde ich über die Frage

nachdenken, ehe ich antwortete: »Nein. Tut mir leid, daran kann ich mich nicht erinnern. Normalerweise gehe ich sofort über die Straße, sobald ich sie erreiche, also habe ich das vermutlich auch an dem Abend getan. Wahrscheinlich bin ich den Großteil der Strecke auf der Bahnhofseite gegangen.«

Plötzlich wirkten die beiden, als würden sie sich unbehaglich fühlen. Als hätte ich etwas gesagt, das für sie nicht ins Bild passte. In Gedanken ging ich meine Geschichte noch einmal durch und konnte nichts finden, das als zu widersprüchlich gelten könnte. Ich merkte, dass Kane irgendeine Theorie ausbrütete. Sie beugte sich vor, so dass sie Proberts Blick auf mich verdeckte, als würde sie jetzt die Kontrolle über das Gespräch übernehmen.

»Warum überqueren Sie die Turnmill Street, sobald Sie sie erreichen?«, fragte sie ruhig.

»Es … kommt mir einfach schneller vor, glaube ich. Die Straße so früh wie möglich zu überqueren scheint mir irgendwie kürzer zu sein.« Ich schüttelte den Kopf, als suchte ich nach irgendetwas Interessantem, das ich dazu noch sagen könnte.

»Können Sie mit Sicherheit sagen, dass Sie nicht stehen geblieben sind, nirgendwo?«, fragte Kane schließlich.

Ich blinzelte sie an und trank etwas Wasser. Ich spürte, wie meine Temperatur mit jeder Sekunde weiter anstieg. Ich zitterte ein wenig, und ich war nicht länger sicher, ob es daran lag, dass ich Angst hatte oder dass ich angefressen war oder was auch immer.

»Nein«, sagte ich. »*Natürlich* kann ich mir dessen nicht sicher sein. Das ist Monate her. Ich habe Ihnen doch gesagt, wie vage ich mich daran erinnere. Es wäre nicht normal für mich, irgendwo stehen zu bleiben, es müsste schon etwas Ungewöhnliches passieren, und ich erinnere mich nicht, dass etwas *Ungewöhnliches* passiert wäre, also bin ich mir ziemlich sicher, dass ich nicht stehen geblieben bin.«

Ich war etwas atemlos und hörte die Totenstille im Büro außerhalb dieses Raumes. Ich wusste, dass alle versuchten zu lauschen.

»Und Sie haben keine einzige Person gesehen, auf dem ganzen Weg?«, bohrte Kane nach.

»Nein, das habe ich nicht gesagt. Ich habe nicht zwangsläufig niemanden gesehen, aber ich könnte … Ich meine, aller Wahrscheinlichkeit nach *bin* ich Leuten begegnet, aber ich erinnere mich nicht daran. Es ist so lange her; es könnte jeder beliebige Abend gewesen sein.«

Nervös und erhitzt nahm ich noch einen Schluck Wasser. Unter dem Tisch rieb ich meine Daumen und Zeigefinger gegeneinander; es fühlte sich an, als würde es irgendwie helfen. Die Hitze in dem verdammten Raum war unerträglich. Ich spürte, wie sich Schweißperlen auf meiner Stirn und im Nacken bildeten. Kane schaffte es irgendwie immer wieder, mich zu reizen. Manche Leute passen einfach nicht zusammen. Vermutlich wäre ich auch nicht mit Kane ausgekommen, wenn wir zusammen auf einer Schule gewesen wären oder jobmäßig miteinander zu tun hätten.

»Könnten Sie vielleicht angehalten haben, um Zigaretten zu kaufen oder so etwas?«, fragte Probert.

Ich schüttelte den Kopf.

»Etwas zu essen?«

Ich schüttelte erneut den Kopf und zuckte die Achseln. Ich wollte nichts zugeben und gleichzeitig dieses leicht kampflustige, aber plausible Maß an Ahnungslosigkeit aufrechterhalten. Außerdem war ich mir sicher, dass es keinen Kiosk auf der Strecke gab, der um diese Zeit noch geöffnet gewesen wäre. Wahrscheinlich wollten sie mich testen. Ohne nachzudenken, hob ich die Hände und rieb mir das Gesicht. Mir war nicht klar gewesen, wie feucht mein Gesicht war. Ich musste regelrecht glänzen. Ich holte tief Luft.

»Ich glaube … ja, das ist alles, was ich für Sie habe.«

Erneut holte ich Luft und lehnte mich auf meinem Stuhl zurück, als würde ich vorschlagen, es dabei zu belassen.

Nach ein paar unbehaglichen Sekunden nickte Probert Kane zu und schob seinen Stadtplan zurück in die Brusttasche.

Ich stand auf und ging zur Tür des Besprechungszimmers.

»Will«, sagte Kane plötzlich. »Will …« Sie unterbrach sich und schaute zu Probert.

Mein Blut begann zu kochen. *Was ist? Was kommt jetzt noch?* Unvermittelt spürte ich diese riesige Woge aus Adrenalin und heißer Übelkeit.

»Mir ist ein bisschen schlecht«, murmelte ich.

Ich sah, wie Probert Kane zunickte und etwas sagte, aber mit meinem Gehör stimmte irgendetwas nicht. Es fühlte sich an, als hätten sich meine Ohren verschlossen. Ich hörte irgendwie, was er sagte, kapierte aber nicht, was es bedeutete. Es war, als könnte ich nur im Inneren meines Kopfes hören und würde die Außenwelt lediglich als Hintergrundgeräusch wahrnehmen. Meine Füße kribbelten und wurden schwer wie Blei, dann folgten meine Arme. Und schließlich der Kopf. Irgendwie war mir eiskalt, ohne dass ich die Kälte wirklich spürte. Meine Lunge war wie eng zusammengepresst.

Ich hörte Kane etwas zu mir sagen. Dann rief Probert laut etwas. Ich sah winzige Blitzlichter. Ich drehte mich um, um die Tür aufzureißen, damit etwas Luft hereinkam. Mein Blick verengte sich wie ein Tunnel.

Ein U-Bahn-Zug fuhr in den Tunnel.

Viel zu schnell, hinein in die die Dunkelheit.

Ich weiß nicht, wie lange ich weg war, aber kurz darauf nahm ich das Durcheinander um mich herum wahr. Mein erster Gedanke war, dass ich einen Herzinfarkt hatte. Sie erzählten mir, dass ich während meines Sturzes versucht hätte, den Türknauf zu packen, und danebengegriffen hätte, dass ich gefallen und rückwärts in die Glastür gekracht sei. Mein Rücken und der Kopf waren gegen die Scheibe gekracht und hatten ein tiefes, dröhnendes *Kla-dong* durch das ruhige Büro geschickt.

Binnen Sekunden war Emily da, laut jammernd wie eine streunende Katze, und drei oder vier Leute beugten sich auf beiden Seiten der Türöffnung über mich. Brian versuchte, mir aufzuhelfen, doch dann beschlossen sie, dass ich einfach nur sitzen bleiben sollte. Sie lehnten mich gegen die Wand, und jemand lief los, um Wasser zu holen. Ein paar Minuten später sagte ich mir selbst und allen anderen, dass mir absolut nichts fehle. Eigentlich war alles ganz normal, bis auf die Peinlichkeit.

Schließlich überredete ich alle, mich in Ruhe zu lassen. Ich erklärte, dass ich seit einer Woche nicht gut geschlafen hätte, dass mir schon den ganzen Tag schlecht gewesen sei und dass es vermutlich an dem Reis läge, den ich mir am Abend zuvor aufgewärmt hatte. Einen kurzen Moment geriet ich in Panik, als ich überlegte, ob sie überprüfen würden, ob ich am Vorabend tatsächlich Reis gegessen hatte. Würde ich das nachweisen müssen? Meine Gedanken rasten im höchsten Kampf-oder-Flucht-Modus. Die Polizisten boten mir an, mich zum Bahnhof zu fahren, was ich ablehnte. Ich sagte, ich bräuchte frische Luft.

Als ich aufbrach, kam Probert zu mir und zog etwas aus seiner Tasche, eine Visitenkarte, und reichte sie mir.

»Es gibt noch etwas, über das wir mit Ihnen reden müssen, es wird nicht lange dauern«, sagte er mit einem Nicken.

Ich riss ihm die Karte aus der Hand, ohne ihn anzusehen. Ich hatte fürs Erste genug, und ich fürchtete, mich jeden Moment übergeben zu müssen. Endlich verließ ich das Büro, winkte zum Abschied Julia zu, meiner besorgt dreinblickenden Chefin, die in der Tür stand, direkt neben der oberpedantischen Kane.

Sobald ich um die Straßenecke gebogen war, brach ich in Tränen aus. Dicke Babytränen, unterstrichen durch kurze, verzweifelte Schluchzer. Seit bestimmt drei Jahren hatte ich nicht mehr geweint. In den letzten zehn Jahren hatte ich wahrscheinlich überhaupt höchstens sieben- oder achtmal geweint. Aber jetzt kam es richtig heraus.

Ich zitterte; meine Hände bebten heftig. Ich fühlte mich körperlich schwach, als wäre ich zusammengeschlagen worden. Ich eilte zum Bahnhof, damit mich möglichst niemand sah. Während ich vorwärtsdrängte, riss ich meine Sonnenbrille aus der Tasche, klappte sie auf und setzte sie auf mein nasses, taubes Gesicht.

Ich habe niemals um diesen ganzen Mist gebeten!

27 Gegen sieben Uhr abends rief Ellie an. Sie sagte, ihr sei langweilig, ob sie vorbeikommen könne. Natürlich war ich nicht in der Stimmung auszugehen, aber ich wollte jemanden um mich haben, und Ellie hatte eine beruhigende Wirkung auf mich. Sie war eher der stille Typ, genau wie ich, und saß gerne, ohne viel zu reden, vorm Fernseher.

Sie kam kurz nach acht, in Leggings, einem dicken Sweatkleid und Pumps. Sie hatte eine Flasche Rosé dabei, von diesem portugiesischen in der dickbauchigen Flasche. Schon allein bei Ellies Anblick wurde ich ruhiger. Wie eine kleine Sauerstoffdusche inmitten des Wahnsinns. Sie kam herein, und wir gingen direkt in mein Schlafzimmer. Wir hatten uns angewöhnt, im Dunkeln auf meinem Bett zu sitzen und Filme oder Dokus zu sehen.

Sie merkte sofort, dass ich nicht ich selbst war. Gleich beim Reinkommen musterte sie mich und fragte, was los sei. Ich sagte ihr, ich sei müde von der Arbeit. Aber es wurde immer schlimmer. Ich war einfach nicht entspannt, und das entging ihr nicht.

Sie versuchte, sich mit mir zu unterhalten, während ich so tat, als würde ich nachsehen, was wir uns anschauen könnten. Mit den Gedanken war ich natürlich ganz woanders. Ich wusste nicht, wohin mit den Händen, es war erbärmlich. Warum war die verdammte Polizei wiedergekommen? Sie hatten den Kerl verhaftet und angeklagt. Solche Fälle löst man früh oder gar nicht. Sie hatten den Kerl angeklagt, hieß das nicht, dass es vorbei war? Ich meine, im juristischen Sinne war es doch ein klarer Fall, oder? Aber wem wollte ich eigentlich etwas vormachen? Was wusste ich denn schon über juristische Spitzfindigkeiten.

Wenn die Polizei noch an mir interessiert war, mussten sie etwas Neues gefunden haben. Aber davon hatten sie nichts gesagt. Sie hatten sich verhalten, als würden sie immer noch ins Blaue ermitteln. Als würden sie die Lage sondieren. *Suchen sie nach Beweisen, um ihn anzuklagen?* Aber sie hatten ihn doch schon angeklagt.

Ich wusste, dass Solly nicht geredet hatte. Solly hatte den knallharten, unumstößlichen Beweis, dass ich es gewesen war. Die Polizei würde mich nicht mit Stadtplänen und solchen Nebensächlichkeiten nerven, wenn sie Filmaufnahmen von mir hätten. Sie mussten etwas anderes gefunden haben. Ich dachte an die Altkleidertonne und überlegte, wie oft die wohl geleert wurde.

Ellie stupste mich am Arm. »Also, was denkst du?«, fragte sie.

Was hatte sie gesagt? Ich bin ein Meister darin, so zu tun, als würde ich jemandem zuhören, und in den richtigen Momenten zu antworten, ohne zuvor auch nur ein Wort verstanden zu haben. Ich kann mir jederzeit in diesen Zustand versetzen, in dem mein Bewusstsein gespalten ist. Ich habe das als Kind gelernt, weil mein Vater stundenlang über Pferderennen geredet hat.

Doch jetzt ließ meine Gabe mich im Stich. Ich konnte mir nicht zusammenreimen, was Ellie gesagt hatte. Irgendetwas über die Hochzeit von jemandem.

»Sorry, was meinst du?«, fragte ich unschuldig. »Die Hochzeit?« *Eine Nebelkerze. Genug, um mich durchzumogeln.*

»Ja«, sagte sie mürrisch.

»Entschuldigung ... wie war noch mal die Frage?«

Ellie stand auf und stellte sich an das Fußende meines Bettes. »Will, darf ich dich etwas fragen?«

Ich spürte, wie ich unwillkürlich zusammenzuckte. Diese Art von Fragen bedeuteten nichts Gutes. Nicht, wenn sie so mit meinem Namen anfingen.

»Klar«, sagte ich.

»Also ...« begann sie. »Mein Ex hat mich angerufen.«

Und schon hatte sie meine volle Aufmerksamkeit. Für einen kurzen, erbärmlichen Moment war ich entsetzt, dass sie einen Ex hatte.

»Ja und?«, sagte ich ungeduldig.

»Ich möchte nicht ... Ich will nicht über ihn reden, weil das alles Vergangenheit ist«, fuhr sie leise fort, »aber er hat mich angerufen und mir Nachrichten geschickt ... ein paarmal.«

Ich tat mein Bestes, so zu tun, als wäre mir das egal.

»Und ...?«, gab ich zurück.

»Na ja, er ... im Grunde entschuldigt er sich dafür, wie er gewesen ist«, sagte sie.

»Das ist doch nett von ihm«, sagte ich und tat, als würde ich mich für die Naht meiner Jeans interessieren.

»Ich würde nie wieder mit ihm zusammenkommen oder so.« Sie verzog das Gesicht. »Ich meine ... das ist damals echt scheiße gelaufen.«

Ich nickte, immer noch starr vor Angst, worauf das wohl hinauslaufen würde.

»Unsere Trennung hat zwei Jahre gedauert«, sagte sie, »obwohl er wusste, dass es vorbei war. Die ganze Sache hat mich zwei Jahre Zeit und Energie gekostet.«

Ich nickte. Ich hatte keine Lust auf dieses Gespräch. *Abbrechen.*

»Und jetzt fleht er mich auf Knien an, ihm noch eine Chance zu geben. Er hat mir einen Antrag gemacht und alles.«

Ich schnaubte und verdrehte die Augen.

»Kann ich nur ... Ich weiß, das ist alles vorbei, und es hat mit dir nichts zu tun, aber ... Ich kann das nicht noch einmal durchmachen ... *Ich bin kein kleines Kind mehr.*«

Ich hatte das Gefühl, sie wollte mir etwas vorwerfen, aber das schien mir verfrüht. Wir waren ja noch nicht einmal ein richtiges Paar.

»Das weiß ich doch«, sagte ich abwehrend. »Behandle ich dich wie eines?«

»Nein«, sagte sie sofort. »Nein, tust du nicht. Das sage ich doch gar nicht.«

»Worum geht es dann?«, fragte ich. Normalerweise hätte ich ganz anders auf dieses Gespräch reagiert. Aber ich war mental erschöpft, vollkommen ausgelaugt.

»Bei dir und mir, da geht's doch irgendwie vor allem darum, Spaß zu haben, oder?«, sagte sie. Sie spielte nervös mit einem Schal, der über dem Ende meines Bettes hing. Ich wusste nicht, was ich darauf erwidern sollte. Ich hatte gedacht, wir wären schon ein bisschen weiter, als nur *ein bisschen Spaß zu haben.*

»Ja, natürlich«, sagte ich. »*Natürlich.*«

Sie rieb sich die Augen und schaute aus dem Fenster. »Darf ich dich fragen ... oder dir *sagen* ... Manchmal habe ich das Gefühl, dass du bei mir zwei verschiedene Personen bist.«

»Was meinst du mit ›zwei verschiedenen Personen‹?«

»Damit meine ich, dass es diese eine liebevolle und freundliche Seite an dir gibt. Aber auch diese andere, wirklich kalte Seite, die ich manchmal spüre. Und die fühlt sich echt anders an.«

Ich schaffte es, meinen Seufzer der Erleichterung für mich zu behalten. Sie war nur besorgt über meine *Stimmung.*

»Okay«, sagte ich. »Das tut mir leid.«

»Nein, warte«, sagte sie, »entschuldige dich nicht, da fühle ich mich nur erbärmlich. Ich wollte nur ... Ich weiß es nicht. Ich bin eigentlich ziemlich selbstbewusst, aber bei dir ist es so, dass du echt lustig und gesprächig und gut gelaunt sein kannst, und dann bist du plötzlich ganz ... bis ich dann gehe. Zuerst dachte ich, ich bilde mir das nur ein, aber ...«

Weiß Gott, wie ich es zulassen konnte, dass daraus ein Streit wurde. Sie war die ganze Zeit respektvoll und höflich geblieben. Ganz zu schweigen davon, dass sie absolut recht hatte. Ich war ein emotionales Fähnchen im Wind, das in alle Richtungen schwenkte; meine Stimmung sprang hin und her. Mal fühlte ich mich schuldig, dann wieder wütend, und manchmal hatte ich einfach nur Angst. Ich konnte diese Stimmungswechsel nicht kontrollieren. Für sie als Außenstehende musste es völlig schräg wirken.

Ich war nicht fies, sondern fühlte mich nur leer. Ich musste wohl plötzlich desinteressiert gewirkt haben, das ist mir inzwischen klar. Aber an diesem Abend war ich nur ein Knäuel aus Beklommenheit und Angst. Ich musste unablässig an die Polizei denken und daran, was sie wohl von mir wollte. Ich sagte Ellie, dass die Arbeit gerade ziemlich anstrengend sei und dass ich nicht über meine Charakterfehler sprechen wollte.

»Es geht nicht um deinen Charakter«, sagte sie. »Das ist es ja gerade. Ich glaube nicht, dass es an dir liegt. Es ist, als ob du … lieber woanders wärst.«

»*Wie bitte?*«, sagte ich. »Du kannst doch nicht erwarten, dass ich die ganze Zeit happy und gesprächig bin.«

Sie warf den Kopf zurück und stöhnte frustriert auf. »Ich rede nicht davon, dass du immer fröhlich sein sollst … Ich will nur … Kannst du mir versprechen, dass du ehrlich zu mir sein wirst? Einfach ehrlich und aufrichtig«, sagte sie.

»Ehrlich!« Ich schnappte nach Luft. Mir gefiel nicht, wie sich das Ganze entwickelte. Meine Gedanken rasten mit zweihundert Meilen pro Stunde.

»Das ist alles, worum ich dich bitte, Will«, sagte sie schließlich. »Ich will nicht mit dir streiten, und ich will auch nicht, dass du die ganze Zeit gut drauf bist; ich will nur nicht das Gefühl haben, dass du nicht wirklich anwesend bist. Und wenn du irgendwo anders sein willst, dann solltest du es mir einfach sagen. Denn das fühlt sich ziemlich scheiße an.«

Eine Welle der Traurigkeit traf mich. Mir wurde klar, wie wenig Gedanken ich mir über Ellies Gefühle gemacht hatte. Ich wusste, was sie damit meinte, dass ich in einem Moment anwesend war und im nächsten nicht. Ich hatte sie noch nicht einmal zu einem richtigen Date ausgeführt.

»Es tut mir so leid«, sagte ich. »Es tut mir leid, dass du dich meinetwegen so fühlst. Ich war … abgelenkt.«

»Das weiß ich, Will! Ich weiß, dass du abgelenkt warst«, sagte sie frustriert, »und du musst mir auch nichts erzählen, aber ich wüsste gerne, wenn du mit deinen Gedanken woanders bist.«

Ich verstand die Andeutung. »Ich treffe mich mit niemand anderem«, sagte ich leise.

»Das behaupte ich ja gar nicht, ich bin nur ... « Ellie rieb sich das Gesicht und stöhnte gereizt auf. »Ich habe das Gefühl, dass du mir nichts erzählst. Von dem, was *in* dir vorgeht. Aber du *kannst* mit mir reden, über alles.«

Ich schaute zu ihr. Sie wirkte so verletzlich und traurig.

»Ja«, sagte ich, »du hast recht. Ich werde mehr mit dir reden, es tut mir leid.«

Sie ging seitlich am Bett entlang, bis sie über mir stand, wie Peter Pan. »Du brauchst mich nicht auszuschließen«, sagte sie. »Ich will nur nicht, dass du mich anlügst. Ich will nur wissen, woran ich bin, das ist alles. Ist das in Ordnung?«

»Gut«, sagte ich.

Sie sah mich erwartungsvoll an.

»*Gut*«, wiederholte ich. Ich konnte einfach nicht schnell genug denken. »Also ... heute war die Polizei bei mir auf der Arbeit.«

28   »In Farringdon ist ein Mann getötet worden. Wie sich herausstellte, ist das nicht weit von meiner Arbeit passiert. Genau genommen auf meinem Heimweg. Und im Grunde ... habe ich es wohl nur um Sekunden verpasst.«

Ellie sah mich mit großen Augen an.

»Es ist erst ein paar Wochen her«, fuhr ich fort.

»Du hast es also ... gesehen?«, fragte sie.

»Nein«, sagte ich. »Na ja, nicht genau ... Ich glaube, ich ... muss es gesehen haben.«

Wortlos starrte Ellie mich an. Sie war regelrecht erstarrt. Ihre Augen waren groß wie Untertassen.

»Du … *musst* es gesehen haben?«, fragte sie.

»Was ich meine, ist, dass ich anscheinend daran vorbeigelaufen bin. Die Polizei sagt, ich könnte direkt daran vorbeigekommen sein.«

Sie beäugte mich misstrauisch. Ich sah, wie sich ein Lächeln in ihren Mundwinkel schlich. Sie versuchte herauszufinden, ob ich einen Scherz machte.

»Es ist kein Joke«, sagte ich. »Es ist wirklich passiert.«

Sie sah mich schockiert an. »O mein Gott, Will … «, sagte sie, »das ist so … bist du *okay?* Wann war das?«

»Das war vor ein paar Wochen. Ende Oktober.«

»Also bevor wir uns kennengelernt haben?«

»Ja, kurz davor«, sagte ich nervös. »Aber ich kann mich einfach an nichts von dem erinnern, wonach sie fragen, und das … das macht mich fertig.«

Sie zog mich näher zu sich und nahm mich in den Arm. Erst vor ein paar Minuten hatte sie mich gebeten, ihr nichts zu verheimlichen, und prompt erzählte ich ihr diese stark überarbeitete Version der Wahrheit. Natürlich fühlte ich mich mies dabei. Ich rechtfertigte es vor mir selbst damit, dass ich das, was wir hatten, irgendwie schützen musste, indem ich ihr nicht die Wahrheit sagte. Ich redete mir ein, dass ich sie ja im Grunde gar nicht belogen hatte. So ein Quatsch. Und ob ich das hatte.

Aber ich konnte ihr Mitgefühl nicht ertragen, das ging mir einen Schritt zu weit. Ich sagte ihr, es sei alles in Ordnung, aber die Ermittlungen schienen noch nicht abgeschlossen zu sein und die Polizei würde mich stressen und mich Dinge fragen, an die ich mich nicht erinnern könne.

Ich spürte, wie sich ein Kloß in meinem Hals bildete, also hörte ich auf zu reden. Ellie war so mitfühlend, dass mir schlecht wurde. Sie sagte mir, dass sie sich nicht vorstellen könne, wie es für mich sein müsse, aber dass sie ihr Bestes tun würde, um mir zu helfen. Sie sagte, ich könne mich auf sie verlassen.

Das Schlimmste war, dass ich das auch glaubte. Ich wollte ihr unbedingt die ganze Wahrheit erzählen. Ich wollte mir einfach alles von der Seele reden, jetzt sofort. Aber ich blieb stark und riss mich zusammen. Ich hatte mir vorgenommen, einen Schlussstrich zu ziehen und diese Geschichte mit ins Grab zu nehmen. Sosehr ich Ellie auch vertraute, ich durfte nicht zulassen, dass die Sache zu ihrem Problem wurde.

Wir blieben lange auf; sie stellte mir jede Menge Fragen über alles Mögliche. Das Gespräch über die Polizei brachte sie auf meine Eltern, was zu meiner Familie führte und dazu, wo ich aufgewachsen war. Um es kurz zu machen, meine Mum ist schon lange weg, und ich weiß nicht, wo sie ist. Sie war einfach nicht fürs Bemuttern geschaffen, und sie hatte eine Art inoffizielle Vereinbarung mit Dad, dass das *seine* Angelegenheit war, selbst wenn sie da war.

Sie war so etwas wie ein Hippie und eine Teilzeitaktivistin. Mit Anfang zwanzig hatte sie wechselweise in einem Coffeeshop und einem subversiven Buchladen in Kings Cross gearbeitet. Sie lernte meinen Dad kennen, der in den Achtzigern ebenfalls ein linker Aktivist gewesen war – wenn auch nicht ganz so aktiv wie sie –, und sie lebten ein paar Jahre zusammen in Dads kleiner Wohnung in Canning Town, umgeben von abblätternder Farbe, brummenden Wasserrohren und Asbest.

Ich erzählte Ellie von meinem Dad. Er ist ein netter Kerl und ziemlich schlau, aber er ist auch irgendwie weltfremd. Nach der Schule fing er eine Ausbildung zum Buchhalter an, schloss sie jedoch nicht ab. Er begann, sich zu langweilen, bis er schließlich kündigte, und seitdem arbeitete er im Café seiner Eltern, wo er auch meine Mum kennenlernte. Ihm gefiel es; wir waren nicht gerade wohlhabend, und er arbeitete viel, aber das machte ihm nichts aus, die Lebensweise passte zu ihm. Er schätzte es, keinen Chef zu haben.

Obwohl wir nicht viel Geld hatten, war unser Haus ständig voller Zeug, interessantem Zeug; manches davon alt, manches neu, manches davon ein bisschen was wert. Als Kind dachte ich immer, Dad würde einfach nur alte Sachen sammeln, wie Regenschirme, Schals und Brieftaschen. Später fand ich heraus, dass er als *Schatzsucher* in der Londoner U-Bahn unterwegs war. Das war sein Hobby. Ellie fand es wahnsinnig lustig.

Unter der Woche gegen acht Uhr abends, wenn alle anderen in die andere Richtung fuhren, stieg Dad in die District Line und fuhr nach London rein. Dann folgte er einer der Routen durch den zentralen Bereich des U-Bahn-Netzes und sammelte Dinge ein, die Leute in den Wagen vergessen hatten; auf den Sitzen, auf Fensterbänken oder in Wagenecken gelehnt. Im Laufe der Jahre fand er Unmengen von wertvollem und nützlichem Zeug. Wenn irgendwo ein Name oder eine Adresse draufstand oder eine Bankkarte oder Geld drinsteckte, brachte er es immer zum Fundbüro.

Ich erzählte Ellie, dass ich nach einem Antiguaner namens Wilbur Jerry benannt worden war, mein Dad hatte es so gewollt. Einmal war mein Dad nach Antigua zur Hochzeit seines Onkels eingeladen gewesen. An seinem letzten Tag dort saß Dad in einer Bar und quatschte mit diesem Einheimischen, Wilbur. Dad sagt, er sei halb betrunken, aber eine angenehme Gesellschaft und ein anständiger Kerl gewesen: uralte Flip-Flops, ein dünner, eigenwilliger Bart und riesige, vorstehende Zähne. Er trug einen großen Besen mit sich herum, also glaubte Dad, er sei Straßenkehrer. Dann, als er seinen Drink zur Hälfte geleert hatte, entschuldigte sich der Typ aus heiterem Himmel und verschwand. Fünfzehn Minuten später tauchte er wieder auf und bestellte eine Runde für alle. Später fand Dad heraus, dass sein Kumpel Wilbur Jerry in Wirklichkeit Profisportler war. Er war kurz aus der Bar verschwunden, um an einem 100-Meter-Qualifikationslauf für die Weltmeisterschaft teilzunehmen. Halb betrunken hatte Jerry das Rennen gewonnen und sich für die nächste Runde qualifiziert. Den Besen brauchte er, um vor dem Rennen die Laufbahn an seiner Startposition zu fegen. Weil er keine Startblöcke benutzte wie die anderen Athleten. Er mochte sie einfach nicht. Für Dad war dieser Wilbur Jerry der Inbegriff von Coolness und Unabhängigkeit. Und so wurde ich Wilbur Cox.

»Mum verließ uns, als ich zwölf war«, erzählte ich Ellie. Eines Morgens wachten wir auf, und sie war weg. Sie hatte mich am Abend zuvor ins Bett gebracht und Dad vor dem Einschlafen auf die Stirn geküsst. Es hatte keinen Streit oder so etwas gegeben, auch wenn die beiden sich ab und zu sehr wohl gezofft hatten.

Einen Monat später schickte sie Dad einen Brief aus Liverpool, in dem sie schrieb, sie habe das Gefühl gehabt zu ersticken und wolle ihren Platz in der Welt finden. Wir haben sie danach noch ab und zu gesehen. Sie tauchte ein paarmal zu Weihnachten auf, und einmal kam sie zum Schultor, um mich zu treffen; doch es war nicht zu übersehen, dass sie nie mit dem Herzen dabei war. Ich glaube, sie hat schließlich einen neuen Partner kennengelernt und sich ein neues Leben aufgebaut, ohne Kinder und mit minimaler Verantwortung.

Dad erzog mich dazu, deswegen nicht verbittert zu sein. Er gab sich wirklich Mühe, damit es nicht dazu kam. Ich glaube, er verstand, dass die Situation schrecklich für einen Zwölfjährigen war, also versuchte er, es herunterzuspielen. »Deine Mum ist weggegangen, um ein anderes Leben zu finden, und das müssen wir respektieren.« Er sprach ganz offen darüber, aber auf eine schnodderige Art, als wäre es lediglich etwas, *was Leute einfach so machen*. Rückblickend denke ich, dass es ihn sehr mitgenommen haben musste, aber er hat sich nie etwas anmerken lassen. Ich wuchs hauptsächlich bei diversen Onkeln und Tanten auf, während Dad arbeitete und die Rechnungen bezahlte. Er gab sein Bestes.

Ich erzählte Ellie, dass Dad im letzten Jahr eine Frau kennengelernt hatte. Bei einer Mieterversammlung des Hauses, in dem er wohnt, kam er mit einer Frau namens Lisa ins Gespräch, die für die Gemeindevertretung arbeitet. Sie gehen sehr liebevoll miteinander um; sie ist fünfzehn Jahre jünger als er, aber sie haben echt viel gemeinsam.

Einmal kam ich abends mit Essen vom Imbiss vorbei, und die beiden betranken sich gerade mit Rotwein und diskutierten ganz ernsthaft darüber, wie lange es wohl noch dauern würde, bis jemand eine Maschine erfand, die Pisse in Trinkwasser zurückverwandelte. Lisa war wesentlich smarter als Dad, aber sie munterte ihn auf, und sie brachten einander ständig zum Lachen. Ich sagte Ellie, wie großartig es sei, dass Dad jemand Nettes gefunden hatte, der auf seiner Wellenlänge war. Seitdem war er viel entspannter.

Ellie sagte mir, ich brauchte mich nicht allein fühlen. Ich könne immer mit ihr reden, über alles. Bei Gott, ich wünschte, es wäre so.

»Denk daran, dass es mir nicht egal ist, ob du dich einsam oder traurig fühlst, Will«, sagte sie. »Ich möchte, dass du mit mir redest. Und wenn dir mal nicht nach Reden zumute ist, können wir einfach … zusammen abhängen.«

Wir lagen da, schauten an die Decke und redeten, bis wir beide irgendwann gegen zwei Uhr nachts einschliefen. Ich spürte, wie Ellie meinem zerfledderten, ausgelaugten Verstand wieder Leben einhauchte.

29 Am nächsten Morgen wachte ich mit einer neuen Entschlossenheit auf. Das traumatische Erlebnis vom Vortag hatte mich emotional so plattgemacht, dass ein Teil der Schuldgefühle gleich mit eliminiert worden zu sein schien. Mein nächtliches Gespräch mit Ellie hatte uns einander nähergebracht. Alles fühlte sich anders an.

Ich war kampflustig wie nie zuvor und hatte es am Morgen eilig, zu duschen und mich anzuziehen. Ich wollte zur Polizei gehen und es hinter mich bringen. Die Ungerechtigkeit bei der ganzen Sache trieb mich an, schließlich war mir das alles ungefragt aufgebürdet worden. Ich beschloss, mir das nicht mehr länger gefallen zu lassen.

Ich würde nicht einfach dastehen, während die Leute mir Sachen an den Kopf warfen, ich würde mich nicht länger ducken und verstecken und im Schatten herumhuschen. Ich sah nicht ein, dass ein aggressiver, fieser Typ, der mich nur so zum Spaß angepöbelt hatte, mein Leben zerstörte. *Nein. Das ist mein Leben, und ich habe nur das eine.* Es wurde Zeit, die Sache ein für alle Mal zu klären.

Ich schickte Julia eine E-Mail, die Polizei habe mich gebeten, aufs Revier zu kommen, dann fuhr ich direkt zu der Adresse auf Proberts Karte in Islington. Ich trug ein gebügeltes Hemd und einen schicken Blazer. Ich fühlte mich nicht gerade stark, aber ich war entschlossen und bereit, für meine Sache zu kämpfen.

Unterwegs sortierte ich alles in meinem Kopf. Ich ging die Geschichte noch einmal durch, die ich ihnen am Vortag geliefert hatte, stellte es mir immer wieder bildlich vor. Visualisierte, wie es passiert war. Malte mir aus, wie ruhig und ereignislos der Fußmarsch von Anfang bis Ende gewesen war, und übte meine Frustration und meinen Unglauben, dass die Polizei immer noch mit *mir* reden wollte.

Gegen zehn nach neun kam ich an und fragte nach Probert. Sie ließen mich fünfzehn Minuten warten, ehe Kanes verkniffenes Gesicht schließlich hinter dem Fenster der Tür auftauchte und sie sie mit unnötiger Kraft aufriss.

»Hallo, Will«, sagte sie. »Geht es Ihnen heute besser?«

Ich lächelte gequält und legte eine Hand auf meinen Bauch. »Ja, ein wenig.«

Ich hatte bereits entschieden, dass ich bei der Geschichte von der Lebensmittelvergiftung bleiben würde. Ich erzählte ihr, ich sei die ganze Nacht wach gewesen, hätte mich erbrochen und stundenlang auf der Toilette gehockt. Ein ziemlich menschliches Eingeständnis, wie ich fand. Etwas, nachdem man sich einem Menschen enger verbunden fühlt. Aber nein, als ich sie ansah, war ihre Miene genauso hart wie immer. Sie sagte kein Wort mehr dazu.

Sie führte mich in ein kleines Büro mit einem runden Tisch und vier Stühlen mit blauem Filzbezug. Ziemlich bequeme Stühle für ein Polizeirevier, fand ich. Wahrscheinlich lassen sie dich erst auf den harten Stühlen sitzen, wenn du ein Verdächtiger geworden bist. Ich ging um den Tisch herum und setzte mich auf die gegenüberliegende Seite. Ich wollte nicht mit dem Rücken zur Tür sitzen.

Kane folgte mir und fragte mich, ob ich eine Tasse Tee wolle. Ich sagte nein, danke, bat aber um ein Glas Wasser. Während sie – wie immer unnötig verbissen – loslief, um die Getränke zu holen, überflog ich die BBC-Nachrichten auf meinem Handy; ich wusste einfach nicht, was ich sonst tun sollte. Ich schaute bei Facebook rein, dann scrollte ich ziellos durch meine WhatsApp-Nachrichten. Nach einer Weile wurde mir langweilig, und ich fragte mich, wo sie blieben. Ich lief in dem Raum herum, bis die beiden auftauchten. Sie hatten mich echt lange warten lassen, doch keiner von ihnen entschuldigte sich oder erwähnte es auch nur. Ich sah sie finster an, als sie sich auf ihren Stühlen niederließen. Kurz fragte ich mich, warum Kane mir nicht zur Begrüßung die Hand geschüttelt hatte. *Ein wenig menschliche Höflichkeit.*

Probert öffnete eine Aktenmappe und zog den zerknitterten Stadtplan vom Vortag heraus. Ich konnte die Kreise sehen, die er gemalt hatte, und die wellenförmige Linie, die ich hinzugefügt hatte und die vom *Three Kings* zum Bahnhof führte. Er legte seinen Finger auf die Linie.

»Will, etwas an der Sache passt für uns nicht zusammen.«

Ich hob eine Braue, als würde ich darum bitten, dass er das näher erklärte. Die beiden schufen schon wieder eine schrecklich angespannte Atmosphäre. Ob sie wohl speziell darin ausgebildet worden waren?

30

»Wussten Sie, dass der durchschnittliche Mann signifikant schneller geht als die durchschnittliche Frau?«, fragte Probert. »Fast zehn Zentimeter pro Sekunde schneller, was ziemlich viel ist.«

»Nein«, erwiderte ich.

»Finden Sie nicht, dass das viel ist?«, fragte Probert herausfordernd.

»Nein, ich meinte, ich wusste es nicht. Ja, ich finde, es ist ziemlich viel. Ein Meter mehr alle zehn Sekunden, also sechs Meter mehr pro Minute, das ist in der Tat eine ganze Menge.«

»Genau«, sagte Probert.

Ich fragte mich, worauf er hinauswollte, aber meine Hände waren ruhig. Gestern war er nicht so gewesen, aber ich fühlte mich wesentlich tougher und besser vorbereitet. Mein Blick schoss zwischen ihm und Kane hin und her. *Geben wir uns keine Mühe mehr, den guten Cop zu spielen?*

Probert lehnte sich zurück und lächelte. »Übrigens, danke, dass Sie gekommen sind. Wir hatten Sie gar nicht so schnell erwartet.« Ich zuckte die Achseln. Mit einem Nicken deutete er wieder auf seinen Stadtplan. »Was würden Sie sagen, wie lange Sie normalerweise für diesen Weg brauchen? Vom *King's Arms* zum Bahnhof?«

Ich runzelte die Stirn und schaute zwischen ihm und Kane hin und her, als sei ich verwirrt. »Vom ... *Three Kings?*«, fragte ich zaghaft.

»Entschuldigung, ja«, sagte er. »Vom *Three Kings.*«

Nimm das. Nach diesem winzigen, kleinlichen Sieg fühlte ich mich weniger wie ein Schulkind, das von zwei Erwachsenen verhört wird. Ich lehnte mich auf dem bequemen Stuhl zurück und versuchte zu erraten, wie die Antwort auf seine Frage lautete. »Ehrlich gesagt bin ich nicht besonders gut darin, so etwas zu schätzen. Aber ich denke mal ... zehn Minuten vielleicht. Vielleicht auch etwas weniger; keine Ahnung.«

»Nun«, erwiderte Probert, »laut Google ist es ein Fußweg von sechs Minuten. Aber wir sind die Strecke selbst abgegangen, und wir haben *sieben* Minuten gebraucht, ohne eine Unterbrechung.«

»Okay«, sagte ich.

»Wissen Sie, wie lange Sie an jenem Abend gebraucht haben?«, fragte Kane.

Ich sah sie ausdruckslos an.

»Wir haben unzählige Aufnahmen aus den Überwachungskameras in der Gegend ausgewertet, und wir können die Wege jedes Einzelnen an diesem Abend ziemlich präzise nachvollziehen«, sagte Kane.

Ich spürte, wie sich mein Magen zusammenzog.

Offenbar hatte ich mehr als vierzehn Minuten für die Strecke vom *Three Kings* zum Bahnhof Farringdon gebraucht. Ich
fand das jetzt nicht so spektakulär, aber diese beiden schlichen
um diese Tatsache herum wie Hyänen. Ich merkte, wie begeistert sie davon waren, das herausgefunden zu haben. Deswegen
also waren sie am Vortag bei meiner Arbeit aufgetaucht.

Bleib ruhig.

Probert fügte hinzu, dass das nicht bedeute, dass ich vierzehn
Minuten lang zu *sehen* sei, es gäbe eine Menge toter Winkel,
die von keiner Kamera erfasst wurden.

Aber von dem Zeitpunkt, als ich den Pub verließ und ins
Blickfeld der privaten Verkehrsüberwachungskamera kam, die
auf das Ende von Clerkenwell Close gerichtet war, bis zu dem
Moment, als ich in der Kamera draußen am Bahnhof Farringdon zu sehen war, hatte mein Weg vierzehn Minuten gedauert.

Ich zuckte die Achseln. »Gibt es dazwischen keine Kameras,
die mich aufgezeichnet haben?« Ich verbarg die Panik in meiner Stimme ziemlich gut.

»Doch. Es gibt insgesamt sechzehn Kameras, von denen fünf
Ihre Strecke im Blick haben«, schoss Probert sofort zurück.
»Zwei zeigen, wie Sie den Platz überqueren, und eine dritte,
wie Sie sich der Gasse nähern. Zwei weitere unten an der Turnmill Street waren nicht in Betrieb.«

Ich schaute zwischen ihren Gesichtern hin und her; dies
schien ein kritischer Moment zu sein.

»Eine davon war auf die Gasse gerichtet«, murmelte Kane.

»*Was?*« Ich spie das Wort etwas zu schnell aus.

»Eine der Kameras in der Turnmill Street war auf den Eingang zur Gasse gerichtet, den Richard King benutzt hat – das
Ende, an dem Sie herausgekommen sind. Sie hätte wahrscheinlich die ersten dreißig Meter der Gasse erfasst, also auch

die Stelle, wo King starb, aber sie funktionierte an dem Abend nicht.«

Sie starrte mir beim Sprechen ins Gesicht und versuchte, meine Reaktion zu entschlüsseln.

Ich zeigte ihr keine. Ich hätte es gar nicht gekonnt; mein Gesicht war starr vor Angst und Bestürzung.

»Verstehen Sie, Will?«, fuhr Probert fort. »Da klafft eine große Lücke.«

Ich sah wieder zu ihm, bemühte mich, einen verwirrten Gesichtsausdruck beizubehalten, obwohl ich wusste, was jetzt kam.

»Den ersten Teil Ihres Weges können wir sehr gut nachvollziehen. Bis Sie die Gasse erreichen. Alles wirkt vollkommen logisch: zwei Minuten fünfzig bis zum Eingang der Gasse, was nachvollziehbar ist ... Aber dann gibt es eine Lücke von elf Minuten, bis wir Sie wiedersehen, als Sie den Bahnhof erreichen ...«

»Obwohl Sie für die zweite Hälfte des Weges nur dreieinhalb Minuten gebraucht haben dürften«, sagte Kane ruhig.

Es folgte eine lange, unbehagliche Stille.

»Wir haben die Zeit genommen, und dann noch einmal, sind extra langsam gegangen und schließlich extrem langsam«, fuhr Kane fort. Sie war jetzt richtig in Fahrt.

Ich wartete darauf, dass sie noch etwas hinzufügte, doch das tat sie nicht. Sie überließ die Schlussfolgerung meiner Vorstellungskraft.

»Wir wissen nicht, wo diese sieben Minuten abgeblieben sind, aber wir wissen, dass sie zwischen dem Zeitpunkt, als Sie die Gasse betreten haben, und Ihrer Ankunft am Bahnhof liegen. Es bedeutet, dass Sie wahrscheinlich zwischen diesen beiden Punkten für eine gewisse Zeit stehen geblieben sind, auch wenn Sie sich jetzt nicht mehr daran erinnern.« Probert lehnte sich zurück.

Mit gerunzelter Stirn starrte ich auf den Tisch. »Ich glaube nicht ...«, flüsterte ich.

»Etwas hat Sie dazu veranlasst, langsamer zu werden oder stehen zu bleiben, und Sie müssen sich daran erinnern, was es war.« Probert tippte erneut auf seinen Stadtplan. »Denn wir haben Ihre Route mit der des Opfers abgeglichen, und im Grunde ... Sie waren so gut wie sicher nur fünfundzwanzig, dreißig Meter von ihm entfernt, als er totgeschlagen wurde. Wahrscheinlich weniger.«

Wie nett von ihm, die Formulierung »totgeschlagen« zu verwenden.

»Also, wie kann es sein, dass Sie *nichts* und *niemanden* gesehen haben, Will?«, fragte Kane.

Ich konnte unmöglich noch länger an meiner Geschichte festhalten. Ich zuckte einfach nur die Achseln.

»Na ja, ich gehe langsam, dafür bin ich ziemlich bekannt«, murmelte ich. »Wenn ich betrunken bin, gehe ich wahrscheinlich noch langsamer, so dass ... diese Lücke von sieben Minuten wahrscheinlich eher eine von zwei oder drei Minuten ist, wenn Sie mein langsames Tempo bedenken. Und ich weiß nicht, weshalb ich stehen geblieben bin; ich kann mich absolut nicht daran erinnern.«

Keiner von beiden wirkte zufrieden.

»Das haben wir ebenfalls in Betracht gezogen«, antwortete Probert.

»Allerdings verraten uns diese Videoaufnahmen auch, wie schnell Sie tatsächlich gegangen sind«, unterbrach Kane. »Wir kennen Ihre Gehgeschwindigkeit, und vor allem wissen wir von den Aufnahmen, wie schnell Sie an jenem Abend waren. Sie sind sogar *ziemlich* schnell gegangen, nur zu Ihrer Information.«

Ich sah Kane scharf an, dann wieder Probert. *Verdammt, verdammt, verdammt.*

»Würden Sie die Strecke noch einmal mit uns zusammen gehen?«, fragte Probert plötzlich. »Um zu sehen, ob irgendetwas Erinnerungen bei Ihnen auslöst?«

»Nein, das möchte ich nicht«, blaffte ich instinktiv. Ich fühlte mich in die Ecke gedrängt. »Ich laufe diese Strecke fast jeden Tag – wenn irgendetwas meiner Erinnerung auf die Sprünge helfen würde, dann hätte es das längst getan.«

Sie wirkten etwas überrascht von meiner offenen Weigerung, doch ich spitzte die Lippen. »Ich bin vielleicht stehen geblieben, um eine Nachricht zu schreiben. Ich habe mit meinem Freund gechattet, als ich den Pub verlassen habe. Das habe ich Ihnen doch erzählt, oder? Und ich erinnere mich, dass ich die Kräne auf der Baustelle angeschaut habe, vielleicht bin ich deshalb stehen geblieben ... ich weiß es nicht.«

»Gehen Sie die Strecke noch einmal mit uns«, sagte Probert mit ernster Miene. »Es ist wichtig.«

Kane hatte sich Notizen auf einem kleinen Block gemacht.

»Wir reden über sieben Minuten, Will. Keine kurze Pause, nicht einmal eine Fünf-Minuten-Pause. Sieben volle Minuten. Und dem Videomaterial nach zu urteilen, das uns vorliegt, müssen Sie entweder in der Gasse oder direkt, nachdem Sie von der Gasse auf die Turnmill Street abgebogen sind, sieben Minuten stehen geblieben sein«, sagte sie.

Ich starrte sie einen Moment an und wusste nicht, was ich sagen sollte. Ich räusperte mich und schaute wieder auf den Stadtplan.

»Verstehen Sie, was wir Ihnen damit sagen wollen, Will?«, fragte Probert. »Es ist überaus wahrscheinlich, dass das, was Sie sieben Minuten lang aufgehalten hat, etwas mit Richard Kings Tod zu tun hat.«

»Es ist mit Sicherheit am selben Ort zur selben Zeit passiert«, sagte Kane.

Ich zuckte mit den Schultern und rieb mir das Gesicht. Ich wusste nicht, was ich sonst tun sollte.

»Und jetzt?«, sagte ich nach einem kurzen Schweigen. »Ich meine, ich verstehe, was Sie von mir wollen, aber ich kann Ihnen wirklich nicht helfen, es ist …«

»Wären Sie damit einverstanden, dass wir die Daten Ihres Mobiltelefons bei Ihrem Provider anfordern?«, unterbrach mich Kane unvermittelt.

»Mein … Telefon …«

»Wir wissen grob, wo Sie waren, wir wollen nur mehr darüber erfahren, was Sie gemacht haben, um ein vollständiges Bild davon zu erhalten, was zu jener Zeit los war«, fügte Probert ruhig hinzu.

»Aber was hat das zu *bedeuten?* Bin ich jetzt ein Verdächtiger?«

Ich sagte es mit einem wohlüberlegten Grinsen, doch die Worte quälten mich, als sie mir über die Lippen kamen. Als hätte ich diese Lesart gerade zum ersten Mal anerkannt und würde ihr eine gewisse Glaubhaftigkeit zubilligen.

Kane und Probert sahen sich kurz an.

»Nein, das sind Sie nicht«, sagte Probert schließlich. »Sie waren dort, also sind Sie ein Zeuge. Sie sind derjenige, der uns die Informationen liefern wird, die wir brauchen, um die Person zu ermitteln, die es getan hat.«

Ich nickte, zog mein Telefon aus der Tasche und legte es behutsam auf den Tisch vor mir.

»Also, was soll ich machen?«

31 Ich sollte die Strecke in Farringdon mit ihnen ablaufen. Kane fuhr uns hin. Es war mitten am Vormittag, also war glücklicherweise kaum etwas los. Ich startete beim *Three Kings*. Probert und Kane liefen zusammen hinterher.

Ich ging den Weg so langsam wie möglich. Ich blieb stehen, um mir Werbetafeln anzusehen, hielt an, um meinen Schnürsenkel zu binden. Als wir die Gasse erreichten, schaute ich zu den beiden zurück.

»Ich glaube, ich habe hier angehalten«, sagte ich. »Am Anfang der Gasse.« Ich wusste, dass es ab hier keine Kameras mehr gab.

»Warum?«, fragte Probert.

»Ich … kann mich nicht erinnern«, sagte ich. »Ich habe nur die vage Erinnerung, dass ich hier angehalten habe und … ach ja! Meine Kopfhörer. Meine Kopfhörer gingen nicht mehr.«

»Sie gingen nicht mehr?«, fragte Kane und schrieb in ihr Notizbuch.

»Ja, sie funktionierten nicht mehr, und ich stand hier und versuchte, sie wieder zum Laufen zu bringen. Eine ganze Weile lang. Wahrscheinlich ein paar Minuten. Ich wollte Ablenkung haben, für den Heimweg.«

»Und was ist dann passiert?«, fragte Probert.

»Na ja, ich habe sie nicht wieder zum Laufen gebracht. Ich dachte, am Akku könne es nicht liegen, den hatte ich am Morgen aufgeladen. Also habe ich es weiterversucht. Aber irgendwann wurde mir klar, dass es doch der Akku sein musste. Ich hatte sie über den Tag wohl zu lange benutzt.«

Probert streckte seine Hand aus, um mich zum Weitermachen aufzufordern.

»Ich habe sie in meine Tasche gestopft«, sagte ich, »dann bin ich weitergegangen.«

»Und Sie glauben, dass Sie das länger als eine Minute gemacht haben?«, fragte Kane skeptisch.

»Ich weiß nicht, ich erinnere mich nicht genau«, sagte ich.

Wir gingen weiter die Gasse hinunter. Ich sagte ihnen, dass ich dort mit meinem Kumpel Jack gechattet hatte, über unsere verlorene Wette. Die Telefondaten würden das bestätigen. Ich sagte, dass ich nichts Ungewöhnliches bemerkt hätte, sondern in mein Handy vertieft gewesen sei. Das fanden sie nicht besonders glaubwürdig. Als wir am Ende der Gasse ankamen, forderten sie mich auf, mich zu erinnern, was ich dort gesehen hatte. Ich sollte die Straße hinauf- und hinunterschauen und alle Erinnerungsfetzen in Betracht ziehen. Ich sagte ihnen, dass es sehr ruhig gewesen sei, aber dass vielleicht ein paar Leute in der Nähe gewesen sein könnten. Sie fragten, ob irgendwelche Autos vorbeigefahren seien.

Ich sagte – keine Ahnung, warum –, das könnte sein. Ich würde mich vage an ein Auto erinnern, hätte die roten Bremslichter gesehen. Ich erinnerte mich tatsächlich an dieses Bild, wusste aber nicht, ob es wirklich von diesem Abend stammte. Aber die Tatsache, dass sie mich nach einem Auto fragten, ließ mich sagen, dass ich wahrscheinlich ein Auto gesehen hatte. Ich kann nicht sagen, ob das zu hundert Prozent stimmte. Ich kann nicht behaupten, dass sie mich nicht dazu gedrängt hätten, das zu sagen. Sie wollten unbedingt, dass ich das zu Protokoll gebe.

32 Über Weihnachten und Neujahr kann ich insgesamt nicht mehr als zwölf Stunden geschlafen haben. Ich begann, zusätzlich zu meiner normalen Dosis Wick-MediNait und Gras auch noch rezeptfreie Schlafmittel und Baldrian zu nehmen, um mich zu entspannen und wenigstens etwas Ruhe zu bekommen. Unnötig zu sagen, dass ich mich einfach nur grottig fühlte. Im Januar musste ich unbedingt einen Neuanfang hinbekommen. Ich war irgendwie in die falsche Richtung unterwegs.

Ich beschloss, mich nicht mehr von Probert und Kane zu irgendwelchen Spekulationen drängen zu lassen. Sie hatten sich offenbar in den Kopf gesetzt, ich sei der Schlüssel zu diesem Fall, und wollten weitere Informationen aus mir herauskitzeln. Ich hatte ihnen erlaubt, meine Aktivitäten auf WhatsApp von jenem Abend abzufragen. Ich bezweifelte, dass sie viel finden würden, was für sie von Interesse sein könnte; ich war bereits meine sämtlichen Aktivitäten jenes Abends durchgegangen, und es gab wirklich nichts darin, was von Nutzen sein könnte.

Die Frage nach diesen fehlenden sieben Minuten, für die es keine Erklärung gab, blieb offen, und ich blieb bei meiner sturen »Keine Ahnung, ich kann Ihnen nicht weiterhelfen, bitte, werten Sie meine Telefondaten aus, bis Sie umfallen«-Haltung.

Mir war jedoch eine Sache klargeworden: Wenn sie irgendetwas gegen mich in der Hand hätten, würden sie sich nicht an diesen Kleinigkeiten abarbeiten. Sie sagten, dass in der Nacht drei Leute in der Nähe von King gewesen seien – Evatt, ich und noch eine weitere Person. Sie hatten mich rausgefiltert als denjenigen, der am nächsten am Vorfall dran gewesen war, aber es gab eine Beweislücke. Vermutlich kamen sie einfach nicht weiter, sie steckten fest.

Sie wollten meine Story mit der von Evatt abgleichen, bis sie ein detailliertes Bild des Abends hatten. Allerdings hegte ich die berechtigte Hoffnung, dass Evatt mich nicht gesehen hatte, weil ich ihn auch nicht gesehen hatte. Es gab diesen blinden Fleck in der Zeitleiste, der sie beunruhigte. Aber mich konnten sie nicht belasten, weil mich außer Solly niemand gesehen hatte –, und ich hatte keine Spuren hinterlassen. Und ich wiederum konnte Evatt nicht belasten, weil ich ihn nicht gesehen hatte. Und weil er es nicht gewesen war.

Dieser Gedanke beruhigte mich. Die Polizei griff offenbar nach jedem Strohhalm. Die einzige Person, die mich verraten könnte, war ich selbst. Ich brauchte nur weiterhin den Mund zu halten. Je mehr sie mich zum Reden brachten, desto größer war die Gefahr, dass ich mich verplapperte.

Allmählich ging es mir wieder besser, und ich konnte wieder klarer denken. Ich hörte noch ein paarmal von Kane und Probert; sie baten mich, die Zeugenaussagen für sie zu unterschreiben, und zeigten mir Bilder von verschiedenen Personen, in dem Versuch, meinem Gedächtnis irgendwie auf die Sprünge zu helfen. Ich erinnerte mich an nichts. Meine Geschichte änderte sich nie.

Nach und nach bekam ich wieder das Gefühl, festen Boden unter den Füßen zu haben. Scheiß auf die sieben Minuten. Die sieben Minuten waren genau das, was ich darüber sagte –, und ich sagte, dass sie eben nichts waren. Eine siebenminütige Leerstelle in der Existenz der Welt. Und niemand würde das Gegenteil beweisen können.

33 Am ersten Samstagmorgen des neuen Jahres wurde ich von einer Nachricht von Ellie geweckt, die mich fragte, ob ich mit ihr zur Geburtstagsparty ihrer Freundin in Barnsbury gehen wolle. Ich konnte gar nicht schnell genug zusagen – es war das perfekte Timing. Ich hatte beschlossen, mich aufzuraffen und neue Leute kennenzulernen, und was war da besser, als irgendwohin zu gehen, wo ich niemanden kannte? Es gehörte zum Schlussstrich, den ich unter das ganze letzte Jahr ziehen wollte. Schritt eins.

Ich kam nach Hause und tat, als würde ich die jüngsten Fußballergebnisse anschauen, während ich an den vor mir liegenden Abend mit Ellie dachte. Ich legte mir ein paar Dinge zurecht, über die ich reden könnte, für den Fall, dass das Gespräch einschlief. Ich ging meine normale Routine vor einem Date durch, indem ich meine Bartstoppeln auf Stufe vier rasierte und meine Turnschuhe putzte. Ich wählte einen schwarzen Pullover zu blauer Jeans, dazu meine Handschuhe und eine Lederjacke gegen die Neujahrskälte.

Um sieben Uhr traf ich Ellie am U-Bahnhof Tottenham Hale. Sie tauchte auf einer der Treppen auf, gekleidet in eine blaue Jeansjacke über einem schwarzen Kleid und beigefarbenen Stiefeln. Sie lehnte sich zurück und winkte wie eine alte Freundin, als sie auf mich zukam, was mir die Befangenheit nahm. Wir umarmten uns; sie roch wunderbar, nach frischem Obst, Eiscreme und Blumen.

Ich bot an, uns für den Weg zu ihrer Freundin ein Taxi zu bestellen, um sie in ihrer dünnen Jacke vor dem kalten Januarabend zu schützen. Sie sagte, sie wolle lieber laufen und reden, was mir ebenso recht war. Wir machten in einem Pub Halt, um zusammen einen für den Weg zu trinken. Dort saßen wir und quatschten gut zwei Stunden lang, wobei wir jeder drei Prosecco wegputzten. Wir sprachen über ihre WG in Battersea, wo sie mit drei Freundinnen zusammenwohnte. Sie kam auf Dinge zu sprechen, über die wir an dem Abend im *Dirty Dicks* geredet hatten. Ich staunte, wie gut ihr Gedächtnis war; ich konnte mich kaum noch an die Hälfte von dem erinnern, worüber wir damals gesprochen hatten, aber das ist ziemlich normal für mich, wenn ich was trinke. Wir hatten damals über unsere Familien gesprochen und wo wir arbeiteten. Sie zog mich ein wenig damit auf, dass ich sie nicht nach ihrer Nummer gefragt hatte und sie die Initiative ergreifen musste. Ich entschuldigte mich, ich hätte eine Menge um die Ohren gehabt.

Gegen neun brachen wir angetrunken zur Party auf. In der Zeit, die wir im Pub gesessen hatten, war die Außentemperatur um ein paar Grad gefallen, und Ellie schnappte sich meinen Arm und schmiegte sich den ganzen Weg an mich, um sich zu wärmen.

Als wir uns dem Haus näherten, war ich ein bisschen nervös, da ich einen guten Eindruck auf ihre Freunde machen wollte. Ich spürte mein Telefon in der Tasche vibrieren. Ich zog es heraus und sah zwei Nachrichten – von Solly. Mir stockte einen Moment der Atem, als ich seinen Namen las. Er war wieder da.

Die Nachricht lautete: *KOMM MORGEN UM 17 UHR ZU MIR.*

Der dreiste Tonfall der Nachricht machte mich sauer. Ich war schon nicht mehr nüchtern, und der Typ nervte mich echt. Aber von dem würde ich mich nicht mehr schikanieren lassen.

Ich antwortete: *Morgen kann ich nicht,* ehe ich mein Telefon zurück in die Tasche schob.

Nicht heute Abend, du Perversling.

34   Auf der Party waren nicht mehr als zwanzig Leute, alle zusammengedrängt im Souterrain und Garten des zweistöckigen Hauses. Ellie und ich hatten noch bei einem Spirituosenladen haltgemacht und je eine Flasche Prosecco gekauft, dazu noch eine Flasche Tequila. Wir standen am Rand des Gartens, versuchten, nicht auf das nasse Gras zu treten, und quatschten mit zwei der Typen, von denen einer dort wohnte. Wie sich herausstellte, kannte Ellie hier auch niemanden besonders gut. Sie war von ihrer Freundin eingeladen worden, die mit dem Mann, dessen Party es war, aufs College ging.

Die beiden Jungs waren gerade mit dem College fertig und produzierten ihren eigenen Hip-Hop. Ich fand sie cool; sie kamen mir zwar vor wie reiche Kids, aber sie waren nicht überheblich oder nervtötend. Es lenkte mich ab, mich mit ihnen zu unterhalten und etwas herumzualbern und alles andere einfach zu vergessen. Ellie ging immer wieder in die Küche, um unsere Gläser aufzufüllen, und gegen zehn Uhr waren wir beide schon ziemlich betrunken.

Ich überlegte, dass ich langsam mal etwas essen sollte, damit ich nicht irgendwann vollkommen hinüber war. Da kam Ellie aus dem Bad zurück, in der Hand die Flasche Tequila. Ich lachte laut, ich konnte einfach nicht nein sagen. Alle in der Nähe kippten ein paar Shots, und die Party kam langsam in Schwung. Jemand kam mit einer Bong aus dem Haus, und der Jubel, der daraufhin ausbrach, war vermutlich noch südlich des Flusses zu hören.

Ellie und ich verloren uns für eine gute halbe Stunde aus den Augen. Ich quatschte währenddessen mit den beiden Typen, die bei der Toilette standen. Einer von ihnen erzählte von seinem Bruder, der letztes Wochenende bei einer Straßenschlägerei jemanden k. o. geschlagen hatte. Der Typ erzählte die Geschichte so lebhaft, dass man merkte, wie stolz er auf seinen Bruder war und dass er das für ein echtes Highlight hielt.

Ich lächelte und nickte, während er redete, aber ich merkte, wie sehr mir die Geschichte auf den Magen schlug. Ich wollte nicht zuhören, doch irgendwie hatte ich das Gefühl, ich müsste so tun, als ob. Als hätte es keine besondere Bedeutung für mich, wenn Leute sich auf der Straße prügelten.

Endlich schaffte ich es, mich von den Typen loszueisen, und ging hinaus in den Garten, um frische Luft zu schnappen. Ich setzte mich auf eine Gartenmauer, den Blick vom Haus weg, und atmete ein paar tiefe Züge der kühlen Luft ein, bis meine Übelkeit nachließ.

Ich zog mein Telefon aus der Tasche, um Ellie eine Nachricht zu schicken. Noch während ich dabei war, tauchte sie hinter mir auf und legte mir die Hände über die Augen. Ich grinste, nahm ihre kalten, kleinen Finger in die Hände und schloss meine Finger um ihre, als wollte ich sie aufwärmen. Sie setzte sich neben mich auf die Mauer.

»Wow ... dich trinkt niemand nicht so leicht unter den Tisch.« Ich grinste.

»Yep«, antwortete sie und schaute mir in die Augen. Nach ein paar Momenten Schweigen nahm sie einen Schluck aus einer Bierdose.

»Die erste Probe hast du bestanden: Du kannst auch einiges ab.« Sie grinste.

»Die erste Probe?«, fragte ich mit gespielter Verblüffung. »Wir treffen uns jetzt seit wie vielen Wochen, und ich bin erst bei der ersten Probe?«

Wir lächelten uns einen Augenblick lang an.

»Und was ist die zweite Probe?«

Sie ignorierte meine lahme Frage und beugte sich zu mir, packte die Vorderseite meiner Jacke und zog mein Gesicht sanft zu sich.

Ihre Lippen waren kalt und schmeckten nach Minze von ihrem Kaugummi; sie küsste mich unglaublich zart und bedächtig, hob den Arm und legte die Fingerspitzen an meine Wange.

»Keine Geheimnisse mehr«, sagte sie.

»Keine Geheimnisse mehr«, antwortete ich.

Wir saßen da und unterhielten uns, ihre Hand ruhte sanft

auf meiner. Es war, als hätte sie beschlossen, einen Schritt weiterzugehen. Zu diesem Zeitpunkt waren wir beide schon ziemlich abgefüllt. Wir redeten und küssten uns immer wieder, Gott weiß wie lange.

Kurz nach zwei Uhr morgens legten die Leute sich pennen oder brachen auf.

»Wie kommst du nach Hause?«, fragte ich Ellie. »Kommst du mit zu mir?«

»Lass uns erst noch was essen«, sagte sie und zog ihr Handy heraus.

Wir wanderten zur Caledonian Road und schauten die Straße entlang. Es war fast vollkommen still, nirgendwo war noch etwas geöffnet.

Ellie hielt meine Hand, während wir liefen und redeten. Fast am Ende der Cally Road überquerten wir eine Brücke, die über einen Kanal führte. Wir blieben kurz stehen und schauten im Mondlicht auf das trübe Wasser. Es war so ruhig und friedlich.

Plötzlich drehte Ellie sich um und grinste mich an, biss sich auf die Unterlippe und zog an meiner Hand, damit ich ihr folgte. Sie lotste mich ein paar Stufen hinunter auf einen Fußweg, der am Kanal entlangführte, zu einer natürlichen Nische zwischen den Trägern der Kanalmauer. Ihr Blick wirkte hitzig, als sie mir am Fuß der Treppe in die Augen sah. Sie bewegte den Mund, als ob sie etwas sagen wollte, und mir fiel auf, wie voll ihre Lippen waren. Sie packte den Kragen meiner Jacke und drehte sich schwungvoll um, bis sie mit dem Rücken an der Wand lehnte. Als sie mich näher zu sich zog, drückte ich sie gegen das Mauerwerk, und sie keuchte leise auf. Sie fuhr mit der Hand durch mein Haar und zog meinen Kopf zu ihrem, drückte ihre Lippen auf meine – die zarte Innigkeit von vorhin war verflogen. Dieses Mal küssten wir uns wesentlich leidenschaftlicher, verborgen vor den Blicken der Öffentlichkeit pressten wir uns in der Dunkelheit fest aneinander. Sie griff nach hinten und löste die Verschlüsse ihres Kleides, bis das Oberteil ganz locker saß. Ich zog den Stoff von ihrer Schulter und legte meine Lippen an ihren Hals, während sie meine linke Hand nach unten zog, auf ihre Hüfte, und ihren Rock hochzog, bis ich ihren warmen Schenkel berührte.

Plötzlich erstarrte sie. Ich sah zu ihr hoch, und sie sah mit weit aufgerissenen Augen an mir vorbei. Sie versteifte sich am ganzen Körper, und ihre Hände packten mich fest.

»Warte ... warte ...«, flüsterte sie leise, während sie das Oberteil ihres Kleides ängstlich zuhielt und über meine Schulter spähte.

»Was ist?«, fragte ich und drehte mich um, um zu sehen, was ihren Blick so fesselte.

Ellie starrte ins Gebüsch auf der anderen Seite des Kanals, während sie hastig ihr Kleid wieder zuknöpfte und es zurechtzupfte.

Ich lief zum Ufer des Kanals und bemühte mich, in der Dunkelheit etwas zu erkennen.

»Was ist denn los?«, fragte ich. Ich war ziemlich verdattert, wollte Ellie aber zeigen, wie vernünftig ich war.

»Da ist jemand«, flüsterte sie.

Sie zog sich fertig an, ohne den Blick von einer bestimmten Stelle auf der anderen Kanalseite abzuwenden. Drüben war es stockfinster. Die Straßenlaternen von der Hauptstraße warfen ein wenig Licht auf das Wasser, aber das Ufer entlang des Kanals war dicht mit Sträuchern und Farnen bewachsen, und es war schwierig, irgendwelche Umrisse auszumachen.

Ich zog mein Smartphone aus der Tasche und versuchte, auf die andere Seite zu leuchten. Es brachte nicht viel, die Taschenlampe meines Telefons kam nicht gegen die dichte Dunkelheit von North London an.

»Hast du das gehört?«, fragte sie schließlich.

»Nein … was gehört?«, wisperte ich.

Dann hörte ich es. Klar und deutlich, das Geräusch eines brechenden Zweiges. Kein kleiner Zweig, den vielleicht ein Wildtier zerbrochen haben könnte – ein Vogel oder Maulwurf oder was auch immer für Viecher um diese Zeit hier herumschwirrten. Es klang nach einem großen, dicken Ast, als wäre etwas Schweres wie ein menschlicher Fuß darauf gelandet.

Ellie und ich starrten schweigend über den Kanal.

Schließlich drehte ich mich um und runzelte die Stirn, um ihr zu bedeuten, dass wir besser gehen sollten.

35 Als wir nach Hause kamen, war es fast vier Uhr. Wir schliefen in Klamotten auf dem Bett ein.

Um neun Uhr wachte ich auf und trank zwei große Gläser Orange Squash, dann döste ich noch eine Stunde oder so, während der Fernseher im Hintergrund lief. Ellie rührte sich nicht.

Es klingelte an der Tür. Ich verfluchte mich selbst dafür, Sachen bestellt zu haben, die sonntagmorgens geliefert wurden. Ich warf mir ein Sweatshirt über und ging nach unten.

Als ich mich der Tür näherte, stellte ich fest, dass es beileibe kein Paketbote war. Ich konnte Sergeant Sarah Kane dort draußen sehen. Ich öffnete die Tür und stand vor Probert und Kane. Beide hatten einen grimmigen Ausdruck im Gesicht.

»Guten Morgen, Will«, sagte Kane sachlich. »Können wir kurz reinkommen und mit Ihnen reden?«

Ich führte sie ins Wohnzimmer, setzte mich in einen Lehnsessel und starrte auf den Boden. Ich war zu müde für so was, und ich wollte, dass die beiden das wussten. Ich bat sie nicht, sich zu setzen, doch Probert machte es sich auf dem Ende des Sofas bequem, während Kane sich näher zu mir setzte und einen Aktendeckel auf den Couchtisch zwischen uns legte.

»Guten Morgen, Will«, sagte er, als Kane Platz nahm.

Ich war immer noch halb betrunken.

Kane sah mich ausdruckslos an, ehe sie auf den Aktendeckel tippte. Sie rutschte bis zur Kante ihres Sitzes vor und öffnete den Pappdeckel, so dass ich eine Seite mit dem Bild von zwei spiegelgleichen Eisbären sehen konnte, die sich gegen einen großen Eisblock stemmten. Es war das Motiv auf dem Pullover, den ich an jenem Abend getragen hatte – dem Abend mit dem Versicherungstypen.

Kane suchte in meinem Gesicht nach einer Reaktion, ehe sie etwas sagte.

»Kennen Sie dieses Bild, Will?«

»Yep. Es ist auf meinem Pulli«, sagte ich ungeduldig.

Kane schaute zu Probert und dann wieder zu mir.

Sie beugte sich vor und legte das oberste Blatt beiseite. Zum Vorschein kam das körnige Bild einer Überwachungskamera, das mich auf einem Gehweg in Farringdon zeigte.

Das Eisbärmotiv war gerade eben vor meiner Brust zu erkennen, eingerahmt von meiner braunen Cordjacke.

Ich schaute zu ihr auf und nickte. *Hab ich doch schon gesagt, dass es mein Pullover ist.*

Erneut suchte Kane in meinem Gesicht nach einer Reaktion, aber den Gefallen würde ich ihr nicht tun. Sie legte die beiden Fotos nebeneinander vor mir auf den Tisch. Ich starrte sie an.

»Ja, das ist mein Pulli«, wiederholte ich. Meine verkaterte Stimme war ein leises, tiefes Grummeln.

Kane bewegte sich langsam und bedächtig. Sie schien nicht auf das zu reagieren, was ich gesagt hatte. Es war, als hätte sie einen genauen Plan von diesem Besuch im Kopf, und jetzt wollte sie nicht, dass ich von ihrem Skript abwich. Sie streckte die Hand aus, woraufhin Probert ihr eine zerknitterte Plastiktüte reichte, in der sich ein A4-Luftpolsterumschlag befand, der oben aufgerissen war. Den legte sie ebenfalls vor mir auf den Tisch.

»Was hat das zu bedeuten, Will?«

»Was hat was zu bedeuten?«

Sie beugte sich vor und schob den Umschlag näher zu mir. Erst jetzt sah ich die Adresse darauf: *Sarah Kane, Irgendwas-Terrace 19a, Islington, London.*

Jemand hatte den Straßennamen mit Klebeband verdeckt, aber ich konnte trotzdem das Wort »Terrace« erkennen, da es mit einem dicken, dunklen Edding geschrieben war.

»Ihre Privatadresse?«, fragte ich schließlich.

Kane nahm den Umschlag und gab ihn Probert zurück, der ihn zusammenfaltete und auf seinen Schoß legte. Kane sah heute anders aus, wütender; sie wirkte eindeutig ungeduldig. Sie nahm den Aktendeckel und hielt das Bild mit den Eisbären vor mir in die Höhe.

»Das lag heute Morgen im Briefkasten. Bei meiner Privatadresse.«

»Okay … ich gebe Ihnen recht, das ist merkwürdig«, sagte ich stirnrunzelnd.

Für vielleicht dreißig volle Sekunden machte keiner von uns auch nur einen Mucks.

»Ihre Kollegen wissen, dass das Ihr Fall ist, stimmt's?«, sagte ich schließlich.

»Meine Kollegen und ich schicken uns keine Sachen anonym per Post.« Sie lächelte spöttisch. »Haben Sie mir das geschickt, Will?«

Dieses Rätsel riss ein riesiges Loch in meine trunkene Coolness.

»Warum sollte ich Ihnen ein Bild von einem Pullover schicken?«, fragte ich leise.

»Ich habe keine Ahnung«, erwiderte sie. »Ich weiß es nicht, Will.«

Allmählich dämmerte mir, dass das hier echt kein Spaß war. Sie machten keine Witze. Ich merkte, wie kalt es im Zimmer war. *Diese Polizistin sitzt in meinem Wohnzimmer, mit einem Foto von dem Pullover, den ich anhatte.*

Wir starrten uns einen Moment an, ehe sie sich einen Ruck zu geben schien und Anstalten machte, die Ausdrucke wieder in ihren Aktendeckel zu packen.

»Jemand will, dass wir glauben, Sie seien es gewesen«, sagte Probert. »Das verstehen Sie doch.«

Ich zwang mich zu einem empörten Schnauben, das mir in der Kehle stecken blieb, bis ich das Gefühl hatte, würgen zu müssen.

»*Ich?*«

»Jemand muss Sie an jenem Abend gesehen haben. Und er oder sie weiß nicht, dass wir bereits mit Ihnen geredet haben, also schickt er uns Hinweise, um Sie zu finden«, bekräftigte Kane.

Ich blickte sie mit hochgezogener Braue an. »Die Person, die es getan hat?«

Sie sah mich scharf an, ignorierte jedoch meine Frage. »Jemand hat Sie klar genug und lange genug von vorne gesehen, um sich an dieses Bild erinnern zu können. Verstehen Sie, was das bedeutet?«

Etwas in meinem Magen zog sich fest zusammen. *Dieser Mistkerl.* »Es bedeutet, dass ich jemandem über den Weg gelaufen bin«, sagte ich schließlich.

»Direkt entgegengekommen, ganz nah«, präzisierte Kane.

»Direkt entgegengekommen.« Ich zuckte die Achseln.

»Und Sie bleiben immer noch dabei, dass Sie niemanden gesehen haben?«, fragte sie ruhig.

»Ich sagte, ich *erinnere* mich nicht, das ist etwas anderes«, schoss ich zurück.

»Aber jemand erinnert sich an *Sie*.« Sie beugte sich vor und tippte auf einen der Eisbären.

Ich schüttelte den Kopf und zuckte erneut die Achseln.

Schließlich stand sie auf, wischte sich mit einer blassen Hand über den Ärmel ihrer Jacke, ehe sie die Papiere zurück in ihre Mappe schob und sie sich unter den Arm klemmte.

»Wissen Sie, was der Absender uns noch geschickt hat, zusammen mit diesem Bild?« Sie zog einen weiteren kleinen Plastikbeutel hervor, in dem sich ein winziges Stück Pappe befand.

»*Iceberg Jeans*, steht hier«, sagte sie scharf. Ihr Blick brannte sich in mich hinein, als sie auf meine Reaktion wartete. »Ist der Sweater mit den Eisbären von *Iceberg Jeans?* Haben Sie ihn gerade zur Hand?«, fragte sie.

»Ich glaube, er ist wahrscheinlich …« Mir schwirrte der Kopf, als ich alle Möglichkeiten durchging. »Ich sehe mal nach.«

Ich schloss mich in meinem Schlafzimmer ein und stand vor dem Kleiderschrank. Ellie bewegte sich und blinzelte verwirrt zu mir hoch. Aus dem Wohnzimmer konnte ich Funkgeräte knacken hören. Ich riss die Kleiderschranktür auf, mein Blick schoss von links nach rechts. *Wonach suche ich?*

Ich stand einfach nur panisch da und starrte auf meine Klamotten. *War's das? Haben sie mich jetzt?* Geistesabwesend strich ich mit den Fingern über den Ärmel einer Wildlederjacke, während ich überlegte, welche Optionen ich hatte. Eigentlich hatte ich gar keine. *Dieser Pulli ist nicht hier, weil ich ihn weggeworfen habe.*

»Ist alles okay?«, krächzte Ellie.

Meine Hände waren plötzlich schweißnass. »Ja, ja«, antwortete ich rasch.

Bestimmt konnte sie mein panisches Atmen hören. Aus irgendeinem Grund wühlte ich weiter durch meine Klamotten, als würde ich erwarten, dass der Pullover sich irgendwie materialisierte.

Nach ein paar Minuten rief Kane von unten zu mir hoch: »Will, konnten Sie den Pullover finden?«

»Ich suche noch danach, tut mir leid«, rief ich zurück. »Er ist hier irgendwo, ich habe ihn neulich noch gesehen.« Ich vermied es, Ellie anzusehen.

Ich hörte Probert etwas zu Kane sagen.

»Können Sie ihn nicht finden?«, rief sie.

Ich starrte die Tür meines Schlafzimmers an.

»Könnten Sie ihn uns bitte vorbeibringen? Aufs Revier«, rief sie.

Erleichterung durchfuhr mich. »Ja. Tut mir leid, ich kann ihn einfach nicht finden!«, erwiderte ich so ruhig wie möglich. »Ich bringe ihn vorbei.«

Als ich die Treppe herunterkam, standen die beiden an der Haustür.

»Können Sie ihn uns vorbeibringen?«, wiederholte sie mit einem abschätzigen Lächeln. »Auch die restliche Kleidung, die Sie an jenem Abend getragen haben, bitte.«

»Natürlich«, sagte ich, obwohl ich genau wusste, dass die Sachen inzwischen über ein Sozialkaufhaus weiß der Teufel wo gelandet waren. Aber ich hatte etwas Zeit gewonnen.

»Darf ich fragen, warum? Was ist so interessant an diesem Pullover?«, fragte ich.

»Das werden wir dann sehen«, sagte Probert. »Das wissen wir noch nicht.«

36 Nachdem die Polizei gegangen war, rutschte ich im Flur auf den Boden und versuchte, das alles zu begreifen.

Solly hatte mich verarscht, so viel war klar. Ich musste der Tatsache ins Auge blicken, dass dies sehr gut der Anfang vom Ende sein könnte. Ein Bild von meiner Kleidung aus jener Nacht, direkt an die Polizei geschickt. Direkt zu Sergeant Kane nach Hause.

Was für eine Provokation! Es genügte nicht, um mich zu erledigen, aber es reichte, um die Scheinwerfer auf mich zu lenken. *Er hat dafür gesorgt, dass ihnen die Köpfe rauchen.* Kane hatte sofort gehandelt, so wie er es von ihr gewollt hatte. Er erinnerte mich daran, welche Macht er über mich hatte. *Er zeigt mir, wozu er in der Lage ist.*

Ich hatte ihm gesagt, dass ich nicht zu der von ihm fest-gelegten Zeit zu ihm kommen würde, und diese Geste war seine Reaktion darauf. *Warum hat er es zu ihr nach Hause ge-schickt? Warum nicht zum Polizeirevier?* Ich zermarterte mir das Gehirn, um mich daran zu erinnern, ob der Umschlag eine Briefmarke gehabt hatte. Ich glaubte nicht. Ich glaubte, er hatte ihn persönlich abgegeben. *Woher weiß er, wo sie wohnt?*

Er musste sie verfolgt haben, so wie er mich verfolgt hatte. Das scheußliche Gefühl in Bezug auf Solly begann, in meinem Magen zu rumoren. Das hier passte nicht zu ihm, zu dem Ton und der Art, wie er in seiner Wohnung mit mir gesprochen hatte. Jetzt wirkte er gar nicht mehr wie ein unglücklicher, er-schütterter Zuschauer.

Ich fragte mich, wer er eigentlich war. Welchen Hintergrund hatte er? Ich war naiv gewesen, was ihn betraf. Das hier war ein fieser rechter Haken, direkt in meine Welt, und er wusste es. Dieser Mann war gefährlicher, als ich es ihm zugetraut hatte. Das war eine aggressive, prompte Reaktion gewesen. Ein deutliches Anzeichen von Sturheit. Er sprach durch die Polizei mit mir. Er wedelte mit einer Gefängniszelle vor meiner Nase herum.

Ich nahm mein Smartphone und schrieb ihm: *Ich komme. 17 Uhr.*

Sekunden später kam die Antwort: *KOMM UM 19 h. ICH KOCHE.*

Ellie tauchte in der Tür zum Wohnzimmer auf. »War das die Polizei?«

»Ja«, sagte ich. »Sie wollten bloß ... meine Klamotten.«

»Deine Kleidung?«, fragte sie überrascht.

»Ja, also die, die ich an dem Abend anhatte.«

»Aber warum?«

»Weil ... keine Ahnung. Sie versuchen, mit Hilfe der Überwachungsvideos festzustellen, wer wann wo war, und ich nehme mal an, sie müssen sichergehen, wer ich bin. Ich weiß es nicht.«

Ellie schaute mich lange an, sagte aber nichts. Erst wirkte sie verwirrt, dann verletzt, und dann schaute sie mich nur noch ausdruckslos an. »Sichergehen, wer du bist ...«, wiederholte sie abwesend. »Waren sie schon öfter hier?«, fragte sie.

»Nein, das war das erste Mal«, sagte ich und tat, als würde ich aufräumen. »Sie haben den Typen gefunden, der es getan hat.« Ich schaute ihr in die Augen.

»Ja«, sagte sie leise.

»Sie versuchen, keine Ahnung, den Prozess vorzubereiten«, sagte ich wegwerfend.

»Gegen diesen ... Typen.«

»Ja. Er heißt Evatt. Ein Spinner.«

»Aber warum wollen sie dann *deine* Sachen?«

»Weiß ich doch nicht!«, blaffte ich.

Während der nächsten zwanzig Minuten versuchte ich,

Smalltalk zu machen. Ich wollte das Gespräch in andere Richtungen lenken. Doch Ellie war tief in Gedanken versunken. Sie
starrte immer wieder auf den Boden, als würde sie etwas aus-
rechnen. Mein Verstand kam nur mühsam auf Touren.

Kurz vor der Mittagszeit ging sie. Sie sagte, sie müsse ihrer
Freundin helfen, die gerade für irgendetwas lernte. Ich glaube
nicht, dass das stimmte. Sie war ganz in Gedanken; ich konnte
sehen, dass ihr der Kopf rauchte. Ich schaffte es nicht, sie weiter
anzulügen, also ließ ich sie ziehen.

37 Sobald ich sicher war, dass Ellie nicht zurückkommen würde, holte ich mein Handy raus und rief Solly an. Er
ging nicht ran. Dieser Mistkerl. Ich versuchte es noch drei-,
viermal, ohne dass er antwortete. Er versuchte wieder, mich in
seine Wohnung zu locken.

Ich war versucht, direkt hinzufahren, aber ich wusste, dass
er nicht aufmachen würde. Ich würde um sieben Uhr hingehen. Ich würde sein Spiel mitspielen, bis ich einen Fuß in der
Tür hatte. Sobald ich drin war, würde ich ihm die Hölle heiß-
machen. Ihm sagen, was für ein erbärmlicher Dreckskerl er
war. *Was für ein Mann bist du, dass du dein Wort nicht halten
kannst?*

Ich duschte und zog mich an, trank einen Energydrink, saß
auf dem Sofa und wartete, dass es sieben wurde. Ich bestellte
eine Pizza, aber obwohl ich hungrig war, bekam ich sie nicht
runter. Ich aß nur ein paar Peperonistücke und etwas Mais. Ich
nahm zwei Tabletten gegen meinen Kater und schlief schließlich auf dem Sofa ein.

Gegen halb sechs wachte ich auf. Ich sprang auf, schnappte
mir meine Jacke und meine Handschuhe und machte mich

auf den Weg in die City. Im Zug blieb ich stehen, ich war im Kampfmodus. Ich war bereit, Solly in Stücke zu reißen, weil er sich nicht an die Abmachung gehalten hatte. Ich würde ihm klarmachen, dass man sich besser nicht mit mir anlegte.

Ich spielte mit dem Gedanken, ihn zu bestehlen. Einfach seine Festplatte mitzunehmen und sie dann zu verbrennen oder in einem Kanal zu versenken oder so. Aber das wäre kein Kinderspiel. Ich müsste ihn erst einmal irgendwie überwältigen. Nicht unmöglich, aber es könnte schwierig werden.

Ich googelte, wie eine Festplatte aussah. Vielleicht könnte ich sie mir schnappen, wenn er auf Toilette ging oder so; aber die Dinger waren nicht so einfach auszubauen. Und natürlich gab es keine Garantie, dass er nicht irgendwo eine weitere Kopie hatte. Ich wusste, dass er das Video zumindest auf den USB-Stick geladen hatte, den er mir geschickt hatte. *Er hat bestimmt noch eine Kopie gemacht.*

Ich erwog, ihm ganz offen zu drohen. Ihm zu sagen, dass ich ihn umbringen würde. Aber so was muss man dann auch durchziehen können, und dazu fühlte ich mich nicht in der Lage, egal, wie wütend ich war. Ich würde ihm nie genug Angst einjagen können, damit er schwieg.

Also würde ich hingehen und einfach eine Zeitlang mitspielen. Ihm zuhören und ihn ansagen lassen, was Sache war. Ich würde nicken, lachen, wenn nötig, und ihn reden lassen. Und wenn er damit fertig war und endlich damit rausrückte, wie viel er wollte, würde ich ihm sagen, nach welchen Regeln es laufen würde. Ich wusste, wieso er mich eingeladen hatte: Er wollte mich erpressen. Am Ende würde er doch Geld für sein Schweigen verlangen.

Soweit ich aufgrund meiner Nachforschungen wusste, konnte man für den »Tod durch einen einzelnen Schlag« im

Rahmen eines Streits für fünf bis zehn Jahre im Gefängnis landen. So eine Strafe klingt nicht nach besonders viel, bis man ernsthaft darüber nachdenkt, was es heißt, sie absitzen zu müssen. Zehn Jahre, das sind mehr, als ich in der Schule oder am College verbracht habe, und beides dauerte schon eine verdammte Ewigkeit. Zehn Jahre Gefängnis. Zehnmal Weihnachten. Zehn Sommer. Jahr für Jahr, und du kannst nie Zeit mit einer Frau verbringen oder nach einem langen Tag ein paar Gläser Bier trinken. Zehn Jahre, der Unterschied zwischen einem jungen Mann, der die Freiheiten mit Ende zwanzig genießt, und einer Vaterfigur von Ende dreißig.

Und dann waren da die längerfristigen Auswirkungen. Es würde sich auf alles auswirken. Auf meinen Beruf und mein Leben, das ich mir aufgebaut hatte. Ich würde ganz neu anfangen müssen, mit fast vierzig, und das alles wegen etwas, mit dem ich nichts zu tun haben wollte. Etwas, das mir an einem zufälligen Abend von irgendeinem Mistkerl untergeschoben worden war.

Ich würde Solly bezahlen. Ich hatte siebentausend Pfund gespart, die irgendwann mal zu einer Anzahlung für eine Wohnung werden sollten. Ich stellte ein paar Regeln für mich auf:

1. Ich würde höchstens fünftausend Pfund zahlen. Diese Summe würde ich Solly nicht nennen, aber sie als Obergrenze im Kopf haben. Wenn er 100 Pfund wollte, würde er 100 Pfund bekommen.

2. Es wäre ein einmaliges Geschäft, das würde ich sehr deutlich machen. Ich zahle, was er verlangt, und dann sind wir quitt. Ich würde ihm sagen, wenn er mich danach noch einmal kontaktieren würde, dann könnte er direkt zur Polizei gehen. Sonst würde das ewig so weitergehen. Ich spiele das Spiel mit, aber nur einmal.

3. Die gleiche Regel gilt für Sollys Schweigen. Wenn er es jemals irgendwem erzählt, ist der Deal geplatzt, und ich werde ihn und mich selbst bei der Polizei anzeigen. Denn wie gesagt, das könnte sonst endlos weitergehen, und ich werde mein Leben nicht von Sollys Gnade abhängig machen. Lieber probiere ich mein Glück mit dem Justizsystem.
4. Danach werde ich keinen weiteren Kontakt mit Solly haben.

38 Der Aufzug zu Sollys Wohnung stank nach Pisse. Die Knöpfe sahen schmutzig aus; ich berührte sie nur mit dem Fingerknöchel. Als ich mich Sollys Tür näherte, schlug mir ein schwerer Essensgeruch entgegen. Er hatte etwas von Kochen gesagt. Nie im Leben würde ich irgendetwas essen, was er in dieser Küche zubereitet hatte.

Er öffnete die Tür in einer Schürze und breitete einladend die Arme aus. Als würde er einen lang vermissten Freund begrüßen. Ich verzog das Gesicht, als ich eintrat und die Wohnungstür hinter mir schloss.

»Was zum Teufel soll das?« Ich warf ihm einen finsteren Blick zu, als ich mich an ihm vorbei in sein Wohnzimmer schob. Ich gab mir Mühe, zuversichtlich und selbstbewusst zu wirken. Ich würde ihn nicht merken lassen, dass es ihm gelungen war, mich zu verunsichern. Und er hatte gekocht, daran bestand kein Zweifel. Die ganze Wohnung stank, und es war heiß von den Kochdünsten.

»Will, vor allem andern, was willst du trinken?«, fragte er unschuldig.

»Ich will nichts trinken, und ich will nichts essen«, sagte ich.

Solly lächelte. »Das ist die köstlichste Makrele, die du je probiert hast«, sagte er. »Und ich bestehe drauf, dass du ein Glas Sauvignon Semillon dazu trinkst.« Ungeschickt schenkte er ein Glas ein und brachte es mir. »Hier!«, sagte er.

Ich schaute auf das Glas, dann wieder zu ihm. »Für so etwas habe ich keine Zeit«, sagte ich und nahm es ihm ab.

Er goss sich selbst nach und nahm einen kräftigen Schluck. Er war halb betrunken, das konnte ich sehen.

»Setz dich«, sagte er und deutete auf den kleinen Tisch, den er aufgestellt hatte. Mit diesen armseligen Plastikstühlen auf beiden Seiten.

»Ich stehe lieber, danke«, sagte ich.

Er verschwand in der Küche, wo er ein paar Sekunden herumwerkelte. Dann tauchte er mit einer knallroten Auflaufform auf und stellte sie auf den Tisch. In der Schüssel befanden sich zwei dampfende Makrelen.

Um fair zu sein, er schien zu wissen, was er tat. Die Makrelen waren eingeritzt und sahen gut durchgebraten aus. Obendrauf lagen Zitronenscheiben. Solly ging zurück in die Küche und kam mit einem kleinen Topf mit gehackten Zwiebeln zurück. Er verteilte sie über den Fisch und setzte sich an den Tisch.

Er nahm einen Schluck von seinem Wein, rutschte auf seinem Stuhl hin und her und schaute zu mir. Er atmete schwer durch die Nase. »Du kannst dich wenigstens zu mir an den Tisch setzen, Will.«

»Ich habe dir gesagt, dass ich keinen Hunger habe«, sagte ich.

»Warum setzt du dich nicht wenigstens zu mir? Damit wir uns unterhalten können?«

Ich seufzte, zog den zweiten Stuhl ein Stück zurück, ließ mich darauffallen und stellte mein Weinglas zwischen uns auf den Tisch.

Solly nahm eine Mühle und salzte den Fisch, beugte sich dann darüber und sog den Duft ein, wobei er erwartungsvoll schmatzte. »Bist du *sicher*, dass ich dich nicht überreden kann?«, sagte er.

»Ist das alles?«, fragte ich. »Nur Fisch, sonst nichts?«

Er lachte in sich hinein. »Die Fixierung auf Kohlenhydrate ist so was von prollig, Will.«

»Klar, und das hier ist die reinste Fünf-Sterne-Küche«, sagte ich, während er mit den Fingern ein Stück Haut vom Fisch abzog und es sich in den Mund schob.

»Hat sich die Polizei bei dir gemeldet?«, fragte er, wobei ihm kleine Stücke der nassen Fischhaut von den Lippen fielen.

»Ja«, sagte ich.

Er schnupperte, nahm ein Stück Fisch und stopfte es sich in den Mund. »Was haben sie gesagt?«.

Wartet dieser Affe absichtlich ab, bis er den Mund voll hat, bevor er spricht?

»Dass du ein Bild von meinem Pullovermotiv zu einer der Beamten nach Hause geschickt hast«, seufzte ich. In diesem Moment fiel mir auf, dass er sich nicht einmal die Mühe gemacht hatte, Messer und Gabel aufzudecken. *Will er ernsthaft, dass ich auch so esse?*

»Sie haben gesagt, ich hätte es getan, oder?«, fragte er, ohne mich anzusehen.

»Hör zu, ich habe keine Lust auf diesen Scheiß, Solly«, sagte ich. »Du weißt, was du gemacht hast. Was *willst* du von mir?« Ich neigte meinen Kopf, um seinen Blick einzufangen, der um den Fisch in der roten Schale kreiste.

Er hörte auf zu essen und sah zu mir auf. Er rückte seine Brille im Gesicht zurecht. Er hatte vorher weder den Fisch noch das Öl von den Händen gewischt. Er schob einfach seine Brille hoch und fuhr sich anschließend mit den Fingern durch sein widerliches Haar. Wahrscheinlich hatte er deshalb so fettige Haut. Nach dem Essen wäscht man sich die Hände, das weiß doch jeder.

Er holte tief Luft und schob seinen Teller zur Seite. »Ich habe dich gestern Abend gebeten zu kommen, weil ich mit dir reden muss.«

»Du hast mich nicht gebeten, sondern mich herbestellt.«

Er zuckte die Achseln, als wäre das pedantisch.

»Wir haben nicht diese Art von Beziehung«, fuhr ich fort.

Er starrte mich an und nahm einen tiefen Schluck von seinem Wein.

»Welche Art von Beziehung haben wir denn?«, krächzte er.

»Blöde Frage. Du hast mich ohne mein Einverständnis gefilmt, dann hast du mich angelogen und gesagt, du hättest das Video gelöscht, und jetzt hast du mich zu dir bestellt, damit du mich erpressen kannst. Ach ja, und du hast Fisch für mich gekocht. Das ist unsere Beziehung«, sagte ich.

Er machte ein beleidigtes Gesicht. »Ich habe dir doch gesagt, dass ich nicht *dich* gefilmt habe. Und ich habe dich nicht angelogen, ich habe das Material gelöscht, wirklich. Du bist ganz schön undankbar.«

»Und warum hast du mich dann hierherbestellt?«, fragte ich. »Jetzt?«

»Weil ich mir Sorgen mache«, antwortete er, »und jetzt *deine* Hilfe brauche.«

»Solly«, sagte ich, »was zum Teufel *willst* du von mir?«

39 Solly erklärte mir, dass er »um etwas Geld betrogen« worden sei. Eigentlich hatte ihn jemand nur nicht bezahlt, nachdem er ein illegales Pokerturnier gewonnen hatte. Er erzählte mir, dass er so knapp bei Kasse sei, dass er nicht einmal seine Stromrechnung bezahlen könne.

Ich lachte ihn aus.

»Netter Versuch. Du scheinst mich für komplett bescheuert zu halten.« Ich sagte ihm, dass es nicht nötig sei, irgendwelche Geschichten zu erfinden. Ich wüsste, warum ich hier sei, nannte ihm meine Bedingungen und fragte ihn, wie viel er wolle.

»Also los«, sagte ich. »Was willst du? Spuck's aus.«

»Du verstehst das falsch«, sagte er. »Ich will kein *Geld* von dir.«

»Nein, Solly, lass das«, schoss ich zurück. »Was soll dieses Rumgeeiere, bis du mir irgendwann verrätst, was du willst? Lass uns die Sache beenden, jetzt sofort.« Ich verschränkte die Arme und setzte mich aufrecht hin.

»Will, sieh dich um«, sagte er. »Ich habe eine Menge Zeug, ich bin reicher als du. Ich brauche dein Geld nicht. Ich habe mein eigenes Geld.«

»Ich gebe dir zweitausend«, sagte ich und sah ihm direkt in die Augen. »Zweitausend Pfund, in bar.« Ich sah, dass er sich ein Lachen verkniff.

»Ich habe dir geholfen«, sagte er schließlich.

»Du hast mir *geholfen?*«, spottete ich.

»Wie oft muss ich es dir noch sagen: Ich habe dich nicht mit Absicht gefilmt. Du bist mir ins Bild gelaufen. Und dann … habe ich es für dich gelöscht. Und du hast nie auch nur einen Gedanken daran verschwendet, dich bei mir zu bedanken …« Er griff in die rote Schüssel und holte mit den Fingern ein weiteres Stück Fisch heraus.

»Ich *bin* dir dankbar«, sagte ich. »Wenn du es wirklich gelöscht hast, bin ich dankbar, Solly. Das meine ich ernst.«

»Ich habe keine Familie«, fuhr er fort, »ich habe nicht viele Menschen, die ich meine Freunde nennen kann.«

Ich verdrehte die Augen.

»An wen soll ich mich also wenden, wenn es schwierig wird?«, fragte er.

»Stopp. Eine Sekunde«, sagte ich. »Du hast der Polizei buchstäblich *persönlich* Beweise geliefert, die mich belasten. Nur damit das klar ist, wir sind keine Freunde. Ich bin nicht hier, um mir deine Probleme anzuhören.«

»Und wie zum Teufel hätte ich dich sonst dazu bringen sollen, mit mir zu reden?«, fragte er, auf einmal wütend.

»Du hast mir *einmal* eine Nachricht geschickt, als ich gerade beschäftigt war, einen Tag vorher. Das ist nicht freundschaftlich«, rief ich.

Er zuckte zusammen, deutete auf die Wand zu seiner Linken und flüsterte: »Abends darf man nicht zu viel Lärm machen, weil er früh rausmuss.«

»Siehst du, genau das ist es«, sagte ich und rieb mir das Gesicht.

»Was ist was?«, fragte Solly.

»Ich weiß, was du treibst«, sagte ich und lehnte mich in meinem Stuhl zurück.

»Was treibe ich denn?«, sagte er. »Na los, das würde ich zu gern wissen.«

»Du versuchst, mir das Gefühl zu geben, ich wäre dir was schuldig, damit du in Zukunft immer wieder Geld von mir verlangen kannst. Du willst mich Stück für Stück ausnehmen, oder etwa nicht?«

Solly nahm einen weiteren Schluck Wein und füllte sein Glas nach. »Weißt du, wie viel ich letztes Jahr verdient habe, nur mit dem Pokern?«

»Was *willst* du, Solly?«, schnauzte ich.

»Einhundertachtzigtausend«, sagte er, »und im Jahr davor habe ich zweihundertzwanzigtausend verdient.«

»Das ist ja super«, sagte ich, nahm mein Handy aus der Tasche und schaute darauf, »gut gemacht.«

»Das ist eine Menge Geld für einen alleinstehenden Mann«, sagte er. »Und dann bekomme ich auch noch Geld vom Staat.«

»Du meinst Sozialleistungen?«, fragte ich. »Du verdienst so viel Geld und beantragst Sozialleistungen?«

»Ich wurde bei einem Arbeitsunfall verletzt!«, spie er aus.

»Okay, warum stört es dich dann, dass dich jemand um Geld betrügt?«, fragte ich. »Kannst du deine Stromrechnungen nicht einfach von deinen riesigen Vermögensreserven bezahlen?«

»Ich habe keine Reserven. Ich gebe mein Geld aus. Wer weiß, ob ich nicht morgen von einem Bus überfahren werde«, sagte er.

»Du hast also das ganze Geld ausgegeben, und jetzt bist du pleite?«

»Nein, ich bin nicht *pleite,* so einfach ist das nicht. Beim Poker braucht man Geld, um Geld zu verdienen, man muss in die Turniere investieren und solche Sachen. Ich habe Ausgaben.«

»Wenn du so gut pokerst«, sagte ich, »kannst du nicht einfach an einem dieser Online-Turniere teilnehmen und einen Haufen Geld gewinnen?«

Er verdrehte die Augen. »So läuft das nicht. Bist du wirklich so naiv?« Er schob mir mein Weinglas zu. »Ich habe niemanden, der mir helfen kann«, sagte er. »Ich kenne *niemanden.* So was ist mir noch nie passiert. Es läuft gerade … schwierig. Dieser Mensch hat dreiundvierzigtausend Pfund, die mir gehören, und will sie mir nicht geben. Ich habe sie in einer ehrlichen und anständigen Partie von ihm gewonnen. Er hatte sechzig Tage Zeit zu zahlen, und jetzt ist die Frist abgelaufen. Eigentlich war sie schon im August abgelaufen.«

»Die Deadline war also vor vier Monaten? Tja, dann wird er auch nicht zahlen.«

»Ich weiß!«, sagte Solly verzweifelt. »Meinst du, ich *weiß* das nicht?«

Er kam zu mir und kniete sich neben mir auf den Boden. »Will, ich habe niemanden, an den ich mich wenden kann; niemanden, der mir helfen kann.«

»Geh zur Polizei«, sagte ich und stand auf, um zu gehen.

»Will, bitte!«, sagte er und stand auf. »Bitte sei vernünftig. Diese Pokerrunden sind nicht lizenziert. Ich kann nicht zur Polizei gehen!«

»Und was genau soll ich tun?«, fragte ich. »Mit meinen schweren Jungs aufkreuzen und den Typen zusammenschlagen?«

»Nein, keine … Gewalt, nichts dergleichen«, sagte er. »Hör zu, ich brauche nur jemanden, der mit ihm redet. Er soll wissen, dass ich immer noch auf das Geld warte und dass er nicht einfach so davonkommen wird. Er ist kein Krimineller oder so.«

»Du willst also, dass ich Schulden für dich eintreibe, Solly?«, sagte ich und grinste.

»Nein! Noch mal, ich möchte nur, dass du ihm sagst, dass ich seine Zahlung erwarte, das ist alles.«

»Solly, warum in aller Welt soll ausgerechnet *ich* diese Aufgabe erledigen?«

»Weil ich einmal in meinem Leben jemandem geholfen habe und deshalb jetzt einmal in meinem Leben jemanden habe, der mir helfen kann«, sagte er leise. »Ich erwarte nicht, dass du verstehst, wie es ist, ganz allein auf der Welt zu sein.«

Er begann, das Essen wegzuräumen. Er wirkte ernüchtert, aber das kaufte ich ihm nicht ab.

»Guten Abend, Solly«, sagte ich und ging in Richtung Tür.

Er folgte mir mit einem Tischset in der Hand auf den Flur.

»Ich spreche nicht von einem Kriminellen«, sagte er. »Dieser

Kerl ist Lehrer und älter als ich. Ein kleiner, übergewichtiger Familienvater. Er ist schwach. Ich würde selbst hingehen, wenn mein Körper nicht so kaputt wäre.«

»Du wirst dir jemand anderen suchen müssen«, sagte ich und öffnete die Wohnungstür.

Als ich zum Aufzug ging, rief ich ihm zu: »Melde dich *nie wieder* bei mir, Solly.«

Am Ende des Flurs drehte ich mich um. Er stand immer noch da.

»Ich dachte, du könntest es für mich erledigen; ich weiß, dass du ein harter Kerl bist«, sagte er. »Ich habe ja gesehen, wie du zuschlagen kannst, schon vergessen? Beeindruckend.«

Er lächelte und knallte die Tür zu.

Ich spürte, wie bittere Galle in mir aufstieg. *Was zum Teufel sollte das heißen?*

40 Obwohl in den nächsten paar Tagen nichts passierte, wurde ich immer angespannter. Ich hörte mehr oder weniger auf zu essen, musste mich regelrecht dazu zwingen. Mir fehlten die Energie und Motivation zu kochen, also bestellte ich ständig irgendwelches Junkfood. Die miese Ernährung half natürlich wenig gegen meine ständig kreisenden Gedanken, die mich völlig fertigmachten.

Ich bemühte mich aber, Ellie gegenüber so offen wie möglich zu sein. Ich war fest entschlossen, sie zu halten, ganz gleich, wie stürmisch es wurde. Ich wollte nicht, dass sie noch mehr Vertrauen in mich verlor. Ich wollte, dass alles normal war.

Eines Abends gingen wir ins Kino und sahen eine Wiederholung von *Planet der Affen*. Sie wirkte recht entspannt und fragte nicht mehr nach der Polizei. Ich hoffte so sehr, dass die

Sache irgendwie in Vergessenheit geraten würde. Aber das tat sie natürlich nicht.

Am nächsten Morgen schickte Ellie eine Nachricht und fragte, ob ich noch mal etwas von der Polizei gehört hätte. Ich schrieb, dass sie diesen Evatt angeklagt hätten und ich sonst nichts weiter gehört hätte. Sie fragte, wann der Prozess sei und ob ich als Zeuge aussagen müsse. Ich antwortete, ich wüsste es nicht. Doch der Gedanke ließ mir das Blut in den Adern gefrieren.

Dann setzte sich Sergeant Kane erneut mit mir in Verbindung. Als sie anrief, starrte ich bloß auf mein Telefon. Ich konnte mich nicht überwinden ranzugehen. Sie hinterließ eine Sprachnachricht und fragte, ob ich die Kleidungsstücke schon gefunden hätte. Sie bat mich, die von ihr angeforderten Sachen bis Ende der Woche auf dem Revier in Islington abzugeben.

Die habe ich verdammt nochmal nicht mehr, du Nervensäge. Lass mich in Ruhe!

Ich hatte das Gefühl, vollends in der Falle zu sitzen. Ich musste unbedingt etwas unternehmen. Ich konnte die Situation nicht länger ausblenden. Sie wollte meine Sachen, und mit jeder weiteren Verzögerung würde ich mich nur noch verdächtiger machen. Ich tigerte auf und ab und suchte nach einer Lösung.

Die meiste Zeit lief ich herum wie ein Zombie, erstarrt in meinen Gedanken. Auf meine Arbeit in der Werbeagentur, die ohnehin noch nie wirklich bedeutsam gewesen war, konnte ich mich überhaupt nicht mehr konzentrieren. Ich musste eine wichtige Entscheidung über meinen nächsten Schritt treffen. Die Polizei ahnte, dass irgendetwas faul war. Sie waren mir auf der Spur, daran bestand kein Zweifel.

Das Problem war Solly. Tief in mir drin war mir klar, dass

sie mir niemals etwas anhängen könnten, wenn er einfach verschwinden würde. Ich hatte zufällig diesen *perfekten Mord* begangen, und sie setzten darauf, dass ich es verbockte und alles ausplauderte. Solly war das schwache Glied in der Kette, der scharfe, kleine Stein in meinem Schuh. Ich wollte ihn einfach nur loswerden.

Ich dachte über meine Optionen nach. Nur für den Fall, dass ich sie wirklich brauchte. Todsichere Optionen. Sollte ich verschwinden? Einfach irgendwo untertauchen, bis das alles vorbei war? Und wenn ja, *wohin?*

Nein. Ich konnte nicht davonlaufen. Das würde mich schuldiger aussehen lassen als alles andere.

41 Am Samstagmorgen wachte ich auf und dachte wie immer an Solly. Er wusste, dass ich zuschlagen konnte, weil er mich gesehen hatte. Das war eine kaum verhüllte Drohung gewesen. Er hatte sich auf sein Video bezogen, das immer noch existierte. Daran hatte ich keinen Zweifel.

Auf gar keinen Fall würde ich die Drecksarbeit für ihn erledigen. Ich würde niemals losziehen und irgendwen bedrohen. Allein der Gedanke ließ mich schaudern. Schon gar nicht so einen dicklichen, alten Kerl, als den Solly ihn beschrieben hatte. Wenn er Geld brauchte, ich hatte welches. Ich würde ihm zweitausend geben, wenn er mich darum bitten würde, das hatte ich ihm gesagt. Aber ich würde mich nicht in sein Spiel reinziehen lassen.

Ich ging ins Bad und betrachtete mich mit nacktem Oberkörper im Spiegel. Ich sah schlanker und fitter aus als seit Jahren, doch mein Gesicht verriet, dass es sich um keinen gesunden Gewichtsverlust handelte. Ich sah alt und müde aus.

Meine Augen waren verquollen und hingen an den Winkeln nach unten, als hätte sich das, was ich erlebt hatte, als dauerhafte Traurigkeit eingegraben. Meine Haut war blass und trocken. Kein Wunder, sie hatte schon viel zu lange kein richtiges Sonnenlicht mehr gesehen, und Vitamine bekam sie erst recht nicht mehr. Ich kratzte mit den Fingernägeln über meine Bartstoppeln.

Kurz darauf war ich dabei, mich zu rasieren. Ich wollte alles loswerden. Als ich fertig war, klatschte ich mir Aftershave ins Gesicht und spürte das schmerzhafte Brennen auf meinem Gesicht. Es fühlte sich phantastisch an. Ich starrte in den Spiegel, goss mir noch etwas *Gucci for Men* in die hohle Hand und verteilte es auf meinem Hals. Ich biss die Zähne zusammen; der Alkohol brannte auf der frisch rasierten Haut. Der Schmerz fühlte sich befreiend an.

Ich legte mich aufs Sofa und trank eine Flasche Chardonnay, die seit Monaten in der Gemüseschublade meines Kühlschranks gelegen hatte. Das macht mir Lust auf mehr, und ich öffnete den einzigen anderen Alkohol, den ich im Haus hatte: eine billige Flasche Sekt, ein Weihnachtspräsent aus dem Büro. Zwei Flaschen Wein auf leeren Magen zu trinken ist wirklich mal was anderes. Als wäre er mit LSD versetzt oder so. Aber es verschaffte mir diese intensive Klarheit.

Ich hörte mir immer wieder Kanes Nachricht auf meiner Mailbox an. Ich musste einen Ausweg finden. Ich dachte an diese Foltermethode der Yakuza, bei der sie jemandem eine Ratte in einer umgedrehten Metallschale auf den Bauch legen und dann die Schüssel langsam von oben mit einer Lötlampe erhitzen. Die Ratte kann nirgendwohin, außer durch die kühlste Stelle: die Haut. Also fängt sie an, sich in den Körper des Menschen zu graben, um der Hitze zu entkommen.

Ich musste einen Ausweg finden. Ich wusste, dass ich *irgend-*

etwas tun musste. Ich beschloss, die Sache mit dem verdammten Pullover offen anzupacken, und schmiedete einen Plan. Ich
würde der Polizei sagen, er sei weg. Ich würde sagen, dass mir
im Waschsalon am U-Bahnhof St. Albans eine ganze Ladung
Wäsche geklaut worden sei. Das Clevere daran war, dass mir
das wirklich schon mal passiert war.

Eine Lüge wirkt glaubwürdiger, wenn du dabei auf realen
Geschehnissen aufbaust. Letztes Jahr war meine Waschmaschine kaputt gewesen, und ich hatte eine Ladung Wäsche in
diesen Waschsalon gebracht. Als ich sie abholen wollte, war
sie geklaut worden. Als ich fragte, ob es eine Überwachungskamera gäbe, sah die Angestellte mich an, als hätte ich zwei
Köpfe. Ich hatte ein paar richtig anständige Sachen dadrin gehabt, gute Jeans und T-Shirts. Ich hatte vor Wut geschäumt.

Ich beschloss, noch mal zu diesem Waschsalon zu gehen. Nur
um zu sehen, ob es dort immer noch keine Videoüberwachung
gab. Ich ging zum Bahnhof und tat, als würde ich einen Blick
auf die Anzeigentafel werfen. Aber mein Blick schoss hin und
her, ich nahm alles auf und suchte nach Kameras in der Umgebung des Waschsalons.

Nichts. Es gab zwar Kameras in der Umgebung, aber keine,
die auf den Waschsalon gerichtet waren. Wenn jemand direkt
davor parken, seine Wäsche abgeben und wieder wegfahren
würde, wäre er auf keinem Band zu sehen. Der Waschsalon
war uralt, er sah aus wie aus den Fünfzigern.

Deshalb war mein Pulli also weg! Jemand hatte ihn hier
geklaut. In meinem betrunkenen Zustand nahm ich spontan
eine Planänderung vor. Ich stapfte in den Waschsalon und bat
darum, die Geschäftsführerin zu sprechen. Die alte Dame, die
ich fragte, war vielleicht Griechin oder Italienerin. Ihr Englisch
war nicht besonders gut, aber sie erklärte mir, dass sie die Be-
sitzerin sei.

Ich sagte ihr, dass ich nach einer Ladung Wäsche suchte, die ich in einem der Trockner vergessen hatte. Sie wusste nicht, wovon ich sprach. Ich sagte ihr, dass ein ziemlich wertvoller *Iceberg*-Pulli dabei gewesen sei. Sie sagte, es tue ihr leid, aber die Kunden müssten selbst auf ihre Wäsche achten, der Salon übernehme keine Haftung. Den Satz sprach sie in perfektem, akzentfreiem Englisch, als hätte sie ihn schon tausendmal gesagt.

Ich schimpfte ein bisschen herum, stellte sicher, dass sie wusste, dass ich mich über den Verlust ärgerte. Ich fragte sie, ob sie irgendwo Fundsachen aufhebe, und sie zeigte auf einen großen, orangefarbenen Korb mit schäbiger alter Kleidung auf einem Regal im Hinterzimmer. Ich sagte, ich würde darauf verzichten, sie durchzusehen. Das schien mir unnötig, ein Albtraum.

Die Dame merkte, dass ich betrunken war. Immer wieder streckte sie den Arm aus, weil sie dachte, ich würde umfallen. Offenbar war ich ziemlich unsicher auf den Beinen. Sie sagte, ihr Name sei Dolores. Ich bedankte mich für ihre Zeit und torkelte nach Hause. In meinem Kopf hatte ich das Fehlen des Pullovers nun geklärt.

Also rief ich Probert an, um ihm zu sagen, dass der Pullover weg sei. Ich erzählte ihm, dass meine Waschmaschine eines Morgens nicht funktioniert hatte und ich meine Sachen in den Waschsalon gebracht hatte – und dass jemand die Ladung gestohlen hatte.

Er schwieg einen Moment und sagte dann: »Im Waschsalon?« Er hätte nicht skeptischer klingen können.

Ich nannte ihm den Namen des Waschsalons und sagte ihm, dass ich mit der Geschäftsführerin darüber gesprochen hatte. Ich erzählte ihm, sie habe gesagt, sie würde die Augen offen halten. Er fragte mich, ob *alles*, was ich an jenem Abend getragen hatte, verloren gegangen sei. Ich sagte, nein, sei es nicht. Ich hatte nämlich inzwischen noch eine Idee gehabt: Ich würde das, was ich an dem Abend angehabt hatte, durch ähnlich aussehende Kleidungsstücke ersetzen.

Ich hatte ein Paar dunkelbraune Stiefel, die aus mehr als fünf Metern Entfernung genauso aussahen wie die schwarzen, die ich damals getragen hatte. Die braune, leichte Jacke war einfach zu ersetzen, ich hatte sie noch mal in einer kleineren Größe. Sie waren bei Uniqlo im Angebot gewesen, und ich hatte eine in M und eine in L gekauft, so dass ich die große mit einem Pullover darunter tragen konnte. Und von der schwarzen Jeans, die ich getragen hatte, besaß ich drei oder vier Stück, die alle identisch waren.

Ich sagte Probert, ich würde die Sachen vorbeibringen, bis auf den Pullover. Er sagte mir, das sei »ein kleines Problem« und fragte mich nach der Nummer des Waschsalons. Was diesen Pullover plötzlich erschreckend bedeutsam machte. Er wollte die Telefonnummer des verdammten Waschsalons!

Aber ich sagte mir, dass er nichts tun konnte. Ich hatte die Bedrohung abgewendet. Ich packte ein Paar schwarze Jeans, die dunkelbraunen Stiefel und die Uniqlo-Jacke in Größe M in eine Tasche und gab sie auf dem Polizeirevier ab.

42 Der Januar verging quälend langsam, und bis zum Zahltag dauerte es wie immer ewig. An einem Nachmittag gingen Ellie und ich im Victoria Park spazieren. Wir hatten uns angewöhnt, dort regelmäßig über die Wiesen und an den Cricketfeldern vorbeizulaufen. Wir unterhielten uns über die Arbeit und die Dinge, die uns stressten. Ellie hatte Probleme mit ihrem Chef. Er schien echt ein Arschloch zu sein, so wie er mit ihr umging.

Es war etwa vier Uhr, und wir machten uns auf den Heimweg. Im Januar wird es so früh dunkel, dass ein Nachmittagsspaziergang schnell zu einer Nachtwanderung wird. Wir nahmen den kürzesten Weg zurück zu mir. Ich hielt noch kurz an den Briefkästen neben dem Haupteingang, Ellie ging zur Wohnung voraus; ihre Füße seien eiskalt, sagte sie. Ich konnte es ihr nicht verdenken.

Die Aufzüge in meinem Haus waren regelmäßig außer Betrieb, dann musste man die Treppe nehmen. Aber das war kein großes Drama, meine Wohnung liegt im zweiten Stock, dann hat man auch gleich ein bisschen Bewegung. Als ich mit einem Stapel Briefe die Treppe hinaufging, kam Ellie mir von oben entgegen. Sie schaute ein bisschen panisch und flüsterte mir zu: »Will, dein Onkel ist zu Besuch gekommen. Es geht ihm echt nicht gut.«

Ich blieb wie angewurzelt stehen. »Wie bitte, was? *Wer?*«

»Dein Onkel. Er ist wirklich krank, Will. Er sagte, er hätte versucht, dich anzurufen. Komm schon, schnell!« Sie zerrte mich am Arm nach oben.

Ich griff in die Tasche und holte mein Handy heraus. Solly hatte angerufen, zweimal. Schlagartig überkam mich eine heftige Wut. Dieser verdammte Idiot war zu mir nach Hause gekommen. Er hatte mit meiner Freundin gesprochen. Damit war er eindeutig zu weit gegangen.

Ich schoss an Ellie vorbei und rannte den Hausflur entlang. Als ich an der Wohnungstür ankam, sah ich, dass sie ihn bereits hereingelassen hatte. Die Tür war noch offen, der Schlüssel steckte. Von Solly war nichts zu sehen, aber man roch ihn. Alkohol, Schweiß, Tabak und Zwiebeln.

»Solly?«, blaffte ich, so leise ich konnte.

»Hier drin«, rief er aus dem Wohnzimmer.

»Er liegt auf dem Sofa!«, hörte ich Ellie im Treppenhaus rufen.

Ich trat ein und sah ihn. Er lag auf meinem Sofa und hielt sich die Seite. »Bitte, Will, bitte. Hol mir ein Glas Wasser, es ist ernst. Es ist wirklich ernst.«

Ich hörte Ellies Schritte draußen im Flur.

Sollys Gesicht war schmal und blass. Zum ersten Mal sah er todernst aus, keine Spur eines Grinsens.

»Was zum Teufel ist los mit dir?«, flüsterte ich genervt. »Was *tust* du hier?«

»Beruhige dich«, sagte er und deutete mit einem Finger auf die offene Wohnungstür. »Sie kann dich hören!«

»Was machst du in meiner verdammten Wohnung? Raus hier!«, flüsterte ich mit zusammengebissenen Zähnen.

»Das ist kein Scherz, Will, ich stecke ernsthaft in der Klemme.« Er zuckte zusammen und hielt sich die Seite. »Bitte hör mir einen Moment zu.«

»Was zur Hölle soll das?«, wiederholte ich. »Was ist denn passiert?«

Sein faltiges, fettiges Gesicht verzog sich zu einem noch erbärmlicheren Ausdruck, als Ellie in der Tür auftauchte.

»Vielen Dank, Ellie!«, rief er und hielt sich den Handrücken an die Stirn. »Ich glaube, du hast mir gerade das Leben gerettet.«

»Was ist denn los?«, fragte Ellie aufrichtig besorgt. »Ich rufe Ihnen einen Krankenwagen.«

»Nein!«, rief er. »Ich weiß genau, was es ist, ich hatte nur nicht damit gerechnet, dass es heute passiert.«

Ellie starrte mich zutiefst erschrocken an.

43 Solly erzählte uns, dass er ernste Magenprobleme habe, die jederzeit aufflammen könnten. Er sagte, das passiere etwa einmal im Monat, ein scharfer Schmerz, als würde eine Stricknadel in den Darm gestochen. Normalerweise dauere es etwa eine Stunde, daher ging er davon aus, dass es bald wieder abklingen würde. Ellie wuselte um ihn herum, brachte ihm ein Glas Wasser und einen heißen Waschlappen für die Stirn. Allmählich beruhigte er sich.

Als sie das Wasser neben ihm abstellte, griff er sanft nach ihrem Handgelenk. »Oh, was ist das?«, fragte er.

»Was ist was?«

»Dein Tattoo. Es ist wunderschön.«

»Oh, danke«, sagte sie und zog den Ärmel ihres Strickkleids ein Stück hoch, um das winzige Tattoo einer Schwalbe auf ihrem Handgelenk zu zeigen. Dann zog sie den Kragen ihres Kleides herunter und zeigte ihre Schulter, auf der sie ein weiteres Tattoo mit einem kleinen Vogel hatte. »Das ist neu«, sagte sie. »Das am Handgelenk ist etwa zehn Jahre alt.«

Solly schob seine Brille auf die Nasenspitze und streckte die Hand behutsam nach Ellies Schulter aus. Sie beugte sich zu ihm, damit er besser sehen konnte.

»Ein kleiner Vogel, ein kleiner Paradiesvogel«, sagte er. »Sieh mal an. Wunderschön.«

Er richtete sich auf und schob den Stoff des Kleides mit den Fingern sanft ein Stück tiefer, um das gesamte Bild zu enthüllen. »So filigran«, flüsterte er.

»Es hat fast vier Stunden gedauert«, sagte Ellie und hielt ihr dunkles Haar zur Seite, um ihm nicht die Sicht zu versperren. Er schaute viel zu lange auf ihre Schulter.

Er hielt immer noch ihr Handgelenk sanft umklammert. »Vielen Dank, dass du mich hereingelassen hast«, sagte er. »Du bist wirklich ein Schatz. Wie kann es sein, dass ich noch nie etwas von dir gehört habe?« Er blickte zu mir. »Hallo, Will«, krächzte er. Er versuchte immer noch, eine ernsthafte Krankheit vorzutäuschen, was ich natürlich durchschaute. Er war ein grottenschlechter Schauspieler.

»Es ist so schön, dich zu sehen, mein Junge«, sagte er schwach. »Tut mir wirklich leid wegen dieses ganzen Dramas. Ich war in einer schrecklichen Verfassung, als deine Freundin mich gefunden hat.«

Ich erschauderte, als er endlich Ellies Handgelenk losließ; ich wusste, was für schmierige, dreckige Hände er hatte. Ich dachte daran, ihn auf der Stelle zur Rede zu stellen und sein falsches Spiel aufzudecken, um Ellies willen. Aber das durfte ich natürlich nicht, es wäre vollkommen unvernünftig. Ich musste mich einfach darauf konzentrieren, ihn so schnell wie möglich loszuwerden.

»Ich wollte dich überraschen, Will«, rief er mit zusammengekniffenen Augen, als hätte er schreckliche Schmerzen.

»Kann ich Ihnen noch etwas bringen?«, fragte Ellie. Sie schaute mich hilflos an. Ich hätte nie gedacht, dass Ellie so leichtgläubig sein könnte. Oder kam mir diese ganze Nummer nur deshalb absolut lächerlich vor, weil ich ihn schon kannte?

»Mir geht es gut, Liebes«, sagte er leise. »Lass mich zehn Minuten ausruhen, dann geht's wieder. Ich habe mein ganzes Leben lang Magengeschwüre gehabt, ich bin an die Schmerzen gewöhnt.«

Ellie sah mich noch einmal an, als wüsste sie nicht, was sie tun sollte. »Tief durchatmen«, sagte sie zu ihm und blickte mich fragend an.

»Ich wollte nur mal sehen, wie es dir geht, Will«, sagte Solly leise. Er benahm sich wirklich grotesk und versuchte, so zu tun, als wäre er neunzig. »Wir machen uns alle Sorgen um dich, deine Mutter macht sich Sorgen«, krächzte er, zuckte erneut zusammen und hielt sich die Seite. Dann wand er sich und sah Ellie mit schmerzverzerrtem Gesicht an. »Ich wünschte, ich hätte dich unter ... würdigeren Umständen kennengelernt«, stöhnte er, zog sich in eine sitzende Position hoch und rieb sich den Rücken.

»Das ist schon okay«, sagte Ellie. Sie war das genaue Gegenteil von ihm: ein geradliniger Mensch mit geradlinigen Motiven.

»Wie lange seid ihr beide schon zusammen?«, fragte er und schaute zwischen uns hin und her.

Ellie sah mich an, dann wieder zu ihm. »Ein paar Monate«, sagte sie.

»Gott segne dich«, sagte er zu ihr. »Du bist wirklich reizend. Will hat Glück gehabt.«

»Danke«, sagte sie. »Sie scheinen auch sehr nett zu sein. Möchten Sie noch etwas trinken?«

»Ja«, sagte er, »ich hätte gerne ein Bier. Aber das könnte der Wohnungsinhaber für mich holen, um deine hübschen Beine zu schonen«, lächelte er sie an.

»Du hast ihn gehört«, sagte Ellie und grinste mich an.

Ich stürmte in die Küche und schnappte mir eine Flasche Rolling Rock aus dem Kühlschrank. Das teure Bier würde er nicht kriegen. Als ich die Flasche öffnete, hörte ich Ellie aus dem Nebenzimmer laut über etwas lachen. Sollys Verhalten ihr gegenüber war ekelhaft. Sie war sich dessen wahrscheinlich gar nicht bewusst und kam ihm nur entgegen, um die peinliche Situation zu überspielen. Als ich ins Wohnzimmer zurückkehrte, unterhielten sie sich angeregt.

»Wir reden nicht wirklich viel darüber«, sagte Ellie. »Ich glaube, es geht Will oft durch den Kopf, aber es fällt ihm schwer, darüber zu sprechen.«

»Oh, aber ihr *müsst* darüber reden«, sagte er. »Ihr *müsst*.

Kommunikation ist das A und O in jeder Beziehung. Findest du nicht auch, Will?«

Ich stellte das Bier vor ihm auf den Tisch und setzte mich. Ich merkte, dass ich mit den Zähnen knirschte. Das hier war mein *Zuhause*.

»Wir reden«, sagte ich schroff.

Er lächelte ihr zu. »Er teilt sich nicht gern mit, richtig? Er macht die Probleme lieber mit sich aus, nicht wahr?«

»Du kennst ihn gut!« Sie grinste.

»Ich habe ihm gesagt: Sag der Polizei einfach die Wahrheit über das, was du gesehen hast; sag die Wahrheit, und niemand kann mehr von dir verlangen.«

Ellie schaute verwirrt zu mir.

Ich sah ihn ungläubig an. »Wie bitte, was? Wovon redest du denn?«

»Der Stress!«, sagte Solly. »Dieses Problem! Dieser Fall, mit dem dich die Polizei ständig belästigt. Deswegen hast du mir doch die Mail geschickt, oder nicht?«

Ich funkelte ihn an. Er zwinkerte mir zu und nippte an seinem Bier.

»Seit er ein kleiner Steppke war, habe ich das Vertrauen dieses jungen Mannes hier«, sagte er und deutete auf mich. »Wenn es Ärger gibt, kommt er immer zuerst zu seinem Onkel. Aber das hier ... das ist schon eine andere Hausnummer, nicht wahr? Ich verstehe gut, unter welchen Stress dich das setzt, Will«, fuhr er fort. »Wir reden hier von einem Mord. Hast du gehört, was passiert ist, Ellie?«

»Jemand ... es gab einen Unfall in der Gasse in Farringdon«, sagte sie.

»Ja«, sagte er. »Barbarisch. Der Mann war gerade auf dem Heimweg von der Arbeit, als wie aus dem Nichts jemand auftaucht und ihn umbringt. Kannst du dir das vorstellen?«

Es wurde ganz still im Raum. Ellie starrte Solly an. Solly starrte mich an. Ich starrte auf den Boden.

»Keiner kann es richtig fassen. Ein anständiger junger Mann wird einfach so getötet, wegen nichts. Welch eine Verschwendung. Man fragt sich, wie so etwas immer noch passieren kann. London ist doch angeblich eine moderne Stadt. Wir sind hier nicht in Johannesburg. Wir sollten uns vor solchen Typen sicher fühlen können«, sagte er feierlich.

Ich starrte ihn bloß an.

»Es hätte unser Will sein können!«, sagte er zu Ellie. »Er ist ungefähr so alt wie dieser Kerl. Das muss man sich mal vorstellen.«

»Man kann sich nie vollkommen sicher fühlen«, sagte Ellie. »Ich glaube, wenn man nachts durch London läuft, kann man sich nie ganz sicher fühlen.«

»Wie meinst du das?«, fragte er.

»Ich meine, *alle*, die ich kenne, können eine Geschichte über irgendwas erzählen, das ihnen mal passiert ist«, sagte sie.

»Aber nicht jeder wird umgebracht, oder?«, sagte Solly. »Nicht jeder stirbt, nur weil er von der Arbeit nach Hause wollte.«

»Nein, natürlich nicht«, sagte Ellie, »das ist wirklich schlimm.«

Solly hatte sein Bier fast ausgetrunken und leerte es mit drei Schlucken. Ellie stand auf und ging in die Küche, um ihm ein neues zu holen. Diesmal wurde nicht geflüstert, obwohl sie außer Hörweite war. Er sah mich einfach nur mit steinerner Miene an. Ich starrte so eindringlich zurück, dass ich dachte, meine Augäpfel würden platzen. Mein Blick flackerte leicht. Nicht vor Angst, sondern vor Wut.

Ellie kam zurück und stellte jedem von uns eine Bierflasche hin. Solly nahm seine und trank einen Schluck.

»Wisst ihr was?«, sagte er, lehnte sich zurück und streckte die Beine aus. »Ich bin nicht für die Todesstrafe, aber ich glaube, die Welt wäre ein besserer Ort ohne solche Leute, die so was machen.«

Ellie nickte.

»Ich sage nicht, dass sie gehängt werden sollten oder so«, sagte er und sah Ellie nach Zustimmung heischend an.

»Ich weiß«, sagte Ellie und nippte an ihrem Bier. »Ich verstehe, was du meinst. Wie geht es dir damit, Will?«, fragte sie mich aus heiterem Himmel. »Mit diesem Fall?«

»Hm«, sagte ich, »tja. Ich habe nichts gesehen, also kann ich nicht wirklich etwas dazu beitragen.« Ich zuckte mit den Schultern und nahm einen Schluck von meinem Bier.

»Ja, aber du warst da. Das ist das Problem, oder?«, sagte Solly. »Keiner kann sich erklären, wie du es geschafft hast, nichts mitzukriegen, obwohl du in dem Moment dort warst!«

»Das ist es ja gerade«, sagte ich. »Ich war eben nicht da, als es passierte. Ich habe es verpasst.«

»Ja«, sagte Ellie, »aber die Polizei glaubt dir nicht, stimmt's?«

Ich wusste, dass mein Gesicht glühte. Ich konnte ihre sengenden Blicke auf mir spüren. Ich hatte das Gefühl, von den beiden ins Kreuzverhör genommen zu werden, aber Ellie merkte gar nicht, was sie da tat.

»Und der Kerl, den sie verhaftet haben, behauptet, er sei es nicht gewesen«, sagte Solly. »Seine Anwälte versuchen, Überwachungsvideos aus der ganzen Gegend zu finden.« Er sah mich an.

»Es wird bestimmt irgendetwas geben. Es ist schließlich Central London«, sagte Ellie.

44 Solly bat sie, sich zu ihm aufs Sofa zu setzen, und sie tat es. Er schaute ihr direkt in die Augen, während sie sprach, und sah sie viel zu lange an. Er fragte sie nach ihrer Kindheit, wo sie zur Schule gegangen war. Sie antwortete ihm jedes Mal freundlich und ehrlich.

Ich konnte kaum ertragen, wie naiv sie war. Sie hing ihm an den Lippen, lachte ständig über seine Witze. Sie zuckte nicht zurück, wenn er sie berührte. Es war unheimlich, dabei zuzusehen.

Ich hatte nicht das Gefühl, irgendwie eingreifen zu können. Sie schien sich pudelwohl zu fühlen, wirkte sogar glücklich. Ich merkte, dass sie ihn auf Anhieb mochte. *Flirtete* sie etwa mit ihm? Ich musterte ihn von oben bis unten: die schlaffen Augen, das fettige, strähnige Haar und die schmierigen Finger. Ich konnte einfach nicht begreifen, was hier geschah. *Sie amüsiert sich tatsächlich mit diesem Kerl.*

Er konnte seine Hände nicht ruhig halten. Am linken kleinen Finger trug er einen Ring. Ab und zu tippte er mit diesem Finger zweimal auf seine Bierflasche, so dass ein leises »Kling-Kling« ertönte. Ein lächerlicher Tick. Einen Moment lang schauderte es mich, wie viele Bakterien an diesem Ring kleben mussten.

Ich wollte, dass Ellie merkte, was für ein Widerling er war, und auf Abstand ging. Das könnte ihn entmutigen, dachte ich, und ihn zum Gehen bewegen. Natürlich war er hier, um mich einzuschüchtern. Um mich wissen zu lassen, dass er immer noch alles ruinieren könnte, wenn er wollte.

Er wollte mich wissen lassen, dass er Ellie beeinflussen und mir das Leben schwer machen konnte. Ich sollte wissen, dass er mir auch Ellie nehmen könnte. Und das Frustrierende war, wie leicht sie es ihm machte! Da sie etwas von mir abgewandt auf dem Sofa saß, konnte ich keinen Blickkontakt zu ihr herstellen. Dafür hätte ich auf die andere Seite des Zimmers gehen müssen.

Ellie fragte ihn dann nach seinem Job. Er erzählte ihr, dass er gerade zwischen zwei Jobs stehe, aber mit Pokerspielen eine Menge Geld verdiene. Dass er bei diesem prestigeträchtigen Turnier gewonnen oder in jenem einen guten Platz belegt habe. Wahrscheinlich war das Blödsinn. Er erzählte ihr, dass er regelmäßig in Artikeln über die besten britischen Spieler erwähnt werde. Auch das war höchstwahrscheinlich Unsinn. Er rief sein Profil auf irgendeiner Website auf und zeigte es ihr auf seinem Handy. Sie war ehrlich beeindruckt. Dann erzählte er ihr noch eine absurde Geschichte, wie er einmal einen Hund gerettet hatte, der von seinem Besitzer misshandelt worden war, wie er ihn monatelang aufgepäppelt und ihm beigebracht hatte, wieder Vertrauen zu Menschen zu fassen. Und dann erzählte er noch, dass er auch für sein gutes Händchen bei Pferden bekannt sei. Er hatte auf jeden Fall ein Händchen für Bullshit.

Er berichtete weiter, dass er es mit dem Daten versucht habe, aber dass es ihm schwerfiel, neue Leute kennenzulernen. Sie erzählte ihm einige ihrer eigenen peinlichen Datinggeschichten. Das Bier floss munter weiter, sie verstanden sich prächtig. Mir wurde bei der ganzen Sache übel.

Irgendwann kapierte sie es dann doch, glaube ich. Sie drehte sich zu mir und fragte, ob wir »nicht langsam mal etwas zu Abend essen« müssten. Ich bejahte und sprang auf. Ich sah zu, wie Solly Ellie anglotzte, als sie vom Sofa aufstand. Er ertappte mich dabei und zwinkerte mir zu. Für einen winzigen Moment stellte ich mir vor, meine Daumen in seine Augäpfel zu drücken.

Als wir ihn hinausbegleiteten, war er sichtlich hocherfreut darüber, wie hervorragend es ihm an diesem Tag gelungen war, mich auf die Palme zu bringen. Er merkte, dass ich wütend war, und war überaus zufrieden mit sich. Auf der Schwelle blieb er stehen, die Handflächen an beiden Seiten des Türrahmens. Es war grotesk, eine Art Alphamännchen-Ritual, aber durchgeführt von einem absoluten Kümmerling.

»Entschuldige, Ellie, ich hoffe, du findest es nicht unhöflich, aber wir haben uns so gut unterhalten, dass ich dachte, ob du nicht meine Telefonnummer haben willst? Wir könnten uns doch nächste Woche mal auf ein Bier treffen.« Dabei klopfte er zweimal mit dem Ring an seinem kleinen Finger auf den Türrahmen. Ich verkniff mir ein höhnisches Lachen darüber, dass er einfach gar nichts kapierte. Er war eine Witzfigur.

Doch dann traute ich meinen Ohren nicht. Ellie sagte: »Ja, klar, das wäre nett. Mein Handy-Akku ist leer, warte kurz.« Sie ging in die Küche und kam mit einem Kugelschreiber zurück.

Dann nahm sie seine schmutzige Hand in ihre und schrieb ihre Telefonnummer auf. Mir fiel buchstäblich die Kinnlade herunter. Solly schaute mich an, während sie schrieb. Vor Aufregung drehte er fast durch und zuckte am ganzen Körper. Um ehrlich zu sein, haute es auch mich völlig um. *Was zum Teufel tut sie da?*

Solly bedankte sich bei ihr und umarmte sie, wobei er sie wieder viel zu lange festhielt. Er drehte sich zu mir und lächelte. »Vielen Dank für deine Gastfreundschaft, Will. Grüß deine Mum von mir.« Er hielt mir seine Hand hin, damit ich sie schütteln konnte.

Ich starrte sie einen Moment lang an, spürte Ellies Blick auf mir.

Ich schüttelte ihm kraftlos die Hand, und er verschwand in die Nacht. Mit der Telefonnummer meiner Freundin.

45 Als ich die Tür schloss, ging Ellie direkt zurück ins Wohnzimmer und setzte sich aufs Sofa. Ich folgte ihr langsam und wusste nicht, was ich sagen sollte. Völlig ungläubig schaute ich sie an. Ich hatte das Gefühl, gerade eine intensive Nachhilfestunde über sie bekommen zu haben.

Sie schaute mich eine Sekunde lang kalt an, und dann wandte sie den Blick ab. Sie wirkte so emotionslos, als hätte sie vergessen, was gerade passiert war. Ich war sprachlos. *Was um alles in der Welt war das denn gerade gewesen?*

Ich räusperte mich. »Kann ich vielleicht …« Ich versuchte zu sprechen, aber es gelang mir nicht. Ich schaute zu Boden. »Was zum Teufel …«, flüsterte ich.

Endlich sah Ellie mich an. Ihre Miene war völlig anders, als ich erwartet hätte. Sie sah wütend aus. Auf *mich.*

»Will«, sagte sie leise, »ich werde dir hier jetzt keine Szene mache. Aber wenn du willst, dass ich auch nur eine Sekunde länger hierbleibe, dann musst du mir sagen, was los ist.«

»Wie bitte?« Ich versuchte zu verdauen, was sie gerade gesagt hatte.

»Okay. Mach's gut, Will«, sagte sie. »Viel Glück.« Sie stand auf, nahm ihre Tasche und ihre Jacke und ging zur Tür.

»Warte«, sagte ich. »Warte, Ellie. Sag mir, was du damit meinst.«

»Nein, ich habe es satt, dir zu erklären, was ich meine. Letzte Chance: Wer war das?«

»Das war … Solly … Du hast ihm gerade deine Telefonnummer gegeben.«

Sie verdrehte die Augen. »Wer ist er? Ich meine, außer, dass er dein *Onkel* ist«, sagte sie sarkastisch.

»Er ist … jemand, der … Moment mal. Was läuft hier gerade ab? Ich komme nicht mehr mit.«

»Es war deine Miene, als ich reinkam, Will. Du sahst völlig verängstigt aus. Du warst kreideweiß. Ich wusste, dass etwas nicht stimmt. Ich wusste nicht, ob er wirklich dein Onkel ist oder nicht, aber mir war klar, dass etwas nicht stimmt«, sagte sie.

Ich war beeindruckt.

»Dann sagte er, er sei der Bruder deiner Mutter, aber du hast mal gesagt, dass deine Mutter keine Geschwister hat.«

»Stimmt«, sagte ich. Ich hatte vergessen, dass ich ihr das erzählt hatte.

»Ich wusste, dass er aus irgendeinem fragwürdigen Grund hier war, ich wusste nur nicht, was es war. Und ich konnte sehen, dass du Angst hattest, aber ich wusste nicht, wovor«, sagte sie.

»Also hast du ihm einfach zugehört«, sagte ich.

»Also habe ich ihm einfach zugehört«, sagte sie.

»Aber warum ... diese ganze Sache am Ende ... die Telefonnummer?«, fragte ich.

»Warte«, flüsterte sie plötzlich. Sie ging auf Zehenspitzen zur Wohnungstür, öffnete sie und schaute den Hausflur hinunter. Als sie sich vergewissert hatte, dass er wirklich weg war, kam sie zurück. »Dieser Kerl hat dich irgendwie in der Hand, nicht wahr?«

Ich nickte.

»Sein ganzes Gerede, er sei krank, war einfach lächerlich. Er hat sich dauernd widersprochen, wo es ihm weh tut, und als ich ihn ins Gespräch verwickelte und er so begeistert darauf reagiert hat, ging er gar nicht mehr drauf ein. Sobald ich dein Gesicht gesehen habe, wusste ich, dass er nicht der ist, für den er sich ausgegeben hat. Ich nahm an, dass er etwas mit deinem Problem zu tun hat. Stimmt das?«

»Ja«, sagte ich leise.

»Eine gute Nachricht für dich: Er ist ein Vollpfosten. Hast du diesen Schwachsinn mitbekommen, wie er mit seinem Ring rumgeklopft hat?«

»Ja«, sagte ich. »Was war das?«

»NLP, Neurolinguistisches Programmieren«, sagte sie. »Er hat versucht … mein Hirn zu manipulieren.«

»Stimmt, du hast ja Psychologie studiert«, sagte ich. Ich war wirklich überrascht und beeindruckt, dass Solly so etwas Raffiniertes kannte.

»Er hat versucht, mich in guten Erinnerungen aus meiner Kindheit zu ›verankern‹ und mich damit zu manipulieren. Allerdings hat er sich dabei unfassbar ungeschickt angestellt. Ich wusste von Anfang an, was er vorhatte.«

»Und warum hast du ihm deine Telefonnummer gegeben?«

»Damit er nicht mehr der Einzige ist, der manipulieren kann. Was auch immer deine Schwachstellen sind, er hat jetzt auch eine«, antwortete sie. »Mich.«

46 Nachdem Ellie mir erklärt hatte, was sie getan hatte, wurde mir klar, dass ich genauso verbohrt war wie Solly. Ich hatte mich darüber aufgeregt, wie naiv sie sich verhielt, während sie in Wirklichkeit dabei war, Solly auseinanderzunehmen und herauszufinden, wer er war, um ihn irgendwann überrumpeln zu können. Sie war die beste Verbündete, die ich mir hätte wünschen können, dabei hatte ich sie nicht einmal eingeweiht. Wie hatte ich sie nur so unterschätzen können. Dabei kannte ich sie, im Gegensatz zu Solly, schon eine Weile.

Jetzt wusste sie über Solly Bescheid und hatte ihm sogar bereits ein Schnippchen geschlagen. In diesem Moment wurde mir klar, dass es nicht nur besser war, Ellie alles zu sagen, sondern dass es sogar unausweichlich war. Wenn ich sie noch einmal anlügen würde, würde ich sie nie wiedersehen. Und in diesem Augenblick war sie meine einzige Stütze auf der Welt.

»Ellie ... Ich habe etwas Schreckliches getan«, flüsterte ich und blickte zu Boden. »Ich muss es dir erzählen, aber ...«, mir brannten Tränen in den Augen und in der Kehle, »eigentlich darf ich es niemandem sagen.« Ich konzentrierte mich auf eine Stelle unter mir, eine winzige, verfärbte Delle in der Diele.

Ich spürte, dass sie erschüttert war. Ich wagte, kurz zu ihr aufzublicken, und sah, dass auch sie Tränen in den Augen hatte. »Verstehst du?«, sagte ich.

Sie nickte, wie vor den Kopf geschlagen. Vielleicht hatte der Gedanke bereits in ihrem Hinterkopf gelauert, oder die Dinge fügten sich erst in diesem Moment zusammen, jedenfalls schien sie sofort zu begreifen, was geschehen war.

»Du warst es?«, flüsterte sie.

»Es war keine Absicht, ich schwöre. Ich wollte es nicht«, sagte ich schnell, bevor der Kloß in meinem Hals mich kurz verstummen ließ. »In einem Moment war alles noch normal, und dann ...«

Sie rutschte langsam mit dem Rücken an der Wand hinunter und setzte sich auf den Wohnzimmerboden. Ich ging zu ihr und setzte mich neben sie.

»Hast du dir schon mal gewünscht, du könntest nur eine Minute zurückgehen und alles anders machen?«, sagte ich. »Das ist doch nicht fair, es sollte doch eine zweite Chance geben!«

Sie seufzte.

»Du kannst gehen, wenn du willst«, sagte ich.

Schweigend starrte sie mich an.

»Es fühlt sich einfach so ...«, fing ich an, »es ging so schnell. Ich bin in Panik geraten; ich habe versucht, mich zu verteidigen ... ich hatte keine Zeit, um ...«

Ellie legte ihre Hand auf meine. »Und dieser Solly«, sagte sie konzentriert, »hat es gesehen?«

»Er hat es gefilmt«, sagte ich.

Sie warf mir einen Blick zu. »Wo ist das Video?«, fragte sie.

»Ich habe keine Ahnung.«

In der nächsten Stunde erzählte ich ihr alles, entwirrte die Ereignisse jener Nacht und meine darauffolgenden Treffen mit Solly. Ich riss einfach die Fenster auf und schüttete alles aus, was in meinem brodelnden, verwirrten Hirn vorging. Ellie saß still da und hörte zu, ohne mit der Wimper zu zucken oder einen Laut von sich zu geben.

47

Mir wurde zunehmend bewusst, dass ich mich psychisch im Sturzflug befand. Ich bemerkte merkwürdige kleine Ticks an mir – dass ich den Mund fest zusammenkniff, mit den Fingergelenken knackte oder mir immer wieder die Finger ableckte. Ich ertappte mich dabei, wie ich in der Wohnung herumlief, laut mit mir selbst sprach, mich von etwas zu überzeugen versuchte und mich irgendwie in der Realität verankern wollte. Immer wieder rief ich mir in Erinnerung, dass es ein Unfall gewesen und ich ein guter Mensch war.

Ich begann, mit dem Gedanken zu spielen, Sollys Schulden zu begleichen. Ich könnte einen Kredit aufnehmen und ihm die dreiundvierzigtausend Pfund geben. Ich hatte etwa siebentausend, und einen Kredit über sechsunddreißigtausend könnte ich wahrscheinlich bekommen und ihn über zehn oder zwanzig Jahre abbezahlen.

Aber dafür bräuchte ich die Gewissheit, dass das Video für immer verschwunden war, und ich war nicht sicher, wie Solly mir das beweisen sollte. Im digitalen Zeitalter sind Informationen unverwüstlich. Man kann etwas an einem Ort löschen, doch woanders ist es noch vorhanden. Man kann ein Dokument nicht mehr einfach ins Feuer werfen und damit vernichten.

Natürlich war mir klar, dass es eine Schwachstelle gab, und das war Solly. Das Einzige, was ich ins Feuer werfen könnte, um den Beweis vollständig zu vernichten, war Solly selbst. Der Gedanke, ihn zu töten, tauchte ab und zu tatsächlich auf, ein kurzes, düsteres Aufblitzen in meiner Phantasie, das sich anfühlte, als würde ich mir ein eingewachsenes Haar ausreißen.

Meine Gedanken kreisten bei diesem ganzen Elend nur noch um ihn. King war in meine Welt gecrasht, aber die Umstände hatten ihn prompt wieder rauskatapultiert. Nur Solly hielt ihn noch fest. Nur Solly brachte die Polizei dazu, immer wieder bei mir nachzubohren. Dabei hatten sie ihren Mann schon gehabt, bevor Solly angefangen hatte, sich einzumischen.

Tagelang dachte ich darüber nach, welche Nachricht ich Solly schicken sollte. Ich wollte ihm das Geld anbieten. Inzwischen hatte ich mich über einen Kredit informiert, und ich könnte einen bekommen. Ich erfüllte die Voraussetzungen für einen Kredit über fünfzigtausend. Fünfzigtausend Pfund. Der Bank würde ich sagen, es sei für die Konsolidierung anderer Schulden.

Ich könnte Solly erklären, dass es vorbei war. Mit fünfzigtausend Pfund von mir hätte er so viel, wie er brauchte, und noch ein bisschen obendrauf. Er müsste mir beweisen, dass das Video vernichtet war. Damit würde er wieder bei null anfangen, er hätte nichts mehr gegen mich in der Hand. Wenn er nicht zustimmte, würde er damit verraten, dass es ihm um mehr ging, als sein Geld zurückzubekommen. Das wäre dann natürlich ein Problem für mich –, aber zuerst würde ich es versuchen.

Ich schickte ihm eine Nachricht, ob ich am Abend zu ihm kommen könne, ich hätte was für ihn. Er war angefixt, fragte mehrmals, was es sei. Ich schrieb, ich würde es ihm sagen, wenn ich da wäre.

Am frühen Abend stand ich vor seiner Tür. Er öffnete in Unterhosen.

»Was zum Geier ...?«, sagte ich halb zu mir selbst, als ich mich an ihm vorbei in die Wohnung schob.

»Entschuldige, ich lebe in einer anderen Zeitzone als du. Ich habe geschlafen«, sagte er.

»Eine andere Zeitzone, ja?« Es interessierte mich nicht einmal, was er damit meinte.

»Ich habe nächste Woche ein Turnier. Beginn ist um ein Uhr nachts. Da muss man die innere Uhr rechtzeitig umstellen«, sagte er und beobachtete, wie ich reagierte.

»Ich weiß nicht, wovon du redest«, sagte ich, »aber hör zu, ich habe etwas für dich. Lass uns reden, und zwar richtig. Ich denke, ich kann das alles klären.«

Er grinste spöttisch und folgte mir ins Wohnzimmer.

»Zieh dir einen Morgenmantel über«, sagte ich und versuchte, nicht auf seine schlaffe weiße Unterhose zu schauen.

»Wer trägt denn heute noch Morgenmantel? Wir sind nicht mehr in den Siebzigern.« Er stapfte in die Küche und schaltete den Wasserkocher ein. Der Knopf warf einen schwachen Neonschein auf die schmuddelige Arbeitsplatte. Solly schniefte und füllte einen Topf mit Wasser, bevor er ihn vorsichtig auf die Herdplatte stellte.

»Hungrig?«, fragte er.

»Verdammt nochmal!«, schnauzte ich. »Kannst du einfach davon ausgehen, dass ich nie hungrig bin? Ich bin nicht zum Essen hier, Solly.«

Er kicherte und ließ drei Eier ins Wasser plumpsen.

»Solltest du nicht erst warten, bis das Wasser kocht?«, fragte ich.

Er drehte sich um und sah mich ausdruckslos an. Sein Blick wanderte zu der stockigen, alten Uhr an der Wand. »Unterbrich mich nicht, ich muss mich für zwei Minuten konzentrieren«, sagte er.

»Wozu?«, fragte ich.

»Bis die Eier fertig sind«, sagte er und deutete auf den Topf.

»Willst du die wirklich zwei Minuten lang in lauwarmem Wasser liegen lassen und dann essen?«

»So mache ich es immer«, antwortete er und holte zwei Plastikstühle aus seinem Schrank.

»Ich bin hier, um dir ein Angebot zu machen«, sagte ich, als wir uns hingesetzt hatten.

»Ein Angebot?« Er klopfte mit einem Teelöffel auf ein Ei, pellte es oben ab und schaute hinein. Es war eindeutig nicht richtig durchgekocht. Man konnte den Dotter sehen, das Eiweiß war noch ganz durchsichtig.

»Solly, du weißt doch, dass es noch nicht gar ist, oder? Das ist gefährlich. Ich sag's ja nur ...«

»He! Du bist nicht hier, um mein Essen zu kommentieren. Was willst du?«

Es war ungewöhnlich, dass ich ihn auf die Palme bringen konnte. Durch dieses Ei hatte sich die Dynamik verschoben. Das gefiel mir.

»Könnte es sein, dass das vielleicht die Ursache für dein Magenproblem ist?«

»Hab dich verscheißert, Sportsfreund.«

Er saß da und stocherte mit den Fingerspitzen und dem kleinen Teelöffel in den Eiern herum. Kein Brot dazu, nichts. Er schaufelte sich das rohe Eigelb in den Mund. Er aß so schnell, als hinge sein Leben davon ab. Auf seinen trockenen Lippen blieben Stücke davon kleben.

Mir fiel ein, an wen er mich erinnerte: an Michael Fish, den alten Wetteransager aus dem Fernsehen. Der hatte genauso einen seltsam geformten Kopf und eine schrullige Brille. Und diesen traurigen, leicht pathetischen Blick, als würde er sich ständig für irgendetwas entschuldigen. Ich konnte mich allerdings nicht daran erinnern, dass Michael Fishs Zähne so schlecht gewesen wären wie die von Solly. Sollys Zähne standen für mich stellvertretend für seine Person; diese ausgelutschten, ungepflegten, kleinen Stummel versinnbildlichten seine Eigenartigkeit und sein Getrenntsein vom Rest der Welt.

48

»Ich möchte dir eine Frage stellen«, sagte ich. »Und dieses Mal möchte ich, dass du mir in die Augen schaust und ehrlich antwortest.«

Solly sah mich ernst an und nickte, während er sich das eingetrocknete Eigelb von den Fingern leckte.

»Wenn ich dir sage, dass ich das alles jetzt und hier beenden könnte, was würdest du dazu sagen?«, fragte ich.

Er unterdrückte einen Rülpser. »Was beenden?«

Ich schüttelte den Kopf. »Nein, Solly. Lassen wir das. Wir sollten uns gegenseitig respektieren und es zu Ende bringen.«

»Okay«, sagte er. »Du hast meinen Respekt. Was willst du von mir?«

»Dieses Video von mir«, sagte ich, »es ist hier, richtig? In deiner Wohnung. Ich möchte, dass du es löschst. Aber ich bitte dich nicht, es umsonst zu tun. Ich werde dir geben, was du brauchst. Alles, was du brauchst, und vielleicht noch ein bisschen mehr. Aber du musst mir beweisen, dass das Video ein für alle Mal vernichtet ist.«

Er lehnte sich in seinem Stuhl zurück und atmete tief aus. »Komm mit.«

Er führte mich durch den kurzen Flur zu seinem Schlafzimmer. Als er die Tür aufstieß, schlug mir ein seltsamer Geruch entgegen, muffig und chemisch zugleich. Am Fenster stand ein Schreibtisch, darauf ein PC mit einem riesigen Monitor, bestimmt fünfzig Zoll.

Er tippte sein Passwort ein, und der Startbildschirm öffnete sich. Solly zog den Stuhl vom Schreibtisch für mich zurück. »Wenn du hier fertig bist, kannst du mein Handy durchsehen«, sagte er.

Ich schaute auf den Bildschirm. Das Hintergrundbild war eins von den voreingestellten Motiven, irgendein Mohnfeld.

Solly beugte sich über mich und öffnete das Menü. »Nimm dir eine Stunde Zeit, oder zwei, wenn du willst. Prüf alle Dateien, sieh bei den gelöschten Objekten nach … Dein Video ist weg, Will. Ich habe es gelöscht.«

Er schlurfte ins Bad. Ich schaute auf den Bildschirm, dann zur Badezimmertür. Ich schnappte mir die Maus und begann zu klicken.

Ich durchsuchte seinen Computer nach jeder Spur des Videos. Als er aus dem Bad zurückkam, setzte er sich hinter mich aufs Bett. Ich suchte überall, öffnete jede Video- oder Bilddatei, die mir unterkam. So viele waren das nicht. Nur eine Reihe Videos, alle aufgenommen aus demselben oder einem sehr ähnlichen Winkel. Aber sie waren datiert, was hilfreich war.

Er bewahre alte Aufnahmen nicht lange auf, sagte er. Wenn er etwas fand, was er behalten wollte, bearbeitete er es und löschte dann das restliche Material, um seinen Speicherplatz nicht zuzumüllen. Ich ging seine E-Mails durch, um zu überprüfen, ob er dort etwas versteckt hatte. Ich checkte seine Notes. Dann reichte er mir sein Handy, und ich durchsuchte es ebenfalls.

Als ich fertig war, sah er mich ernst an und sagte: »Ich bin keine Petze, Will. Ich habe dein Video gelöscht. Ich arbeite nicht mit der Polizei zusammen.«

»Das beweist gar nichts, Solly. Nur, dass das Video heute nicht hier ist, auf diesem Computer, auf diesem Telefon.«

»Was soll ich dir noch zeigen?«

»Die Cloud.«

Ich verbrachte weitere anderthalb Stunden damit, den ganzen Scheiß durchzusehen, den er dort gespeichert hatte. Es schien ihm egal zu sein. Einiges war total schräg. Offenbar hatte er Kameras in Umkleidekabinen installiert. Eine Kamera schien in einem Schlafzimmer versteckt zu sein. Manchmal, wenn ich unerwartet eine Datei öffnete, lachte er los.

Es war schon spät, als wir wieder ins Wohnzimmer gingen.

»Ich habe dich nicht mehr auf Video, Will. Entspann dich«, sagte er. »Ich weiß, wie sehr es dich belastet hat, dass ich es hatte. Es tut mir leid.«

Ich ignorierte ihn. So viel von dem, was aus seinem Mund kam, war reine Fiktion. Diesmal war ich nicht hier, um sein Ego zu befriedigen oder sein Spiel zu spielen, sondern um einen Handel abzuschließen.

»Ich habe eine Idee«, sagte ich, »von der ich glaube, sie könnte für uns beide funktionieren.«

49 Ich sagte Solly, dass ich ihm die Schulden abkaufen würde. Das hieß, ich würde ihm dreiundvierzigtausend Pfund geben, und die Person, die ihm das Geld schuldete, würde mein Problem werden. (Das ich nicht vorhatte, jemals zu lösen). Ich erklärte ihm, dass er sein Geld in voller Höhe zurückbekommen würde. Und als Dankeschön für das, was er für mich getan hatte, würde ich ihm weitere fünftausend Pfund schenken. Im Gegenzug würde er das Video unwiederbringlich vernichten, und wir würden nie wieder etwas vom anderen hören oder sehen.

Er hörte mir zu und fuhr sich geistesabwesend mit den Fingern durch seine spärlichen grauen Brusthaare. Am Ende beugte er sich zu mir und sagte schlicht: »Das gefällt mir.«

»Bist du einverstanden?«, sagte ich.

»Ich bekomme mein Geld zurück, und du gibst mir ein Dankeschön obendrauf«, sagte er nachdenklich. »Das klingt vernünftig.«

»Genau, das ist vernünftig.«

»Woher nimmst du das Geld?«

»Ersparnisse«, sagte ich prompt. *Ich wusste, dass er das fragen würde.*

»Nettes Sümmchen. Wie hast du das alles gespart?«, fragte er.

»Ich arbeite«, sagte ich abweisend. »Ich kann dir das Geld in etwa einer Woche besorgen.«

Er tat, als würde er einen Moment lang überlegen, als würde er alles durchrechnen. »Lass mich darüber nachdenken.«

»Was gibt es da nachzudenken? Du bekommst dein Geld zurück und ein Dankeschön von mir.«

»Ich weiß … «, sagte er. »Es ist nur … Ich muss mir das alles gut überlegen.«

»Was heißt das?«, schnauzte ich.

»Das heißt«, sagte er, stand auf und fuhr mit den Fingern über den Bund seiner Unterhose, »diese ganze Geschichte hat mich einiges gekostet. Nicht nur finanziell, sondern ... emotional.«

Verdammt nochmal!

»Um ehrlich zu sein, hat mich das ganz schön runtergezogen«, jammerte er. »Hat mich mehr oder weniger ans Haus gefesselt. Du hast mir eine Menge Stress bereitet, weißt du.«

»Deshalb will ich mich bei dir bedanken, Solly«, sagte ich mit zusammengebissenen Zähnen. »Deshalb gebe ich dir diesen Bonus, fünftausend Pfund zusätzlich. Dafür kannst du dir eine neue Kamera kaufen.«

»Fünf Riesen reichen nicht einmal für den Karton, in dem die Kamera geliefert wird«, spottete er.

»Fünf Riesen sind fünf Riesen! Kauf dir einen neuen Kleiderschrank oder was weiß ich. Es sind fünf Riesen, für nichts!«

»Du glaubst also, dass ich für diesen Preis zu haben bin?«, sagte er nachdenklich. »Fünf Riesen?«

»Nein, natürlich nicht! Solly, ich biete dir achtundvierzigtausend!«

Auf einmal wurde er wütend. »Moment mal, du hast gesagt, du kaufst mir die Schulden ab! Das ist *mein* Geld, kein Geschenk von dir!«

Ich traute meinen Ohren nicht. Ich wusste nicht, ob er sich absichtlich begriffsstutzig stellte oder ob er das wirklich glaubte. Ich stimmte ihm einfach zu.

»Gut! Also gut, es ist dein Geld, ja! Vom Pokern. Und ich gebe dir noch fünftausend dazu. Nur als Dankeschön und zum Abschied – nichts für ungut und so weiter.«

Er sah mich kalt an. »Fünf Riesen? Du willst mir fünf Riesen in die Hand drücken nach dem ganzen Trauma, das du verursacht hast?«

Ich versuchte, ihn zu beschwichtigen. »Solly, denk dran, dass ich auch noch die Dreiundvierzigtausend zusammenbekommen muss, um dir deine Schulden abzukaufen. Mehr habe ich nicht, sonst würde ich es dir geben.«

»Fünf Riesen sind aber eine schöne runde Zahl. Wie bist du darauf gekommen?« Er blinzelte schneller. Es war, als hätte seine Wut diesen merkwürdigen Tick ausgelöst. Inzwischen blinzelte er etwa dreimal so schnell und nahm keinen Augenkontakt mehr mit mir auf. Er redete mit mir, aber er starrte auf den Boden hinter mir.

Er fing an, in seinem Wohnzimmer herumzutigern. In seinen Unterhosen sah er absolut lächerlich aus. Seine verschrumpelte, schlaffe Haut erinnerte an ein rohes Brathähnchen.

»Deinetwegen bin ich jetzt ganz durcheinander«, sagte er schließlich. »Hörst du, ich bin echt sauer.«

»Aber warum denn?« Allmählich machte er mich nervös. So hatte ich ihn noch nie gesehen. Er atmete sehr laut durch seine Nase.

»Hast du das mit dem Mädchen besprochen?«, fragte er.

»Was besprochen, mit wem, Solly? Niemand weiß, dass ich überhaupt hier bin.«

»Ach, halt die Klappe!«, blaffte er. Etwas von dem, was ich gesagt hatte, hatte ihn richtig in Rage gebracht.

»Was ist denn auf einmal?«

»Bist du so strohdumm?«, schrie er zurück.

»Solly, es tut mir wirklich leid, wenn ich dich irgendwie beleidigt habe«, begann ich.

Er hielt inne. »Ja, du hast mich beleidigt. Ich würde sagen, du hast mich absolut beleidigt, o ja. Erst traumatisiert, dann noch eine Beleidigung obendrauf.«

»Ich weiß nicht, was du meinst«, rief ich. »Weil ich dir fünftausend extra angeboten habe?«

»Lass mich raten: Du hast ihr gesagt, dass du mich für fünf Riesen kaufen kannst, oder?«

»Wem? Ellie?«, fragte ich.

»Ja, dieser verdammten Ellie. Was hast du ihr gesagt?« Er sah mich immer noch nicht direkt an.

»Ich schwöre dir, Solly, sie weiß nicht, dass ich hier bin, sie weiß nicht, dass ich dir diese Summe anbiete.«

»Aha«, sagte er. »Warum fangen wir dann nicht damit an, dass du mich wie ein verdammtes menschliches Wesen behandelst?«

»Wie meinst du das?«, sagte ich.

»Wie wäre es, wenn du dich tatsächlich entschuldigst und mich tatsächlich nett behandelst, anstatt mir fünf Riesen als Entschuldigung aufzudrängen?«

»Aber Solly, bitte«, sagte ich. »Jetzt komm schon. Ich kaufe dir deine Schulden ab!«

»*Das ... ist ... doch schon mein Geld!*«, schrie er.

Ich hob beschwichtigend die Hände. Seine Körpersprache war die eines wütenden Kleinkindes.

»Lad mich nächste Woche ein, dann essen wir zusammen. Du kochst, und wir können uns alle drei unterhalten. Am Ende kannst du einen Toast aussprechen, wie dankbar du mir dafür bist, dass ich dir geholfen habe – *und sei dabei aufrichtig*. Mach es vor ihren Augen, damit sie sieht, dass du mir dankst.«

Sein Benehmen brachte mich aus der Fassung. Auf einmal wirkte Solly verletzlich, unsicher und defensiv. Als hätte die Summe von fünftausend Pfund seine Gefühle wirklich verletzt. Aber jetzt verlangte er noch weniger. Er wollte nur, dass ich vor Ellie diese seltsame Show abzog.

»Ja, okay«, sagte ich. »Ich mach es.«

»Gut«, sagte er, »nächste Woche also. Wie wäre es mit Dienstagabend?«

»Gut.«

»Und ich möchte, dass du noch einmal über das Geld nachdenkst«, sagte er.

Mein Herz sank. »Was soll das heißen, ›noch einmal über das Geld nachdenken‹?«, schnauzte ich.

Er griff hinter die Heizung und zog eine graue Weste hervor. Das Ding war mit dickem Staub bedeckt, doch er zog sie trotzdem an.

»Damit meine ich, dass ich ein Spitzenverdiener bin; ich gehöre zum oberen Quartil oder zu den obersten zehn Prozent oder wie auch immer man es nennen will.« Er stützte die Hände in die Hüften und betrachtete mich. »Du kannst mich nicht mit fünf verdammten Riesen abspeisen. Das ist doch wohl ein Witz.« Er machte sich auf den Weg zur Toilette.

Ich war stinksauer. Er sperrte sich völlig dagegen, die Bezahlung der verdammten dreiundvierzigtausend Pfund Schulden zu »seinem Geschenk« zu zählen. Das war völlig unlogisch. Als hätte er einfach beschlossen, dass das jetzt meine Schulden waren und dass sie nichts mit unserem Deal zu tun hätten.

»Okay«, sagte ich, als er ins Wohnzimmer zurückkam, »ich gebe dir sechseinhalb.«

Er drehte sich um und sah mich an. Er sah aus, als würde mein Vorschlag ihn körperlich schmerzen. »Stell es dir so vor«, sagte er. »Stell dir vor, du wärst einem reichen Bankier zu Dankbarkeit verpflichtet. Dem würdest du nicht einfach sechseinhalb Riesen hinwerfen und erwarten, dass er damit zufrieden ist, oder? Du müsstest ihm etwas *Wertvolles* geben. Du würdest ihn nicht mit sechseinhalb Riesen beleidigen, er würde dich auslachen. Warum also bietest du mir das an? Warum bietest du mir nichts *Wertvolles* an?«

Ich wusste nicht, was ich sagen sollte. Ich zuckte mit den Schultern. Sein Geschwurbel war undurchschaubar.

»Was willst du?«, fragte ich müde. »*Was willst du?*«

Er stapfte in die Küche und entkorkte eine Flasche Rotwein. »Lass uns kurz runterkommen«, sagte er, »du stresst mich.«

Er kam zurück und setzte sich mit einem Glas Wein in der Hand hin. Er steckte seine Nase hinein und nahm einen großen, tiefen Zug. Ich schaute auf die Flasche auf dem Tresen: Es war irgendein billiges Gesöff. Aber er behandelte es, als wäre es ein seltener Jahrgang. Idiot.

»Okay, wie wäre es damit«, sagte er schließlich, hielt das Glas hoch und betrachtete die Flüssigkeit. »Dreiundvierzig.«

»Dreiundvierzig was?«

»Dreiundvierzigtausend.«

»Die Schulden?« Ich konnte ihm nicht ganz folgen.

»Ja, das ist das, was mir der Typ schuldet, die Schuld, die mir abkaufst, danke. Aber ich denke, damit solltest du gleichziehen, als Dankeschön an mich.«

»Wie bitte? Du willst, dass ich dir zweimal dreiundvierzigtausend Pfund zahle?«

»Nein, nur einmal. Die anderen dreiundvierzigtausend sind bloß die Schulden, die bekommst du ja zurück.«

So ein Arschloch. Er hatte es verdoppelt. Er wusste genau, dass ich diese Schulden nicht eintreiben würde. Ihm war klar, dass er schlussendlich sechsundachtzig von mir verlangte.

Überflüssig zu erwähnen, dass ich niemals an so viel Geld kommen würde.

50 Geld war für mich nie das beherrschende Thema gewesen. Das hat mir mein Vater beigebracht: Geld ist nützlich, aber es ist nicht der Schlüssel zu einem guten Leben. Ich habe früh verstanden, dass es nicht darum geht, Reichtum anzuhäufen. Zu viele Menschen machen sich zu Sklaven des Geldes.

Harte Arbeit verschafft einem eine ganz eigene Art von Befriedigung, ich kann verstehen, dass man danach süchtig werden kann. Aber mit Leuten, die bloß reich sein wollen, kann ich nicht viel anfangen. Ich denke, ab einem gewissen Lebensstandard geht es bei mehr Geld nur noch um Macht. Und Machtstreben war noch nie meins.

Meine Finanzen waren immer ziemlich ausgeglichen. Ich verdiente ganz ordentlich und gab das meiste davon aus. Ab und zu legte ich etwas zur Seite, wenn es passte, und war mit meinen langsam wachsenden Ersparnissen zufrieden. Ich hatte nie das Gefühl, unbedingt mein Kapital in der Welt vermehren zu müssen.

Als Solly seine Forderung stellte, war mir sofort klar, dass ich sie nicht erfüllen konnte. Selbst wenn mir jemand die Summe leihen würde – was keiner machen würde –, würde ich sie mein Leben lang zurückzahlen müssen. Was er vorschlug, würde mir noch nachhängen, wenn ich fünfzig war.

»Das ist ein ziemlicher Batzen, Solly«, sagte ich »und völlig unangemessen, das ist dir doch klar, oder?«

»Unangemessen?«, fragte er ungläubig.

»Ja, unangemessen. Du forderst Geld, von dem du weißt, dass ich es nicht habe.«

»Du kannst dreiundvierzig Riesen zusammenkriegen, du bist ein erwachsener Mann«, sagte er.

»Sechsundachtzig.«

»Es sind keine sechsundachtzig. Ich habe dir erklärt, wo du dreiundvierzig herkriegst. *Du* musst nur dreiundvierzig auftreiben.«

»Du gehst zu weit«, sagte ich. »Übertreib's nicht, oder du wirst es bereuen.«

»Was soll das heißen? Drohst du mir etwa?«

»Ich sage dir nur«, sagte ich, so ruhig ich konnte, »dass ich keine Chance habe, an so viel Geld zu kommen.«

»Und was willst du jetzt machen?«, fragte er mit einem sanften Lächeln.

Ich stellte mich dicht vor ihn. Er sah überhaupt nicht ängstlich aus.

»Ich habe mich noch nicht entschieden«, sagte ich leise.

Einen Moment standen wir schweigend da. Er schaute mich mit seinen grünen Augen an. Nichts in seinem sturen Blick deutete darauf hin, dass er einen Rückzieher machen würde.

Er wusste, dass ich zahlen musste.

51 Nach Sollys Besuch bei mir hatten Ellie und ich mehr als eine Woche lang keinen Kontakt. Es war schwer zu sagen, wer sich vor wem versteckte. Sie wusste jetzt viel mehr, als es je meine Absicht gewesen war. Das hatte ich Solly zu verdanken, nach seiner Show hier hatte ich ihr etwas erzählen *müssen*.

Ich wollte mich gar nicht vor ihr verstecken, ich vermisste sie. Ohne es zu wissen, war sie seit jenem Vorfall mein Anker gewesen. Durch sie blieb ich mit der Welt in Kontakt, sie gab mir das Gefühl, dass noch nicht alles verloren war. Hatte ich jetzt nicht eine moralische Verantwortung, sie ziehen zu lassen? Ich hatte es ja selbst erlebt: Wenn im eigenen Leben so was passiert, ignoriert man es zunächst ganz instinktiv und hofft, dass es von allein wieder verschwindet. Ich konnte es nicht aus meiner Umlaufbahn verbannen, aber sie konnte es. Also meldete ich mich nicht bei ihr.

Als sie dann eines Morgens vor meiner Tür stand, kamen

mir die Tränen. Eine halbe Ewigkeit standen wir schweigend da, und ich hielt sie einfach nur ganz fest. Sie lächelte mich nicht an oder so, sie kam dann einfach rein, stellte ihre Tasche ab und sagte: »Was will er?«

Wir setzten uns ins Wohnzimmer, und ich berichtete ihr von Sollys Forderung. Dreiundvierzigtausend für seine Schulden und weitere dreiundvierzigtausend aus meiner Tasche.

»Und diese Schulden ... sind die echt? Gibt es diese Person wirklich, schuldet sie ihm das Geld?«, fragte sie.

Ich zuckte mit den Schultern.

»Ich meine, weiß Solly, dass er da etwas Unmögliches fordert?«, fragte sie.

»Ich weiß es nicht.«

»Das solltest du herausfinden, damit wir wissen, woran wir sind. Was seine wahren Absichten sind.«

»Hat er sich bei dir gemeldet?«, fragte ich nervös.

»Nein, ich habe nichts von ihm gehört.«

Aus irgendeinem Grund überraschte mich das.

»Frag ihn nach den Kontaktdaten von dem Schuldner. Sag Solly, dass du heute mit dem Typen sprechen willst, und schau, wie er reagiert.«

Ich schickte Solly eine Textnachricht. *Ich werde die Schulden heute eintreiben. Wie lauten der Name und die Adresse?*

Sekunden später kam eine Nachricht zurück. *ANTOINE BECKER, 12 PERCY CIRCUS, LONDON. 43K.*

Ich zeigte sie Ellie. Die Geschichte schien zu stimmen, zumindest hatte Solly mir einen echten Namen geschickt. Ich fragte nach, von wann die Schulden waren und bis wann sie beglichen werden sollten. Solly antwortete nicht. Ich rief ihn an, aber er ging nicht ran. Das war ja zu erwarten.

»Ich frage mich, ob es den Typen wirklich gibt«, sagte Ellie und schaute auf ihr Handy.

»Das bezweifle ich. Er spielt mit mir«, sagte ich.

»Ich habe die Adresse auf Google Maps gefunden. Ein schönes Haus.«

»Ja, ich kenne Percy Circus. In der Nähe von King's Cross, ziemlich noble Gegend.«

»Solly hat dir also *gar* nichts über diesen Antoine erzählt?«, fragte sie.

»Nur, dass er ein Familienvater ist, etwas älter als Solly, und dass er nicht gefährlich ist«, sagte ich.

»Warum holt Solly das Geld dann nicht selbst ab?«, fragte sie skeptisch.

»Tja, warum tut er überhaupt, was er tut?«, sagte ich.

»Ich meine, ganz praktisch: Warum geht er nicht selbst da vorbei und lässt sich das Geld geben, wenn der Mann nicht gefährlich ist? Das ergibt doch keinen Sinn.« Ellie zoomte auf Google Maps so weit heran, wie sie konnte.

»Überlegst du im Ernst, dass ich da hinfahre und das Geld eintreibe?«, fragte ich.

»*Wir*«, sagte sie. »Ich überlege, ob *wir* hinfahren.«

»Ellie, was zum Teufel ... «, sagte ich leise.

»Ich rede ja nicht davon, ihm zu drohen oder so«, sagte sie. »Wir fahren einfach mal hin und sehen uns das an.«

»Und warum?«, fragte ich.

»Na ja ... «, begann sie, »ich weiß nicht genau, aber ... was passiert, wenn du Solly nicht das ganze Geld zahlst?«

»Das kann ich nicht, das ist eine Tatsache«, sagte ich schroff.

»Aber was würde dann passieren?«

»Er hat angedeutet, dass der Typ, den sie für das ... für den Vorfall verhaftet haben, also, dass seine Anwälte nach Überwachungsvideos suchen. Ich schätze, Solly würde ihnen einfach geben, was er hat.«

»Und dann?«, fragte sie.

»Dann würden sie ihn wohl freibekommen, weil sie die Beweise haben«, antwortete ich müde.

»Kann man dich auf dem Video erkennen?«

Ich nickte. Mir wurde schlecht.

52 Wir saßen stundenlang zusammen und überlegten hin und her, wie wir die Situation angehen könnten. Es war wichtig, dass Ellie bestimmte Dinge wusste. Zunächst einmal musste sie genau wissen, was die Polizei hatte und was nicht.

Mir fiel auf, dass sie mir nie in die Augen sah, wenn ich darüber sprach. Sie wollte mir wirklich helfen, aber es schien sie zu quälen, sich das alles anzuhören. Ich dankte dem Himmel für sie. Ich hatte jemanden, dem ich vertrauen konnte, der das Ausmaß des Dramas begriff, der sorgfältiger und methodischer dachte als ich. Und vor allem schien sie mich nicht zu verurteilen. Sie schien mich zu verstehen.

Am Ende kamen wir immer wieder auf Solly zurück. Ich könnte einen Kredit aufnehmen, die Schulden übernehmen, ihm das ganze Geld geben, aber es gäbe immer noch keine Garantie, dass er danach schweigen würde. Er war zum Kern des Problems geworden.

»Er hat herausgefunden, wo dein finanzielles Limit liegt, und die Summe dann mit Absicht verdoppelt«, sagte Ellie. »Er will nicht, dass du gewinnst.« Sie bot mir an, unter vier Augen mit ihm zu sprechen, doch ich würde sie auf keinen Fall allein zu ihm gehen lassen. Sie schlug vor, ihn an einen öffentlichen Ort auf einen Drink einzuladen und dort mit ihm zu reden. Mir war immer noch nicht wohl bei dem Gedanken, doch ich stimmte unter der Bedingung zu, dass ich in der Nähe sein würde.

Sie schickte Solly eine Nachricht, ob er Lust hätte, sich auf einen Drink zu treffen, irgendwo in Farringdon. Er antwortete gut sechs Stunden lang nicht, in denen Ellie und ich mindestens zweihundertmal auf Ellies Handy geschielt haben mussten. Schließlich antwortete Solly mir. Er hatte uns durchschaut.

HALTET IHR BEIDE MICH FÜR VÖLLIG BLÖD?

Ich schrieb zurück und tat, als wüsste ich nicht, wovon er redete, aber er wusste Bescheid. Es hätte mich nicht gewundert, wenn er irgendwie gewusst hätte, dass Ellie gerade in meiner Wohnung war.

An diesem Abend saß ich am Küchentisch, Ellie auf der Arbeitsplatte.

»Ich bin am Arsch«, sagte ich.

Sie sah mich traurig an. Ich wusste, dass sie etwas Beruhigendes sagen wollte, aber es gab nichts. Schließlich sagte sie: »Mein Dad hat einen ziemlich guten Job, wir könnten ...«

»Stopp. Lass es einfach.« Meine Augen füllten sich vor Frustration mit Tränen. Sie wollte mir nur helfen. Sie wollte nur die Falle öffnen und mich retten. Aber das war nicht ihr Kampf.

Ich atmete tief ein und wieder aus. Ich spürte, wie mir die Tränen übers Gesicht liefen; es war zu spät, sie aufzuhalten. Ellie sprang von der Arbeitsplatte und kam zu mir. Sie stieß gegen meine Brust, damit ich mich zurücklehnte, und setzte sich auf meinen Schoß.

»Ellie ...«, sagte ich leise, »es ist aus.«

Sie schüttelte den Kopf.

Ich nickte und schniefte.

»Aus der Nummer komme ich nicht raus. Ich habe es versucht, aber ich kann nicht. Ich wollte ... Ich wollte, dass es mit uns anders läuft. Ich *wünschte*, es könnte anders sein.«

»Es ist erst vorbei, wenn wir entscheiden, dass es vorbei ist«, sagte sie und drückte meinen erhitzten Kopf an ihre Brust. Wie eine Welle brach es über mir herein, ich schluchzte und weinte in ihren Armen. Sie war so lieb und zugleich so zäh, doch das machte es nur umso schmerzvoller. Denn ich wusste, dass es aus war. Er hatte gewonnen.

»Ellie, ich muss es tun. Ich muss mich stellen. Solly wird keine Ruhe geben, niemals. Und weißt du was? Das interessiert mich nicht mehr. Sollen sie mich doch verhaften. Das Einzige, was mir nicht egal ist, ist, dass ich jetzt auf *dich* verzichten muss. Du bist das, was ich immer wollte. Und wegen dieser verdammten Scheiße muss ich dich jetzt aufgeben. Jemand anderes wird dieses Leben *mit dir* führen. Weißt du, wie ich mich deswegen fühle?«

Sie antwortete nicht. Ich spürte, dass ich zu weit gegangen war. Wir waren noch nicht lange genug zusammen, als dass ich so etwas hätte sagen können. Als ich den Mut aufbrachte, mein erbärmliches, tränenüberströmtes Gesicht zu ihr zu drehen, starrte sie konzentriert auf den Kühlschrank. Sie wirkte tief in Gedanken versunken.

»Was ist?«, flüsterte ich.

»Wir machen es so: Du sagst ihm, dass die Sache für dich gelaufen ist und dass du dich stellst.«

»Was soll das bringen? Dann ist das Spiel vorbei, er hat gewonnen und kann sich freuen.«

»Kann er eigentlich nicht«, sagte sie. »Was hat er gewonnen, wenn du dich stellst? Er wird keinen Penny von dir sehen, weil er nichts mehr gegen dich in der Hand hat. Er wird seine dreiundvierzigtausend *Schulden* nicht zurückbekommen, weil er niemanden hat, der sie für ihn eintreibt. Er kann auch sonst nirgendwohin gehen und jemand anders verarschen, weil sein Video dann wertlos ist.«

Da hatte sie recht.

»Was meinst du, was passieren wird, wenn wir es darauf ankommen lassen?«, sagte ich.

»Wahrscheinlich wird er seine Forderung runterschrauben«, sagte sie achselzuckend. »Er will aus diesem Video etwas herausschlagen. Er wird dir ein besseres Angebot machen«, sagte sie zuversichtlich. »Aber wir müssen überzeugend rüberkommen.«

53 Am nächsten Morgen ging ich unangekündigt zu Solly. Eine dunkelgraue Wolke hing über London, es konnte jeden Moment anfangen zu regnen. Wir hatten ein paar Tage lang ungewohnt warmes Wetter gehabt, und ich vermutete, dass sich das jetzt rächen würde. Es sah aus, als würde sich ein Sturm zusammenbrauen.

Er öffnete die Tür in einem schwarzen Anzug. Abgesehen davon, dass die Jacke zwei Nummern zu klein und die Hose drei Zentimeter zu kurz war, hatte ich Solly noch nie so gut angezogen gesehen. Seine Augenbrauen hatte er allerdings immer noch nicht gestutzt. Nachdem er mich hereingelassen hatte, setzte er sich ans Fenster im Wohnzimmer, wo er eine Zigarette geraucht hatte. Er sagte, er müsse am Nachmittag zu einer Beerdigung.

»Wessen Beerdigung?«, fragte ich.

Er ignorierte mich.

»Wessen Beerdigung ist es?«, fragte ich erneut.

Langsam drehte er sich zu mir um und lächelte. »Niemand, den du kennst.«

»Ich muss dir etwas sagen«, sagte ich.

Regentropfen schlugen gegen die Fensterscheibe. Erst nur ein paar, dann immer mehr und lauter. Solly schaute immer wieder hinaus. Ich hatte ihn noch nie so abgelenkt erlebt.

»Ich werde mich stellen«, sagte ich. »Bei Probert und Kane auf dem Polizeirevier. Heute noch.«

Solly knackte mit den Fingerknöcheln.

»Das ist alles«, sagte ich. »Ich dachte, du solltest es wissen. Es ist aus.«

Er antwortete nicht.

»Also, auf Wiedersehen, Solly, und viel Glück.« Ich wandte mich zum Gehen.

»Warum hat mir das Mädchen ihre Telefonnummer gegeben?«, fragte er mit leiser Stimme.

»Wer ... Ellie? Das musst du sie fragen.«

»Soll ich dir sagen, was ich denke? Ich glaube, es war ein Trick.« Er inhalierte tief den Rauch seiner Zigarette, lehnte den Kopf zurück und blies eine Rauchfahne in die Luft.

»Wovon redest du?«

»Ein Schwindel. Wenn man das Vertrauen einer Person ausnutzt, um sie auszunehmen.«

»Davon habe ich keine Ahnung«, sagte ich.

»Ich auch nicht«, sagte er nachdenklich. »Mein Gehirn funktioniert einfach nicht so.«

Ich widerstand dem Drang, das zu kommentieren.

Solly drehte sich um und sah mir fest in die Augen. »Ihres allerdings schon.«

»Ellie hat versucht, mir zu helfen, mit dir zu verhandeln. Sie ist meine Freundin«, begann ich.

»Deine Freundin! Du hast sie im doppelten Sinne gefickt!«, blaffte er.

»Boah«, sagte ich, »was soll das denn heißen?«

»Das hast du doch, oder? Und dann hast du gedacht: Lassen wir Solly mal denken, dass er sie auch ficken darf, dann wird er Ruhe geben.«

Ich lachte unbehaglich.

»Du benutzt Ihren Körper als Waffe«, sagte er leise, als er sich wieder dem Fenster zuwandte.

»Ich glaube, du hast da ein bisschen zu viel hineininterpretiert ...«, begann ich.

»Sie hat mit mir geflirtet und mir den Kopf verdreht wie bei einer Stoffpuppe«, sagte er.

»Niemand hat mit dir geflirtet, Solly«, sagte ich kalt.

»Verhandeln, sagst du? Sie hat mit mir *verhandelt*, meinst du?«

»Nein, ich meinte nicht *verhandeln* ...«

»Kennst du das richtige Wort dafür, Will?«, fragte er. »Wie nennt man eine Person, die Sex als Verhandlungsmasse einsetzt?«

Ich blickte ihn weiter an, so ruhig und neutral, wie ich konnte.

»Hure, richtig?«, sagte er. »Das ist es.«

In mir explodierte etwas. Ich spürte, wie sich jeder Knochen und jede Sehne in meinem Körper auf ihn stürzen wollten. Aber ich riss mich am Riemen.

»Ein schönes Leben noch«, sagte ich. Dann ging ich zur Tür und schloss meine Finger um die Klinke. *Geh einfach, Wilbur. Geh nach Hause. Geh einfach nach Hause zu Ellie.*

»Die Hure hat mich stundenlang angebaggert, ich wusste gar nicht, wo ich hinschauen sollte«, rief er mir zu. »Das Erste, was sie gemacht hat, war, ihre BH-Träger für mich runterzuziehen und mir alles zu zeigen.«

Ich riss die Wohnungstür auf. Ich würde mich nicht von ihm provozieren lassen.

»Wenn du zu ihr zurückgehst, solltest du das hier mitnehmen«, rief er mir zu.

Was meint er? Ich konnte nichts sehen, ich war schon halb aus der Tür, und er hatte sich nicht von seinem Platz am Fenster

bewegt. Aber ich konnte dem Drang nicht widerstehen nach-
zusehen, wovon er sprach. Er hatte genug über Ellie gesagt. Er
war zu weit gegangen.

»Ich nehme an, sie hat dir weisgemacht, dass sie keinen Kontakt zum alten Onkel Solly hatte, oder? Frauen tun *alles* für die
Sicherheit ihres Mannes.«

Wovon zum Teufel redet er?

»Berichtigung«, rief er. »Nicht *alle* Frauen. Aber diese
hier ... wird ihren Mann um jeden Preis beschützen!«

Leise schloss ich die Wohnungstür wieder. Scheiß auf das,
was aus seinem Mund kam, ich musste wissen, was er in der
Hand hielt.

Als ich ins Wohnzimmer zurückkehrte, hatte er etwas auf
dem Schoß. Es könnte ein Bilderrahmen sein, der in Geschenkpapier eingewickelt war. Als ich auf ihn zuging und es mir
schnappte, zuckte Solly zurück. Sehr befriedigend. Der elende
Wurm.

Er blickte von seinem Stuhl zu mir auf, schob die Hüfte nach
vorn und holte seinen Tabak aus der Hosentasche. »Viel Glück,
Will«, sagte er, »wenn du dich stellst.«

»Danke«, sagte ich und wandte mich zum Gehen.

»Sag mir Bescheid, wenn du im Knast bist. Ich schicke ihr
eine Nachricht, wenn sie wieder auf dem Markt ist«, rief er
mir nach.

Atmen.

54 Im Zug, auf der Rückfahrt nach St. Albans, legte ich
das Päckchen auf einem der kleinen Tische ab. Es waren noch
ein paar andere Leute im Waggon, und ich war mir nicht sicher,
ob ich es öffnen sollte. Es könnte eine Falle sein. Vielleicht hatte

er es so manipuliert, dass es Ellie mit Säure bespritzte, wenn sie es öffnete. Solly würde ich alles zutrauen.

In Seven Sisters stiegen ein paar Leute aus, und ich hatte den halben Wagen für mich allein. Niemand hatte einen Blick auf das Ding geworfen. Die Anspannung brachte mich um. Ich musste wissen, was es war. Ich glaubte keine Sekunde lang an den Unsinn, den er da von sich gab. Aber ich musste trotzdem wissen, was da drin war.

Ich lehnte mich von dem Päckchen weg und zupfte mit den Fingerspitzen an einer Ecke das Geschenkpapier ab. Nichts. Vorsichtig fuhr ich mit den Fingern den Rand entlang. Es war ein Bilderrahmen, daran bestand kein Zweifel. Nervös tastete ich in der Mitte herum, wo das Bild hingehörte. Ich konnte nichts Ungewöhnliches oder irgendeine Art von Mechanismus ertasten.

Ich starrte das Paket an. *Könnte es eine chemische Waffe sein, so etwas wie Anthrax?* Das war lächerlich. Solly hätte nicht die geringste Ahnung, wie man an so was drankäme. Vorsichtig stand ich auf und schaute mich im Waggon um. Nur ein Mann saß am anderen Ende, ein dicker Kerl mit Basecap. Sonst konnte ich niemanden sehen.

Ich beschloss, das Ding aufzumachen. Ich holte Luft, riss vorsichtig das Papier am Rand des Rahmens auf, hob es an und spähte hinein. Ich konnte kein Pulver oder sonst etwas sehen. Es war nur ein Bilderrahmen. Ich zog ihn heraus.

Es war ein Bild von mir, auf dem ich ein Bier in der Hand hielt. Ich riss den Rest des Geschenkpapiers ab und schaute mir das ganze Bild an. Ich war in einem Pub. Im *Three Kings*. Das konnte ich an der Wanddeko erkennen, sie hatten allen möglichen schrulligen Kram an den Wänden hängen.

Ich vermutete, dass es ein Bild von jenem Abend war. Dem Abend mit dem Versicherungstypen. Ich hatte dieselben Sachen an und konnte die Eisbären auf dem Pullover erkennen. Ich kapierte gar nichts. Ich drehte den Rahmen um, aber die Rückseite war leer.

55 Ich stellte den Bilderrahmen in meinem Schlafzimmer vor den Fernseher, legte mich aufs Bett und starrte das Bild an. Es war ein völlig unverfängliches Foto von mir. Es sah aus, als stammte es von der Überwachungskamera im Three Kings. Dort gab es einen kleinen Fernseher an der Wand hinter der Bar, auf dem eine Farbaufnahme der Überwachungskamera zu sehen war. Solly musste hingegangen sein und sie um die Aufnahme gebeten haben.

Der Rahmen sah ganz normal aus: ein billiger, dunkelbrauner Holzrahmen. Ich nahm das Bild heraus, auch auf der Rückseite war nichts zu sehen. Ich rief Ellie an und erzählte ihr von meinem Besuch bei Solly. Die Stelle, wo er sie beschimpft hat, ließ ich aus. Ich sagte nur, dass er auch auf sie wütend zu sein schien. Und dass er sagte, sie hätte versucht, ihn »auszutricksen«.

Ich erzählte ihr, was er über den Bilderrahmen gesagt hatte: *Wenn du zu ihr zurückgehst, solltest du das hier mitnehmen.* Sie bat mich, ihr ein Foto davon zu schicken, was ich auch tat. Sie klang, als würde sie sich unbehaglich fühlen. Sie fragte, was Solly noch zu mir gesagt hätte. Ich sagte ihr, dass ich mich an sonst nichts erinnern könne, außer dass er sich über sie geärgert habe, weil sie ihm »etwas vorgemacht« habe.

Ich sagte, ich müsse ständig daran denken. Sie bot mir an, zu mir zu kommen, aber ich wollte nicht. Ich wollte sie nicht weiter runterziehen. Ich wusste, dass ich mich bald total erbärmlich fühlen würde, und ich musste einfach nachdenken. Solly schien den Köder nicht geschluckt zu haben.

Auf dem Rückweg von London hatte ich in King's Cross einen Zwischenstopp bei der Apotheke eingelegt und mir eine dieser großen Flaschen Grippemittel geholt, in dem besonders viel von dem Zeug drin ist, das einem das Hirn vernebelt. Mir war das Gras ausgegangen, und ich brauchte etwas, das mir beim Einschlafen half. Ich machte den Deckel auf und schnupperte daran. Es roch phantastisch.

Eine wunderbare, chemische Köstlichkeit. Ich füllte den kleinen Messbecher und kippte das Zeug runter. *Das bringt doch nichts.* Ich nahm einen großen Schluck aus der Flasche. Am Ende hatte ich fast die Hälfte davon getrunken.

Einen letzten Schluck, dann stellte ich den Rest in den Kühlschrank. *Gekühlt schmeckt es besser.* Mein Telefon klingelte. Julia von der Arbeit rief mich an. Ich hatte gesagt, ich hätte Grippe, schon vor einer Woche. *Wie lange dauert eine Grippe heutzutage?* Früher waren es mal bis zu zwei Wochen, oder?

Ich schaltete mein Telefon aus und nahm eine Flasche Prosecco mit unter die Dusche.

56 Gegen Mitternacht erwachte ich, in ein Handtuch gewickelt, auf dem Sofa. Ich fühlte mich wie vom Laster überfahren. Ich hatte das Wohnzimmerfenster offen gelassen, und im Raum war es eiskalt. Ich stand auf und knallte das Fenster zu, dann ging ich in die Küche, um mir ein Glas Wasser und einen Schluck Hustensaft zu holen. Ich stand vor dem Kühlschrank, trank das Wasser und betrachtete ein Foto von mir und ein paar Kumpels in einer Bar vor ein paar Jahren. Wie entspannt ich aussah! Meine größte Sorge zu jener Zeit war, genug Geld für ein paar Bier am Abend zusammenzubekommen.

Als ich mich in der Küche umschaute, fragte ich mich, was

mit meinen Sachen passieren würde, wenn ich ins Gefängnis kam. Konnte ich meinen Mietvertrag vorzeitig kündigen? Oder würde jemand anders die Miete zahlen müssen, bis die Mietfrist abgelaufen war? Das würde dann vermutlich mein Dad sein.

Vorsichtig stellte ich mein Glas auf die Spüle und ging ins Bett. Ich lag einfach nur auf der Decke, starrte mindestens eine Stunde lang an die Zimmerdecke, ehe das Grippemittel mich schließlich wieder in den Schlaf beförderte.

Es musste gegen zwei Uhr morgens sein, als ich aus dem Wohnzimmer ein Krachen hörte. Kein Klirren, kein Knacken oder Klappern. Es war ein Krachen. Es klang, als sei ein Topf oder etwas ähnlich Schweres auf den Boden geknallt.

Ich setzte mich auf. Das Geräusch war eindeutig aus dem Wohnzimmer gekommen. Ich lauschte angestrengt und verrenkte mir fast den Hals, um irgendetwas zu hören.

Stille.

Ich schaute mich nach einer Waffe um, irgendetwas, womit ich mich schützen könnte. Das Beste, was ich fand, war eine Ballpumpe auf dem Boden unter meinem Bett. Ein etwa dreißig Zentimeter langes, hohles Plastikding mit einem winzigen Metalladapter, der am Ende hervorstand. Ich stellte mir vor, jemanden damit anzugreifen, und legte sie wieder zurück. *Als ob das irgendwas bringen würde.*

Geräuschlos kroch ich aus dem Bett und schlich auf Zehenspitzen durchs Zimmer zur Tür. Vorsichtig beugte ich mich vor und spähte in die Dunkelheit des Flurs. Ich nahm keinerlei Geräusche oder Bewegungen wahr. Ich schlich in den Flur und reckte den Hals, um ins Wohnzimmer zu spähen. Nichts. Ich ging in die Hocke und kroch näher zur Wohnzimmertür, um weiter um die Ecke zu sehen.

»Wer ist da?«, fragte ich leise. »Hallo?«

Ich wusste genau, wer es war. Ich schlich ins Wohnzimmer, griff mit der Hand um die Ecke und schaltete das Licht an. Der Raum wirkte unberührt. Er war immer noch makellos, nachdem ich vor ein paar Tagen alles blitzsauber gemacht hatte. Ich ging durchs Zimmer und überprüfte jeden Vorhang und jeden Schrank. Niemand da.

Das Geräusch, als die Wohnungstür ins Schloss fiel, war deutlich zu hören. Es war unverwechselbar, denn es war eine schwere Tür, die sich mit einem tiefen *Ka-klanck* schloss. Ich rannte hin, riss sie auf und spähte ins Treppenhaus.

»Solly?«, rief ich. Meine Stimme hallte durch den Flur. Ich schaute durchs Fenster auf den winzigen Vorgarten. Draußen herrschte nur kalte Stille. Ich konnte den silbrigen Raureif auf dem Rasen erkennen.

Dann hörte ich wieder etwas. Geräusche auf dem unteren Treppenabsatz, scharrende Schritte.

Das war keine Halluzination vor Übermüdung. Ich hatte wirklich Schritte gehört. Ich schnappte mir meine Schlüssel und rannte in den Hausflur.

Als ich an der Treppe ankam, war es vollkommen still. Der Aufzug war immer noch kaputt. Ich schaute im Treppenhaus hinunter. Da unten bewegte sich etwas. Eine Hand vielleicht, die für eine Sekunde das Geländer berührte. Für den *Bruchteil* einer Sekunde, dann war sie weg.

Ich lauschte erneut. Nichts. Ich ging zum Treppenhausfenster und legte den Riegel um. Mit einem leisen Knacken löste sich das Fenster, und ich stieß es auf. Ein Schwall kalter Januarluft traf mich. Ich steckte den Kopf hinaus und schaute runter.

Im Schatten in der Nähe des Zaunes fiel mir etwas ins Auge. Mit müden Augen blinzelte ich und versuchte, den Blick scharfzustellen. Ich war sicher, dass ich dort unten eine Bewegung gesehen hatte. Eine gute Minute starrte ich auf die Stelle im Schatten. Ich wusste, dass er dort war.

Ich beugte mich vor und rief hinaus in die Nacht: »Ich weiß, dass du da bist, Solly, du verdammter Spinner. Glaubst du, so ein Quatsch würde mir Angst machen? Verpiss dich!«

Ich knallte das Fenster wieder zu und ging zurück in meine Wohnung, direkt ins Bett.

Ich wusste, dass es Solly gewesen war.

Diese Art von exzentrischer, anonymer Manipulation war seine Spezialität, das wusste ich inzwischen.

57 Am folgenden Morgen fühlte ich mich ausgekotzt. Wie sich herausstellte, war das die Nebenwirkung bei einer Überdosis Grippemittel. Alles fühlte sich an wie in Zeitlupe, es war, als hätte ich ein langsames WLAN, aber im Kopf. Ich brauchte Kaffee, also stellte ich die Kaffeemaschine an und schaltete den Fernseher in der Küche ein.

Es liefen gerade die Nachrichten. Ich war nicht in der Stimmung, über irgendetwas Ernstes nachzudenken, also schaltete ich das Gerät gleich wieder aus. Ich setzte mich auf meinen Stuhl und schloss die Augen. Ich dachte an Richard King. Ich dachte an seine Eltern. Sie mussten sich an ihn als kleinen Jungen erinnert haben. Ich habe es so lange vermieden, daran zu denken, aber jetzt fühlte es sich an, als hätte dieses Medikament, das ich gestern Abend genommen hatte, mein Gehirn weichgekocht.

Ich hatte gedacht, mit der Zeit würde es allmählich leichter werden, mit der Erinnerung an jenen Abend fertigzuwerden. Aber es wurde immer schwerer. Ich ertappte mich dabei, dass sich meine Gedanken immer öfter aus Versehen in dieses Gebiet verirrten. Es holte mich immer wieder ein. Manchmal fühlte es sich an, als würde ich nie wieder Frieden finden. Ich schlief auf dem Küchenstuhl wieder ein.

Etwa eine Stunde später weckte mich ein lauter Krach von draußen. Ein dröhnendes Krächzen. Wie ein Megaphon auf höchster Stufe, das plötzlich ein- oder ausgeschaltet wird. Ich kannte dieses Geräusch; ich hatte es schon einmal gehört. Langsam stand ich von meinem Stuhl auf. *Er hat es geschafft.*

Ich brauchte nicht einmal aus dem Fenster zu schauen. Ich wusste, dass der Krach von einem Streifenwagen kam. Ab und zu heulte die Sirene kurz auf, das machen sie manchmal, um die Leute auf sich aufmerksam zu machen, wenn sie sich durch den Verkehr kämpfen. Ich ging zum Fenster und schaute nach draußen. Mir rutschte das Herz in die Hose. Da waren sie.

Probert stieg als Erster aus dem Wagen. Dabei schaute er direkt zu meinem Küchenfenster hoch. Ich machte mir nicht einmal die Mühe, mich wegzuducken. Ich blieb einfach stehen und starrte zu ihm hinunter. Von dem ganzen Grippezeug war ich ohnehin noch halb in Trance.

Er stand neben dem Wagen und schaute zu mir hoch, die Hände in die Hüften gestemmt. Ich starrte zurück. Keiner von uns lächelte oder grüßte den anderen. Dann stieg Kane aus. Er sagte etwas zu ihr, und sie sah ebenfalls zu mir hoch. Sie gingen beide zur Haustür meines Wohnblocks.

Ich drückte den Summer, um sie hereinzulassen. Ich schenkte mir einen Kaffee ein und trank, so viel ich konnte. Ich spürte, dass ich es brauchen würde. Die Benommenheit von dem Grippezeug war krass, ich fühlte mich, als wäre ich unter Wasser.

Als ich die Tür öffnete, fragte Probert, ob sie hereinkommen dürften. *Sie sind nicht hier, um mich festzunehmen.* Ich führte sie in die Küche. Beide waren aschfahl. Sie sahen nicht danach aus, als ob sie Lust auf Smalltalk hätten.

»Ihre Chefin sagte, Sie seien krank«, sagte Probert.

»Ja, das war ... das bin ich auch«, sagte ich und zwang mich zu husten. »An Ihrer Stelle würde ich lieber auf Abstand bleiben.«

Er musterte mich von Kopf bis Fuß, als würde er mir kein Wort glauben.

Ich muss dich nicht überzeugen, dass ich wirklich krank bin, Alter. Ich setzte mich an den Küchentisch. Probert setzte sich mir gegenüber. Kane blieb neben der Küchentür stehen. *Wieso blockiert sie den Ausgang?*

Probert schniefte und zog ein Notizbuch aus der Tasche. Er las laut daraus vor. »Mikkel. Sagt Ihnen das irgendetwas?«

Ich zuckte die Achseln.

»Mikkel? Nicht? Okay, wie wäre es hiermit«, las er weiter aus seinem Notizbuch vor. »Timberland Brown Courma Classic, Männerstiefel Größe neun.«

Ich schaute zwischen ihm und Kane hin und her. »Na ja, das sind ... meine Stiefel«, nuschelte ich.

»Wie bitte, was sind das?«, fragte Probert.

»Meine Stiefel, das sind meine Timberland Boots, die ich Ihnen gegeben habe.«

»Das ist richtig«, sagte Probert. »Das sind *die* Stiefel, die Sie uns gegeben haben.« Er zog sein iPhone hervor, tippte etwas ein und zeigte mir das Display. Ein eiskalter Schauer lief mir über den Rücken. Es war das Foto, Sollys Foto im Bilderrahmen.

»Wir verstehen einfach nicht«, sagte Probert, »warum Sie uns immer noch anlügen, Will.«

58 Schockiert starrte ich das Foto an. Mir war übel. Er hatte es geschafft, das Spiel war aus. Ich sah zu Kane an der Tür. Endlich hatten sie ihren Mann.

»Jemand hat dieses Bild an Jacob Evatts Verteidiger geschickt«, sagte Probert ernst. Theatralisch drehte er sein iPhone um, sah sich das Foto an und hielt es dann wieder mir hin. »Es zeigt Sie«, sagte er.

»Ja, ich weiß«, hauchte ich.

»Ganz am Anfang unserer Ermittlungen sagten Sie uns, Sie hätten in dieser Gasse nichts und niemanden gesehen«, sagte er. »Wir haben Sie ziemlich gedrängt, ganz genau nachzudenken. Erinnern Sie sich?«

Ich nickte.

»Und dann sind wir die Strecke mit Ihnen abgegangen«, sagte er. »Sie sind den Weg noch einmal gelaufen, mit uns zusammen. Und Sie konnten sich nur daran erinnern, einmal angehalten zu haben, und zwar am Eingang zur Gasse, um Ihre Kopfhörer in die Tasche zu stopfen.«

Ich nickte erneut.

»Dann baten wir Sie, uns die Kleidung zu bringen, die Sie an jenem Abend getragen hatten. Sie haben uns drei Teile gebracht: eine braune Uniqlo-Regenjacke, eine schwarze Levi's-Jeans und ein Paar dunkelbraune Timberland-Stiefel.«

Ich nickte ein drittes Mal. Er deutete erneut auf das Display seines Handys.

»Das ist ein Standbild aus der Überwachungskamera im *Three Kings*, früher an jenem Abend«, sagte er. »Wir haben es überprüft, das Video existiert noch.«

»Okay«, sagte ich.

»Würden Sie sich jetzt bitte diese Stiefel ansehen?«, sagte er.

Ich brauchte sie nicht anzusehen. Mein Körper ließ mich im Stich. Es war so weit. Sie waren hier, um mich mitzunehmen. Es fühlte sich an, als würde sich alles in Zeitlupe abspielen. Die beiden blickten mir direkt in die Seele.

Meine Lunge fühle sich plötzlich an, als enthielte sie keinen Sauerstoff mehr. Verzweifelt versuchte ich, nach Luft zu schnappen, ohne dass es zu offensichtlich war.

»Man kann ziemlich gut erkennen, dass die Stiefel, die Sie an jenem Abend getragen haben, einen anderen Farbton haben als die, die Sie laut Ihrer Aussage getragen hatten«, fuhr er fort. »Auf diesem Foto sieht man sogar, dass die Ösen für die Schnürsenkel anders sind. Es sind nicht dieselben Stiefel«, sagte er.

Er hatte recht. Tatsache ist, dass ich nicht gewusst hatte, dass es Farbaufnahmen aus der Überwachungskamera von diesem Abend gegeben hatte, und dann noch in so guter Auflösung.

»Es sind die falschen Stiefel«, sagte ich leise. »Es tut mir leid.« Ich beobachtete sein Gesicht, um zu sehen, wie er reagierte. Er war wütend.

»Der Pullover, den Sie getragen haben, ist in der Wäscherei verloren gegangen, und Sie haben uns die falschen Stiefel gegeben«, sagte Kane.

»Es scheint fast, als wollten Sie nicht, dass wir die Sachen bekommen, die Sie an jenem Abend getragen haben«, fuhr Probert fort. Er beugte sich zu mir herüber und sah mir in die Augen. »Warum?«, flüsterte er.

Ich reagierte nicht, sondern saß wie erstarrt auf meinem Stuhl.

Er lehnte sich zurück und verschränkte die Arme. »Warum will Wilbur Cox nicht, dass wir seine Kleidung von diesem Abend bekommen?«, sagte er zu niemand Bestimmtem. Dann sah er mir wieder in die Augen. Sein Blick hatte sich verändert und wirkte jetzt grausam und ungläubig.

»Wir würden gerne mit Ihnen zusammen einen Blick in Ihren Kleiderschrank werfen, Will«, sagte er schließlich.

Ich willigte ein und führte sie in mein Schlafzimmer. Kane zog Handschuhe an und durchstöberte meine Kleidung, während Probert und ich dabeistanden und zusahen. In der Dreckwäsche fand sie zwei schwarze Jeans, die sie eintütete, um sie mit zum Revier zu nehmen. Die Stiefel fand sie natürlich nicht. Eine Viertelstunde später klopfte es an der Wohnungstür. Beide sahen mich an.

»Kann ich aufmachen?«, bat ich kläglich. Probert nickte.

Es war Ellie. Sie hatte bereits den Streifenwagen draußen gesehen. Als ich die Tür öffnete, wirkte sie nicht im Geringsten verängstigt. Sie schaltete direkt in den Kampfmodus. Sie marschierte an mir vorbei ins Schlafzimmer, in dem die beiden Detectives herumraschelten. Ich kam gerade noch rechtzeitig, um zu sehen, wie sie Kane anstarrte, die gerade auf dem Boden kniete.

»Entschuldigen Sie, was wird das hier?«, sagte Ellie.

»Eine polizeiliche Durchsuchung«, sagte Kane schroff. »Und Sie sind?«

»Haben Sie einen Durchsuchungsbeschluss?«, erwiderte Ellie. Ihr Blick fiel auf den Beweismittelbeutel mit den beiden Jeans neben Kane. »Warten Sie – Sie *haben* einen Durchsuchungsbeschluss dafür, richtig?«, sagte Ellie scharf.

Kane stand auf.

Ellie legte spöttisch einen Zeigefinger hinter ihr Ohr und schaute zwischen den beiden hin und her. Sie hatte sie kalt erwischt.

Später erzählte sie mir, sie habe befürchtet, dass einer von ihnen einfach irgendeinen Wisch vorzeigen würde. Dann hätte sie nur einen Blick darauf werfen können und sagen müssen: »Okay, machen Sie weiter.« Sie hatte keine Ahnung, wie ein Durchsuchungsbeschluss aussah, genauso wenig wie ich.

Sie brachen die Durchsuchung ab. Ich sagte, sie könnten meine Jeans trotzdem gerne mitnehmen, wenn sie wollten, und es war mir wirklich egal. Ich wusste ja, dass die Hosen nicht die gesuchten waren. Aber sie wollten sie nicht mehr. Ich glaube, sie hatten an meiner Reaktion gemerkt, dass sie wertlos waren.

Ellie führte sie zurück in die Küche, wo sie mit der Befragung fortfuhren. Probert kochte vor Wut und war knallrot angelaufen.

»Sie heißen Mikkel«, sagte er zu mir, als ich mich setzte.

»Wer heißt Mikkel?«

»Die Stiefel, die Sie getragen haben«, sagte er. »Es waren schwarze Stiefel von All Saints, Größe neun, und ich glaube, der Produktname lautet ›Mikkel‹.«

Der Name kam mir tatsächlich bekannt vor. Vielleicht hießen sie wirklich so. Vielleicht waren sie tatsächlich von All Saints gewesen. Aber das erzählte ich ihm nicht. Sie waren schon längst weg.

»Ich dachte, ich hätte die Stiefel, die ich Ihnen gegeben habe, an dem Abend getragen«, sagte ich. »Tut mir leid. Sie können alle meine anderen Stiefel mitnehmen, wenn Sie wollen.«

Probert feixte. »Merkwürdig, diese Mikkel-Stiefel scheinen Sie nicht mehr zu haben«, sagte er.

»Ich sortiere ständig Schuhe aus«, sagte ich. »Ich laufe ein wenig schief, so dass … «

»Die Stiefel müssen also denselben Weg genommen haben wie der Pullover«, sagte er. »Einfach *weg*.«

»Auf dem Foto sehen die Stiefel ziemlich neu aus«, sagte Kane.

»Das waren sie aber nicht.« Ich schlug mit der Faust auf die Arbeitsplatte, und es krachte laut. Alle sahen mich an.

Probert brach die Stille. »Sie wissen doch, dass diese All Saints ziemlich einzigartige Sohlen haben, oder?«

»Nein«, sagte ich.

»Sie sind ziemlich schmal, und sie haben so ein kleines filigranes Muster im Gummi«, sagte er. »Ganz anders als die Timberlandsohle.«

Ich schaute zu Ellie. Sie machte ein erschrockenes Gesicht. Ich schämte mich, dass sie das alles mitbekam.

»Darf ich Ihnen etwas Interessantes erzählen, Will?«, sagte er. »Jemand trug ein Paar All Saints Stiefel, als er direkt an Richard Kings Leiche vorbeiging, nachdem dieser zu Boden geschlagen worden war. Wir denken, dass er sich sogar über ihn gebeugt hat.«

Ich schluckte hart.

»Nicht viele Leute würden sich über einen Leichnam beugen«, sagte er und sah mir in die Augen. Er lehnte sich ganz dicht zu mir vor, bis er nur noch wenige Zentimeter von meinem Gesicht entfernt war, und flüsterte: »Sie verbergen schon sehr lange etwas, nicht wahr?«

Ich hielt seinem Blick stand, dann schaute ich zu Ellie.

Probert starrte mich immer noch an. »Was verheimlichen Sie uns, Wilbur?«

59

Was konnte ich zu diesem Zeitpunkt noch tun? Das Spiel war aus. Nachdem sie gegangen waren, saß ich am Küchentisch, den Kopf auf die Arme gestützt. Ellie starrte aus dem Fenster.

»Du warst bereit, ihnen die Jeans zu überlassen«, sagte sie.

»Das sind nicht die richtigen«, murmelte ich in meine Arme.

»Und die Stiefel?«, fragte sie nervös.

»Sind auch weg«, sagte ich.

Sie seufzte tief.

»Es ist aus, oder?«, sagte ich verzweifelt.

Lange Zeit sagte sie gar nichts, vielleicht ein paar Minuten lang. Dann sagte sie einfach: »Nein.«

Ellie glaubte, dass Probert wütend geworden war, sei kein Anzeichen dafür, dass die Polizei kurz vor der Lösung stand, im Gegenteil. Sie fand, Probert wirke wie jemand, der etwas *verloren* hatte, nicht gefunden.

»Dass er so mit dir redet und dich dann nicht festnimmt ... die tappen im Dunkeln«, sagte sie. »Wenn sie genug hätten, um dich festzunehmen, dann hätte er dir nichts von den Stiefeln erzählt. Sie bringen die Puzzlestücke nicht zusammen. Sie wissen, dass du dort warst, aber sie kapieren nicht, was passiert ist. Deswegen halten sie diesen anderen Kerl immer noch fest. Sie bekommen immer wieder neue Informationsschnipsel, aber sie können sie nicht zu einem schlüssigen Bild zusammenfügen.«

»Mit anderen Worten ... sie stehen kurz vor der Lösung«, sagte ich.

»Nicht unbedingt. Sie haben keine Beweise. Sie haben ganz offenkundig nicht, was sie brauchen. Darum stochern sie immer noch im Nebel, so lange nachdem es passiert ist.«

»Es fühlt sich an, als würden sie mich bald haben«, sagte ich.

»Sie können dich nur kriegen, wenn sie neue Beweise finden«, sagte sie. »Und sie hoffen, dich so sehr unter Druck setzen zu können, dass du sie ihnen gibst. Tu das nicht.«

Sie hatte recht. Solange sie keine weiteren Beweise fanden, hatten sie nichts gegen mich in der Hand. Außer dass ich wegen der Stiefel gelogen hatte und wahrscheinlich auch wegen des Pullovers. Sie wussten, dass ich log, aber mehr hatten sie nicht.

»Es gibt nur eine Schwachstelle«, sagte sie nachdenklich.

»Ja.« Ich seufzte.

»Und solange es die gibt, werden weiterhin Informationen durchsickern«, sagte sie. Ich nickte ernst.

»Ich muss ihn zum Schweigen bringen«, sagte ich. »Ich muss irgendwie dafür sorgen, dass er den Mund hält.«

»Du musst ihn zum Schweigen bringen«, wiederholte sie leise.

»Ihn zu bedrohen funktioniert nicht«, sagte ich und starrte auf den Tisch.

»Nein«, sagte sie leise. »Das glaube ich auch nicht.«

Wir saßen schweigend am Tisch und zermarterten uns das Hirn.

»Könntest du es ihm nicht einfach *sagen?*«, fragte sie.

»Wie meinst du das?«

»Ich weiß nicht … Das Problem ist, dass er ständig die Spielregeln ändert. Du könntest ihm einfach eine bestimmte Geldsumme geben, als ›Dankeschön‹ oder was auch immer, und dann … sagst du ihm einfach, dass es das war.« Sie zuckte die Achseln.

»Das wird ihn nicht davon abhalten, trotzdem zur Polizei zu gehen«, sagte ich.

»Nein, das nicht«, sagte sie. »Aber damit sagst du ihm, dass du aus dem Spiel raus bist und dass er es mit seinem Gewissen vereinbaren muss, was immer er als Nächstes tut.«

Das schien mir kein besonders guter Plan zu sein. Irgendetwas Sollys Gewissen zu überlassen kam mir nicht besonders klug vor. Aber die einzige Alternative dazu wäre, ihn zu töten.

60 Ich war nicht länger krankgeschrieben und musste wieder zur Arbeit. Es fühlte sich seltsam an, wieder dort zu sein, dabei hatte ich nur eineinhalb Wochen gefehlt. Ich hatte komplett den Kontakt zu dieser Welt verloren. Meine Kollegen schwirrten herum und redeten voller Energie über Dinge, die vollkommen unbedeutend waren. *Früher war ich genauso.*

Meine Kollegen merkten, dass ich nicht bei der Sache war. Die Leute, die hier arbeiteten, hatten eine gute Intuition und keine Probleme damit, mir meinen Freiraum zu lassen. Ich bekam ein Projekt, an dem ich arbeiten konnte, ein Pitch für irgendeine Neuakquise. Ich saß in meiner Büroecke und tat, als würde ich Rechercheunterlagen lesen, die ich mir ausgedruckt hatte. In Wirklichkeit plante ich meinen Besuch bei Solly. Meinen letzten Versuch. Ich würde ihm noch eine letzte Chance geben. Ich würde versuchen, ihn zu überreden, damit aufzuhören, so ein Arsch zu sein. Falls nötig, würde ich ihn *anflehen*. Ellie hatte diesen Plan abgesegnet. Ich würde kein Bargeld mitnehmen, aber ich war bereit, ihm zehntausend Pfund anzubieten. Meine gesamten Ersparnisse plus ein Monatsgehalt. Er könnte es bar auf die Hand bekommen, wenn er wollte. Aber mehr würde er nicht kriegen.

Ich würde an seine gute Seite appellieren. Ich würde ihm erzählen, dass ich danach restlos pleite wäre und dass wir mit diesem Quatsch aufhören konnten. Ich würde ihm erklären, dass ich die Summen, von denen er sprach, einfach nicht aufbringen könnte, dass ich ihm aber alles geben würde, was ich hatte. Ich würde ihm sagen, dass diese zehntausend als *Dankeschön* gedacht seien. Ein Dankeschön, weil er mir durch eine schwierige Zeit in meinem Leben geholfen hatte. Nicht mehr und nicht weniger.

Wenn er immer noch anderen Leuten davon erzählen wollte,

war es seine Sache. Damit begab ich mich zwar in eine Position der Schwäche, aber Ellie hatte recht: Es war ein Risiko für mich, aber es lohnte sich, es einzugehen. Ich würde inmitten des ganzen Wahnsinns mit einem Olivenzweig auftauchen und einfach abwarten, was passierte.

Er willigte ein, sich mit mir nach der Arbeit in seiner Wohnung zu treffen.

61

Solly Green war ein Exzentriker, daran bestand kein Zweifel. Aber in seiner Exzentrik lag kein Charme. Er war kein schrulliger, verschrobener Kauz oder hatte einfach nur einen Spleen. Ihm fehlte schlicht jeder Funken Anstand, und das machte es so schwer, irgendwie an ihn heranzukommen.

Ich merkte, dass er einsam war. Das hatte er selbst gesagt. Das war das Einzige, was für ihn sprach: Niemand wollte ihm richtig zuhören. Er geisterte in seiner eigenen kleinen Blase herum und filmte mit seinen Kameras die Welt da draußen.

Der ganze Wohnblock, in dem er lebte, strahlte Einsamkeit aus. Es war, als wäre schon vor Jahren alles Glück aus dem Gebäude herausgesogen und nie wieder ersetzt worden. Schon beim Näherkommen sah es traurig aus. Die weiße Fassadenfarbe war zur Straße hin großflächig abgeblättert, der Rest war im Laufe mehrerer Jahrzehnte von Autoabgasen und Londons dreckiger Luft ganz grau geworden war. Die deckenhohen Fenster im Eingangsbereich hatten diese typische Brauntönung aus den Siebzigern und ließen alles düster wirken.

Die Menschen gewöhnen sich vermutlich einfach an so etwas. Was auf einen Außenstehenden düster und deprimierend wirkt, kann sich für einen langjährigen Mieter vertraut und gemütlich anfühlen. Und jeder, den ich dort sah, schien ein

langjähriger Mieter zu sein, bis auf ein paar asiatische Studenten. Ich bekam ein schlechtes Gewissen, als ich mitbekam, dass
ausländische Studenten in teuren Dreckslöchern wohnten. Da
nahm sie jemand ganz schön aus.

Auf Sollys Etage war das Licht im Korridor ausgefallen.
Es gab nur ein paar Dachfenster im Treppenhaus, und es war
ziemlich düster. Ich konnte kaum erkennen, wohin ich ging. Im
Brandfall wäre das ein echtes Risiko.

Solly öffnete die Tür, als ich näher kam, und hielt mir die
Hand hin. »Will, es tut mir leid«, sagte er. »Darf ich mich dafür
entschuldigen, wie ich mich das letzte Mal verhalten habe?«

Ich kam nicht an ihm vorbei, er versperrte die Tür. »Was
genau meinst du? Dass du meine Freundin eine Hure genannt
hast und so?«, sagte ich.

»Bitte, sei nicht so sarkastisch und gemein«, sagte er. »Lass
uns bitte ganz neu anfangen. Komm rein, und dann setzen wir
uns zusammen und klären diesen Schlamassel, heute noch.«

»In Ordnung«, sagte ich. »Aber ich werde dir nicht die Hand
geben. Ich lege keinen Wert auf Höflichkeit und den ganzen
Scheiß.« Hoffnungsvoll sah er mich noch ein paar Sekunden
an, bevor er die Hand sinken ließ und zurücktrat, um mich
hereinzulassen.

Die Dämmerung brach herein, und in seinem Wohnzimmer
war es dunkel. Ich versuchte, das Licht einzuschalten, als ich
eintrat, aber nichts geschah.

»Stromausfall«, sagte er und zündete eine Kerze an. Draußen war ebenfalls alles dunkel, selbst die Straßenlaternen
waren aus. Ein richtiger Stromausfall; wie es aussah, saß halb
Farringdon ohne Licht da.

»Tut mir leid«, sagte er, »es ist kalt hier drin, oder? Sobald
ich ein paar Kerzen angemacht habe, wird es wärmer.« Er verschwand hastig in der Küchenecke.

»Die Temperatur ist mir egal«, sagte ich. Ich versuchte, mich nicht frustrieren zu lassen. Ich versuchte, ihn und seine Probleme nicht an mich heranzulassen.

Er war so nervtötend. Wie er sich duckte und den Kopf einzog, wie er ständig seine Ohren und die Nase befingerte. Sein ganzes übertriebenes *Was-kann-ich-heute-für-dich-tun*-Getue. *Diese widerliche Jammergestalt.*

Ich hatte nichts von dem vergessen, was er über Ellie gesagt hatte. Und auch nichts von dem anderen Zeug, von der Andeutung, dass sie heimlich hier gewesen sei und irgendeinen widerlichen Handel mit ihm abgeschlossen habe. Vielleicht in seiner verdammten, perversen Phantasie. Ich wusste, dass Ellie so etwas niemals tun würde, natürlich nicht, das war lächerlich. Er hatte versucht, mich aus der Reserve zu locken, mich dazu zu provozieren, ihn anzugreifen, damit er noch mehr gegen mich in der Hand hatte.

Ich sah zu, wie er herumwühlte, und mir wurde klar, dass ich noch nie zuvor jemanden wirklich *gehasst* hatte. Ich habe Richard King nicht gehasst; ich habe ihn nicht einmal gekannt. Aber diesen kleinen Mann, der vor mir im Halbdunkel herumwühlte, hasste ich aufrichtig. Niemand hatte jemals so einen Abscheu in mir hervorgerufen wie dieser boshafte kleine Mann.

Aber ich durfte nicht zulassen, dass mein Abscheu ihm gegenüber mein Vorhaben beeinträchtigte. Ich war hier, um meine Freiheit zu erbitten. Er kehrte mit einer Handvoll kleiner weißer Kerzen zurück und zündete sie sorgfältig an. Als er fertig war, setzte er sich in seinen Lehnsessel und zündete sich eine Zigarette an.

»Solly«, sagte ich, »ich bin nicht hier, um dich zu beschimpfen, dich zu bedrohen oder so zu tun, als würde ich deine Schulden für dich eintreiben … Ich bin hier, um mit dir zu reden und diese Sache zu klären. Mir ist klargeworden, dass ich dafür verantwortlich bin, viel Schmerz in unser beider Leben gebracht zu haben. Das war mein Fehler. Ich wünschte, ich könnte es rückgängig machen, aber das kann ich nicht. Ich wünschte, ich könnte es.«

Er nickte weise.

»Da ich die Uhr nicht zurückdrehen kann, kann ich dich nur um Entschuldigung bitten. Ich habe beschlossen, dir mein ganzes Geld zu geben, alles, was ich besitze. Ich habe siebentausend Pfund auf einem Sparkonto und weitere dreitausend auf meinem Girokonto. Ich habe einen Überziehungskredit von fünfhundert Pfund, die kannst du ebenfalls haben. Das sind zehntausend und fünfhundert Pfund.«

Er lehnte sich zurück und rauchte nachdenklich. »Und meine Schulden?«, sagte er.

»Deine Schulden gehen mich nichts an, Solly.« Ich seufzte. Stirnrunzelnd musterte er mich von Kopf bis Fuß.

»Okay, gut, deine Schulden übernehme ich auch.« *Dann nehme ich eben diesen verdammten Kredit auf.* Erstaunlich, wie leicht es ihm fiel, mir weitere dreiundvierzigtausend aus den Rippen zu leiern. »Aber dann bin ich pleite. Das ist alles, was ich habe«, fuhr ich fort. »Aber es gehört dir. Danach ist es deine Sache, was du machst. Wenn du der Polizei etwas erzählen willst, kann ich dich nicht aufhalten. Aber ich bitte dich, es nicht zu tun. Ich bitte dich, meine Entschuldigung anzunehmen ... und meinen Dank für ... deine Hilfe.«

Ein Lächeln kroch über seine Lippen. »Du bist ziemlich verzweifelt, was?« Seine ungezügelte Arroganz war eine seiner widerwärtigsten Eigenschaften.

62 »Ich werde verschwinden«, sagte er schließlich. »Wenn du dich damit wohler fühlst, bin ich bereit, zu verschwinden.«

»Verschwinden wohin?«, fragte ich.

»Ins Ausland. Keine Ahnung, Costa Rica oder so«, sagte er.

»Dafür willst du das Geld ausgeben?« Ich heuchelte Interesse.

Er feixte. »Yep«, sagte er. »Dafür gebe ich mein Geld aus.«

»Ich zahle dir monatliche Raten, fünftausend pro Monat, für elf Monate, und den Rest im zwölften Monat«, sagte ich traurig.

Er nickte und kratzte sich mit einem dreckigen Fingernagel am Kinn. Ich fragte mich, wie zum Teufel ich das Geld für diese Zahlungen aufbringen sollte.

Er kicherte und tat, als würde er sich die Nase mit dem Ärmel abwischen, um es zu verbergen.

»Was ist so witzig?«, fragte ich.

»Nichts.«

»Komm schon, sag mir, warum du lachst«, sagte ich. Ich versuchte, nicht sauer zu werden, aber er machte es mir echt schwer. Er wusste genau, was er tat.

»Okay, schon gut«, sagt er. »Es ist nur, ich brauche dein Geld wirklich nicht. Ich habe versucht, es dir zu sagen.«

Ich biss die Zähne zusammen. »Ich weiß, dass du es nicht brauchst«, sagte ich. »Es ist nur ein ... Geschenk. Und die Schulden.«

»Was für bescheuerte Schulden!«, kicherte er. »Es gibt keine verdammten Schulden, du Trottel.« Er beugte sich vor und lachte sich schlapp.

Ich holte tief Luft. »Okay, super, toller Witz. Du hast mich voll erwischt. Es gibt keine Schulden. Aber ich werde dir diese zehntausend trotzdem geben, weil sie ein Geschenk sind, von mir für dich. Und ich wünsche dir viel Glück … mit allem.«

Unvermittelt erstarb sein Lächeln. »Lebst du jetzt mit dem Mädchen zusammen?«

Ich verdrehte die Augen. »Nein, wir kennen uns erst seit ein paar Monaten.«

»Wieso ist sie heute nicht mitgekommen?«, fragte er.

»Ich glaube nicht, dass es ihr hier gefallen würde«, erwiderte ich kühl.

»Du würdest staunen«, sagte er.

»Was soll das heißen?«, schoss ich zurück. Ich spürte, wie die Adrenalinpumpe in meinen Eingeweiden in Gang kam. Ich musste sie irgendwie wieder abstellen.

»Gefällt dir ihr Muttermal?«, sagte er. »Niedlich, oder?«

Ich antwortete nicht. Er bedeutete mir, mich auf einen seiner blöden kleinen Stühle zu setzen.

»Sie hat kein Muttermal«, sagte ich und tat, als müsste ich gähnen.

»Sie hat eines, Sportsfreund! An ihren Titten, hier oben!« Er zog seinen Pullover hoch, zeigte mir seine dürre Brust und tippte mit dem Finger auf den oberen Brustkorb. »Bitte sie doch mal, es dir zu zeigen.«

Ich holte ein paarmal ganz tief Luft.

»Will?«, sagte er. »*Will?*« Er hatte sich angewöhnt, meinen Namen auf eine neue, unglaublich nervtötende Art und Weise auszusprechen. Er betonte die Konsonanten so übertrieben, dass es extra nörglerisch klang und mich sofort auf hundertachtzig brachte. »Sie hat hübsche Titten, oder?«, sagte er. »Eine echte, natürliche Frau.«

Ich stand auf und ging zu ihm. Ich stützte ein Knie vor ihm vorsichtig auf den Boden und holte tief Luft. »Solly, ich gehe jetzt. Bitte höre auf, meine Freundin zu beleidigen. Ich werde dir dein Geld bringen. Ich bringe es dir in bar. Wann willst du es haben?«

Er sah mich ungläubig an. »Und du redest von Beleidigung!«, sagte er. »Der Einzige, der hier jemanden beleidigt, ist die Person, die versucht, jemanden zu bestechen.«

Ich stand auf, um zu gehen. Mein Herz raste. Es war lange her, seit ich zuletzt so wütend gewesen war. Ich musste hier raus. Unwillkürlich knirschte ich mit den Zähnen. Ich konnte meinen Herzschlag hinter den Augen spüren. Ich drehte mich um und ging zur Tür.

»Warte!«, rief er mir nach. »Ich sag dir, was ich will, dann können wir uns alles andere schenken.«

Ich blieb an der Wohnungstür stehen, ohne mich zu ihm umzudrehen.

»Ein Foto. Von dem Mädchen«, sagte er. »Nackt. Von vorne. Ich will alles sehen. Und sie soll lächeln. Sorg dafür, dass sie richtig lächelt und nicht so ein Gesicht zieht.«

Langsam drehte ich mich zu ihm um.

»Ich mache fünfzig Riesen an einem Abend, in der Hälfte der Zeit«, sagte er. »Geld interessiert mich nicht. Das habe ich die ganze Zeit versucht, dir zu erklären.«

Ich nickte kurz und schaute zu Boden. »Das willst du also?«, sagte ich. »Damit soll ich dich bezahlen?«

»Endlich!«, sagte er. »Wir sind im Geschäft.«

Ich starre ihm ins Gesicht. Er grinste schon wieder. »Möchtest du wissen, was passiert ist, als sie hergekommen ist?«, fragte er ruhig und höflich.

Jede Faser in meinem Körper bebte. Alles in mir wollte sich auf ihn stürzen und ihm diese dreckige Zunge aus dem Maul reißen. Ich starrte ihm in die Augen. Er erwiderte meinen Blick. Seine Miene verriet keine Angst. Da war kein Zweifel, kein

Teil von ihm zeigte Ermüdung. Er würde niemals Ruhe geben. In diesem Moment beschloss ich, dass ich es selbst beenden musste. Ich würde mich der Polizei stellen.

63

Von Solly fuhr ich direkt zu Ellie. Ich schrieb ihr, dass ich mich in dem Pub in der Nähe ihrer Wohnung mit ihr treffen wolle. Als sie dort ankam, hatte ich bereits zwei Gläser Bier getrunken. Ich erzählte ihr von meinem Treffen mit Solly und dass er nicht nachlassen würde.

Ich erzählte ihr alles von diesem irrwitzigen Treffen. Dieses Mal erzählte ich ihr auch von seiner schrägen Geschichte, sie hätte ihn in seiner Wohnung besucht, und diesen Scheiß, sie habe ein Muttermal oben an ihrem Brustkorb.

»Äh ... na ja, ich habe da wirklich eins«, sagte sie.

»Wie bitte?«

»Ja, sieh mal.« Sie zog ihr Top ein wenig herunter, um mir das Muttermal zu zeigen. Es sah aus wie ein Segelboot und saß auf ihrer obersten Rippe, verdeckt vom BH.

»Oh ...«, sagte ich. »Wieso ist mir das vorher nie aufgefallen?«

»Es ist ja nicht besonders markant«, sagte sie.

»Aber ... wie um alles auf der Welt kann er davon wissen?«, sagte ich.

Sie zuckte die Achseln. »Aus Insta oder so?«, sagte sie. »Ein Bikinifoto, das ich irgendwo gepostet habe?«

Es machte gleichzeitig bei uns beiden klick. Dieser Perversling hatte die sozialen Medien nach Bildern von ihr durchforstet.

Ein oder zwei Stunden saßen wir da und schwiegen die meiste Zeit. Hin und wieder drang das Gedudel der Spielautomaten in mein Bewusstsein und erinnerte mich daran, dass das kein Traum war. Irgendwann hatten wir beide unsere Gläser geleert und standen auf, um zu gehen. Ich sagte Ellie, dass ich mich stellen würde. Zum ersten Mal erhob sie keine Einwände dagegen. Sie sah mich nur mit glasigen Augen an und zog ihre Jacke weiter an.

»Mein Dad kennt eine Rechtsanwältin«, sagte sie, als wir in Richtung ihrer Wohnung gingen. »Die Frau seines Cousins; sie soll richtig gut sein. Sie war so was wie die jüngste Topanwältin oder so, aber inzwischen ist sie schon älter.«

Ich seufzte, und wir gingen schweigend weiter. Zehn Minuten später blieben wir an einem Zebrastreifen stehen, und ich gab Ellie mein Handy. Ohne ein Wort tippte sie den Namen der Anwältin ein. Das passierte gerade wirklich.

64 Ich vereinbarte einen Termin bei der Anwältin. Als ich das Datum notierte, hatte ich immer noch nicht richtig begriffen, dass ich es wirklich tun musste. Ich würde tatsächlich einer Anwältin gegenübersitzen und ihr alles erzählen müssen, was passiert war. Als ich an dem Morgen aufwachte, einem eiskalten Morgen Ende Januar, hatte ich schreckliche Angst.

Ich hatte nur ein paar Stunden geschlafen. Ich hatte mich im Bett herumgewälzt und mir eine ganze Reihe Anwälte hinter einem großen Tisch ausgemalt, die mich stirnrunzelnd ansahen und mich baten, die Dinge näher zu erläutern. *Muss ich dafür einen Anzug anziehen?* Ich besaß einen Anzug, aber er war mir schon vorher zu groß gewesen, und jetzt, nachdem ich abgenommen hatte, würde er furchtbar aussehen. Ich stand um halb sieben auf, frühstückte und zog mir die schicksten Klamotten an, die ich finden konnte. Graue Hose, weißes Hemd, blaues Jackett.

Ich fühlte mich beruhigt, wie professionell der Ort wirkte, als ich ankam. Die Kanzlei Nash Xavier sah nicht nach einer schäbigen Provinzkanzlei aus. Der Empfang war hübsch eingerichtet mit Glastischen und weichen Ledersesseln. Die Rezeptionistin bot mir etwas zu trinken an; ich bat um Wasser.

Dann kam diese Lady heraus und begrüßte mich. Ihr Name war Victoria Palmer, sie war Ende vierzig, vielleicht auch Anfang fünfzig. Ihr dichtes, braun gefärbtes Haar wuchs an den Ansätzen grau nach. Es war zu einem unordentlichen Dutt hochgesteckt, und ihre Brille thronte oben auf dem Scheitel. Sie trug ein dunkelgraues Kostüm und schwarze Schuhe mit niedrigen Absätzen. Sie ging schnell und energisch, die Absätze donnerten über den Holzfußboden, als sie auf mich zukam.

»Wilbur Cox?«, sagte sie und streckte mir zur Begrüßung die Hand entgegen. »Vicky Palmer.«

»Ja«, sagte ich leise und schüttelte ihr die Hand. »Hi.«

Sie wirkte verdammt kultiviert. Sie bat mich in ihr Büro und ließ mich Platz nehmen, klappte den Laptop auf ihrem Schreibtisch zu und verstaute einen Stapel Papiere in die oberste Schublade.

»Ich denke, das Beste ist … «, begann sie, ohne mich anzusehen, » … wenn Sie heute die Gelegenheit nutzen, mir zu erzählen, worum es geht, ohne irgendetwas auszulassen. Ich werde aufnehmen, was Sie sagen, ist das in Ordnung?«

Sie holte ein silbernes Diktiergerät aus der Schublade und hielt es in die Höhe, während sie ihren Schreibtisch weiter aufräumte.

»Ist das für Sie in Ordnung?«, wiederholte sie und sah mich endlich an.

Das Diktiergerät machte mir Angst. Es stand dafür, dass alles unwiderruflich aktenkundig sein würde. Alles würde aus meinem Kopf rauskommen und in den einer anderen Person neben

Ellie hinein. Das war furchterregend. Sobald ich den Geist einmal aus der Flasche gelassen hatte, würde ich ihn nicht wieder dorthin zurückschicken können.

Ich war mir noch nicht sicher, ob ich Victoria Palmer vertrauen konnte. Ich kannte mich mit Rechtsanwälten nicht aus. Alles, was ich über sie gelesen hatte, klang gut, aber ich war immer noch unsicher, was mich erwartete. Ich hatte mir eine Verteidigerin vorgestellt, der ich wirklich wichtig war, und das strahlte sie nach dieser ersten knappen Begegnung überhaupt nicht aus.

Ich beugte mich vor und starrte auf den Tisch. »Sehen Sie, ich … ich weiß nicht, wie ich das sagen soll, aber ich habe Angst, es zu sagen, ich habe Angst zu sprechen. Ich halte seit Monaten etwas zurück, und ich muss es jemandem erzählen … ich brauche Hilfe … aber ich habe wirklich Angst, mit jemandem zu reden. Ich würde mich selbst ziemlich heftig belasten.«

Sie erwiderte meinen Blick, dann wurde ihre Miene weicher.

Sie lehnte sich ein wenig zurück, seufzte und steckte sich den Kugelschreiber, den sie gerade aufgehoben hatte, in den Haarknoten.

»Okay, Wilbur …«, begann sie.

»Will. Bitte nennen Sie mich Will«, unterbrach ich sie.

»Will«, berichtigte sie sich, »Sie stecken irgendwie in der Klemme, und dafür brauchen Sie rechtlichen Beistand. Ich rate Ihnen, dass Sie, wenn Sie mit jemandem darüber reden müssen, es Ihrer Anwältin erzählen. Genau genommen bin ich die einzige Person, mit der Sie überhaupt darüber reden sollten.« Bei den letzten Worten sah sie mich ernst an. Ich merkte, dass sie meine Reaktionen genau beobachtete, während sie sprach, und mich aufmerksam musterte.

Während wir uns unterhielten, wurde sie mir immer sympathischer. Ich mochte ihre Geradlinigkeit, und ihre kultivierte Art beruhigte mich. Sie war außerordentlich aufgeweckt und scharfsinnig. Ich vertraute ihr; etwas sagte mir, dass sie die Person war, die mir helfen konnte. Doch vorher musste ich etwas wissen.

»Und wenn ich Ihnen etwas erzähle, das …«, begann ich.

»Es ist eines der Grundprinzipien unseres Rechtssystems, Will. Alles, was Sie mir erzählen, ist durch meine berufliche Schweigepflicht geschützt, egal, ob Sie wegen irgendetwas angeklagt werden oder nicht – und egal, ob ich Sie irgendwann vertrete oder nicht.« Sie beugte sich vor und hob die Hände, als wollte sie den Scheinwerfer wieder auf mich richten. Instinktiv drehte ich mich um und schaute hinter mich, ehe ich mich zu ihr vorbeugte, ihr in die Augen sah und flüsterte: »Also, ich … ich weiß nicht, wie ich es sagen soll. Ich habe jemanden umgebracht.«

Palmer zuckte nicht mit der Wimper. Besonnen zog sie ihren Kugelschreiber aus dem Dutt und griff nach einem A5-Heft vor sich auf dem Schreibtisch. »Warten Sie«, sagte sie. »Lassen Sie uns bitte mit Ihrem vollen Namen und Ihrer Adresse anfangen.«

Mit einer fließenden Handbewegung zog sie ihre Brille auf die Nase, dann machten wir uns an die Arbeit.

65 Ich erzählte ihr alles. Alles, was in meinem Kopf war, kippte ich in ihren. Von dem Abend mit Richard King, von der Polizei, die hinter mir her war, von der Kleidung, die ich dem Sozialkaufhaus gespendet hatte, von der Kleidung, die ich der Polizei gegeben hatte. All das sprudelte nur so aus mir heraus. Dann erzählte ich ihr von Sollys Video und dass er einen Screenshot davon an Evatts Verteidigerteam geschickt hatte.

»Wer ist Evatts Verteidiger?«, fragte sie unvermittelt.

»Keine Ahnung«, sagte ich.

Die meiste Zeit saß sie einfach nur da und hörte still zu. Gelegentlich bat sie mich, etwas zu wiederholen oder ausführlicher zu erklären. Sie hatte diese Angewohnheit, auf irgendetwas hinter mir zu schauen, während ich redete, was am Anfang ziemlich nervenaufreibend war. Ich glaube, das war einfach ihre Art zuzuhören. Hin und wieder machte sie sich in dem Heft Notizen, aber die meiste Zeit beobachtete sie mich nur und nahm alles in sich auf.

Ich merkte, dass sie unglaublich intelligent war.

Sie nahm mühelos diese riesige Menge an Informationen von mir auf, machte sich unverzüglich ein Bild von der Sache und hinterfragte es zur gleichen Zeit. Sie war weder die Herzlichkeit in Person noch besonders höflich, aber ihre kühle Bestimmtheit flößte mir Vertrauen ein.

Sie wusste genau, was sie tat, und sah sich die ganze Geschichte mit wachem Blick und klarem Verstand an, ohne dass ich befürchten musste, sie könnte sich gegen mich wenden. Sie hatte sich als »Vicky« vorgestellt, aber mir gefiel der Klang von »Victoria Palmer«, es klang so majestätisch und seriös.

Als ich alles erzählt hatte, blätterte sie eine neue Seite in ihrem Notizheft auf und entwarf eine grobe Zeitachse der Ereignisse, angefangen mit jenem Abend im Oktober.

Sie muss mir zweihundert Fragen über diesen Abend gestellt haben – und über Solly. Sie wollte jedes Detail über unsere Unterhaltungen wissen und was er zu mir gesagt hatte. Wie war seine genaue Wortwahl gewesen und was für eine technische Ausstattung hatte er in seinem Drecksloch von einer Wohnung. Vermutlich hatte sie ständig mit irgendwelchen Freaks und Sonderlingen zu tun. Als ich fertig war, schloss sie behutsam ihren Notizblock und sah mich über den Tisch hinweg an.

»Eine Sache verstehe ich nicht ... Warum haben Sie nicht die Polizei gerufen? Ich meine, direkt danach?«

»Weil ich nicht für die nächsten zehn Jahre ins Gefängnis wollte, nur weil jemand Lust hatte, mich an jenem Abend anzupflaumen, völlig ohne Grund ...«

Sie hob die Hand, als wollte sie sich ergeben. »Okay, okay, ich hab's verstanden«, sagte sie. »Das kann ich nachvollziehen ... Aber jetzt wollen Sie zur Polizei gehen?«

Ich nickte.

»Ja«, stimmte sie zu. »Das klingt tatsächlich nach einer guten Idee, und sei es nur zu Ihrer eigenen Sicherheit. Diese *Verhandlungen* mit dem Erpresser können sich ewig hinziehen; und es wird immer schlimmer werden.«

Ich holte tief Luft. Es war so gut, jemanden an meiner Seite zu wissen, der sich mit so etwas auskannte und mit beiden Beinen im Leben stand.

»Sie haben es genau richtig gemacht, dass Sie damit zuerst zu mir gekommen sind und mit mir darüber geredet haben«, fuhr sie fort. »Das bedeutet, dass ich Ihnen jetzt beim weiteren Vorgehen rund um Ihr Geständnis helfen kann. Kleine Details werden wahrscheinlich einen himmelweiten Unterschied machen. Wenn Sie weiterhin versuchen wollten, unentdeckt zu bleiben, wäre Schweigen sicherlich die beste Strategie. Aber diesen Luxus können Sie sich nicht leisten, oder? Wie Sie ganz richtig erkannt haben, *müssen* Sie in dieser Situation handeln. Sie werden Ihre Version der Ereignisse unmissverständlich und so präzise wie möglich präsentieren müssen; wir können uns keine Ungenauigkeiten erlauben.«

Ich nickte, griff in meine Tasche und legte Sollys USB-Stick auf den Tisch. »Das ist die einzige Kopie, die ich habe«, sagte ich.

Sie nahm den Stick, untersuchte ihn kurz und ließ ihn in ihrer Schreibtischschublade verschwinden.

»Wollen Sie sich das nicht anschauen?«, fragte ich.

Sie ignorierte mich. »Unser größtes Problem im Moment ist die Zeit«, fuhr sie nachdenklich fort und schloss die Schreibtischschublade mit einem kleinen Schlüssel ab. »Es hört sich an, als würde die Polizei Sie … immer genauer ins Visier nehmen. Vermutlich wird man Sie ab jetzt häufiger befragen.«

Der Satz war wie ein Schlag in die Magengrube.

Palmer nippte an ihrem Kaffee. Sie merkte, dass ich mich unbehaglich fühlte. Schonungslos kam sie direkt zur Sache.

»Sie haben etwas Illegales getan, und Sie wollen dafür nicht eingesperrt werden, weil es in Ihren Augen ein Unfall war, ein kurzer Impuls, vielleicht finden Sie sogar, so etwas sollte gar nicht bestraft werden. Aber natürlich bleibt es strafbar. Dagegen können wir nichts tun. Aber wenn wir rasch handeln, können wir die Angelegenheit zu Ihren Gunsten handhaben.«

»Und wie geht es jetzt weiter?«, fragte ich.

»Kommen Sie morgen wieder«, sagte sie. »Ich werde mir etwas überlegen und ein Dokument für Ihr morgiges Geständnis aufsetzen. Morgen früh begleite ich Sie zum Polizeirevier.«

Dieses ganze Gespräch fühlte sich an, als würde mir jemand die Fingernägel herausreißen.

»Kann ich mit meiner Freundin darüber reden?«, fragte ich.

»Ich schlage vor, dass Sie vorerst niemanden kontaktieren. Geben Sie mir etwas Zeit, um eine Strategie für das Geständnis auszuarbeiten. Gönnen Sie sich heute etwas Ruhe.«

Haha! Ruhe!

66 Ich ging nach Hause und überlegte, was ich zu Abend essen könnte. Beim Gedanken an Essen drehte sich mir der Magen um. Er war zu einer unfähigen kleinen Pflaume geschrumpft. Im Moment vertrug ich keine feste Nahrung mehr. Ich rauchte einen Joint und trank ein paar Flaschen Bier, dann fing ich an, meine Wohnung zu putzen.

Es war kein Routineputzen, wo ich einmal mit dem Müllsack rumgehe, halbherzig ein bisschen aufräume und dann überall staubsauge. Es war eine gründliche, knallharte Reinigung. Ich schrubbte die Fugen zwischen Badezimmerfliesen, bis sie schneeweiß waren. Ich reinigte die Teppiche mit einem Spezialpulver. Bei den Fensterrahmen kratzte ich den Dreck aus den Ritzen. Dem Badezimmer rückte ich mit Chlorreiniger zu Leibe, bis mir die Augen tränten, sobald ich die Tür öffnete und hineinspähte. Als ich fertig war, nahm ich die letzten Sachen aus der Waschmaschine und hängte alles zum Trocknen auf. Dann legte ich mich aufs Bett, starrte an die Zimmerdecke und ging ab und zu auf die Toilette. Der Fernseher lief ununterbrochen, irgendein krankes Zeug in voller Lautstärke. Stille konnte ich gerade nicht ertragen.

Später am Abend lag ich immer noch auf dem Bett und starrte gegen die Decke. Im Fernseher lief eine alte Folge von *Große Träume, große Häuser*. Mein Kopf fühlte sich heiß an, als würde mein Gehirn zu viel arbeiten. Mehr als alles andere wollte ich nur einen oder zwei Tage mit Ellie, an denen nichts von alldem passiert war. Ich fürchtete mich vor dem, was der Morgen bringen würde.

Draußen brannte jemand ein Feuerwerk ab. Es war so laut, als würde derjenige direkt vor dem Haus stehen. Ich habe nichts gegen Feuerwerk und Böller, aber im Moment war ich nicht in der Stimmung dafür. Ich ging zum Fenster, um herauszufinden, was da los war. Die veranstalteten einen Heidenlärm da draußen. Vermutlich waren es welche von diesen großen, teuren Raketen. Aber ich konnte nicht sehen, was los war. Nur die nackten Zweige der Bäume, die die Straße säumten. Sie glitzerten nass vom Regen, der erst vor kurzem aufgehört hatte. Ich konnte die Lichter in den Fenstern entlang der Straße sehen.

Niemand ging so früh im neuen Jahr aus; es war kalt und eklig, und die Partysaison war vorbei. Es gab wirklich keinen Grund rauszugehen. Ich stand am Fenster, schaute links und rechts die Straße runter und empfand einen Anflug von Neid für all diese normalen Leute und ihre normalen Leben.

Und dann sah ich ihn. Der Mann stand auf der anderen Straßenseite und starrte direkt zu mir hoch. Ich schaute mich demonstrativ noch einmal um, scannte die gesamte Umgebung ab, bevor ich ihn wieder anschaute.

Er sah immer noch zu mir. Ich kannte ihn von irgendwoher. Diese leicht gebeugte Haltung und die spitzen Gesichtszüge. Er stand auf den Zehenspitzen und schwankte leicht. Ich kniff die Augen zusammen und versuchte, sein Gesicht besser zu erkennen.

Ich verfluchte mich dafür, dass ich meine Augen nicht hatte untersuchen lassen. Sie waren nicht mehr so gut wie früher, diese Situation war der Beweis. Früher hätte ich seine Gesichtszüge deutlicher erkennen können. Ich schaute wieder die Straße auf und ab, dann wandte ich mich ab, nachdem ich einen letzten Blick auf den hochstarrenden Mann geworfen hatte.

Ich wich ein paar Schritte zurück in die Dunkelheit des Zimmers. Ich musste einen Moment nachdenken. Warum starrte diese Person so dreist zum Fenster meiner Wohnung hoch? Warum war es ihm nicht peinlich gewesen, als ich ihn meinerseits angestarrt hatte? Ich spähte hinaus, ob er immer noch da war. Er war es. Stand einfach da und starrte zu mir hoch.

Ich nickte ihm grüßend zu. Er rührte keinen Muskel. Ich hob die Schultern, als würde ich fragen: »*Was ist?*« Er blieb reglos stehen und starrte zu mir hoch. Allmählich wurde ich echt sauer. Ich mimte »*Verpiss dich!*« und deutete mit ausgestrecktem Daumen zur Seite. Er starrte mich einfach nur an.

Aus heiterem Himmel überkam mich dieses merkwürdige Gefühl. Mir wurde klar, woher ich ihn zu kennen glaubte. Diese spitze, wütende Nase und die leicht zusammengekniffenen Augen. Das war Richard King. Die Erkenntnis traf mich wie ein Holzhammer.

Ich blinzelte ungläubig. Dieser komische Buckel und das Vogelgesicht; dieses raue, kleine Gesicht mit der schnabelähnlichen Nase: Das war *er*. Ich beugte mich vor, um ihn genauer anzusehen, und ich hatte das Gefühl, gleich zusammenzubrechen. Es *war* Richard King. *Er war es.*

Der verdammte Richard King stand auf der Straße vor meiner Wohnung. Immer wieder schaute ich zu ihm und erwartete, dass ich feststellen würde, dass er es doch nicht war. Doch jedes Mal von neuem bestätigte es sich, dass er es war. Der Kerl war am Leben. Richard King lebte und stand draußen auf der Straße.

Ich packte die Fensterbank, starrte ihn an und versuchte, so bedrohlich wie möglich zu blicken. Er starrte einfach zurück. Er rührte sich keinen Zentimeter. Ich wollte etwas rufen, aber ich konnte nicht. Ich brachte kein Wort heraus. Meine Gedanken rasten, aber ich konnte keinen davon in Worte fassen. Ich stand am Fenster und beobachtete ihn. Meine Hände waren schweißnass, und ich rieb sie an meinem T-Shirt trocken.

Dann bewegte er sich. Langsam griff er in seine Manteltasche und berührte etwas darin. Ich duckte mich und ging in Deckung. Ich kauerte mich zusammen und lauschte ein paar Momente dem Krachen des Feuerwerks, ehe ich langsam den Kopf hob und über die Fensterbank spähte. Er hatte die Hände in die Hosentaschen gesteckt und stand wieder vollkommen still. Er starrte immer noch zu mir hoch. Ich hatte genug.

Ich warf mir eine Trainingsjacke über und rannte die Treppe hinunter. Ich lief hinaus und seitlich am Haus vorbei auf die Straße. Da stand er. Er stand *wirklich* da, ein Wesen aus Fleisch und Blut.

Meine Brust war eng, als ich zu ihm ging; es fühlte sich an, als wäre meine Lunge auf ein Zehntel ihrer Größe geschrumpft. Er schien nicht zu merken, dass ich auf ihn zumarschiert kam, er starrte immer noch zu meinem Fenster hoch. Meine verschwitzten Hände waren zu ängstlichen Fäusten geballt. Ich glaube nicht, dass ich je zuvor solche Angst gehabt hatte.

Als ich den Straßenrand erreichte, begriff ich, dass es gar nicht Richard King war. Dieser Typ war älter, mindestens zehn Jahre älter als King gewesen war, und jetzt, wo ich näher kam, konnte ich sehen, dass er auch längeres Haar und eine größere und breitere Nase hatte. So erleichtert ich deswegen auch war, es stellte sich immer noch die Frage, wer er war und wieso er hier stand und zu meinem Schlafzimmerfenster hochstarrte. Ich blieb stehen und sah ihn über die Straße hinweg an.

Ich holte tief Luft. »Kann ich Ihnen vielleicht helfen?«, rief ich.

Zum ersten Mal sah er mich an. »Wie bitte?«

»Ich frage mich nur, was Sie wollen«, sagte ich. »Warum starren Sie mich an, in meiner Wohnung?«

»Tut mir leid, ich habe keine Ahnung, wovon Sie reden«, sagte er.

Ich verdrehte die Augen und überquerte die Straße. »Dahinter steckt doch Solly, oder?«, fragte ich. »Sind Sie Sollys kleiner Helfer? Sind Sie nicht ein bisschen zu alt für so was?«

Der Gedanke, dass dieser kleine Schwachkopf glaubte, er könne mich tyrannisieren, wie es ihm gefiel, ärgerte mich ungemein. Besonders, als mir klarwurde, dass er ein Kumpel von Solly sein musste. *Was für ein schräger Haufen.*

»Verpiss dich, geh einfach weiter«, sagte ich und blieb ein paar Schritte vor ihm stehen.

»Tut mir leid, ich weiß wirklich nicht, wovon Sie reden, ich habe nicht zu Ihrer Wohnung geschaut.« Er zog eine Hand aus der Tasche und deutete nach oben, wo sich die Feuerwerkskörper leuchtend und krachend über den Himmel ergossen. Stirnrunzelnd schaute ich wieder zu ihm.

»Es ist dieser Club, *The Social*, glaube ich«, sagte er. »Sie holen ihr Silvesterfeuerwerk nach, weil zum Jahreswechsel alle krank waren, Grippe. Ich glaube, sie wollten es heute Abend machen.«

Ich schaute wieder hinauf zum Feuerwerk, und dann zu meinem Schlafzimmerfenster auf der anderen Straßenseite. Die Straßenlaterne davor tauchte es in helles Licht; er hätte gar nicht erkennen können, dass ich ihn angesehen habe. Ich schaute einen Moment zu Boden, dann wieder zu ihm.

»Bitte entschuldigen Sie«, sagte ich. »Ich habe Sie für jemand anderen gehalten.«

»Kein Problem«, sagte er schließlich und sah mich besorgt an. »Kann ja mal passieren.«

67 Als ich am nächsten Morgen erwachte, hatte ich nicht meine üblichen paar Sekunden Seligkeit, diese kurze Illusion, bevor mir meine Situation in aller Schärfe wieder einfiel.

Aber ich empfand auch keine niederschmetternde Hilflosigkeit. Auf ziemlich schräge Weise hatte ich das Gefühl, die Situation wieder unter Kontrolle zu haben. Irgendwie freute ich mich, so bescheuert das auch klingen mochte.

Ich sprang aus dem Bett, lief energiegeladen durch die Wohnung und machte mich zurecht. Ich freute mich darauf, einfach nur jeden Tag aufzuwachen, ohne dass dieses große Geheimnis über mir schwebte. Ich war bereit, meinem Gehirn einen vollen Einlauf zu verpassen und alle dunklen Ecken gründlich auszuspülen.

Ich würde mich um zehn Uhr mit Victoria Palmer treffen, und der Plan war, dass wir zur Mittagszeit beim Polizeirevier in Islington aufschlugen. Ich überlegte, Dad anzurufen, entschied mich aber dagegen. Ich würde ihn anrufen, wenn ich die Fragen beantworten konnte, die er haben würde, und ihm wenigstens mit einiger Sicherheit sagen konnte, wie es weiterging. Ich wollte den Schaden für Dads Leben unbedingt so gering wie möglich halten.

Ich konnte es nicht ertragen, Ellie an diesem Morgen zu sehen, ich wollte sie nicht ansehen. Mir war völlig klar, dass ich im Begriff war, sie zu verlieren, und es war zu schmerzvoll, es noch weiter in die Länge zu ziehen. Ich schickte ihr eine E-Mail und schrieb ihr, wie leid es mir tue, wie sich das alles entwickelt habe. Ich schrieb ihr, dass ich mir mehr als alles andere wünschte, ich hätte eine Zukunft mit ihr haben können. Meine Freiheit zu verlieren fühlte sich allmählich fast weniger schmerzhaft an, als Ellie zu verlieren.

Ich erwischte den Zug um 8.45 Uhr nach King's Cross und traf gegen 9.15 Uhr in London ein, womit ich genug Zeit hatte, um mir einen Kaffee zu holen und zu Victoria Palmers Büro in der Kanzlei Nash Xavier zu laufen. Die Fahrt verlief vollkommen ruhig und friedlich. Es fühlte sich an, als würde die

Welt einen Schritt von mir zurückweichen, ein wenig aus meinem Blick verschwinden. Seit Monaten hatte ich diesen Kloß in meiner Lunge gehabt, ohne überhaupt zu merken, dass er da war. Heute fühlte es sich an, als würde er sich lösen.

Victoria wartete an der Rezeption auf mich, begrüßte mich mit einem Lächeln und führte mich direkt in ihr Büro.

»Ich sehe, Sie haben schon einen Kaffee; möchten Sie sonst noch etwas?«, fragte sie, als wir durch den Empfangsbereich gingen.

»Einen doppelten Wodka, bitte«, sagte ich. Sie lächelte.

Es war angenehm ruhig, offenbar hatten die Angestellten an der Rezeption noch nicht angefangen zu arbeiten. Ich bin gerne an geschäftigen Orten, wenn sie noch nicht für den Tag erwacht sind, keine Ahnung, warum.

»Nein, danke«, antwortete ich.

Mein Magen fühlte sich an wie ein Wäschetrockner mit dreißig Tennisbällen darin, ich war so nervös, was sie wohl sagen würde. Je nachdem, welche Strategie sie entwickelt hatte, würden die zehn Jahren meines Lebens – mindestens – ziemlich unterschiedlich verlaufen.

Kaum saß sie in ihrem Sessel, war sie ganz bei der Sache. Kein kurzer Plausch, keine sanfte Überleitung, sie kam direkt zur Sache. Sie zog einen Stapel Papier auf dem Schreibtisch zu sich und strich die Ecken glatt, als wären es Notizen, die sie sich für eine Rede gemacht hatte.

»Sind Sie in Erster Hilfe ausgebildet?«, fragte sie unvermittelt.

Stirnrunzelnd schüttelte ich den Kopf.

»Waren Sie jemals Rettungsschwimmer oder so etwas?«

Erneut schüttelte ich den Kopf.

»Können Sie jemanden wiederbeleben?«, fragte sie.

»Ich könnte es versuchen«, antwortete ich. »Man muss nur auf die Brust drücken, oder? Und zwar im Takt zu Stayin' Alive von den Bee Gees, glaube ich. Das habe ich in einem Werbeclip gesehen.«

Palmer sah mich nachdenklich an. »Ich möchte für den Moment das Problem der Justizbehinderung außen vorlassen«, begann sie. »Sie haben die Justiz behindert, und dafür wird man Sie zur Rechenschaft ziehen, aber dieser Teil steht im Schatten Ihres ersten Fehltritts und der Dinge, die anschließend passiert sind. Können Sie mir folgen?«

Ich nickte.

»Damit will ich sagen«, fuhr sie fort, »dass Ihr Verhalten seit diesem Vorfall als Stressreaktion auf den Vorfall selbst zu interpretieren ist, dazu kommen noch andere mildernde Umstände ... Das einzige Vergehen, zu dem Sie sich aus freiem Willen entschieden haben, so könnten Sie argumentieren, war die Entscheidung, diesen Richard King zu schlagen.«

»Ja«, sagte ich und nickte, damit sie fortfuhr. Ich merkte, dass ich die Stirn runzelte, wenn ich sie ansah. Es war, als würde ich beim Zahnarzt warten.

»Wir müssen uns also vor allem auf diese Entscheidung konzentrieren. Diese Entscheidung ist aus Ihrem Blickwinkel der Dreh- und Angelpunkt.«

Ich nahm mir vor, mir diese Formulierung zu merken. Ich fand, ich könnte sie ruhig öfter benutzen.

»Die Sache wird allerdings dadurch verkompliziert, dass wir wissen, dass diese Aufnahme von Ihnen existiert, aber es ist eine private Aufnahme. Die Polizei hat sie momentan noch nicht, doch wir müssen uns so verhalten, als würde sie sie irgendwann bekommen. Denn ich denke, das wird sie, sobald dieser Solly der Meinung ist, den maximalen Nutzen für sich herausgeschlagen zu haben. Privates Filmmaterial ist als Beweismittel vor Gericht zwar nicht zulässig, aber es könnte Sie unter Umständen aufgrund der Indizienlage so stark belasten, dass der Staatsanwalt Anklage erhebt.«

Sie drehte ihren Computermonitor um, so dass ich darauf schauen konnte, und deutete auf das Standbild von mir, auf dem ich in der Gasse vor King stehe. »Selbstverteidigung ist ziemlich heikel«, fuhr sie fort. »Um etwas als Selbstverteidigung zu bewerten, sind die Körpersprache und die Bewegungsrichtungen enorm wichtig. Ich denke, wir können aufgrund des Filmmaterials sehr gut argumentieren, dass der Streit auf jeden Fall von King ausgegangen ist und er Sie beharrlich weiter gereizt hat, nachdem Sie versucht haben, an ihm vorbeizukommen. Aber dieser Teil ist ein Problem.« Sie deutete erneut auf den Bildschirm. »Der Moment, *nachdem* Sie aneinander vorbeigegangen sind. Er rührt sich nicht, und Sie gehen auf ihn zu, bevor Sie ihn schlagen.

Ich seufzte. *So idiotisch.*

»Es wäre ein himmelweiter Unterschied, wenn Sie nicht auf ihn zugegangen wären. Ich weiß, dass es grob vereinfachend klingt, aber für die Entscheidung des Gerichts kommt es vor allem auf die Gestik und die Bewegungsrichtung an, und das gilt umso mehr für die Staatsanwaltschaft, wenn sie ihre Argumentationskette aufbaut.«

»Ich kann also nicht behaupten, ich hätte mich nur verteidigt?«, fragte ich. »Obwohl er auf mich losgegangen ist und versucht hat, mich zu schubsen, und mich eine Pussy genannt hat?«

»Das ist schwer einzuschätzen, aber ich würde sagen, nein«, antwortete sie scharf. »Man wird Ihre Handlung als unangemessene Reaktion auf diesen Grad der Bedrohung erachten.«

»Im Ernst?«, entgegnete ich ziemlich verärgert. »Aber ich

wusste doch nicht, dass er einfach so sterben würde. Ich wollte ihm nur eine verpassen.«

»Da gebe ich Ihnen recht«, sagte sie. »Ich stimme Ihnen zu, dass es Ihre Absicht war, ihn lediglich zu schlagen, und auf diesem Punkt müssen wir sehr vehement beharren. Aber es ist trotzdem ziemlich unglaubwürdig, die Tat als angemessenen Akt der *Selbstverteidigung* zu bewerten. Die Chance ist ziemlich groß, dass eine Jury sagen wird, Sie seien zu diesem Zeitpunkt keiner erheblichen Bedrohung ausgesetzt, sondern einfach nur äußerst wütend gewesen. Und formaljuristisch ist Wut als Tatmotiv Welten entfernt von Angst.«

Ich versuchte, meine kochende Wut abzukühlen.

»Das ist also nicht beängstigend?«, fragte ich schließlich. »Was mir passiert ist, ist *nicht* beängstigend oder bedrohlich? Die Leute sollen so etwas einfach hinnehmen? Und sich auf der Straße herumstoßen und beschimpfen lassen?«

»Will, Sie müssen begreifen, dass ich Ihre moralische Integrität nicht in Frage stelle. Ich sage Ihnen nur, wie ein Gericht diese Information interpretieren wird.« Sie reagierte mit ruhiger Gelassenheit auf meinen Ausbruch, wie Eltern auf ein Kleinkind. »Ich sage nicht, Sie hätten keine Optionen, und ich sage bestimmt nicht, Sie hätten keine Gründe gehabt, sich zu verteidigen ... Okay?«

Ich nickte. Ich wollte etwas sagen, aber ich spürte einen Klumpen in meiner Kehle anschwellen. Allmählich fühlte es sich an, als hätte ich *gar* keine Optionen. Aber wenigstens hatte ich Vertrauen zu Victoria Palmer.

Ich sah mich in ihrem Büro um. Überall stand etwas herum, aber es war sehr ordentlich. Rechtsanwälte waren Analog-Junkies, sie wollten immer von allem eine physische Kopie haben. Hinter mir standen Regale mit Gesetzestexten, und die Wände waren mit Zeichnungen und Gemälden in Holzrahmen im

Barockstil dekoriert. Die Heizkörper sahen uralt aus, aber sie waren ziemlich cool: riesige Dinger wie aus alter Bronze, mit überdimensionierten Ventilen an der Seite und Metallplatten mit dem erhobenen Markennamen. Der Teppich unter meinem Stuhl war vermutlich mehr wert als ich.

Nach einer Weile hatte ich das Gefühl, wieder sprechen zu können. »Und ... welche Optionen habe ich? Ich meine, wie soll ich die Sache *darstellen*?«, fragte ich ruhig. Es fühlte sich echt falsch an, diese Worte auszusprechen.

Sie sah mich an. Zum ersten Mal lag eine gewisse Traurigkeit in ihrem Blick, als sei alles so gut gelaufen, und dann hätte ich sie richtig enttäuscht. Sie atmete langsam aus und holte tief Luft, als versuchte sie, die Unterhaltung zu entschleunigen.

»Ich glaube, wir müssen darüber reden, was Sie mit ›darstellen‹ meinen«, sagte sie schließlich. »Ich kann Ihnen nicht versprechen, dass Sie keine ernst zu nehmende Strafe zu erwarten haben. Ich kann Ihnen keinen Notausgang zeigen, durch den Sie einfach verschwinden können«, sagte sie sanft. »Als Erstes müssen Sie sich den Ernst der Lage klarmachen. Hören Sie auf, in Begriffen wie ›Darstellung‹ und ›Ausweg‹ zu denken, und fangen Sie an, darüber nachzudenken, was machbar ist. Wie ich bereits sagte, wir müssen davon ausgehen, dass die Polizei am Ende Zugang zu jedem Hinweis bekommt, also ist es das Sicherste, davon auszugehen, dass sie irgendwann ganz genau wissen werden, was passiert ist ... zumindest werden sie wissen, wer wann welche Bewegung gemacht hat. Und der Bildbeweis sieht schlecht aus.«

Sie deutete mit einem Nicken auf ihren Computerbildschirm. »Was sie nicht haben und was *Sie* beisteuern können, ist der Kontext der ganzen Sache. Der Kontext ist das Wichtigste, und der Kontext wird den Unterschied machen zwischen einer harten Strafe und einer eher milderen. Also werden wir dafür sorgen, dass sie den Kontext bekommen, in Ihren eigenen Worten. Es wird Ihr wichtigstes Pfund in diesem ganzen Fall sein, denn für die Jury wird das den Unterschied zwischen einem Pechvogel und einem skrupellosen Gewalttäter ausmachen. Wir werden uns auf den Kontext konzentrieren. Auf Präzision und den Kontext.«

Ich starrte sie ausdruckslos an. Ich wusste nicht, was ich sagen sollte. *Präzision und Kontext? Mehr habe ich nicht?*

Sie hob die Hände, als würde sie meine Zweifel spüren. »Kontext ist viel wichtiger und entscheidender, als Sie möglicherweise denken ...«, begann sie.

»Sehen Sie ... ich wollte doch niemanden umbringen ...«, unterbrach ich sie.

»Nein«, antwortete sie prompt. »Nein, das wollten Sie nicht. Sie hatten Angst, und Sie haben jemanden geschlagen.«

»Und dann ... habe ich ihn tot liegen lassen und es drei Monate lang verschwiegen«, erwiderte ich niedergeschlagen. »Welchen Kontext und welche Einzelheiten können wir darauf anwenden?«

»*Präzise* Einzelheiten«, sagte sie scharf. »Wir müssen überaus präzise Formulierungen finden. Was Sie gerade gesagt haben, ist alles andere als genau und präzise.«

»Ich denke, das ist ziemlich genau und präzise«, erwiderte ich ruhig. Ich wollte nicht mit Victoria Palmer streiten, aber ich wollte mich auch nicht selbst belügen.

»Erstens haben Sie gar nicht die nötige Ausbildung, um sagen zu können ›Ich habe ihn tot liegen lassen‹«, sagte sie unverblümt, »denn Sie würden gar nicht wissen, wie man die Vitalzeichen einer Person auch nur halbwegs zuverlässig überprüft. Sie haben selbst gesagt, dass Sie nichts über Erste Hilfe wissen. So etwas nennt man eine *verifizierbare Tatsache*, und

das ist wichtig, weil es den Kontext untermauert, dass Sie ›eine
Konfliktsituation bei der ersten sicheren Gelegenheit verlassen
haben‹ – anstatt ›ihn tot liegen gelassen zu haben‹. Kontext.
Präzision. Einzelheiten.«

Sie hob einen blauen Aktenordner vom Boden auf und legte
ihn zwischen uns auf den Tisch. Ich konnte sehen, dass sie *Cox,
W., Januar* mit Edding darauf geschrieben hatte. In dem Ordner befanden sich nur wenige Blatt Papier, die obersten lagen
lose darin. Sie nahm sie heraus und schob sie mir zu.

Oben auf dem Dokument stand *Wilbur Cox: Geständnis.*

68 Sie hatte recht; es gab keine Möglichkeit, es anders
darzustellen, außer dass ich nicht die Absicht hatte, ihn ernstlich zu verletzen. Ich musste unbedingt aussagen, nicht gewusst zu haben, dass er tödlich verletzt war, als ich gegangen
war, was ich genau genommen wirklich nicht gewusst hatte.
Noch mehr ritt sie auf dem Entsetzen und der Angst herum,
die ich anschließend verspürt hatte und die mich davon abge-
halten haben, sofort zur Polizei zu gehen.

Solly wurde nicht erwähnt. Palmer erklärte mir, dass wir
diese Angelegenheit separat angehen würden. In diesem Dokument ging es nur um die Fakten jenes Abends, die sie so
dargelegt hatte, dass sie meine Schuld auf ein Minimum re-
duzierten.

»Darf ich ganz ehrlich mit Ihnen sein, Will?«, fragte sie,
als ich mit Lesen fertig war und aufblickte. »Gestern sprachen
Sie von Ihrer Angst, für lange Zeit ins Gefängnis zu müssen.
So muss es nicht kommen. Es ist durchaus möglich, dass wir
eine kürzere Strafdauer aushandeln können, vielleicht ein paar
Jahre, die Sie durch Wohlverhalten und gutes Betragen noch

weiter reduzieren können. Und es ist höchst unwahrscheinlich, dass wir hier über so etwas wie eine Hochsicherheitseinrichtung reden … Im Moment ist noch nichts davon vom Tisch, aber es ist wichtig, dass wir zuversichtlich und wachsam bleiben, verstehen Sie? Es ist noch nicht vorbei, also Kopf hoch. Es ist ein wichtiger Moment, in dem Sie für sich selbst einstehen müssen.«

»Ein paar Jahre« klang für mich nicht wie etwas, auf das ich hinarbeiten sollte. Ich wollte gar keine Jahre. »Gibt es irgendein Szenario, bei dem ich nicht ins Gefängnis gehe?«, fragte ich zögernd. »Ich meine … gibt es irgendeine Möglichkeit, dass ich mehr oder weniger freigesprochen werde?«

»Ich denke, es wird Zeit, dass Sie Ihre Aussichten realistisch einschätzen«, erwiderte sie kühl. »Ich sehe Ihre mildernden Umstände, und was Sie erlebt haben, hätte jeden in Angst und Schrecken versetzt – aber denken Sie daran, wir werden Sie nicht als ›unschuldig‹ hinstellen. Wir werden dort hingehen und erklären, *warum* Sie es getan haben. Wir werden Ihre Tat im Gesamtkontext erklären und es so formulieren, dass Ihre arglosen Motive im Vordergrund stehen.«

Ich sah auf den Schluss des Geständnisses. Sie hatte etwas Platz für mich gelassen, wo ich unterschreiben und das Datum einfügen sollte. Ich schaute sie erneut an.

»Ein paar Jahre?«, fragte ich leise.

»Ich kann für nichts garantieren«, antwortete sie. »Aber ich denke, ein paar sind wesentlich realistischer als zehn.«

Schließlich streckte ich die Hand aus, und Victoria Palmer reichte mir ihren Kugelschreiber. Ich unterschrieb und gab ihn ihr zurück.

»Sie tun das Richtige, Will«, sagte sie, als hätte sie mein Herz unter meinem Hemd rasen gehört.

Ich holte tief Luft und verschränkte die Hände.

Ich konnte mich immer noch nicht an die Vorstellung gewöhnen, dass ich gleich bei der Polizei ein Geständnis ablegen würde, wahrscheinlich sogar bei Kane und Probert. Und dass ich eingesperrt werden würde und mein Leben hinter mir lassen musste, einfach so. Ich hatte das Gefühl, ich hätte es besser planen müssen, mir vielleicht mehr Zeit für die Dinge lassen sollen, die ich noch erledigen wollte, bevor ich verschwand.

Aber ich hatte diese Gelegenheit verpasst, weil Solly mich so unter Druck gesetzt hatte. Er hatte mich dazu gezwungen, mich zu stellen. So oder so, ich würde diesen Mistkerl mit mir in den Abgrund reißen, so viel war sicher.

69 Mit dem Taxi fuhren wir zum Polizeirevier in Islington. Als wir die Wache betraten, überkam mich erneut dieses schreckliche Gefühl. Diese ganzen Plakate an der Wand mit Bildern von Straßengangstern und finsteren Gestalten mit Kapuzenjacken, die üble Verbrechen begangen hatten. Ich war keiner von denen.

Ich stand hinter Victoria, während sie mit der Person am Empfang sprach, einer blonden jungen Frau Anfang zwanzig. Victoria erklärte, wer wir waren, und bat um ein Treffen mit DI Probert und Sergeant Kane. Die junge Frau sagte, sie würde versuchen, die beiden zu finden, und bat uns, Platz zu nehmen.

Wir warteten noch keine zwei Minuten, als ein ungeheuer dicker Mann Mitte fünfzig herausgestürmt kam, mit einem Wurstfinger auf mich zeigte und mit einem schottischen Akzent rief: »Sie wollen zu Probert?«

Ich sah Victoria an, dann nickte ich ihm zu. Er winkte uns, ihm zu folgen, und stapfte einen Gang hinunter zum Vernehmungsraum.

Seine Uniform war anders als die der übrigen Polizisten; eine Art schwarzer Zweireiher mit ein paar schicken Epauletten darauf. Ich weiß nicht, ob es an seinem Leibesumfang lag, aber er hatte eine dominante Ausstrahlung. Ich konnte ihn schwer durch den Mund atmen hören, während er lief.

Er musste mindestens hundertvierzig Kilo wiegen. Seine Arme schlackerten an den Seiten wie große Schinkenpendel und trieben seine gewaltige Statur voran. Dieser Typ wirkte sehr geschäftsmäßig und erweckte den Eindruck, überhaupt nicht lachen zu können, so mürrisch schien er. Seine Haut war blass und sah sehr ungesund aus, übersät mit roten Flecken und Rasierschnitten. Am Halsansatz, direkt über dem Hemdkragen, glänzte ein Ring aus Schweiß. Am Morgen. Im Winter.

Er brachte uns in einen Vernehmungsraum und bat uns, Platz zu nehmen.

»Sie kommen gleich«, sagte er und musterte mich argwöhnisch.

Victoria Palmer hatte bereits bei Probert angerufen und ihm erklärt, dass ich ein Geständnis verfasst hätte, welches ich ihm und Kane zu überreichen wünschte. Wie viel mochte der fette Typ darüber wissen? Ich wette, sie redeten auf dem ganzen Revier darüber.

Als er verschwunden war, erklärte Victoria mir, dass er ein ganz hohes Tier sei, der Superintendent des Reviers, und dass er Porter heiße. Sie sagte, er sei ein harter Brocken und dass er hoffentlich nichts mit meinem Fall zu tun habe.

Das hat mir gerade noch gefehlt. Panik machte sich in mir breit. Das wurde mir alles ein bisschen zu real.

Victoria lächelte mir ermutigend zu. »Entspannen Sie sich«, sagte sie. »Und denken Sie daran, Sie dürfen heute nichts sagen. Die werden verlangen, dass Sie Ihr Geständnis erläutern, aber das werden wir nicht tun. Lassen Sie sich von denen nicht in ein Gespräch verwickeln, das wird Ihnen heute nichts bringen. ›Kein Kommentar, auf Anraten meiner Anwältin.‹ Haben Sie das verstanden?«

Ich schob meine Hände in die Haare und kratzte mir ausgiebig den Kopf. Das mache ich immer, wenn ich gestresst bin.

Es dauerte nur wenige Minuten, bis Probert und Kane auftauchten. Sie boten uns etwas zu trinken an, setzten sich, und wir begannen mit den Formalitäten.

Keiner von ihnen wirkte im mindesten erfreut, dass ich mich selbst stellte. Das kapierte ich nicht. Ich hatte keine *Dankbarkeit* erwartet, aber vermutlich hatte ich mit Erleichterung gerechnet oder zumindest mit einem Gefühl von Befriedigung. Doch die beiden wirkten einfach nur ziemlich irritiert und besorgt. Anders kann ich es nicht beschreiben.

Ich hatte nicht viel Zeit, um über dieses neue kleine Rätsel nachzudenken, was wohl hinter der merkwürdigen Reaktion steckte. Sie kamen direkt zur Sache, als hätten sie es eilig, ratterten Uhrzeit und Datum herunter und ließen reihum alle Anwesenden den Namen ins Aufnahmegerät sprechen. Und dann hörten sie plötzlich einfach auf.

Die ganze Hast verpuffte einfach, und Schweigen legte sich über den Raum. Probert deutete auf Victoria und nickte ihr zu. Sie wirkte einen Moment peinlich berührt, dann beugte sie sich vor und räusperte sich.

»Mein Mandant Mr. Cox hat mich beauftragt, für ihn eine vorbereitete Aussage vorzulesen«, begann sie. »Mr. Cox wünscht, dass seine Aussage heute aufgenommen wird, aber er wird zu diesem Zeitpunkt keine weiteren Fragen beantworten.« Sie beäugte Probert wie eine strenge Schuldirektorin aus den fünfziger Jahren, die einen unartigen kleinen Jungen mustert.

Weiter so, Victoria Palmer!

Probert starrte finster auf den Tisch. Er sah aus wie ein mürrischer Teenager. Er hatte die Arme verschränkt und hörte Victoria zu, als würde sie ihm etwas erzählen, das er schon tausendmal gehört hatte, und als habe er keine Lust, es sich noch einmal anzuhören.

Victoria Palmer schob ihre Brille auf die Nase und begann, mein Geständnis vorzulesen.

70

»... ich war zufrieden und entspannt; ich freute mich darauf, nach Hause zu kommen und etwas fernzusehen, bevor ich am nächsten Morgen zur Arbeit musste. Ich schätze, dass ich etwa drei oder vier Gläser Bier getrunken hatte, aber ich hatte davor etwas gegessen und fühlte mich nicht betrunken. Ich nahm meine übliche Route nach Hause und ging durch die Gasse, die die Turnmill Street und die Clerkenwell Road verbindet, vorbei an der Baustelle.

Nach schätzungsweise fünfzig Metern in der Gasse kam mir eine Person entgegen, von der ich heute weiß, dass es Richard King war. An Kings Bewegungen und Verhalten merkte ich, dass er angetrunken war. Als er sich mir bis auf Hörweite genähert hatte, benahm sich Mr. King überheblich und aggressiv, rief mir Beleidigungen zu und rempelte mich mit der Schulter an, als er an mir vorbeiging. Ich glaube, es war ein Versuch, mich zu Boden zu strecken ...«

Victoria Palmer las den Text langsam und deutlich vor. Sie hielt nicht ein einziges Mal inne, und sei es auch nur, um einen Blick auf ihre unbeeindruckten Zuhörer zu werfen. Auch ich sah sie nicht an. Ich starrte einfach nur auf den Tisch, schaute gelegentlich auf die Seite, die Victoria vorlas.

Das Ganze fühlte sich sehr unangenehm an. Kane und Probert sahen aus, als würde das Zuhören ihnen Schmerzen bereiten. Ich kapierte es einfach nicht. *Wir erledigen hier euren Job, Leute.*

»... *Als das fehlschlug, beleidigte Mr. King mich persönlich. Er nannte mich eine ›Pussy‹. Ich glaube, er verglich mich mit einem weiblichen Körperteil, um auf diese Weise anzudeuten, ich sei ein schwacher Mann, in dem Versuch, mich zu reizen und eine körperliche Auseinandersetzung zu provozieren.*

Es kam mir sicherer vor, Mr. King nicht den Rücken zuzukehren, also drehte ich mich zu ihm um und bat ihn weiterzugehen. Wir hatten einen hitzigen verbalen Schlagabtausch, während dem ich von Angst und Sorge um meine persönliche Sicherheit überwältigt wurde. Ich entschied, den Versuch zu wagen, Mr. King vorübergehend kampfunfähig zu machen, damit ich dieser Situation entkommen und an einen sichereren, öffentlicheren Ort gelangen konnte.

Ohne in diesem Moment an die Folgen zu denken und überwältigt von Angst und Wut, schlug ich Mr. King mit meiner rechten Faust. Diese Tat entspricht in keiner Weise meinem Charakter; meine einzige Absicht war es, Mr. King kurz abzulenken, damit ich ungefährdet entkommen konnte. Es war nicht meine Absicht, ihm in irgendeiner Form dauerhaften Schaden zuzufügen ...«

Victoria hörte zum ersten Mal auf zu lesen und nahm einen Schluck Wasser. Ich sah, wie Probert sie kopfschüttelnd ansah, als hätte er genug gehört. Sie zog ein Taschentuch hervor und wischte sich über die Nase. Victoria ging in ihrem eigenen Tempo vor, das schätzte ich an ihr. Sie machte ihre Sache gut.

Ich war froh, sie an meiner Seite zu haben. Doch es fühlte sich nicht an, als würde alles reibungslos über die Bühne gehen. Man hätte die Luft im Raum mit einem Messer schneiden können.

»... *Erst am folgenden Tag fand ich heraus, dass Mr. King sich in genau dieser Gasse eine tödliche Kopfverletzung zugezogen hatte. Ich weiß nicht mit Sicherheit, ob dieser spezielle Sturz, der die tödliche Verletzung verursacht hatte, eine Folge des Kontakts mit mir war, aber als ich am nächsten Tag die Nachrichten las, begriff ich, dass er gestorben war, und ich übernehme die Verantwortung für die Folgen meiner körperlichen Auseinandersetzung mit Mr. King an jenem Abend.*

Ich bedaure zutiefst, mich nicht umgehend der Polizei gestellt zu haben. Nach dem Vorfall fühlte ich mich durch das schreckliche Geschehen wie gelähmt, und ich litt unter schwerem posttraumatischem Stress, was die Kommunikation extrem erschwerte.

Ich hatte Angst, die Polizei zu kontaktieren, weil ich befürchtete, übermäßig hart bestraft zu werden. Obwohl ich tiefe Reue empfinde, so bin ich doch noch relativ jung und habe noch nicht einmal Kinder; ich wollte nicht, dass dieser Unfall schwerwiegende Konsequenzen für mein späteres Leben hatte, deshalb bin ich nicht zur Polizei gegangen. Stattdessen zog ich mich zurück, um das Trauma für mich allein zu verarbeiten. Heute möchte ich das Verbrechen gestehen und beabsichtige, vollumfänglich mit der Justiz zu kooperieren ...«

Nachdem Victoria Palmer zu Ende vorgelesen hatte, herrschte gut dreißig Sekunden lang ohrenbetäubendes Schweigen.

Ich wappnete mich, auf stur zu schalten. Ich wusste, dass Fragen kommen würden, und Victoria hatte mir immer wieder eingeschärft, nicht darauf zu antworten. »*Lassen Sie sich nicht in ein Gespräch verwickeln*«, hatte sie gesagt.

Ich wusste, dass die nächsten Minuten möglicherweise die wichtigsten in meinem Leben werden würden. Ich holte ein paarmal tief Luft und sah zu Kane. Sie starrte mich direkt an. Genau wie Probert.

Schließlich brach Probert das Schweigen mit einer Frage. »Ist das ein falsches Geständnis, Will?«

71

Es folgte eine bizarre Szene. Victoria und ich verloren vorübergehend den Faden, als Kane es Probert gleichtat und diese vollkommen unerwartete Frage wiederholte. Wir sahen uns an, uns beiden schwirrte der Kopf, dann schauten wir blinzelnd zu diesen zwei Polizeibeamten, die offenbar nicht ganz mitgekommen waren.

Probert suchte nach Worten, als er versuchte, seine Gründe darzulegen. »Will, es ist so … Ich möchte, dass Sie gut darüber nachdenken. Ich möchte, dass Sie alles andere ausblenden und einfach nur darüber nachdenken … über die reale Welt.«

Kane fügte hinzu: »Will, ich möchte Sie bitten, einen Schritt zurückzutreten und gut zu überlegen, wo Sie jetzt stehen. Sie sind jetzt hier, und wir können Ihnen da raushelfen, aber … Ich glaube, das, was Sie uns hier gerade erzählt haben, ist nicht ganz richtig, oder?«

Ich saß mit offenem Mund da und schaute zwischen ihnen hin und her. Victoria, die offenbar fieberhaft versuchte, die Situation neu einzuschätzen, holte tief Luft und fragte: »Was genau meinen Sie damit, Police Sergeant Kane?«

»Darf ich?« Kane streckte die Hand nach den Seiten mit dem Geständnis in Victorias Hand aus. Seelenruhig nahm Victoria zwei Kopien aus ihrem Ordner und reichte eine Probert, ehe sie die zweite Kane zuschob.

Die beiden überprüften die Seiten, wobei sie sich gelegentlich ansahen. Ich konnte ihre Verzweiflung spüren. Etwas sehr

Merkwürdiges ging hier vor. Prompt dachte ich an Solly. *Wo immer es Durcheinander und Fehlinformationen gibt, ist er nicht weit.*

Es ist nicht übertrieben zu behaupten, dass ich vollkommen verwirrt war. Ich war gekommen, um etwas zu gestehen. Seit dem Abend, an dem es passiert war, hatte ich mich innerlich auf diesen Moment vorbereitet. Doch aus irgendeinem Grund akzeptierte die Polizei nicht, was ich sagte. Nicht nur das – sie warfen mir vor zu lügen.

Diese Leute waren monatelang hinter mir her gewesen. Erst vor wenigen Tagen hatte Kane mir die Nachricht hinterlassen, ich solle diese Levi's-Jeans auf dem Revier vorbeibringen. Sie hatten mein Haus ohne einen Durchsuchungsbeschluss durchsucht. Sie hatten in meiner Küche gesessen und mir mehr oder weniger bestätigt, dass die Schlinge sich immer weiter zuzog.

Ich hatte so viel Zeit damit verbracht, mich wegen dieses Moments zu quälen, meines *Moments der Aufklärung*, der dieses ganze Rätsel ein für alle Mal lösen würde, und jetzt versuchten sie, alles abzublocken. Irgendwie hatten sie irgendwann unterwegs etwas böse durcheinandergebracht. Es fühlte sich an, als wollten sie nicht akzeptieren, was ich gesagt hatte. Oder als *könnten* sie es nicht.

Victoria hatte genug gesehen. Sie beschloss, mich aus dem Konflikt herauszunehmen, bis sie herausgefunden hatte, was hier los war. Sie bat darum, sich kurz mit mir beraten zu dürfen. Probert wollte bereits zustimmen, als Kane ihn unterbrach.

»Will, wir glauben, dass Sie ein Verbrechen gestehen, das jemand anders begangen hat, und Sie müssen uns sagen, warum. Wir glauben, dass Sie *wissen*, dass Jacob Evatt Richard King getötet hat, und wir glauben, dass jemand Sie genötigt hat, heute dieses Geständnis abzulegen. Was sagen Sie dazu?«

Unwillkürlich klappte mein Mund weit auf. Ich musste mich bewusst daran erinnern, ihn wieder zu schließen.

»Ja, beraten Sie sich kurz mit Ihrer Anwältin«, sagte Probert, stand auf und stieß Kane mit dem Ellbogen an, um sie aufzufordern, ihm zu folgen. »Aber bitte denken Sie sehr sorgfältig darüber nach, wie es danach weitergeht, Will. Es ist sehr wichtig, dass Sie uns jetzt nicht in die Irre führen oder noch mehr von unserer Zeit vergeuden. Richard King starb an einer Blutung in seinem Gehirn, die von einem Schlag mit einer zwölf Kilogramm schweren Gerüststange herrührte. Wir haben einen Augenzeugen, und wir haben ein Geständnis. Wenn Sie also heute hier auftauchen und behaupten, *Sie* hätten King getötet, ist das … ein wenig frustrierend, ganz zu schweigen davon, dass es vollkommen unglaubwürdig ist. Können Sie das nachvollziehen?«

Ich sah zu Victoria. Ich konnte das alles einfach nicht fassen. Probert wirkte sarkastisch, sein Tonfall war schon fast spöttisch gewesen. Er machte sich *lustig* über die Vorstellung, ich könnte etwas mit Kings Tod zu tun haben.

»Ich habe nicht …«, begann ich.

»Will, wer immer Sie gedrängt hat, heute hierherzukommen, hat ein ernstes Verbrechen begangen. Und vergessen Sie nicht, wenn Sie die Unwahrheit sagen, machen Sie sich ebenfalls strafbar. Verstehen Sie das?«

»Wir … äh … wir werden hier eine Pause einlegen, denke ich«, sagte Victoria.

Kane seufzte und sah mich kopfschüttelnd an. Probert klappte seinen Ordner geräuschvoll zu und schob ihn sich unter den Arm. Sie sahen beide erschöpft aus. Ich hatte sie echt schwer durcheinandergebracht; ich hatte nur keine Ahnung, wie oder warum.

72 Probert setzte die Befragung aus, und die beiden verließen den Raum. Ich schaute auf mein Spiegelbild in der verspiegelten Wand neben mir und stellte mir vor, dass sie wahrscheinlich eine Zigarette rauchten und mich durch diese Scheibe beobachteten.

Sobald die Tür ins Schloss gefallen war, drehte Victoria sich zu mir um und sagte mit eiskaltem Blick: »Sagen Sie jetzt kein Wort. Haben Sie das verstanden? Mein dringender Rat an Sie lautet, keine einzige Frage anders zu beantworten als mit ›Kein Kommentar‹. Ich denke, hinter dieser Sache steckt wesentlich mehr, als uns bewusst war.«

»Wie bitte?«

Zum ersten Mal wirkte Victoria aus der Fassung gebracht. Sie bat mich, einen Moment zu warten, während sie mit Probert und Kane reden würde. Wir waren uns einig, dass wir uns erst anhören wollten, was die Polizei zu sagen hatte, bevor wir weitere Informationen preisgaben.

Alle drei blieben gut zwanzig Minuten verschwunden, dann kam Victoria zurück. Sie sah blass aus. Sie warf mir einen kurzen Blick zu und fächelte sich mit der Hand Luft zu, als sie sich setzte. »Du meine Güte!«, sagte sie. »Also … «

Ich staunte nicht schlecht, als sie mir erklärte, dass der Krach zwischen Evatt und King weitaus beträchtlicher gewesen war, als uns klar gewesen war. Sie gab mir einen schnellen Überblick: Sie hatten sich kurz in dieser Bar in die Haare gekriegt, wobei Evatt King an der Kehle gepackt und gegen die Wand gedrückt hatte, bevor das Sicherheitspersonal, ein paar Angestellte aus der Bar und ein paar Retter in der Not die beiden hinausbeförderten. Ein paar von Evatts Fanboys hatten die Stimmung angeheizt und King zunächst am Gehen gehindert.

Evatt hatte ihn auf der Straße eingeholt, ihn in den Schwitzkasten genommen und auf seinen Hinterkopf eingeprügelt, bis die Securityleute der Bar erneut einschritten und die beiden trennten. Sie schickten King weg und hielten Evatt so lange fest, wie sie konnten, mit Unterstützung von ein paar hilfsbereiten Jungs aus der Bar auf der anderen Straßenseite. Jemand musste King gefragt haben, wo er hinwollte. Und während die hilfsbereiten Burschen aus der Nachbarkneipe ihn festhielten, erfuhren entweder Evatt oder seine Freundin irgendwie, dass Richard King in Richtung Old Street Station unterwegs war.

Evatt hatte so getan, als würde er mit seiner Freundin weiterziehen, doch sobald sie für die anderen nicht mehr zu sehen waren, hatte er sich allein an Richard Kings Fersen geheftet. Er kannte die Gegend gut und war sicher, dass er King finden und ihm den Weg abschneiden könnte. Er war nach wie vor erbost wegen der Bemerkung, die King über seine Freundin gemacht hatte.

Nach übereinstimmenden Berichten hatte King Evatts Freundin eine »hässliche Sau« genannt. King sei ein schmieriger Typ gewesen, alles andere als taff, aber ein nervtötender Witzbold, dem seine eigene Sicherheit ziemlich egal zu sein schien. Er habe genau gewusst, wie er die Leute auf die Palme bringen konnte.

Der Polizei war es nach und nach gelungen, den Großteil von Kings und Evatts Weg anhand der Aufnahmen der Überwachungskameras nachzuvollziehen. Sie hatten gesehen, wie King an einem Zeitungskiosk in der Nähe des Bahnhofs Farringdon angehalten und kurz mit dem Besitzer gesprochen hatte. Sie schienen sich wegen irgendetwas gestritten zu haben; King hatte kurz nach dem Typen geschlagen, bevor er weitergegangen war.

Der Kiosk hatte schon längst geschlossen; der Verkäufer wartete nur noch auf eine Lieferung, bevor er nach Hause konnte. King kam zu ihm und fragte, ob er Zigaretten verkaufe. Der Zeitungsverkäufer erklärte, dass er es nicht täte und dass der Stand ohnehin geschlossen sei. King war das offenbar egal, dass der Typ keine Zigaretten verkaufte oder dass der Kiosk geschlossen war. Er beschloss, dass er seine Zigaretten trotzdem kaufen wollte.

Angetrunken hatte er seine Geldbörse aus der Tasche gezogen, und Münzen rollten in alle Richtungen. Eine Zwei-Pfund-Münze rollte unter einen dieser schweren Aufsteller, und King bückte sich und kroch fast unter den Stand, um sie sich wiederzuholen. Währenddessen schlenderte Jacob Evatt im Hintergrund am Zeitungskiosk vorbei. Auf den Filmaufnahmen der Überwachungskameras war der Moment deutlich zu erkennen, in dem er King entdeckte.

Als King versuchte, wieder aufzustehen, stieß er heftig mit dem Kopf gegen den Aufsteller und kippte ihn fast um. Der Standbesitzer beschwerte sich deswegen bei ihm, was den Streit zwischen den beiden zur Folge hatte. Der Standbesitzer sagte bei der Polizei aus, er habe es nicht allzu ernst genommen, da es sich um »den üblichen betrunkenen Unsinn« gehandelt zu haben schien. King ging weiter und bog in die Turnmill Street ein, und ab da wurde es nebulös, weil diese Stelle genau wie die Gasse in einem toten Winkel der Überwachungskameras lag. Probert sagte, sechs oder sieben Kameras in der Turnmill Street hätten nicht funktioniert. An der Rückseite der Häuser, die an die Gasse grenzten, gab es keine Kameras, weil die Gebäude denkmalgeschützt waren; niemand durfte dort etwas anbringen. Offenbar war es bereits das zweite Verbrechen, das in dieser Gasse begangen worden war und sich nicht restlos aufklären ließ, was für den Gemeinderat ein ziemliches Problem darstellte. Dieser hatte zwar Pläne, um Abhilfe zu schaffen, aber sie kamen nur sehr langsam voran.

King ging also die Turnmill Street hinunter und begegnete vielleicht eine Minute später Evatt. Oder besser, er lief Evatt direkt in die Arme. Evatt hatte ja den Streit mit dem Zeitschriftenverkäufer gesehen und hatte sich auf die Lauer gelegt. Er hatte sich eine kurze Gerüststange von der nahe gelegenen Baustelle geholt und King damit auf den Hinterkopf geschlagen. Der Zeitungsverkäufer hatte es gehört, er hatte Kings Schrei gehört und Evatt kurz darauf die Turnmill Street entlangrennen sehen.

Die Aussage dieses Zeugen war entscheidend dafür gewesen, dass Evatt überführt werden konnte und am Ende gestanden hatte. Er gab zu, dass King sich nicht gerührt hatte, als er vom Tatort geflohen war. Er hatte King in einen Hauseingang gezerrt, war die Straße runter verschwunden und hatte sich am Ende der Turnmill Street ein Taxi genommen. Evatt war vollkommen baff gewesen, warum Kings Leiche so weit in der Gasse gefunden worden war.

Aber King war wenige Minuten später wieder auf den Beinen gewesen. Das hatte Evatt nicht gewusst. Der Zeitschriftenverkäufer war ihm zur Hilfe geeilt. Laut Polizei hatte der Verkäufer seine Aussage ständig verändert, was nicht gerade besonders hilfreich gewesen war. Sie glaubten, er hätte vielleicht übertrieben, wie gut es King ging, damit er kein schlechtes Gewissen haben musste, weil er keinen Rettungswagen gerufen hatte. Sie vermuteten, dass er nach einem langen Tag einfach nur nach Hause wollte.

Der Verkäufer sagte, King sei »körperlich okay« gewesen, habe aber betrunken gewirkt und wurde immer wieder wütend. Er habe wegen der ganzen Sache etwas verwirrt gewirkt und schien sich nicht mehr an Evatt zu erinnern oder warum er ihn geschlagen hatte. Aber er wollte keinen Rettungswagen. Er war leicht orientierungslos, aber er konnte laufen und sich verständlich ausdrücken. Er habe gesagt, er würde nach Hause gehen und sich ordentlich ausschlafen. Zu diesem Zeitpunkt klebte natürlich Evatts DNA überall an ihm. Und die Polizei glaubte, dass er den tödlichen Schlag da bereits erhalten hatte.

Ich deutete auf den Einwegspiegel. »Stehen die dahinter und beobachten uns?«, flüsterte ich.

»Nein«, antwortete Victoria.

»Woher wissen Sie das?«, sagte ich und sah erneut zum Spiegel.

Sie ignorierte mich und berichtete weiter. Die Ermittlungen gegen Jacob Evatt seien ziemlich weit fortgeschritten. Sie sagte, sie habe gemerkt, dass die Polizei froh sei, Evatt festgenagelt zu haben. Und sie waren gar nicht begeistert davon, dass ich mich in ihren Fall einmischte. Sie hatten Victoria erzählt, dass sie mich schon die ganze Zeit für einen »Zeugen der Gegenseite« hielten. Allerdings waren der Zeitungsverkäufer und ich ihre einzigen Zeugen, und diese beiden Zeugen waren unzuverlässig, »einer wie der andere«. Ich nehme an, wir hatten beide unsere Gründe.

Kings Leiche war mit Spuren von Evatts Kleidern übersät, nicht von meinen. Kings Haut fand sich unter Evatts Fingernägeln und Evatts unter Kings; sechs verschiedene Abdrücke von Evatts Siegelring auf Kings Schädel; Kings Haare, seine Spucke und sogar Blutspuren von ihm auf Evatts Jacke und T-Shirt – es gab sogar einen Abdruck von Kings Zähnen an Evatts Handgelenk. Und von mir nichts.

Ich hatte ihn zweimal berührt, einmal mit der Schulter meiner Jacke und dann mit meiner Hand, die, untypisch für die Jahreszeit, in Handschuhen steckte. Und diese Handschuhe – und alle anderen Kleidungsstücke, die ich getragen hatte – waren jetzt Gott weiß wo. So verwirrend es mir also zunächst auch vorgekommen war – gepaart mit Evatts Charakter, war es ziemlich leicht nachzuvollziehen, warum die Polizei diese Lücke so fehlerhaft gefüllt hatte. Sie hatten Evatt, einen bekannten Kriminellen, dingfest gemacht und wollten nicht, dass ein nichtsnutziger Werbefuzzi ihnen mit seiner stümperhaften Einmischung den Ruhm stahl.

73 Das war einer der Punkte, die mich von Anfang an verwirrt hatten: dass ich es geschafft hatte, den Typen mit einem einzigen Schlag so zu erwischen, dass er umgekippt und gestorben war. Ich war überrascht gewesen, dass er einfach so umgefallen war. Und dann war da noch sein seltsamer Gang gewesen.

Victoria erklärte mir, dass sie, als ich den Zustand von Kings Kleidung erwähnt hatte, schon überlegt hatte, ob er womöglich bereits vor dem Zusammenstoß mit mir in eine körperliche Auseinandersetzung verwickelt gewesen war. Für sie hatte vor allem sein Gang nicht recht ins Bild gepasst. Ich hatte ihn als leicht torkelnd beschrieben, ein kleines Stück zur Seite geneigt. Aber ich hatte auch gesagt, er habe sich ganz klar auf mich konzentriert und seine Sprache sei noch gut verständlich gewesen. Nachdem sie Sollys Video gesehen hatte, hatte sie ernsthaft überlegt, ob Richard King seine tödliche Kopfverletzung nicht schon erhalten hatte, bevor er mir über den Weg gelaufen war.

»Da ist diese Gerüststange oder Gerüstschelle oder was immer es war«, sagte sie. »Jemanden mit etwas so Schwerem auf den Hinterkopf schlagen und ihn damit überrumpeln … Es ist viel wahrscheinlicher, dass das eine tödliche Verletzung verursacht, anstelle eines Kinnhakens von einem ...« Sie ließ den Rest unausgesprochen und nickte mir zu.

Natürlich stimmte ich ihr zu.

»Es gibt noch einen weiteren Punkt, den es zu erwägen gilt. Nach einer schweren Hirnverletzung kann es durchaus zu einem plötzlichen Aggressionsschub kommen. Es ist vollkommen plausibel, dass dieser heftige Schlag der Grund für sein aggressives Verhalten zehn Minuten später Ihnen gegenüber war«, sagte sie.

Ich war verunsichert. »Aber dann ... Das ergibt doch keinen Sinn. Wieso konnte er dann noch mit mir reden? Er wirkte so ... normal. Ein bisschen betrunken, das schon, aber völlig normal«, sagte ich.

»Richard King starb an einer Hirnblutung«, sagte sie. »Durch eine Gewalteinwirkung wurde die Wand eines Blutgefäßes verletzt, so dass das Blut in das umgebende Gewebe eingeblutet ist. Doch das Gehirn ist nicht dafür geschaffen, so viel zusätzliche Flüssigkeit aufzunehmen, also ist der Druck immer größer geworden, je mehr Blut aus der Wunde sickerte und gerann. Es ist nicht auf einen Schlag passiert. So etwas kann eine Stunde dauern, einen Tag, eine Woche ...«

»Das bedeutet also ...« Ich rieb mir genervt den Kopf. Von den verdammten Neonröhren an der Decke bekam ich Kopfschmerzen. »Aber ich habe ihn immer noch *geschlagen*.« Während ich die Worte flüsterte, warf ich einen raschen Blick auf den Einwegspiegel.

»Das schon, aber ich bezweifle, dass Sie noch irgendetwas hätten ausrichten können«, sagte sie. »Mit seinen Pöbeleien hat er möglicherweise bereits Symptome einer Hirnblutung gezeigt.«

»Okay ...«, sagte ich vorsichtig, »und wie geht es jetzt weiter?«

»Die Polizei ist momentan nicht bereit, Ihr Geständnis zu akzeptieren«, sagte sie.

»Sorry ... wie bitte?«, sagte ich. »Was hat das zu bedeuten?«

»So etwas passiert mir auch nicht oft«, begann sie, »in der Tat ist es das erste Mal in meiner fünfundzwanzigjährigen Berufspraxis, dass ich so etwas erlebe.«

Victoria nahm ihre Brille ab, klappte sie zusammen und legte sie auf den Tisch. »Die Polizei muss, wie jeder andere auch, ihre Arbeit machen, und sie sind zufrieden, wenn sie ihren Job gut machen.«

»Natürlich«, sagte ich.

»In diesem Fall«, fuhr sie fort, »hat ein bekannter Krimineller in aller Öffentlichkeit einen Menschen brutal angegriffen, und trotz anfänglicher Schwierigkeiten, genügend Beweise zu finden, haben sie es endlich geschafft, ihn festzunageln. Verstehen Sie, was ich sage, Will? Die Polizei hat es endlich geschafft, Jacob Evatt dingfest zu machen. Sein Prozess soll in wenigen Wochen beginnen; der Staatsanwalt geht davon aus, dass es eine todsichere Sache ist ... «

»Wollen Sie damit sagen, dass sie mein Geständnis nicht haben *wollen*?«, sagte ich. Ich zuckte zusammen und schloss die Augen, um das alles zu verdauen.

»Ich weiß es nicht«, sagte sie. »Ich glaube, sie wissen nicht, was sie damit anstellen sollen.«

»Nun ... «, begann ich. *Was erwarte ich denn, was sie damit anstellen sollen?*

»In ihrer Welt haben Sie keinen Wert für sie«, fuhr Victoria fort. »Ein Kiffer aus einer Werbeagentur ist nutzlos für sie. Dieser Mann, der gestanden hat, ist von Nutzen. Von echtem Nutzen und ... «, sie hob spöttisch die Brauen, » ... ein Erfolg.«

»Ich kiffe nicht«, sagte ich automatisch.

Sie nickte. »In diesem Spiel geht es um Motivation und Leistung. Wir haben es mit Menschen zu tun, die unbedingt gewinnen wollen. Und um Ihre Frage zu beantworten, Will, weshalb ich weiß, dass sie uns nicht beobachten«, fügte sie hinzu und deutete mit einem Nicken zum Einwegspiegel. »Das ist kein Einwegspiegel, es ist ein ganz normaler Spiegel.«

Mit ausdrucksloser Miene hörte ich ihr zu. Ihre Worte drangen nicht wirklich zu mir durch. Die Stimmung passte nicht dazu.

Das sind doch auf jeden Fall großartige Neuigkeiten, oder? Bin ich jetzt aus dem Schneider?

Victoria wirkte überaus gefasst. Sie behielt ihre britische Reserviertheit bei. »Aber jetzt machen sie sich Sorgen, warum Sie heute hierhergekommen sind und wer Sie unter Druck gesetzt hat, die Tat zu gestehen.« Seelenruhig nahm sie ihre Brille, setzte sie auf, schob sie auf den Scheitel und schloss ihren Aktenordner. Tief in Gedanken versunken, starrte sie auf den Tisch. Genau wie ich versuchte sie, die losen Fäden zusammenzuführen und die Lage zusammenzufassen.

»Sie scheinen nicht einmal in Erwägung zu ziehen, dass Sie es getan haben könnten«, sagte sie schließlich. »Ich denke, sie sind von den physischen Beweisen und Indizien, die gegen Evatt sprechen, geblendet … und natürlich der Frage nach einem Motiv.«

»Und wie geht es jetzt weiter?«, fragte ich erneut. Ich überlegte kurz, ob wir jetzt einfach hier rausspazieren könnten. *Natürlich könnten wir.*

Victoria trommelte mit den Fingerspitzen auf den Tisch, als wollte sie mich wachrütteln. »Vergessen Sie nicht, Will, dass es einen Beweis gibt, der Ihre Version der Ereignisse untermauert. Das Verzwickte daran ist, dass Ihre Version Sie belastet, die Polizei diese Version aber anficht, zugunsten einer Version, in der Sie nichts mit der Sache zu tun haben …« Sie stützte für einen Moment den Kopf in die Hand, als sie angestrengt nachdachte.

»Wir müssen von der Annahme ausgehen, dass dieses Beweisstück irgendwann bei der Polizei landen wird und dass Sie doch mit hineingezogen werden«, sagte sie. »Irgendwann wird die Polizei davon erfahren, auf welchem Weg auch immer. Wenn wir zulassen, dass die Polizei weiter ihrer Phantasieversion folgt, sind Sie vielleicht kurzfristig aus dem Schneider, aber Sie werden den Rest Ihres Lebens darauf warten, dass Solly Green Sie bloßstellt. Und was passiert dann?«

»Genau«, sagte ich leise. Ich wollte es nicht hören, aber ich wusste, dass sie recht hatte.

74
Fünfzehn Minuten später wurde die Tür aufgerissen, und Probert und Kane kamen wieder herein. Kane starrte mich regelrecht nieder. Beide stampften auf und schnaubten und machten jede Menge Krach. Es war, als würde man zwei genervten Teenagern zusehen, die gerade den Klassenraum betraten.

Probert zog seinen Stuhl dicht an den Tisch und lockerte seine Krawatte, während Kane den Aufnahmeknopf am Rekorder drückte. Er rollte die Hemdsärmel auf und zog ein winziges Stück Stoff aus der Brusttasche seines Jacketts. Wir saßen stumm dabei und beobachteten, wie er eine Minute lang seine Brillengläser putzte; es war ziemlich hypnotisierend. Die Brille sah teuer aus.

Er strahlte jetzt eine harte Unnachgiebigkeit aus, als hätte er die Schnauze voll von Nettigkeiten.

»Wissen Sie, was ein Patsy ist?«, fragte er mich schließlich, räusperte sich und setzte sorgfältig die Brille auf. Das P spie er regelrecht aus.

»Muss das sein?«, rief Victoria. Ich merkte, dass sie sich nicht von Probert beeindrucken ließ. Er hatte sich irgendwie bei ihr unbeliebt gemacht. Ich ahnte, dass dies nicht der erste Fall war, bei dem sie aneinandergerieten.

»Das ist ein amerikanischer Slangausdruck. Es gibt da eine Figur in einem Broadwaystück«, sagte er, »die heißt Patsy irgendwas, und der Witz ist, dass diese Person ständig die Schuld bekommt, wenn irgendetwas schiefgegangen ist.«

»Okay ... «

»Deswegen glauben die Leute, dass der Ausdruck daher kommt, aber eigentlich gab es ihn schon vorher, weil er sich aus Begriffen entwickelt hat, die bereits in verschiedenen Sprachen in der Arbeiterklasse Amerikas verbreitet waren. *Pazzo* zum Beispiel bedeutet ›Idiot‹ auf Italienisch, und *Patrick* ist irischer Slang für ›Trottel‹, einer von diesen Typen, die einfach nie aussterben. Verstehen Sie?«

Ich sah Victoria an und dann wieder ihn. »Kein Kommentar«, sagte ich.

»Der Punkt ist«, fuhr er fort, »dass jeder weiß, was ein Patsy im Grunde ist: nämlich ein Schlappschwanz, jemand, den man leicht manipulieren und herumschubsen kann, stimmt's?«

»Hören Sie«, sagte ich. »Ich weiß, was Sie damit sagen wollen. Aber ... das bin ich nicht. Niemand hat mir gesagt, dass ich herkommen soll, ich bin aus eigenem Antrieb gekommen.«

»Wilbur«, sagte Probert geradeheraus, »ich möchte Sie daran erinnern, dass das hier kein Spiel ist. Alles hat Konsequenzen, und ich glaube nicht, dass Sie diese vollständig bedacht haben.«

Ich schaute erneut zu Victoria. Sie wirkte tierisch nervös; als wäre sie nicht sicher, was ich preisgeben würde.

»Darf ich Sie etwas fragen?«, mischte Kane sich ein. »Nehmen wir an, Sie hätten es getan. Nehmen wir an, Evatt hätte sich überhaupt nicht mit King angelegt, und stattdessen waren

Sie es, auf den er in der Turnmill Street gestoßen ist. Warum stellen Sie sich? Sie wissen, dass wir jemanden dafür verhaftet haben, die ganze Welt weiß das.«

Wie immer schien sie diejenige zu sein, die den Tropfen Blut im Wasser als Erste witterte, obwohl Probert nicht überrascht über ihre Frage wirkte. Ob sie das in den fünfzehn Minuten diskutiert hatten, nachdem Victoria sie verlassen hatte und bevor sie in den Vernehmungsraum zurückgekehrt waren? *Warum fragte sie ausgerechnet jetzt danach?*

Ich holte tief Luft. Und noch einmal. Etwas in mir gab klein bei. Ich spürte, wie mein Gesicht sich verzog und meine Augen sich mit Tränen füllten. Ich legte eine Hand über den Mund und flüsterte hinein.

»Victoria, es tut mir leid«, begann ich.

Ich schaute zu Kane. Zum ersten Mal überhaupt schaffte ich es, ihrem harten Blick standzuhalten. Zum ersten Mal, seit ich sie kennengelernt hatte, hatte ich nicht das Gefühl, mich irgendwo verstecken zu wollen.

»Weil es einen umbringt«, flüsterte ich ihr zu. »Ehrlich, es ist einfach …«

Ich ballte die zitternden Hände zusammen und drückte sie fest. Ich holte noch einmal tief Luft und rutschte nach vorn, um meine Unterarme auf den kalten Tisch zu legen. »Dass jemand anders es ausbaden muss, verhindert nicht, dass es einen auffrisst«, flüsterte ich der Plastiktischplatte zu.

Ich konnte nicht aufblicken und Victoria ins Gesicht sehen. Das gehörte nicht zu unserer Strategie. Ich sollte über nichts davon reden, aber ich konnte nicht anders.

»Ich dachte, ich wäre ein Verdächtiger«, sagte ich leise. Es fühlte sich an, als würde jetzt alles herauskommen, ich konnte es nicht länger für mich behalten. »Ich dachte, Sie wären hinter mir her. Ich musste es irgendwie … *zu Ende bringen.*«

Ich richtete mich auf, rieb mir die Augen und wischte die Nase im Ärmel ab. »Es war wirklich nur ein Unfall. Es war ein Versehen. Wenn ich irgendetwas davon rückgängig machen könnte, würde ich es tun.«

Kane hörte aufmerksam zu, dann drehte sie sich zu Probert um. Sie sahen sich einen Moment an, dann berührte Probert Kane am Arm, als wollte er ihr bedeuten, mit weiteren Fragen zu warten.

»Will«, sagte er. Er klang jetzt ruhiger. »Lassen Sie sich Zeit. Denken Sie darüber nach. Denken Sie darüber nach, was Sie da sagen, und denken Sie über das nach, was wir Ihnen gesagt haben.«

Die Art, wie er mich ansah, passte nicht zu seinen ruhigen Worten. Er sah aus, als könnte er mir mit seinem Blick ein Loch einbrennen.

Ich hatte Angst, Victoria in die Augen zu schauen. Ich konnte sie aus dem Augenwinkel sehen, sie starrte Probert an und versuchte, aus ihm schlau zu werden.

»Warum gehen Sie nicht nach Hause und schlafen darüber?«, schlug er vor.

»Ich … kein Kommentar«, sagte ich und stieß Victoria an.

Sie drehte sich schwungvoll zu mir um, als hätte man sie aus einer Trance gerissen. »Äh … «, begann sie.

»Gehen Sie nach Hause und schlafen Sie darüber«, sagte Probert. Er sah mich an, als würde er am liebsten das Tonband anhalten und mich erwürgen.

75 Rückblickend betrachtet ist mir klar, dass DI Matt Probert nur deswegen vorgeschlagen hatte, das Gespräch um einen Tag zu verschieben, weil er nicht wollte, dass noch mehr von dieser Unterhaltung aufgezeichnet wurde. Nachdem er die Befragung offiziell beendet hatte, führte er uns wieder in den Flur.

»Wir reden morgen weiter.« Er deutete auf das Toilettenschild am Ende des Korridors. »Bitte, nehmen Sie sich etwas Zeit, sich frisch zu machen. Police Sergeant Kane wird Sie hinausbegleiten, wenn Sie fertig sind.«

Victoria marschierte mit den Akten und ihrem iPad unterm Arm zur Damentoilette. »Wir treffen uns unten«, rief sie über die Schulter. Bei der Menge Tee, die sie getrunken hatte, war es erstaunlich, dass sie nicht viel öfter hatte gehen müssen. Ich fragte mich kurz, ob Rechtsanwälte ihre Akten wohl mit in die in Kabine nahmen. Vermutlich schon. Sie konnten sie schließlich schlecht draußen liegen lassen, neben dem Händetrockner. Sie mussten sie auf den Fußboden legen, während sie ihr Geschäft erledigten.

Ich verschwand auf der Herrentoilette, um mir etwas Wasser ins Gesicht zu spritzen. Ich stand da und starrte mich im Spiegel an. Der Raum war nur schwach beleuchtet, das schmale Fenster oben in der Wand warf schreckliche Schatten auf mein Gesicht. Ich sah abgezehrt und aufgeschreckt aus. Zu diesem Zeitpunkt war das mein übliches Aussehen.

Ich wusch mir das Gesicht am Waschbecken, mit der Handseife. Sie roch überraschend angenehm nach frischer Zitrone. Als ich mein nasses Gesicht im Spiegel anstarrte, zog ich Bilanz. Allmählich bekam ich die Dinge für mich sortiert. Ich war mir nicht sicher, ob ich der größte Glückspilz oder der größte Pechvogel war, aber ich begriff langsam, dass mein Anteil an den Ereignissen jenes Abends eher eine Fußnote als eine Schlagzeile war. Was ich getan hatte und was Solly *gesehen* hatte, stand im Schatten dieses ganzen größeren Zusammenhangs.

Ich ging in eine Kabine. Ich benutze keine Urinale, das ist

der beste Weg, um Urinspritzer auf die Hose zu bekommen. Ich hörte jemanden den Raum betreten, also drehte ich mich um und schloss die Kabinentür hinter mir ab. Ich hörte die Schuhe der Person quietschend zum Urinal gehen und dort stehen bleiben. Aber es gab keine weiteren Geräusche. Kein Reißverschluss, der aufgezogen wurde, niemand, der pinkelte. Jemand stand einfach nur da.

Ich schüttelte den letzten Tropfen ab und spülte. Das Rauschen setzte so laut und plötzlich ein wie bei einer Flugzeugtoilette; es erschreckte mich zu Tode. Als ich die Tür entriegelte, drehte sich die Person vor dem Urinal zu mir um. Es war Probert.

Ich nickte ihm rasch zu und ging an ihm vorbei zum Waschbecken. Während ich mir die Hände wusch, versuchte ich, seinem Blick auszuweichen, aber ich spürte, dass er mich immer noch beobachtete. Als ich mich umdrehte, um mir die Hände zu trocknen, sprach er mich an.

»Gehört das Ihnen?« Er zeigte in die Kabine, aus der ich gekommen war.

»Was?«, sagte ich und machte ein paar Schritte, um hineinzuspähen. Als ich an ihm vorbeikam, packte er mich und stieß mich zurück in die Kabine. Ich prallte von der offenen Tür ab und wirbelte herum, um ihn anzusehen.

»Was zum Teufel soll das?«

Probert hielt einen Finger an die Lippen. »Seien Sie still«, flüsterte er. »*Halten Sie den Mund.*«

Er baute sich in der Türöffnung der Kabine auf und verstellte mir den Weg. »Hör mir zu«, sagte er, packte meinen Bizeps und drückte zu. »Hör mir gut zu!«

Ich zuckte zusammen und hob eine Hand. Er ließ mich los

»Okay, schon gut«, sagte ich flüsternd. *Verdammte Scheiße!*

Er drängte mich tiefer in die Kabine hinein und schloss die Tür hinter sich. »Setz dich«, zischte er.

Ich klappte den Klodeckel herunter und setzte mich darauf. Er trat vor, so dass er direkt über mir stand.

»Ich weiß nicht, ob dir jemand irgendwas eingeredet hat oder ob du einfach nur total dämlich bist«, sagte er im scharfen Flüsterton.

»Was meinen Sie damit?«, protestierte ich, ebenfalls angestrengt flüsternd.

»Hör einfach auf damit. Lass es bleiben. Vergiss es. Was auch immer das soll, was immer du für ein Spiel spielst, *lass es*. Verstehst du, was ich dir sage? Wie kann man nur so verdammt bescheuert sein? *Lass es bleiben!*«

Er ging in die Hocke, bis er auf Augenhöhe mit mir war. »Ich will dich hier nie wieder sehen und nie wieder etwas von dir hören«, sagte er und tippte sich an die Brust. »Ich bin Detective Inspector, kapiert? Ich kann dir das Leben ausgesprochen schwer machen, und das will ich nicht. Kapiert?«

Ich versuchte, etwas zu erwidern, aber mir fehlten die Worte. Außerdem hatte ich nicht die geringste Lust, dass dieser Typ mir das Leben schwermachte. Aber irgendwie hatte ich ihn aus dem Konzept gebracht. Normalerweise war er so ruhig und beherrscht. Es war, als wäre er plötzlich ausgeflippt. Er wirkte so unberechenbar und dabei voller Wut.

»Ich bin hergekommen … um Ihnen zu sagen … Ihnen zu *gestehen*, dass …«

Er warf sich auf mich, packte mich mit einer Hand an der Kehle und legte die andere über meinen Mund. »Du bist ein *Lügner*, Will. Und ich glaube nicht, dass ich mir noch mehr von deinen Lügen anhören will. Hör verdammt nochmal auf, die Polizei anzulügen. *Hör auf, uns anzulügen.*«

»Ich lühe Sie verdammt nochma nich an«, nuschelte ich in seine Hand.

Er verstärkte den Druck auf meinem Mund und presste mir

regelrecht die Zähne in die Haut meiner Lippen. Er war stärker, als er aussah. Als ich ihn zum ersten Mal gesehen hatte, hatte ich ihn für einen Sesselpupser gehalten. Ich legte meine Hände an seine Handgelenke und versuchte, sie loszureißen. Es war zwecklos. Ich ließ ihn los. Er hatte mich auf dem Klodeckel ganz nach hinten gedrückt, sein Gesicht war direkt über meinem.

Nach einer Weile ließ er mich los und lehnte sich gegen die Kabinentür. Seufzend rieb er sich das Gesicht.

»Sie machen die Arbeit von mehreren Jahren zunichte, Will. Sie müssen verstehen, dass Menschen für diesen Moment gestorben sind. Jemand ist gestorben, kapieren Sie das nicht?«

Ich hatte keine Ahnung, was er damit meinte. »Ich weiß, dass jemand gestorben ist«, sagte ich leise.

Voller Geringschätzung sah er mich an.

»Ich meine nicht diesen dämlichen Versicherungsheini«, sagte er. »Eine Kollegin ist tot. Eine von uns.«

76 Probert erklärte mir, dass er seit mehr als zwei Jahren eine Sondereinheit leitete, mit dem Ziel, endlich Jacob Evatt zu schnappen. Evatt war ein Schwerverbrecher mit einem langen Vorstrafenregister an Gewalttaten, doch irgendwann war er vollkommen vom Radar der Polizei verschwunden. Seine illegalen Aktivitäten waren von einem Moment auf den anderen von regelmäßig auf null gesunken. Die Behörden vermuteten allerdings, dass irgendetwas vor sich ging.

Evatt war sehr schnell aufgestiegen, vom Straßendealer zum internationalen Drogenhändler. Von seinem Dad hatte er ein Transportunternehmen geerbt und im Laufe der Jahre ein Netzwerk aus Zwischenhändlern in ganz Europa aufgebaut, um riesige Mengen Kokain durch den Eurotunnel ins Vereinigte Königreich zu bringen.

Probert war ein aufstrebender Detective, der bis zu diesem Zeitpunkt hervorragende Arbeit geleistet hatte. Er wurde zum Leiter der Sondereinheit ernannt, die Evatt das Handwerk legen sollte. Doch er stieß auf ein Hindernis nach dem anderen.

»Können wir draußen weiterreden?«, bat ich ihn und deutete hoffnungsvoll mit dem Daumen in Richtung Tür. Er ignorierte mich.

»Dann wollten wir ihn endlich hochnehmen«, sagte er. Auslöser war ein LKW aus den Niederlanden, der nach Großbritannien einreiste und vom Zoll abgefangen wurde. Man stellte fest, dass der Wagen sieben verdächtige Pakete enthielt. »Kokain«, sagte Probert. »Vierzehn Kilo.«

Der Fahrer gab an, nicht gewusst zu haben, welche Ladung er hinten drauf hatte, und erklärte sich bereit, dass ein Spezialkommando eine Audio- und Videoüberwachung hinten im LKW installierte. Sie brachten ihn dazu, ihnen sein Ziel zu verraten, eine Farm im ländlichen Essex. Dann willigte er ein, seine Reise fortzusetzen, als sei nichts geschehen. Der LKW fuhr weiter.

In der Zwischenzeit umstellte Proberts Team zusammen mit der National Crime Agency die Farm. Als die Drogen von zwei von Evatts Männern ausgeladen wurden, stürmten Proberts Leute und die Sondereinheit das Gelände und verhaftete die beiden Männer. Aber Evatt war nicht da.

Als die Sondereinheit das Gelände absuchte, wurde einem der Männer, die dort arbeiteten, ein abhörsicheres Telefon abgenommen. Sie hatten ein Riesenglück, denn das Display war entsperrt, und die Officers, die die Verhaftung vornahmen, konnten sich die Chatverläufe auf dem Gerät ansehen. Das Telefon wurde einer jungen Kollegin aus Proberts Team, Constable Archer, übergeben. Sie sollte sich die gespeicherten Unterhaltungen anhören und so viele Informationen wie möglich herausziehen.

Constable Archer fand Unterhaltungen mit einer Person, deren Chatname *K2* lautete und von der die Polizei glaubte, dass es sich um Jacob Evatt handelte. Sie sah Beweise, dass diese Person die Operation geleitet hatte, und noch eine Menge anderer Einzelheiten. Doch das Display des Handys hatte eine Zeitsperre und verriegelte sich automatisch wieder. Evatts Mitarbeiter, die verhaftet worden waren, behaupteten, das Passwort zum Entsperren des verschlüsselten Telefons nicht zu kennen, und seitdem konnte es noch nicht geknackt werden.

Die einzige brauchbare Spur zu Evatt befand sich demnach in Constable Archers Kopf. Aber die Polizei dachte nicht daran, die Sicherheitsvorkehrungen zu verstärken oder sie zu beschützen. Sie machte einfach wie gehabt mit der Arbeit weiter. Und dann verschwand sie eines Morgens. Sie tauchte nicht zur Arbeit auf dem Revier auf.

Man nahm an, dass einer von Evatts Leuten oder jemand, den Evatt damit beauftragt hatte, sie in den frühen Morgenstunden aus ihrer Wohnung entführt hatte. Sie tauchte nie wieder auf. Nicht einmal als Leichnam, den man hätte begraben können. Sie war einfach verschwunden, und man ging davon aus, dass sie inzwischen längst tot war.

Die Polizei hatte jahrelang vergeblich versucht, jemanden in Evatts Organisation einzuschleusen. Sie versuchten verzweifelt, ihn irgendwie festzunageln.

»Und dann, eines Abends«, sagte Probert, »passierte das mit Richard King.« Er hob die Hände gen Himmel, als wollte er sagen: *Halleluja!*

Er holte tief Luft und sah mir in die Augen. »Und dann … tauchte Wilbur Cox auf.«

Plötzlich hielt er seinen Finger an die Lippen. Er drehte sich um. Jemand klopfte von außen an die Tür. Nicht an die Kabinentür, sondern an die Tür, durch die man auf den Flur gelangte. Probert stand auf und öffnete die Kabinentür.

»Will?«, rief eine vertraute Stimme. »Ist alles in Ordnung?«

Es war Victoria. Mit großen Augen starrte ich Probert an. Er erwiderte meinen Blick. Er zog seine Hand von der Verriegelung der Kabine weg.

Ich erstarrte. Ich öffnete den Mund, wusste aber nicht, was ich sagen sollte. Probert griff an mir vorbei und drehte ein paarmal den Klopapierrollenhalter. Dann richtete er sich auf und starrte mich an. Als wollte er sagen: *Sie sind dran.*

Kurz dachte ich darüber nach, ob ich ihr zurufen sollte, dass Probert mir in die Kabine gefolgt war. Doch ich brachte es nicht über mich. Es war unvernünftig, und es war sinnlos, nicht zu tun, worum er mich bat.

»Will?«, rief sie erneut. »Sind Sie da drin?«

»Ja«, rief ich zurück, »alles gut. Ich komme gleich.«

Ich sah auf und nickte Probert zu, ehe ich mich an ihm vorbeidrängte, raus aus der Kabine.

77 Mitten in der Rushhour von London fuhr ich nach Hause. Es fühlte sich unglaublich an, wieder mitten in diesem ganzen Lärm und geschäftigen Treiben zu sein. Ich atmete alles ein. Auf dem Heimweg ließ ich mir Zeit, lächelte und nickte anderen Passanten zu. Ich konnte mich nicht beherrschen.

Nach Hause zu kommen fühlte sich merkwürdig an. Ich fühlte mich nicht mehr, als wollte ich mich dort verkriechen. Monatelang hatte ich mich dort versteckt; jetzt wollte ich wieder raus in die Welt. Es fühlte sich an, als befände ich mich in einem merkwürdigen, luftleeren Raum; ich war wieder in derselben Küche, aber die Last war von mir genommen. Es fühlte sich noch nicht normal an.

Aber ich hatte das Gefühl, als wäre der Mühlstein um meinen Hals verschwunden. Meine Atmung hatte sich verändert; ich atmete tiefer. Es war, als hätte ich meinen Kiefer seit Monaten ständig leicht zusammengepresst. Ich wollte nur noch so schnell wie möglich zur Normalität zurückkehren. Ich wollte nie wieder einen Streifenwagen sehen. Niemals in meinem ganzen Leben.

Zuerst wollte ich es Ellie erzählen. Ich wollte irgendwo mit ihr hinfahren und Zeit mit ihr verbringen, nur sie und ich. Sie hatte diesen Wahnsinnsritt mit mir zusammen unternommen, sie hatte dafür gesorgt, dass ich am Leben und bei klarem Verstand geblieben war. Jetzt schuldete ich ihr ein wenig Freude, und endlich würde ich sie ihr schenken können.

Das Schreckgespenst Solly hatte seine Macht verloren. Ich wollte ihn wissen lassen, dass sein Video nutzlos geworden war und dass er es sich sonst wo hinstecken konnte. Ich schrieb ihm eine Nachricht.

Können wir uns treffen?

Er antwortete eine Stunde später.

HAST DU DAS FOTO?

Ich bin gegen acht da, schrieb ich.

Ich rief Ellie an; ich wollte ihr unbedingt erzählen, was auf dem Polizeirevier passiert war. Ich wollte ihr auch danken, weil sie zu mir gehalten hatte und nicht durchgedreht war. Ich rief sie ein paarmal an. Sie ging nicht ran. Ich hinterließ ihr eine Nachricht, dass ich später bei ihr vorbeikommen würde. Dann entschied ich, zuerst zu Solly zu gehen. Ich stellte mir vor, dass ich die Angelegenheit mit ihm klären und rechtzeitig zum Abendessen bei Ellie sein könnte.

Wie falsch ich damit lag.

Denn eines hätte ich inzwischen gelernt haben müssen: Wenn es um Solly Green ging, lief nie etwas wie geplant.

78

Um Viertel nach acht kam ich bei seiner Wohnung an. Der Zug hatte Verspätung gehabt. Er schnüffelte an mir, als ich seine Wohnung betrat.

»Du hast Räucherstäbchen angezündet.«

Ich hatte absolut keine Ahnung, wovon er da sprach. Natürlich war er so großspurig wie immer. Er glaubte immer noch, er hätte mich in der Hand. *Seine Seifenblase platzen zu lassen wird tierisch befriedigend sein.* Ich stand an seinem Wohnzimmerfenster und sah hinaus. Er hatte einen großartigen Blick von hier oben.

»Ich bin gekommen, um dir etwas zu sagen, mein Lieber«, sagte ich selbstgefällig.

»Ach ja?«, erwiderte er desinteressiert.

»Yep. Es ist nämlich so, es, äh … Es ist aus«, sagte ich. »Es ist vorbei. Ich war bei der Polizei.« Ich drehte mich um, um zu sehen, wie er reagierte; er wirkte vollkommen ungerührt.

»Freust du dich nicht für mich?«, sagte ich. »Ich bin immer noch da! Ich habe es ihnen erzählt, und trotzdem bin ich hier.« Ich hatte gehofft, mein Eröffnungsstatement würde mehr Eindruck auf ihn machen. Er spielte den coolen Unbeteiligten, dieser Mistkerl. Ich würde nicht zulassen, dass er diesen Moment zerstörte. Ich ging zu seinem Lehnsessel und nahm darin Platz.

»Richard King starb an einem Schlag auf den Kopf … von Jacob Evatt«, sagte ich. »Das wusstest du nicht, stimmt's? Er war bereits so gut wie hinüber, als ich ihn geschlagen habe. Er hatte einen … Bluterguss im Gehirn. Dein Video zeigt, wie ich jemanden schlage, aber das ist auch alles. *Ich* habe ihn nicht umgebracht.«

Er starrte mich einen Moment lang traurig an, ehe er in die Küche ging und sich ein Glas Wein einschenkte.

»Möchtest du auch ein Glas Sauvignon Blanc, Will?«, fragte er.

»Nein.«

Er hob sein Glas an die Lippen und nahm einen großen Schluck. Das Glas war mit fettigen Fingerabdrücken übersät.

»Ich habe dir doch gesagt, dass ich das Video gelöscht habe, Will«, sagte er. Er knallte das Glas auf die Arbeitsplatte und rülpste in die Hand.

»Klar hast du das«, sagte ich. »Aber es spielt jetzt ohnehin keine Rolle mehr, ob du es gelöscht hast oder nicht. Evatts Verteidigerteam kann damit nichts anfangen.«

Plötzlich wurde mir klar, dass Sollys Lehnsessel vermutlich das keimverseuchteste Ding war, mit dem ich je in Kontakt gekommen war. So lässig wie möglich stand ich auf und stellte mich wieder ans Fenster.

»Für den Fall, dass du es vergessen hast«, sagte er, »du hast mich gebeten, es zu löschen. Du hast mich gebeten, es für dich zu tun, also habe ich es getan.«

Ich tat, als würde ich lachen, und schüttelte den Kopf. *Jämmerlich.* Er hatte seinen Moment der Macht genossen, aber jetzt war ich an der Reihe.

»Du hast gesagt, was du mir geben wolltest, sei nur ein *Geschenk*«, sagte er. »Ein Dankeschön.«

»Nun ja, aber muss ich dich daran erinnern, dass du vor ein paar Tagen ein Bild an Jacob Evatts Rechtsanwalt geschickt hast?«, sagte ich.

»Das stammte nicht aus dem Video«, sagte er.

»Was für einen Unterschied macht das?«, schoss ich zurück.

»Du hast versucht, mich zu bescheißen, aber das ist dir nicht gelungen. Jetzt kannst du dich wieder in deiner erbärmlichen, kleinen Bruchhütte hier oben verkriechen, mit deinem perversen, kleinen Leben weitermachen und dich verdammt nochmal aus meinem raushalten.«

»Genau das hatte ich erwartet«, sagte er leise zu sich selbst.

»Undankbarer kleiner Arsch.«

Ich drehte mich um und sah ihn zum ersten Mal richtig an. Er trug eine Art Haremshose.

»Wie bitte?«, sagte ich. Er sah noch verlebter aus als üblich, es war, als wäre er buchstäblich ein paar Zentimeter zusammengeschrumpft. »Glaubst du wirklich, ich hätte auch nur das geringste Interesse daran, dir etwas zu schenken?«, sagte ich. »Du bist tatsächlich die schlimmste Person, die ich je getroffen habe. Du hast versucht, mich zu schikanieren, damit ich dir diesen ganzen Scheiß gebe, und du wusstest genau, was du tust. Du hast versucht, mein Leben zu ruinieren, aber das ist dir nicht gelungen. Und weißt du was? Das kannst du jetzt nicht mehr. Leck mich doch.«

»Hast du schon einmal überlegt, wie sehr du das Leben anderer Menschen beeinflusst hast?«, fragte er. »Meinst du nicht, dass du vielleicht ein paar Leben ruiniert hast, weil du einen unschuldigen Mann umgebracht hast?«

»Ich habe dir gesagt, dass ich ihn nicht getötet habe. Sie haben seine Leiche untersucht oder was auch immer. Ich war es nicht. Was du in deinem Video gesehen hast, läuft darauf hinaus, dass jemand so etwas wie … eine *wandelnde Leiche* schlägt.« Meine Zehennägel rollten sich auf, als ich das sagte. Laut ausgesprochen, klang das gar nicht so witzig.

»Widerlich, Will. Ich wusste, dass du versuchen würdest, mich zu bescheißen«, sagte er. »Ich wusste, dass das kommen würde.«

»Niemand versucht hier irgendetwas, Solly. Ich erkläre dir nur, dass dein Plan nicht aufgegangen ist.«

Er blieb ruhig, wirkte sogar selbstzufrieden. Ich hatte erwartet, dass er völlig aufgelöst sein würde, wenn ich ihm alles darlegte, aber er riss sich zusammen.

»Du hast mir eine Menge falscher Versprechungen gemacht«, fuhr er fort. »Du hast mir gesagt, du würdest dich um diese Schulden kümmern, du hast gesagt, du würdest mir zehntausend bezahlen, du hast gesagt, du würdest mir ein nettes Bild von diesem Mädchen bringen.«

Ich verdrehte die Augen.

»Niemand schert sich einen Dreck, ist es nicht so?«, sagte er. »Ist es nicht so? Warum sollte man Solly bezahlen? Warum sollte man Solly dankbar sein? Warum sich um ihn kümmern? Er ist nichts.«

Jetzt ging also die Mitleidstour los. Ich setzte mich auf einen der Stühle. Er schlurfte zu seinem Raucherplatz beim Fenster.

Schweigend setzte er sich und paffte seine Zigarette. »Letztes Jahr hatte ich eine Sepsis«, sagte er. »Eine Blutvergiftung, wusstest du das?«

Ich wusste es nicht, aber ich ließ ihn weiterreden.

»Ich hatte so die Schnauze voll, hab gesoffen wie ein Loch, um den Schmerz zu betäuben. Irgendwann bin ich bewusstlos geworden. Genau da, wo du gerade sitzt.«

Ich sah auf den Boden und rechnete halb damit, einen großen Fettfleck oder so was zu sehen.

Reglos starrte er mich an. »Drei Tage lag ich da. Ich bin immer wieder aufgewacht und wieder weggesackt. Als ich endlich genug Kraft hatte aufzustehen, war es fast aus mit mir. Ich ging zum Spülbecken da vorn und trank Wasser ohne Ende, danach rief ich den Rettungswagen. Die Ärztin im Krankenhaus meinte, sie wüsste nicht, wie ich das überlebt habe.«

»Klingt übel«, sagte ich abweisend. Eigentlich klang es sogar ziemlich traurig. Aber wie auch immer. Ich zog mein Telefon aus der Tasche, um zu sehen, ob Ellie geantwortet hatte. Nichts.

»Selbst dem Krankenhaus war ich egal. Sie schienen nur sauer auf mich zu sein, weil ich ihre Zeit in Anspruch nahm.«

»Was für eine traurige Geschichte«, sagte ich sarkastisch.

»Niemand interessiert sich wirklich für andere, oder? Alle kümmern sich nur um ihren *eigenen* Kram. Es ist wie in der Geschichte von den Chinesen, die ich dir erzählt habe. Wenn es drauf ankommt, interessiert sich niemand für den anderen.«

»Klar«, sagte ich, »wir sind alle nur darauf aus, uns gegenseitig fertigzumachen, stimmt's?«

»Nicht alle«, berichtigte er mich. »Die Leute kümmern sich um *ihre* Leute. Sei es der Ehemann oder die Frau oder der Sohn oder die Tochter oder sogar ihre ›Freunde‹. Sie helfen einander.«

»Hört sich für mich nach einem ziemlich guten System an«, sagte ich.

»Das kann ich mir vorstellen«, sagte er verärgert, »denn du gehörst dazu. Du hast eine Menge Leute, die sich um dich kümmern. Und was habe ich?«

»Du hast dasselbe wie jeder andere auch; du hast die Gelegenheit, ein guter Mensch zu sein und ein gutes Leben zu führen«, sagte ich und wischte mir einen imaginären Fussel vom Knie.

»Ich habe einen Scheißdreck«, schnauzte er. »Niemand schenkt dir irgendetwas. Du bist dazu *gezwungen*, es dir zu *nehmen*. Wenn du es nicht *nimmst*, bekommst du gar nichts. Es ist eine Messerstecherei in einer Telefonzelle.«

»Okay, wenn du meinst, dann hast du eben nichts«, sagte ich. »Du hast einen extrem abgefuckten Blick auf die Welt.« Ich stand auf, um zu gehen.

»Das war alles, was ich *hatte*«, sagte er. »Das war alles, was ich hatte, als ich mich an die Regeln hielt.«

»Soll heißen?«, sagte ich.

»Das heißt, dass das jetzt anders ist. Jetzt habe ich etwas.«

»Ich weiß nicht, was du meinst«, sagte ich und schloss den Reißverschluss meiner Jacke.

»Erstens habe ich jetzt eine Freundin«, sagte er mit einem leichten Lächeln.

»Okay, schön, viel Glück dabei«, sagte ich. »Ich gehe jetzt, Solly. Leb wohl. Das ist das letzte Mal, dass du mich siehst, und das letzte Mal, dass ich dich sehe.«

»Ehe du gehst, gibt es noch etwas, über das wir reden müssen«, sagte er leise. »Und ich fürchte, du könntest etwas böse auf mich sein.«

79 Ich machte mich auf einen weiteren Schwall belanglosen Unsinns gefasst.

»Lass mich raten, du hast dich wieder allein mit Ellie getroffen und sie ordentlich rangenommen«, sagte ich und grinste spöttisch. »Ich wollte sie schon längst bitten, damit aufzuhören.«

Er starrte mich eindringlich an. Ich genoss es, dass das Blatt sich gewendet hatte.

»Alles, was aus deinem Mund kommt, ist Müll«, sagte ich. »Du bist ein pathologischer Lügner.«

»Das ist etwas übertrieben«, sagte er lachend.

»Nichts, was ich getan habe, war Absicht«, sagte ich so ruhig und langsam, wie ich konnte. Ich merkte, wie mein Adrenalinspiegel wieder zu steigen begann. Er wusste genau, wie er mich triggern konnte.

»Dieser Versicherungstyp ist also einfach in deine Faust gelaufen und gestorben?«, fragte er und drückte seine Zigarette aus. »Was für ein hübsches Märchen. Hör zu, ich bin froh, dass du gekommen bist, ich muss mit dir reden. Ich muss dir etwas gestehen.«

»Okay, aber lass meine Freundin aus dem Spiel«, blaffte ich. »Ich habe genug von dir über sie gehört.«

»Gut … aber genau darum geht es«, sagte er. »Ich fürchte, ich muss dir etwas über sie erzählen.«

Auch wenn ich nichts mehr von ihm für bare Münze nahm, jetzt wirkte er doch ziemlich ernst. Ich holte tief Luft. Ich würde ihm eine letzte geistlose Märchenstunde gewähren.

»Also gut«, sagte ich, »dann erzähl. Was ist es diesmal?«

»Ich war … sagen wir einfach, ich habe mir so meine *Sorgen* ihretwegen gemacht. Seit dem Abend, an dem sie mich ausgetrickst hat, meine ich. Ich halte sie für keine ehrbare Person. Aber das brauchst du, Will. Wenn du in mein Alter kommst, wirst du begreifen, dass du *ehrbare* Menschen um dich herum brauchst.«

»Okay, das werde ich mir merken«, sagte ich. »Leute wie dich, meinst du?«

Er ließ sich nicht durch meine bissigen Kommentare ablenken. Er wirkte konzentriert und gefasst. Zum ersten Mal seit Ewigkeiten sah er mir in die Augen. Sein Blick war nicht so verhuscht und ausweichend wie sonst. Er redete langsamer und eindringlicher.

»Du bist ein guter Mann, Will«, sagte er. »Du hast eine schwere Zeit durchgemacht, und sie hat dich ausgenutzt. Deine Verletzlichkeit. Sie hat es benutzt, um dir näherzukommen. Siehst du das nicht?«

»Ja, ich sehe es! Oh mein Gott, du hast recht!«, rief ich lebhaft. Ich war bereit, hier zu sitzen und seinen Dreck mit

Sarkasmus zurückzuschlagen. Es war vorbei. Er würde wieder ein Niemand sein.

»Du bist eine Waise, nicht wahr?«, sagte er. »Kein richtiges Waisenkind, auf die altmodische Weise, aber deine Eltern haben sich nicht wirklich um dich gekümmert, oder? Du hast dich gewissermaßen selbst großgezogen.«

Ich warf ihm einen raschen Blick zu. *Wie findet er solche Dinge heraus?*

»Meine Eltern leben beide noch, also nein, ich bin eindeutig das Gegenteil von einer Waise. Ich wurde von einem Elternteil allein aufgezogen, das ist nicht ungewöhnlich«, sagte ich scharf. »Du weißt schon, dass wir nicht mehr 1932 haben, oder?«

»Ja, das weiß ich«, sagte er und legte eine Hand auf die Brust. »Was ich meine, ist, dass ich, als jemand, der in einem stabilen Zuhause von zwei Eltern großgezogen wurde, die mich beide geliebt haben, Mitleid mit dir empfinde ... Ich weiß, dass es dir schwerfallen muss ... zu begreifen, wie Beziehungen funktionieren. Vor allem zu Frauen. Du hattest keine Frau in deinem Leben, als du aufgewachsen bist, also bist du naiv, was ihr Verhalten angeht«, sagte er.

»Und du willst mir darüber etwas beibringen?«, feixte ich.

»Nein, ich werde nicht versuchen, dir irgendetwas beizubringen«, sagte er, »weil du zu arrogant bist, um etwas zu lernen. Aber was ich für dich tun kann, ist, *ihr* zu helfen zu verstehen, wie sie dir eine ehrbare Partnerin sein kann.«

»Was soll das heißen?«, fragte ich.

»Das soll heißen, dass ich glaube, dass sie jetzt begriffen hat, wie sie dir eine anständige Freundin sein kann«, sagte er. »Ich habe es ihr gezeigt.«

80

Irgendetwas stimmte nicht. Zu diesem Zeitpunkt kannte ich Sollys Charakter bereits ziemlich gut. Er benahm sich anders als sonst. Normalerweise war er wie ein Hund, der ungeduldig darauf wartete, dass jemand einen Ball warf; er war so sprunghaft, als könnte er seine Begeisterung kaum im Zaum halten.

Doch dieses Mal war er nicht so. Er wirkte ruhiger, selbstbewusster. Das gefiel mir nicht. Er sollte endlich aufhören, über Ellie zu reden. Obwohl ich wusste, dass das alles nur Lügen sein würden, wusste er genau, wie er mich manipulieren und meine Gefühle auf den Kopf stellen konnte.

»Ich habe sie gestern Abend in Battersea besucht«, sagte er. »Ich war so sauer und so traurig.«

Ein brutaler, eiskalter Schauer erfasste mich. Er konnte mich immer wieder überraschen mit seinem Talent, die Leute auszuspionieren und an Informationen zu kommen. Aber was machte es schon, wenn er wusste, wo sie wohnte?

»Weißt du, ich habe dich im Auge behalten. Zu deiner eigenen Sicherheit. Ich wusste, dass du bei der Anwältin warst, und ich hatte damit gerechnet, dass du dich selbst stellst. Nun, Will, ich hielt das für eine ziemlich schlechte Entscheidung, und ich hatte erwartet, dass man dich wegsperren würde. Das bedeutet, dass sich dein Leben geändert hätte; *ihr* Leben hätte sich verändert. Und ich glaube nicht, dass sie dafür bereit war.«

»Du brauchst dir keine Sorgen um meine Beziehung zu machen«, sagte ich. Dieses merkwürdige Gefühl wurde immer stärker. Ausgehend vom Magen erfasste es meinen ganzen Körper. Ich hatte genug von ihm.

»Ich habe beschlossen, meinen Teil für dich zu tun. Sie hat einmal vorgeschlagen, dass ich mit ihr etwas trinken und wir uns unterhalten könnten, also habe ich das gemacht. Ich habe eine schöne Flasche Wein mitgebracht.«

»Okay, und was halten ihre drei Mitbewohnerinnen von dir?«, fragte ich spöttisch.

»Ein Konzert«, sagte er. »Sie waren auf einem Konzert.«

»Oh, wie praktisch«, sagte ich.

»Du glaubst mir nicht«, sagte er. »Sieh auf Instagram nach. Das Mädchen, das die Karten für alle gekauft hat, heißt Laura Cavanagh, sie ist eine der Mitbewohnerinnen. Sie hat die Karten vor zwei Wochen gekauft, und sie hat auf Facebook gepostet, dass sie alle hingehen.«

Ellie hatte wirklich eine Mitbewohnerin namens Laura Cavanagh. Und vor einer Woche oder so hatte sie etwas davon gesagt, dass sie zu einem Konzert von Harry Styles gehen wollten. Aber wie er gesagt hatte, all diese Informationen waren auf Instagram zu bekommen. Ich konnte nur vermuten, dass er mal wieder ein paar Bröckchen Wahrheit genommen und daraus eine wilde Geschichte gesponnen hatte.

»Hör zu, Solly«, sagte ich genervt, »wie oft hast du dir so einen Scheiß schon ausgedacht? Wie viel von meiner Zeit willst du noch vergeuden?«

Er starrte mich nur kühl an.

Ich zog mein Telefon hervor und rief Ellie an.

Sie ging wieder nicht ran.

81 Ich stürmte aus dem Wohnzimmer und riss die Wohnungstür auf. Meine Brust war zu einem festen Ball verkrampft, mein Blick war schärfer geworden. Irgendetwas stimmte nicht.

Im Hausflur drehte ich mich noch einmal zu ihm um und

sagte: »Eins muss dir klar sein: Wenn du wirklich bei ihr warst, als sie allein war, werde ich zurückkommen und dich umbringen. Das ist mein verdammter Ernst.«

Er riss die Augen auf. »Wirklich? Nun, ich schätze, ich sollte mich geehrt fühlen. Ich bin im Visier eines echten Serienkillers. *Wilbur Cox, der Faringdon-Ripper!*«

»Leck mich!«, knurrte ich und knallte seine Wohnungstür zu.

Ich rannte den Korridor entlang. Mit dem Taxi könnte ich es vermutlich in zwanzig Minuten nach Battersea schaffen, wenn der Verkehr nicht zu dicht war. Ich drückte auf den Rufknopf für den Aufzug und wartete. Ich zog mein Telefon hervor und versuchte erneut, Ellie anzurufen.

Es klingelte ewig. Ich dachte schon, sie würde wieder nicht rangehen. Aber als ich gerade auflegen wollte, hörte das Klingeln auf. *Sie geht ran, Gott sei Dank.*

Stille in der Leitung.

»Ellie?«, sagte ich nervös, »bist du dran? Kannst du mich hören?« Ich hörte ihren tiefen Atem. *Weint sie?*

»Ellie, rede mit mir«, sagte ich. »Was ist passiert?« Im Hintergrund konnte ich sie schniefen hören, ihren leisen, hastigen Atem.

»*Ellie!*«, schrie ich.

Sie legte auf.

Der Aufzug kam an, die Türen öffnete sich mit einem *Kling* vor mir. Mein Herz rutschte mir in die Hose. *Was hat er getan?* Ich drehte mich um und lief durch den Korridor zurück. Ich wusste nicht, was ich tat, mein Körper hatte auf Autopilot geschaltet. Ich musste versuchen, die Wahrheit aus ihm herauszuschütteln.

Als ich um die Ecke bog und seine Wohnungstür in Sicht kam, wartete er bereits. In der Tür, die Hände in den Hüften.

»Komm zurück, Will, du dummer Junge. Unser Gespräch ist noch nicht zu Ende«, sagte er.

Ich spürte, wie meine Beine sich von allein schneller auf ihn zubewegten, bis ich schließlich rannte.

Er schloss die Tür, kurz bevor ich ihn erreichte. Ich trommelte kräftig mit der Faust und trat mit dem Stiefel dagegen, so hart ich konnte.

»Mach auf!«, brüllte ich. »Was hast du getan?«

»Will, du reagierst ziemlich heftig«, rief er hinter der Tür. »Es geht ihr gut, sie ist nicht in Gefahr. Aber wenn du hereinkommen willst, musst du dich erst beruhigen.«

Ich musste wissen, was passiert war.

»Lass mich rein«, sagte ich. »Ich werde dir kein verdammtes Haar krümmen. Lass mich rein!«

Ich zwang die Wut und Gewalt in meine Magengrube hinunter. Ich musste ihn zum Reden bringen. Ich musste es aus ihm herausbekommen.

82 Er setzte sich ans Fenster und drehte sich noch eine Zigarette. Ich blieb an der Wohnzimmertür stehen. Ich schaffte es nicht, mich hinzusetzen, und spürte, wie ich mit den Zähnen knirschte.

»Sie ist nicht in Gefahr«, wiederholte er. »Ich wollte ihr helfen zu verstehen, was es heißt, eine echte Freundin zu sein.«

»Ich habe keine Ahnung, was das bedeuten soll«, entgegnete ich scharf.

»Respekt. Gehorsam. Disziplin«, antwortete er.

Ich starrte ihn an. »Sagst du mir jetzt endlich, wovon du da redest?«, sagte ich. Ich versuchte, autoritär zu klingen, aber meine Stimme war ganz schwach.

»Ich bin am späten Abend zu ihr gefahren«, sagte er. »Ein nettes altes umgebautes Stadthaus. Vermutlich warst du schon einmal dort, oder?«

Ich zuckte nicht mit der Wimper, sondern starrte ihn nur an.

»Wie auch immer, sie saß leicht bekleidet im Wohnzimmer und sah fern. Ich konnte sie von der Straße aus sehen. Ich klopfte an die Haustür. Sie brauchte so lange, bis sie endlich aufmachte, dass ich die Nerven verlor. Am Ende kauerte ich neben dem Haus, als sie herauskam. Ich war nervös.«

Ich versuchte, mich zu erinnern, ob Ellies Haus einen Seitengang hatte. Ich war ziemlich sicher, dass das nicht der Fall war. Es grenzte direkt an die beiden Nachbarhäuser links und rechts.

»Warum hat sie geweint?«, sagte ich, so ruhig ich konnte. Meine Beine fühlten sich plötzlich schwer wie Blei an. Er bedeutete mir, mich zu setzen. Ich zog einen Plastikstuhl zu mir und setzte mich. Ich durfte ihm nicht zeigen, dass er mich wahnsinnig machte, dann würde er nur noch garstiger werden. Ich musste so tun, als wäre ich wieder ganz ruhig.

»Was, jetzt?«, fragte er. »Sie weint *jetzt*? Hast du mit ihr gesprochen?«

»Allerdings. Und sie hat geweint.«

»Und es war eindeutig, dass sie *geweint* hat?«, sagte er. »Ich meine, sie hat nicht vielleicht gelacht oder so etwas?«

Meine Hände schlossen sich um den Rand meines Plastikstuhls. Ich versuchte, nicht die Zähne zusammenzubeißen. Das würde er merken.

»Sie war von Anfang an einfach nur niederträchtig«, fuhr er fort.

Ich antwortete nicht.

»Bei der hast du noch einiges an Arbeit vor dir«, sagte er und wackelte spielerisch mit dem Finger vor meiner Nase. »Als ich ums Haus herum nach hinten gegangen bin, stand die Hintertür offen, also ging ich hinein. Ich öffnete meine Weinflasche, eine verdammt teure Flasche, eine Fünfundzwanzig-Pfund-Flasche, und schenkte zwei Gläser ein. Sie haben diese riesigen Weingläser, halbe Schüsseln. Phantastisch, ich werde mir auch welche davon kaufen.«

Ich merkte, dass er immer aufgeregter wurde. Am glücklichsten war er, wenn er eine Riesenkugel Bullshit herumrollen konnte.

»Irgendwelche Fragen bisher?«, fragte er mit hochgezogener Braue.

»Keine Fragen«, sagte ich betont ruhig. »Weiter.«

»Ich nahm die Gläser mit ins Wohnzimmer. Ich dachte, wir würden erst ein wenig relaxen und zusammen fernsehen, ich meine, bevor ich ein ernstes Wort mit ihr reden würde. Aber sie war ausgesprochen ruppig, als ich sie überraschte. Die reinste Schlampe! Und denk daran, es war ihre Idee gewesen, etwas zusammen zu trinken!«

Er stand auf und trippelte in die Küche, um sich noch ein Glas Wein einzuschenken. »Sie schrie mich an und sagte, ich solle das Haus verlassen. Ich stand da wie ein Idiot mit meinen zwei Gläsern Wein.«

Ich beobachtete ihn aufmerksam, während er erzählte. Ich wusste, dass ich nichts davon für bare Münze nehmen durfte. Ohne Zweifel hatte er ein Bröckchen Wahrheit genommen und sie dann so verdreht, dass es dramatischer wirkte. Das war sein Markenzeichen. Noch eine seiner skurrilen Aufschneidereien.

»Darf ich dir eine Frage stellen?«, sagte ich. »War der Fernseher neu? Ist er gerade geliefert worden? Sie haben nämlich gar keinen Fernseher in ihrem Wohnzimmer, du Idiot.«

»Dann hat sie eben auf dem Laptop geschaut! Ist doch völlig egal«, sagte er.

»Aha, der Fernseher ist jetzt also zu einem Laptop zusammengeschrumpft«, sagte ich.

»Ein Laptop auf dem Couchtisch, glaube ich, ja genau, das war's, kein Fernseher«, sagte er und reckte einen Finger in die Luft, als würde er eine Zeile für das Gerichtsprotokoll ändern.

»Du bist so ein bescheuerter Trottel«, sagte ich. »Es gibt auch keinen Seitenweg an ihrem Haus vorbei.«

»Gibt es wohl«, rief er. »Und ob es den gibt!«

»Weiter«, sagte ich. »Erzähl deine Geschichte zu Ende.«

»Das versuche ich ja, vielen Dank«, sagte er gereizt. »Ich habe nicht den ganzen Abend Zeit, darüber zu reden.«

Er konnte einen echt in den Wahnsinn treiben.

»Dann hat sie sich an mir vorbeigedrängt und meinen Merinopullover mit Wein bekleckert, siehst du?« Er zeigte auf einen Pullover, der über einem seiner versifften Heizkörper lag. Er war beige, aber er hatte einen großen Fleck, etwa in der Form von Südamerika.

»Das ödet mich an«, sagte ich. Ich wollte, dass er mir erklärte, warum Ellie weinte und nicht mit mir sprechen wollte. Was er *tatsächlich* getan hatte.

»Dann wurde sie wütend. Sie fing an, mir alle möglichen Schimpfwörter an den Kopf zu werfen, und stieß mich gegen die Wand. Sie *wusste*, dass ich ein gebrechlicher Mann mit einem schlechten Rücken und empfindlichem Magen bin, trotzdem hat sie mich herumgestoßen wie eine Puppe.«

»Ellie? Die einen Meter sechsundfünfzig groß ist und höchstens einundfünfzig Kilo wiegt?«, sagte ich. »Sie hat dich herumgestoßen?«

»Jawohl, das hat sie, verdammt nochmal!«, sagte er.

Eine Sache, die er sagte, ließ mir keine Ruhe. Ich musste ständig daran denken. Diese Sache mit den Weingläsern. Ellie hatte tatsächlich riesige Weingläser in der Küche. Sie waren ganz neu, in jedes Glas passte glatt eine ganze Flasche. Sie sahen aus wie große, tiefe Schüsseln.

Aber das hätte er nicht wissen können, wenn er nur vor ihrem Haus herumgeschlichen wäre. Er hätte es durch einen Blick in ihr Küchenfenster herausfinden können. Aber er hätte nicht durch ihr Küchenfenster schauen können, weil es von der Straße aus keinen Zugang nach hinten gibt. Da war ich mir ziemlich sicher. Fast hundertprozentig.

83

Ich wusste, dass er Bullshit redete, aber dieser Teil mit den Gläsern irritierte mich. Ich ließ ihn weiterreden. Ich wollte, dass er auf den Punkt kam. Auf das Körnchen Wahrheit, um das er all diese Lügen spann.

»Ich erklärte ihr, dass ich genau aus diesem Grund vorbeigekommen sei. Um mit ihr darüber zu reden, was es bedeutete, eine Lady zu sein und sich auf eine für eine feste Freundin angemessene Art und Weise zu benehmen. Ich zeigte ihr den Fleck auf meinem Pullover und sagte ihr, dass ich über genau solche Dinge mit ihr reden wolle. Und weißt du, was sie da gemacht hat? Sie hat mich ausgelacht.«

Ich schnaubte. Er musterte mich verärgert von oben bis unten.

»Also habe ich ihr gesagt, dass ich böse werde, wenn sie nicht anfängt, freundlicher zu mir zu sein. Und dass wir die Nettigkeiten überspringen und gleich zum Wesentlichen kommen würden.«

Ich merkte, wie ich unwillkürlich die Fäuste ballte. Es war

klar, was er zu sagen versuchte. Aber er war mehr ein Wurm als ein Mensch, und ich durfte nicht darauf reagieren. Und ganz bestimmt durfte ich ihn nicht schlagen. *Bleib verdammt nochmal ruhig, Will. Reiß dich zusammen.*

»Und dann hat sie mich bedroht. Sie nahm dieses Ding, wie ein … wie nennt man das noch, dieses Ding … mit dem man Umschläge aufmacht.«

»Einen Brieföffner?«, sagte ich. »Einen viktorianischen Brieföffner, hat sie sich den geschnappt? Du Vollpfosten.«

»Hör auf, mich zu beleidigen!«, zischte er mich an. Er hatte die merkwürdige Angewohnheit, im Bruchteil von Sekunden von passiv und ruhig auf fuchsteufelswild umzuschalten.

Er war ein schlechter Lügner. Seine Geschichte war so lahm und schlecht durchdacht. Mit den Weingläsern hatte er ins Schwarze getroffen; ich hatte keine Ahnung, wie er das geschafft hatte, aber der Rest davon war purer Unsinn. Der Fernseher im Wohnzimmer, der Weg neben dem Haus, der verdammte Brieföffner im Flur – als wäre er in einer übergeschnappten Live-Spielversion von Cluedo.

Ich nahm mein Telefon und versuchte noch einmal, Ellie anzurufen. Dieses Mal wurde der Anruf sofort abgewiesen. Sie hatte meine Nummer geblockt. *Warum?* Mein Mund wurde trocken. Ich schob das Handy zurück in die Tasche und blaffte ihn an.

»Was zum Teufel hast du getan, du Ratte? Raus damit!«

»Wenn du mich weiter beschimpfst, sage ich kein Wort mehr«, sagte er. »Das ist mein Ernst.«

Ich seufzte und biss die Zähne zusammen. Ich konnte ihn nicht länger anschauen. Ich sah nach unten auf den Boden.

»Mach weiter.«

»Sie begann, mit diesem Ding herumzuwedeln, wie mit einem Schwert. Ich habe versucht, sie zu beruhigen. Sie warf mir immer noch alle möglichen Schimpfwörter an den Kopf und sagte, ich solle ihr Haus verlassen.« Er schüttelte den Kopf und sah mich traurig an. »Sie war ekelhaft, Will, sie benahm sich alles andere als ladylike.«

»Was ist dann passiert?«, fragte ich leise. Aus Versehen sah ich ihm erneut in die Augen. In seinem Blick lag dieser dümmliche Ausdruck von Schmerz und Kummer.

»Na ja, irgendwann hat sie mit dem Ding auf meinen Hals gezielt und versucht, mich mit Gewalt aus dem Haus zu drängen; und ich habe nur versucht, sie zu beruhigen, und habe ihr gesagt, dass sie übertrieben emotional reagiert«, sagte er.

Er schwieg und seufzte tief. »Frauen reagieren gerne mal übertrieben emotional, es war … na ja, ich konnte es nicht mehr ertragen«, sagte er. »Sie war so gemein und schäbig, was sie alles zu mir sagte! Also habe ich sie sanft auf die Treppe gedrückt und ihr den Mund eine Weile zugehalten, um ihr Zeit zu geben, sich zu beruhigen und nachzudenken. Aber sie *wollte* sich nicht beruhigen. Also sagte ich ihr, dies sei eine gute Gelegenheit für eine erste Lektion.«

»Du bist so peinlich«, sagte ich leise und mied seinen Blick.

»Und dann kreischte sie los, so einen richtig schrillen Schrei, der direkt aus den Eingeweiden zu kommen scheint«, warf er ein. Er starrte mir in die Augen. Er beugte sich vor und flüsterte: »Urangst.«

Ich schloss die Augen und seufzte. »Das ist der erbärmlichste Scheiß, den du dir je ausgedacht hast, und das will schon was heißen«, sagte ich und stand auf, um zu gehen. »Ich habe genug.« Es war ein dämlicher Bluff, der Inbegriff eines dämlichen Bluffs. *Scheiß auf ihn.*

Dann sagt er: »Im Bett trägt sie diese kleinen Shorts, nicht wahr? Kleine Baumwollhöschen. Himmelblau.«

Woher wusste er das? Vermutlich hatte er sie nachts ausspioniert. Durch die Fenster. Er hatte sie doch bestimmt nur ausgespäht, oder? Ich spürte, wie mein Blut sich in Lava verwandelte. Ich wusste, dass er es mir ansehen konnte, ich musste knallrot im Gesicht sein. Es war zwecklos zu versuchen, meine Gefühle zu verbergen. Er fand immer einen Weg, sie irgendwie herauszukitzeln.

»Will, ich habe ihr sehr freundlich erklärt, dass ich ihr zeigen muss, wie eine ehrbare Frau sich verhält«, sagte er. »Für *dich*, für die harten Jahre, die noch vor euch liegen! Und dann habe ich …« Er verstummte, hob seine Hand ans Kinn, beugte sich zu mir vor und legte mir die andere dreckige Hand aufs Knie. Ich prallte zurück. Er seufzte, stand auf und steckte seinen Kopf durch das Fenster auf den Balkon.

»Ich muss mich abkühlen«, sagte er. »Gibst du mir bitte meinen Wein?«

Ich bebte am ganzen Körper. Ich wusste, dass er meine zitternden Hände sehen konnte. Ich riss das Telefon heraus und rief Ellie erneut an.

»Ist sie zu Hause?«, fragte ich. Meine Stimme zitterte merklich und klang schwach, ich konnte es nicht überspielen.

»Ich weiß nicht, wo sie ist, Will«, platzte er grinsend heraus. »Ich bin doch nicht der Hüter dieser Frau! Du musst dich entspannen. Wenn du ihr die Luft zum Atmen nimmst, wird sie sich nach anderen Männern umsehen. Nach ruhigeren Männern.«

Es fühlte sich an, als wollte sich mein Körper aus eigenem Antrieb auf ihn stürzen. Notfalls, ohne meinen Verstand vorher um Erlaubnis zu fragen. Nie zuvor hatte ich so eine Wut verspürt.

An jenem Abend mit Richard King hatte er mich wütend gemacht, aber das war nicht zu vergleichen. Solly wusste genau, was er tat. Ich wusste, was er tat, konnte ihn aber nicht aufhalten. Er versuchte, mich dazu zu bringen, ihn zu schlagen. Vermutlich versuchte er, einen Angriff zu provozieren, damit er noch ein Pfand hatte, noch mehr Macht über mich.

Dieser Gedanke bescherte mir eine kurze Atempause. Ich holte tief Luft. Was war sein Plan? Mich zu zwingen, ihm mehr Geld zu geben, mehr persönliche Dinge? Er wollte noch mehr Kontrolle über mich. Es war, als hätte er es alles genau geplant, dieses inszenierte Fertigmachen.

Aber je mehr ich darüber nachdachte, desto klarer wurde mir, dass der Angriff auf Ellie keinen Sinn ergab. Für jemanden, der so berechnend war wie Solly, wäre so etwas viel zu gewagt. Man würde ihn auf der Stelle festnehmen und einsperren. Solly mochte wahnsinnig sein, aber dumm war er nicht. Er war jemand, der sich im Schatten verborgen hielt, niemand, der riskierte, in den Knast zu gehen. Er log.

Ich brauchte Zeit zum Nachdenken. »Solly, wo war noch mal dein Badezimmer?«

84 Er führte mich durch den Flur in ein Badezimmer, das den Sechzigern entsprungen zu sein schien. Es hatte einen Teppich, was allein schon eklig war. Einen dicken, flauschigen, pfirsichfarbenen Teppich mit hier und da ausgeblichenen Stellen. In der Ecke war eine schmutzige Badewanne, an deren Ende ein winziges, trockenes Stück Seife lag. Alle Wasserhähne waren mit einer dicken Schicht Kalkablagerungen bedeckt, und in jeder Ecke saß dicker Schimmel.

Ich hielt mir den Ärmel vor die Nase und verriegelte die Tür.

»Wenn du scheißen musst, solltest du besser zweimal spülen«, rief er durch die Tür.

Ich ignorierte ihn.

»Hast du mich gehört?«, rief er.

»Hab's kapiert«, rief ich genervt zurück. Der Toilettendeckel war tatsächlich mit einem Stück von diesem abgeranzten Teppich abgedeckt. Ich könnte mich nie überwinden, mich darauf zu setzen.

Ich hockte mich auf den Badewannenrand. Ich musste Ellie irgendwie erreichen. Ich öffnete Instagram auf meinem Handy. Das machte ich nicht so oft. Vermutlich hatte ich massenweise Benachrichtigungen bekommen. Als Erstes sah ich eine Nachricht von Ellie. Vier Nachrichten von Ellie. Mit rasendem Herzen öffnete ich den Messenger.

Ein Schauer purer Erleichterung durchfuhr mich. Sie hatte ihr Telefon verloren. Aber sie schien okay zu sein; anscheinend fehlte ihr nichts. Sie hatte sich nur Sorgen um mich gemacht und fragte, wie es bei der Polizei gelaufen sei. Mir fiel ein Stein vom Herzen.

Sie war bestohlen worden. Jemand war in ihr Haus eingebrochen, als sie am Abend zuvor unter der Dusche gestanden hatte, und hatte wahllos ein paar Sachen mitgenommen, darunter ihr Telefon. Ich schaute von meinem Handy auf und sah feixend zur Tür. *Er hat mich schon wieder fast gehabt.* Das war er gewesen, als ich angerufen hatte. In meiner Panik war es ihm gelungen, mich zu überzeugen, dass sie es war und dass sie weinte.

Ellie hatte versucht, mich über Instagram und LinkedIn zu erreichen. Meine Telefonnummer hatte sie nicht, die hatte sie nur in ihrem Handy abgespeichert. Sie hatte mir eine Nummer geschickt, unter der ich sie vorübergehend erreichen konnte. Rasch schrieb ich ihr eine SMS, in der ich ihr mitteilte, dass ich bei Solly war und dass *er* bei ihr eingebrochen war. Ich hatte genug; ich beschloss, ihn auf der Stelle zur Rede zu stellen.

Als ich die Badezimmertür öffnete, sah ich, dass er sich an seinen Raucherplatz am Fenster zurückgezogen hatte. Die Tür zum Wohnzimmer war angelehnt, und ich konnte ihn durch den Spalt sehen. Er hatte die Füße auf die Fensterbank gestützt und zündete sich gerade eine Zigarette an. Links von mir war sein Schlafzimmer. Ob er Ellies Telefon dort drin hatte? Ich überlegte, ins Wohnzimmer zu platzen und es ihm vor die Nase zu halten.

Ich stieß die Schlafzimmertür auf und überflog den Raum. Nur sein eingestaubter Computer, der Kleiderschrank und ein uralt aussehendes Doppelbett mit Nachttisch. Bett, Schrank und Nachttisch gehörten zusammen, ein hässliches kleines Ensemble, das er oder irgendein anderer Irrer nach Maß für diese Wohnung gebaut hatte. Ich durchsuchte die Nachttischschubladen. In der obersten waren nur Unmengen von Papieren und allerlei Müll. In der untersten lag eine Großpackung Walkers Chips. *Er lutscht diese Dinger sogar im Bett.*

Ich spähte kurz in den Kleiderschrank. Ein paar exzentrische Klamotten, mit denen ich echt nicht gerechnet hätte. Ein Pullover mit aufgenähten Strasssteinchen. Ein Hip-Hop-Fan im Teenageralter würde so etwas vielleicht tragen. Viele herbstliche Braun- und Beigetöne. Aber keine Spur von einem Telefon. *Er wird seine Zigarette demnächst aufgeraucht haben.*

Ich gab die Suche auf. Was spielte es schon für eine Rolle? Auf dem Weg nach draußen bückte ich mich und warf einen flüchtigen Blick unters Bett. Mit Schaudern sah ich, wie viel Staub, Haare und anderer Dreck sich dort angesammelt hatte; eine dicke Schicht bedeckte den Boden. Ich stand so hastig wieder auf, dass mir kurz schwindelig war, und hielt mich am Türrahmen fest.

Halt, stopp. Zwischen all dem anderen Kram unter seinem Bett hatte ich etwas gesehen, das mir bekannt vorkam.

85 Ich erinnere mich an einen Vortrag von diesem einen Business-Guru, in dem er meinte, die beiden wichtigsten Dinge, in die man gut investieren sollte, wären ein gutes Bett und ein gutes Auto. Ich glaube, damit wollte er im Grunde sagen, dass ein guter Schlaf und ein zuverlässiges Transportmittel wichtige Annehmlichkeiten im Leben sind. Für Ellie gehörte zu diesen Annehmlichkeiten auch coole Unterwäsche, und ich glaube, für sie steckte eine ähnliche Logik dahinter. Sie gab ein Vermögen für Unterwäsche aus, sie sagte, damit würde sie sich gut fühlen.

Wie auch immer, jedenfalls hatte sie diese knallbunten Garnituren, in Neonpink und Neongelb. Ich erinnere mich daran, weil sie eines Morgens geliefert wurden, als ich bei ihr war, und sie sie mir gezeigt hat. Sie waren aus diesem weichen, ziemlich kühlen Stoff und leuchteten unglaublich hell. Richtige Leuchtfarben.

Als ich in die Hocke gegangen war und unter sein Bett geschaut hatte, war mein Blick an diesem leuchtend pinken Stoffhäufchen hängen geblieben. Es sah genauso aus wie dieses Neonpink.

Ich schlich zurück in den Flur und spähte durch den Türspalt. Er saß immer noch in derselben Position da, frischer Rauch stieg von ihm auf. Er sang leise vor sich hin. Ich konnte nicht erkennen, was es war, aber er sang irgendetwas über einen Sombrero.

Ich flitzte zurück in sein Schlafzimmer und kroch unter das Bett. Viel Platz war da nicht, ich musste mich regelrecht drunterquetschen. Ich robbte bis zur Ecke und packte das Neonding. Ich zog mein Telefon raus, damit ich etwas Licht hatte. Volltreffer. Es war Ellies BH.

Eines der Körbchen hing seitlich aus einem alten Koffer. Ich reckte den Hals, um einen Blick in den Flur zu werfen. Ich gab mir noch zehn Sekunden, dann war ich weg. Ich öffnete den

Reißverschluss des Koffers zur Hälfte, drückte den Deckel hoch und schob mein Telefon in den Spalt. Er hatte das komplette pinkfarbene Set Unterwäsche mitgenommen. Das musste er gestohlen haben, als er bei ihr eingebrochen war.

Ich verzog das Gesicht und schob die Wäsche zur Seite, um zu sehen, was noch in dem Koffer war. Ein Weinglas. Es war eines der großen Gläser aus Ellies Küche. Es roch noch nach Wein, und am Rand zeichnete sich das Lipgloss von ihren Lippen ab. Ich reckte meinen Hals, um noch einmal in den Flur zu schauen. *Er ist zu ruhig.*

Hastig schob ich die Hand tiefer in den Koffer, bis ich auf etwas Hartes, Scharfes stieß. *Ein scharfes Messer?* Ich tastete es vorsichtig ab, das war kein Messer. Es war eine Art Metallkästchen. Ich tastete tiefer. Da war noch eines. Und noch eines. *Festplatten.*

Ich schätzte, es waren etwa acht oder neun Stück. Und dann waren da noch diese Beutel, solche Vakuumbeutel. Ich konnte nicht sehen, was darin war, aber es war irgendeine Art Stoff. Ich hörte ein Geräusch aus dem Wohnzimmer. Es klang, als hätte sich die Wohnzimmertür bewegt.

Ich robbte unter dem Bett hervor und beobachtete die ganze Zeit den Flur durch den Türspalt. Dann spürte ich das Kitzeln in meiner Nase. Dieses unaufhaltsame, fiese Kitzeln. Krampfhaft verzog ich das Gesicht, um den Reiz zu unterdrücken. Doch der ganze widerliche Staub war zu viel für meine Nase, sie hatte genug.

Im letzten Moment bekam ich meine Hand an die Nase und drückte sie zu. *Hpffff!* Gottverdammter Mist. Ich kroch endgültig unter dem Bett hervor. Der nächste Nieser kam, verflucht nochmal. Ich rannte zur Schlafzimmertür und rieb wie wild an meiner Nase, um bloß keinen Laut von mir zu geben.

Hpfffff! Herrgott. Ich zog die Schlafzimmertür wieder so

zurück, wie sie gewesen war, klopfte mir den Staub von den Kleidern und spähte durch den Flur ins Wohnzimmer.

Er saß nicht mehr an seinem Platz am Fenster.

86

Ich blieb kurz stehen, um nachzudenken. Ich muss zugeben, einfach zu erstarren ist vermutlich meine Standardreaktion. Man sagt ja, wenn etwas Schlimmes passiert, heißt es kämpfen, flüchten oder erstarren. Das letzte Mal, als ich mich entschieden hatte zu kämpfen, war es nicht so gut gelaufen. Also stand ich jetzt da und schaltete auf Sicherheitsmodus, gelähmt bis in meine Gedanken.

Schließlich wurde ich wieder lebendig, schlich durch den Flur und spähte durch den Türspalt. Ich schluckte hart und wappnete mich, als ich die Tür vorsichtig aufstieß. Solly stand da und starrte mich an. Einen Moment lang sah er mir ausdruckslos in die Augen.

»Was starrst du mich so an?«, murmelte ich schließlich und schob mich an ihm vorbei. Er starrte einfach weiter. Ich ging in die Küche und trank etwas Wasser direkt aus dem Hahn.

»Möchtest du ein Glas, Mogli?«, fragte er.

»Nein«, sagte ich verdrießlich.

Ich spürte, wie das Telefon in meiner Tasche vibrierte. Ellie meldete sich unter ihrer neuen Nummer, bat um seine Adresse. Ich musste mich zwingen, nicht zu lächeln, als ich sah, dass sie es war. Natürlich hatte ich gewusst, dass er log, aber ich hatte mir dennoch Sorgen gemacht, was er ihr wirklich angetan haben könnte. Es war so eine Erleichterung zu wissen, dass es ihr gut ging.

Solly bohrte einen Finger in sein Ohr und wackelte heftig damit, bevor er ihn herauszog und inspizierte. Ich merkte, dass er tief in Gedanken versunken war. Ich antwortete Ellie, schrieb ihr, dass ich einen Koffer unter seinem Bett gefunden hatte und dass sich darin Festplatten und »noch anderes Zeug« befanden. Irgendwie brachte ich es nicht fertig, ihr zu schreiben, was für *Zeug* das war.

Sie antwortete prompt. Sie schrieb nur: *Dort wird es sein, Will.*

Genau das denke ich auch.

»Wem schreibst du da?«, rief Solly. Er stand immer noch an derselben Stelle, mit dem Gesicht zur Wohnzimmertür. Immer noch tief in Gedanken versunken.

»Kümmere dich um deinen eigenen Scheiß«, sagte ich, starrte aufs Display und wartete auf ihre Antwort. Sie tippte gerade.

»Warum hast du so lange gebraucht? Hast du geschissen?«, sagte er schließlich.

»Äh … ja«, sagte ich, ohne den Blick vom Display abzuwenden.

»Hast du danach zweimal gespült?«

»Ja.«

»Du hast kein einziges Mal gespült, du dreckiger Mistkerl. Das macht einen Höllenlärm«, sagte er und stürmte ins Badezimmer.

Ich hörte, wie er den Klodeckel hochklappte. Eine kurze Pause, dann klappte er ihn wieder runter. Kopfschüttelnd kam er zurück ins Wohnzimmer.

Ellie antwortete: *Schnapp dir den Koffer. Nimm ihn mit.*

Ich dachte kurz darüber nach. Er war zu groß, um ihn unbemerkt aus der Wohnung zu schmuggeln. Dieser Koffer war so groß wie ein Vierzig-Zoll-Fernseher, und mit den Festplatten würde er ziemlich schwer sein.

Dann tauchte Solly in der Tür auf und sagte: »He, warst du in meinem Schlafzimmer?«

87 Ich schob das Telefon zurück in die Tasche. »Nein«, sagte ich und sah ihm fest in die Augen.

»Du warst drin, du Lügner«, sagte er. »Wonach hast du gesucht?«

»Ich habe nur einen kurzen Blick hineingeworfen«, sagte ich schließlich, »auf dem Rückweg vom Badezimmer. Herrgott, ich wusste nicht, dass du so empfindlich deswegen bist.«

Er beäugte mich misstrauisch. »Wie würde es dir gefallen, wenn ich in deinem Schlafzimmer herumschnüffeln würde?«, sagte er. *Was für eine Ironie!*

»Ich habe nicht herumgeschnüffelt«, sagte ich. »Ich habe nur gesehen, dass die Tür offen stand, als ich aus dem Bad kam, und habe kurz hineingeschaut.«

»Warum?«, wollte er wissen. Er verschränkte die Arme wie ein verwöhntes Kind.

»Wahrscheinlich war ich einfach neugierig«, sagte ich. Ich muss betonen, dass mich dieses Verhör nicht besonders nervös machte. Ich fand ihn nicht im Geringsten körperlich bedrohlich. Eigentlich war es sogar ganz erfrischend, ihn mal so ernst zu sehen. Der Schock, sich plötzlich bloßgestellt zu fühlen, zwang ihn endlich zu ein wenig Aufrichtigkeit.

»Also gut, aber wenn du das nächste Mal neugierig wirst, sag es mir einfach, dann zeige ich es dir. Du brauchst nicht herumzuschnüffeln. Und mein Badezimmer darfst du auch nicht mehr benutzen, das ist ab jetzt tabu für dich.«

Ellie hatte mein Gedankenkarussell in Gang gesetzt. Dieser Koffer enthielt seine Beute. Das war seine Schatztruhe. Deshalb fand sich auf seinem Computer nichts Interessantes; er speicherte alles auf diesen Festplatten, die er unter seinem Bett aufbewahrte. Ellie hatte recht, das Video von mir würde dort drin sein.

Ich hatte das Gefühl, sofort handeln zu müssen. Wenn ich jetzt ging und später zurückkam, würde er Zeit haben, darüber nachzudenken, dass ich in seinem Zimmer gewesen war. Er könnte eins und eins zusammenzählen und seinen Schatz woanders unterbringen, an einem sichereren Ort, und dann wäre die Chance vertan. Ich musste einen Weg finden, den Koffer hier herauszuschaffen. Vorzugsweise, ohne dass er es mitbekam.

Wie bugsiert man unbemerkt einen zwanzig Kilo schweren Koffer unter dem Bett hervor und durch den Flur, ohne dass jemand im Nebenzimmer etwas davon mitbekommt?

Gedankenverloren schaute ich erneut auf mein Handy. Ich sagte mir, dass ich aufhören musste, so oft draufzuschauen, sonst würde Solly noch misstrauischer werden. Ellie hatte geantwortet: *Bin unterwegs. Ich schreibe dir, wenn ich da bin.*

88 Solly schlurfte zu seinem Lehnsessel und setzte sich. Er musterte mich aufmerksam einen Moment lang, bevor er fragte: »Ist bei dir alles in Ordnung, Will?«

Ich stieß einen tiefen Seufzer aus.

»Bist du in Panik wegen dem, was ich dir erzählt habe? Das tut mir leid«, nuschelte er. »Das war eine Menge, was du erst mal verdauen musstest. Aber bitte versteh, ich bin auf deiner Seite. Ich versuche, dir zu *helfen*.«

Ich musste nachdenken. Ich durfte mich nicht länger von seinem Unsinn ablenken lassen, damit ich mir etwas einfallen lassen konnte, wie ich diesen Koffer aus der Wohnung bekam.

»Weißt du, was alle Top-Pokerspieler wissen, was sonst niemand weiß?«, fragte er. Er schien ein wenig zu seinem alten

Selbstbewusstsein zurückgefunden zu haben. Es hatte ihm einen Heidenschreck eingejagt, dass ich in seinem Schlafzimmer gewesen war, ich merkte, dass das echt ein Schlag für ihn gewesen war.

»Die besten Pokerspieler wissen, dass es so etwas wie *Kontrolle* nicht gibt«, sagte er selbstgefällig, hob seine Brauen und trommelte mit den Fingern auf die Armlehne. »Ich bin es gewohnt, dass arrogante kleine Wirrköpfe wie du mit gezückten Messern auf mich losgehen. Aber ich sehe immer ein paar Züge voraus.« Er torkelte in die Küche und kramte ein Kartendeck aus der Besteckschublade hervor. Wo er schon einmal da war, schenkte er sich auch gleich ein weiteres Glas Wein ein und leerte es in einem Zug.

»Man nennt es *Bragging*«, fuhr er fort. »Wenn ein unerfahrener Spieler dazukommt und glaubt, er hätte den Sieg sicher in der Tasche, und dann anfängt, seine Absichten für alle anderen gut sichtbar offenzulegen.«

»Ich habe keine Ahnung, wovon du da redest«, sagte ich.

»Von dir! Du kommst heute hierher, wie ein räudiger Köter! Sagst mir ›Es ist aus, Solly!‹ und marschierst durch meine Wohnung wie ein kleiner Feldwebel! Ich find's lustig.« Er kicherte und schenkte sich den letzten Rest Wein ein. »Lass mich dir eine Geschichte über die Chinesen erzählen, aus den alten Zeiten.«

»Warum bist du so besessen von den Chinesen?«

»Nein, nein, setz dich, lass sie mich dir erzählen, die ist witzig. Also, ein englischer Entdecker reist nach China, und jeden Morgen um neun Uhr sieht er diesen Typen mit einem roten Hut zum Marktplatz gehen, und dann wedelt er wie bescheuert damit herum, vielleicht fünf Minuten lang, so.« Er schwenkte seinen rechten Arm heftig hin und her. Er hatte wieder dieses breite Grinsen im Gesicht.

»Eines Tages fragt der Entdecker jemanden: ›Warum geht dieser Mann jeden Morgen zum Marktplatz und wedelt mit seinem Hut?‹, und man sagt ihm: ›Oh, damit die Drachen ferngehalten werden. Seit über hundert Jahren wedelt jeden Tag jemand so mit einem roten Hut, und seitdem gab es hier keine Drachen.‹« Er sah mich an, als hoffe er, ich würde laut loslachen.

»Cool«, sagte ich.

»Nein, nein, du verstehst nicht«, sagte er. »Es geht um die Illusion von Kontrolle, denn Menschen stellen sich gerne vor, sie hätten die Kontrolle. Es ist schwierig, echte Kontrolle von der bloßen Illusion von Kontrolle zu unterscheiden; die Leute ziehen es vor, sich selbst zu belügen.«

»Soll heißen?«

»Das soll heißen, das bist *du*. Du bist der Blödmann, der mit dem roten Hut herumwedelt. Du glaubst, wenn du kräftig genug wedelst, hättest du die Kontrolle. Aber während du deinen Hut schwenkst, habe ich dein Haus übernommen. Denn das, was du da auf der Hand hast, ist ein Bastard Flush!« Er grinste und mischte die Karten.

»Nein, ich denke, ich habe die Kontrolle zurück, weil die Polizei mich nicht anklagen will«, sagte ich.

Er hörte mit dem Mischen auf und legte das Kartendeck behutsam auf den Tisch zwischen uns.

»Will, ach Will … Wen kümmert das?«, sagte er leise. »Sieh dich doch an. Ein paar korrupte Bullen wollen dich nicht anklagen für das, was du getan hast, weil du weiße Mittelklasse bist? Wie wird das wohl bei den Revolverblättern ankommen?«

»*Was?*«

»Sie haben dich fälschlicherweise laufen lassen. Das war ein Fehler. Aber glaubst du, die Medien werden sich zurückhalten, sobald das Video veröffentlicht wird?« Er machte ein Geräusch wie der Buzzer bei einer Gameshow, der einen Fehler anzeigt.

Ich starrte ihn an.

»Wenn das Video veröffentlicht wird?«

Er grinste und rieb sich das Kinn.

»Du hast es also überhaupt nicht vernichtet, oder?«

Er verdrehte die Augen angesichts meiner offenkundigen Naivität.

»Und so geht es jetzt weiter: Die Polizisten werden gefeuert, weil sie korrupt sind, und du bekommst, was du verdient hast. Für mich ist das kein Unterschied.«

89

Sollys neue Idee war es, sein Video der Presse zuzuspielen. Den »Revolverblättern«, wie er sie nannte. Wieder einmal war ich mir nicht sicher, ob er wusste, in welchem Jahr wir lebten. Er war unglaublich zäh, das musste ich ihm lassen. Jedes Mal, wenn ich dachte, ich hätte ihn schachmatt gesetzt, organisierte er sich neu und kam mit einem neuen Ansatz zurück.

Für ihn schien es allein um die Jagd zu gehen. Die Jagd faszinierte und motivierte ihn. Das Gefühl von Kontrolle und das Gefühl, irgendwo unbefugt *einzudringen*, verschafften ihm einen Kick. Er liebte es einfach, seine Finger überall im Spiel zu haben.

Um den materiellen Gewinn schien es ihm nicht zu gehen. Vielleicht war ihm nicht einmal selbst ganz klar, was er eigentlich wollte. In einer Minute brauchte er Geld, dann war ihm Geld egal, dann ging es um Ellie … Es war, als würde diese Geschichte für ihn niemals enden; als wäre das irgendeine Art Sport für ihn.

Seine Faszination für Ellie hatte auf jeden Fall verschiedene Ebenen. Seine Einstellung ihr gegenüber schien heftig zu schwanken, und dahinter steckte natürlich etwas ungeheuer Sexuelles. Warum er sich so auf sie eingeschossen hatte, war mir ein Rätsel.

Ich fragte mich, was wirklich passieren würde, wenn er mit dem Video zur *Sun* oder einem ähnlichen Blatt ginge. Sie würden sich dafür interessieren, klar, aber würde das irgendetwas ändern? Die Anklage gegen Evatt war ziemlich wasserdicht. Sie hatten unumstößliche Beweise und ein *Geständnis*.

Aber wenn man es ganz unvoreingenommen betrachtete, war das Video, das Solly von mir hatte, eindeutiger als alle Indizien und Geständnisse. Es zeigte, was *nach* Kings Zusammenstoß mit Evatt geschehen war. Man musste kein Forensikexperte sein, um das zu begreifen. Solly könnte die Welt wissen lassen, dass der letzte Schlag nicht von Jacob Evatt gekommen war, sondern von Wilbur Cox. Es würde das Justizsystem auf jeden Fall enorm unter Druck setzen, mich zu bestrafen. Je mehr ich darüber nachdachte, desto mehr kam ich zu dem Schluss, dass es das Ende von allem sein könnte.

Trotzdem blieb ich äußerlich ruhig. Ich wusste, wie wichtig das war. Ich lächelte höflich und setzte mich ihm gegenüber. »Okay, wenn du das tun willst, kann ich dich vermutlich nicht aufhalten«, sagte ich.

»Im Knast wird man dich zertreten wie eine heiße Zimtschnecke«, schnaubte er und nahm einen großen Schluck von seinem Wein. Er stellte das Glas auf den Boden und stand auf. »Wenn du mich jetzt entschuldigen würdest, ich muss den Wein wegbringen.« In aller Seelenruhe ging er ins Badezimmer und kratzte sich dabei an einer übel aussehenden Wunde von der Rasur am Hals.

Genau das hatte ich gebraucht. Eine Minute, in der er abgelenkt war. Ich könnte einfach ins Schlafzimmer rennen und mir den Koffer schnappen, solange er im Badezimmer war. Auf Zehenspitzen schlich ich zur Wohnzimmertür und spähte auf den Flur. Er hatte die verdammte Klotür offen gelassen.

Ich hörte ihn lautstark in die Kloschüssel pissen. Ich versuchte, schnell zu berechnen, wie lange es dauern würde, in sein Schlafzimmer zu schleichen, den Koffer unter dem Bett hervorzuzerren und ihn durch den Flur zu schleppen. Vielleicht schätzungsweise zwanzig Sekunden. Das reichte nicht. Ich hörte die Klospülung. Ich hatte die Chance verpasst. Ich hetzte ins Wohnzimmer zurück und setzte mich.

Ich musste ihn ablenken, bis Ellie da war, dann konnte ich meinen Zug machen. Ich schrieb ihr, dass ich versuchen würde, den Koffer rauszubringen, wenn Solly das nächste Mal auf Toilette ging, und ihn draußen vor die Wohnungstür zu stellen, damit sie sich damit aus dem Staub machen konnte. Sie würde sich ein Taxi nehmen müssen, während ich Solly weiter ablenken würde.

Ich wusste, dass der Wein eine wichtige Rolle spielte. Auf diese Weise konnte ich dafür sorgen, dass er immer wieder ins Badezimmer musste. Ich schob gerade mein Telefon wieder in die Tasche, als er wieder auftauchte.

»Sie hat es also geschafft, dich zu erreichen«, sagte er.

90
Mit dieser Bemerkung erwischte er mich eiskalt. Ich schwieg einen Moment und überlegte, ob ich mit dem Theaterspiel weitermachen sollte oder nicht. Ich entschied, es bleiben zu lassen.

»Ich weiß, dass du nicht getan hast, was du behauptest. Du warst bei ihr, aber du hast sie nicht gesehen.«

»Hat sie dir das erzählt?«, feixte er. »Meinetwegen, auch gut.«

»Du hast ihr Telefon gestohlen, oder?« Ich stand auf und trat ihm entgegen. »Wo ist es, Solly?«

Er lächelte und zuckte die Achseln. »Du bist so ein leichtes Ziel, so schnell auf die Palme zu bringen.«

Wie sollte ich ihn weiter am Reden halten? Ellie müsste in etwa fünf, zehn Minuten hier sein.

»Ich will etwas von dem Wein haben«, sagte ich leise.

Er lachte laut. »Du liebe Güte! Ich glaube, da ist gerade der Groschen gefallen«, sagte er. Solly sagte ständig irgendetwas, das für mich nicht viel Sinn ergab. Er trippelte zur Küchenecke, nahm eine weitere Flasche Weißwein aus dem Kühlschrank, öffnete den Schraubverschluss und schenkte zwei große Gläser ein.

»Hier, trink!«, sagte er und reichte mir ein Glas.

Als ich das Glas an meine Lippen hob, grinste er. »Cheers«, sagte er kalt. »Auf Ruhm und Reichtum! Ich vermute, am Ende der Woche wirst du *sehr* berühmt sein.«

Ich nahm einen Schluck aus dem Glas und setzte mich wieder. Er hockte sich in seinen Lehnsessel.

»Ich glaube nicht, dass du wirklich irgendetwas willst«, sagte ich leise. *Bring ihn zum Reden. Lass ihn sich brüsten.*

Er lächelte und trank von seinem Wein. »Was ich will«, sagte er, »kann man mit Geld nicht kaufen.«

»Ja, ich weiß. Aber davor ging's schon um Geld, oder? Es ist, als würdest du dir ständig irgendetwas Neues ausdenken, mit dem du mich schikanieren kannst. Aber warum? Was soll das, Solly?«

Er nahm noch einen Schluck Wein und seufzte. »Kann ich dir helfen, Will?«, fragte er schließlich.

»Wie bitte?«

»Ich meine, was *tust* du noch hier? Deine Freundin hat sich endlich bei dir gemeldet, also solltest du besser verschwinden und deine Zeit mit ihr verbringen, bevor du in den Knast wanderst.« Er zwinkerte mir zu, griff nach dem Kartendeck und fing gemächlich an, sie zu mischen.

Ich musste ihn irgendwie dazu bringen weiterzureden. Ich musste ihn bei Laune halten. Ich hatte eine Idee.

»Klar«, sagte ich. »Ich gehe.« Ich stand auf und ging zur Wohnungstür.

Er blieb in seinem Lehnsessel sitzen, schlug die Beine übereinander und ließ sich in das abgewetzte Leder sinken. Ganz ruhig fischte er sein Telefon aus der Hemdtasche.

»Hau schon ab, Junge«, sagte er. »Ich muss ein paar Anrufe erledigen.«

91 Ich öffnete die Wohnungstür und schaute in den Hausflur. Kein Ton. Ich drehte mich theatralisch um und sah Richtung Solly, ohne die Tür zu schließen.

»Hey, Solly«, rief ich. »Was, wenn ich dir besorgen kann, was du haben willst?«

Er antwortete nicht.

»Solly?« Ich reckte den Hals, um in sein Wohnzimmer zu schauen. Er saß immer noch in seinem Sessel und starrte ins Leere. Vorsichtig schob ich mit einer Hand den Nippel für die Schließblockierung hoch, so dass die Tür nicht automatisch verriegelt sein würde, wenn sie geschlossen war. Er merkte nichts.

»Na ja … Ich würde sagen, ich brauche es heute; genau genommen *jetzt*«, sagte er. »Auf der Stelle.«

»Und was dann?«, sagte ich und schloss die Wohnungstür.

Ich ging zum Wohnzimmer, blieb in der Tür stehen und verbarg meinen rechten Arm hinter dem Türrahmen.

»Ich brauche etwas Zeit«, sagte ich. »Sie muss nach Hause fahren und äh … ich muss ihr erklären, was …« Während ich vor mich hin stotterte, tippte ich blind eine Nachricht an Ellie. *Tür ist offen. Sei leise + wenn ich anrufe, ignorier, was ich sage.* Ich schob das Handy wieder in meine Tasche.

»Sie hat fünfzehn Minuten«, sagte er.

Ich tat, als würde ich verzweifelt auflachen. »Fünfzehn! Das ist nicht genug Zeit, um …«

»In fünfzehn Minuten rufe ich die Revolverblätter an, was hältst du davon?«, sagte er und zog sein Tabakpäckchen aus der Hosentasche. Er konnte unmöglich irgendwelche Kontakte zu den »Revolverblättern« haben. Er spielte bloß schon wieder mit mir. So gut kannte ich ihn inzwischen; er war leicht zu durchschauen. Er war wie ein Zirkuspferd, das nur einen Trick beherrscht.

Ich rief Ellie an. Als das Freizeichen ertönte, bat er mich aufgeregt, den Lautsprecher einzuschalten. Er kam zu mir und sah auf das klingelnde Telefon. Ich konnte die großen Schuppenplacken auf seinen Schultern sehen, die auf mich überzuspringen drohten.

»Du spielst ein sehr gefährliches Spiel, Will, wenn du mich wieder verarschen willst«, sagte er leise drohend. Sein Atem roch abgestanden und säuerlich. Tagelang nur Alkohol und Tabak und widerliches Essen. Ich betete, dass Ellie meine Nachricht gelesen hatte. Sie musste den Zusammenhang verstehen.

»Hallo?«, sagte sie zögernd.

»Ellie, ich bin … du musst etwas für mich tun, es ist wichtig«, sagte ich.

»Okay …«, sagte sie.

»Du musst für mich ... im Grunde für Solly ... ich bin gerade bei ihm, und er hat gefragt ... er sagt, er wird die Presse anrufen, wegen ... meines Videos ... des Videos.«

»Verstehe«, sagte sie ruhig. Erleichterung. Sie wusste, worum es ging. Sie hatte die Nachricht bekommen.

»Du musst Solly ein Bild von dir oben ohne schicken, in den nächsten fünfzehn Minuten«, platzte ich heraus.

Solly schüttelte den Kopf und stupste mich an.

»Nackt. Vollkommen nackt«, flüsterte er. Er legte die Hand an sein Kinn und nickte mir zu, als würden wir um ein Kunstwerk feilschen.

»Äh ...« Ich räusperte mich. »Tut mir leid, äh ... es muss eigentlich sogar ein Nacktfoto sein.«

»Vollkommen nackt. Und lächelnd. Das Gesicht muss zu sehen sein, und sie muss lächeln«, zischte er.

»Vollkommen nackt«, wiederholte ich grimmig, »und ... lächelnd.« Ich hob die Stimme, als ich »lächelnd« sagte, als wäre es eine Frage. Dieses vorgetäuschte Gespräch trieb mir die Schweißperlen auf die Stirn.

»O ... kay«, sagte Ellie. »Aber ... ich bin nicht zu Hause. Ich brauche mehr als fünfzehn Minuten.«

Ich ließ Solly nicht aus den Augen. Ich fürchtete, dass er es jeden Moment kapieren würde. Aber das tat er nicht. Er wirkte ziemlich konzentriert und ernst.

»Eine halbe Stunde«, sagte er schließlich. »Direkt auf mein Handy.« Er griff über mich hinweg und beendete den Anruf. »Na, das war doch gar nicht so schwer, oder? Eine halbe Stunde.«

Er schaute zur Uhr an der Wand und nickte.

92 Solly stand wieder rauchend am Fenster, während ich auf mein Telefon starrte. Ich machte mir Sorgen, weil sie so lange brauchte. Vielleicht wurde sie irgendwie aufgehalten? Sollte ich mir einen Alternativplan zurechtlegen? Könnte ich den Koffer nicht einfach schnappen und Solly abwehren, wenn er versuchte, mich aufzuhalten? Ich entschied, dass das eine schlechte Idee war; er war zu unberechenbar.

Nach einer halben Ewigkeit leuchtete das Display auf. Sie war im Haus und stand bereits vor der Wohnungstür. Unwillkürlich schaute ich zu ihm auf, und er wurde lebendig.

»War sie das?«

»Nein«, sagte ich und steckte mein Handy weg.

»Was hat sie geschrieben? Lass mich sehen«, sagte er grinsend. Er war ein einziges, abscheuliches, aufgeregtes Etwas. Ich musste ihn nur hier festhalten, hibbelig und abgelenkt, wie er war, während Ellie den Koffer rausholte. Zehn Minuten, länger musste ich ihn nicht aufhalten. Fünfzehn, um sicherzugehen, dass sie über alle Berge sein würde.

»Du kannst so geheimniskrämerisch sein, wie du willst, mein Freund«, sagte er schließlich. Er deutete auf die Uhr.

»Ich mache mir Sorgen«, sagte ich. »Natürlich bin ich nervös.«

»Sie wird sich für dich einsetzen«, sagte er. »Sie weiß, was sie tut.« Er lehnte sich in seinem Lehnsessel zurück und schloss die Augen.

Ich spitzte die Ohren nach einem Laut von Ellie. Ich hörte nichts. Sie musste inzwischen im Schlafzimmer sein. Ich wurde nicht schwach, schaute kein einziges Mal zur Tür. Mein Job war es, dafür zu sorgen, dass Solly hierblieb.

Mit einem Nicken deutete ich auf das Kartendeck. »Du bist also ein Pokerchampion?«

Er öffnete die Augen, schaute auf die Karten und lachte bescheiden. »Ich habe ein paar Turniere gewonnen, ja. Ich habe einen Haufen Geld damit verdient ...« Er machte eine Handbewegung, die sein ganzes schäbiges Apartment einschloss, vermutlich, um seinen Wohlstand zu demonstrieren.

»Was spielst du?«, fragte ich.

»Ich spiele alles«, sagte er.

»Texas Hold'em?«, fragte ich und mischte die Karten.

Er nickte mit einem schiefen Lächeln und sah mir beim Mischen zu. Sein Gesichtsausdruck ähnelte dem eines stolzen Vaters, der seinen Sohn beobachtet, wie er zum ersten Mal die Karten mischt.

»Sorry«, sagte er, als ich auszuteilen begann. »Was glaubst du, was du da tust?«

»Lass uns eine Runde spielen«, sagte ich.

»Ich spiele nicht umsonst.« Er lachte.

Sorg dafür, dass er weiterredet. »Um was willst du spielen?«, sagte ich.

Mit einem leichten Lächeln auf den Lippen musterte er mich von oben bis unten. Er versuchte, sich eine clevere Antwort zu überlegen.

»Merk dir, wo wir stehen geblieben sind«, sagte er und stand aus seinem Sessel auf. »Ich muss schon wieder pissen.«

Scheiße. »Nein, warte!«, rief ich. »Komm schon, lass uns erst eine Runde spielen. Ich will dein legendäres Können sehen.«

Ich konnte in den Flur hinter ihm schauen. Ellie war hereingekommen und hatte die Wohnungstür angelehnt gelassen; ich konnte das Licht aus dem Treppenhaus durch den Spalt sehen. Das würde ihm auffallen. Und dann würde er merken, dass die Tür nicht verriegelt gewesen war.

Er feixte und fuchtelte mit den Händen herum, als wollte er mich anweisen, weiter auszuteilen. Rasch gab ich jedem von uns zwei Karten, verdeckt. Fünf weitere legte ich offen auf dem Tisch aus. Er nahm seine Karten, schnaubte und warf mir einen abschätzigen Blick zu.

»Das genügt mir. Ich habe gewonnen. Danke«, sagte er und warf seine Karten verdeckt wieder auf den Tisch.

»Wie bitte?«, sagte ich, »das war's?«

»Ja«, sagte er, »es ist vorbei, ich habe gewonnen.« Er war wie ein Kind. Er hatte offenkundig ein Blatt bekommen, das ihm nicht gefiel, also fegte er das ganze Spiel vom Tisch.

Ich legte meine Karten offen vor mich. Eine Kreuz Drei und eine Karo Vier. Damit konnte ich nichts anfangen. »Wieso denkst du, du hättest gewonnen?« Ich drehte seine Karten um.

Er hatte auch nichts. Aber er hatte eine Acht, also hatte er die höhere Karte.

»Keiner von uns hat ein Bombenblatt«, sagte ich. *Fessle seine Aufmerksamkeit.* »Aber du hast die höhere Karte. Also hast du dieses Blatt gewonnen.«

»Will, es steht dir ins Gesicht geschrieben«, sagte er. »Du kannst deine Mikroexpression nicht verstecken!« Er wandte sich zum Gehen.

»Warte, was sind Mikroexpressionen?«, rief ich hastig. Ich ging zur Küchenzeile und hoffte, er würde mir folgen.

»Ach, jetzt willst du plötzlich Pokernachhilfe?« Er zwinkerte. »Ich glaube nicht, dass du dir das leisten kannst. Ich weiß, wie viel du auf dem Konto hast, schon vergessen?«

Ich tat, als würde ich mich ärgern, und sah ihm in die Augen. Er machte ein paar Schritte weiter ins Wohnzimmer, auf mich zu.

»Davon rede ich doch die ganze Zeit, Willy«, sagte er, »von der Illusion der Kontrolle. Es ist verführerisch.«

Hab dich! Damit konnte ich ihn noch mindestens zwanzig Sekunden aufhalten.

»Du weißt also, wie man mit der Illusion von Kontrolle spielt?«, sagte ich.

Er lachte. »Allmählich kapierst du es, yep. Ich sehe Dinge, die du nicht siehst, Will. Es geht um Muster; niemand glaubt von sich, festen Mustern zu folgen, aber es ist offensichtlich, in den Mikroexpressionen und der Neurolinguistik. Ich weiß, wie ich eine Situation kontrollieren kann. Oder eine Person.«

»Du kannst also andere Menschen dazu bringen, sich so zu verhalten, wie du es willst?« Ich tat interessiert.

»Will.« Er lächelte. »Wenn du mir genug Zeit gibst, kann ich jeden dazu bringen, alles zu machen.«

»Na ja, mich hast du nicht dazu gebracht, irgendetwas zu tun«, sagte ich.

»Nein«, erwiderte er, »das stimmt. Und deswegen wirst du in den Knast wandern.« Er hielt meinen Blick noch ein paar Sekunden, ehe er in den Flur schlurfte. Adrenalin raste durch mich. *War sie noch in der Wohnung?*

Ich hörte ihn direkt im Badezimmer verschwinden. Dieses Mal knallte er die Tür hinter sich zu. Ich sprang auf und rannte zum Schlafzimmer. Ellie war nicht da.

Panisch schaute ich kurz zur Badezimmertür, ehe ich mich auf den Boden warf und unter das Bett schaute. Der Koffer war verschwunden. Als ich wieder auf die Füße kam, sah ich Schleifspuren auf dem Teppich, dort, wo Ellie ihn hervorgezerrt hatte. *Sie hat es geschafft.* Ich verwischte die Spuren, so gut es ging.

Sie musste das Ding hochgehoben haben, um es aus der Wohnung zu tragen. *Deswegen konnte sie die Tür nicht zumachen.* Ich schoss zur Wohnungstür und spähte auf den Hausflur. Ich konnte sie nicht sehen, sie war bereits im Treppenhaus. Eine katzenartige Diebin – die perfekte Komplizin. Leise schloss ich die Wohnungstür und setzte mich wieder in Sollys Wohnzimmer. Ich versuchte, meinen Atem zu beruhigen und entspannt zu wirken, doch das Hochgefühl war ungeheuer. Er tauchte wieder auf und wischte sich die Hand am Hosenbein ab.

»Wie viel Zeit haben wir noch?«, fragte er selbstgefällig.

Ich schaute zur Uhr an der Wand hoch. »Etwa fünf Minuten bis zum Abflug«, sagte ich.

»Abflug!« Er kicherte. »Ganz schön übermütig. Ob du im Knast wohl auch noch so frech bist?«

»Nein«, sagte ich. *Lass ihn weiterreden. Sie wird inzwischen aus dem Gebäude raus sein.* »Im Gefängnis werde ich immer jede Situation genau abschätzen. Ich werde vorsichtig sein. Das hast du mir beigebracht.«

Er gluckste. »Das ist gut! Du wirst deine Sache gut machen, da bin ich mir sicher. Geduld! Und rede nicht einfach drauflos. Das hast du hoffentlich auch gelernt.«

»Ja, das habe ich, Solly«, sagte ich ruhig. »Das habe ich gelernt.«

Er kicherte und machte einen tiefen, selbstzufriedenen Atemzug. »Du wirst nicht alt, ohne weise zu werden«, sagte er schließlich.

»Ich weiß genau, was du meinst«, sagte ich.

»Konzentration, es ist immer eine Sache der Konzentration. Das Leben, Poker … «, sagte er.

»Ja«, sagte ich. »Es heißt übrigens ›Busted Flush‹.«

»Was?«, spottete er.

»Vorhin hast du es einen ›Bastard Flush‹ genannt. Aber es heißt ›Busted Flush‹.«

Er versuchte, es zu verbergen, aber ich hatte ihn kalt erwischt. Das hatte er offenkundig nicht gewusst.

Doch wie immer erholte er sich rasch. »Unterschiedliche Spieler haben unterschiedliche Namen dafür. Es ist ein globales

Spiel. Die Welt endet nicht an deinem Tellerrand. Du hast gerade innerhalb von zwei Sekunden ein Spiel gegen mich verloren.« Mit einer fuchtelnden Handbewegung zeigte er auf die Karten auf dem Tisch.

»Klar«, sagte ich. »Ich verstehe.«

»Weißt du, was ich glaube?«, sagte Solly. »Ich glaube, du hättest bis jetzt nicht gewusst, dass ich das Spiel gewonnen habe, wenn ich es dir nicht gesagt hätte.« Er warf den Kopf in den Nacken und lachte.

Ich konnte seine verfaulten Zähne und die schwarzen Füllungen sehen. »Ich glaube, du bist überhaupt kein Pokerspieler«, sagte ich. »Ich habe nach dir gesucht. Es ist nicht schwierig, solche Dinge herauszufinden, weißt du. Andere Menschen haben auch Internet.«

»Ich bin *kein* Pokerspieler!« Er tat, als keuchte er vor Schreck auf. »Du meine Güte, das ist ja saukomisch.«

»Dann lass uns eine Runde spielen«, schoss ich zurück.

»Ich bin nicht hier, um herumzuspielen«, fuhr er mich an und wischte die Karten vom Tisch. Er hatte die Fassung verloren. Er warf einen Blick zur Uhr.

»Gut, die Zeit ist um«, schrie er wütend.

»Genau«, sagte ich. »Die Zeit ist um.«

93 Solly setzte sich in seinen Lehnsessel und begann, sich eine Zigarette zu drehen. Ich stand am Fenster und trank von meinem Wein.

»Willst du die Boulevardpresse heute noch anrufen?«, fragte ich ihn. »Ist da überhaupt noch jemand?«

Er sah mich finster an, ehe er sich wieder seiner Zigarette widmete. Ich merkte, dass er einen neuen Plan zu schmieden versuchte. Es war nicht so gelaufen, wie er es erwartet hatte. Er hatte nicht gedacht, dass ich es drauf ankommen lassen würde. Er hielt sich für einen psychologischen Judo-Meister; er war darauf spezialisiert herauszufinden, wie er stets die Oberhand behalten konnte. Doch jetzt erlebte er, wie seine Macht allmählich schwand, bis ihm nichts mehr blieb als diese vage Drohung, die Presse anzurufen. Er würde es noch nicht akzeptieren, aber er war geschlagen.

»Hör zu«, sagte ich, »ich werde jetzt gehen. Wenn du wirklich die Zeitungen anrufen willst, dann ist das vermutlich deine Sache, aber ich gehe jetzt, und ich habe nicht die Absicht, jemals wieder einen Gedanken an dich zu verschwenden. Ich wünsche dir Glück und, du weißt schon ... also ... Es tut mir leid, was du mir erzählt hast, darüber, dass du krank warst und hier ganz allein gelegen hast und so. Vielleicht findest du übers Kartenspielen ein paar Freunde, keine Ahnung. Denk mal darüber nach. Du hast recht, hier oben so ganz allein zu hocken ist nicht gut.« Zu dem Zeitpunkt dachte ich, diese verworrene, halbherzige Aufmunterung wäre ein cooler Abschluss, bevor ich ging.

Doch ihm gefiel das gar nicht. Nicht im Geringsten. So konnte er mich nicht gehen lassen. Sein Stolz war verletzt.

Ich bekam die andere Seite von Solly zu sehen, als er aufstand und die Tür blockierte. Diese panische, verzweifelte Seite. Er ballte die Fäuste und öffnete sie wieder. Hin und wieder hob er die Hand und wischte sich energisch über die Nase oder den Mund. Ein letztes Mal schaute er auf sein Handy und seufzte. »Sie hatte nie vor, mir das Bild zu schicken, oder?«

»Nein«, sagte ich und tastete meine Taschen nach meinen Wertsachen ab.

»Was sollte das dann?«, fragte er.

»Ich weiß nicht«, sagte ich. »Vermutlich hat sie sich einen Spaß erlaubt.«

»Spaß«, wiederholte er ernst. Er trat in den Flur und zog seine Arbeitsjacke an.

»Willst du noch weg?«, fragte ich.

»Nein«, erwiderte er und sah mich eindringlich an.

»Wozu dann die Jacke?«

Er sah mich einen Moment an, antwortete aber nicht. Unvermittelt machte er auf dem Absatz kehrt und verschwand in seinem Schlafzimmer. Ich hörte ihn eintreten und den Lichtschalter drücken, bevor er wie angewurzelt stehen blieb. Einen Moment lang war er ganz ruhig, dann ging er langsam durch sein Schlafzimmer. Ich hörte den Stoff seiner Jacke rascheln, als er sich hinkniete. Dann herrschte erneut Schweigen.

Ich beschloss, dass es Zeit war zu verschwinden. Als ich zur Wohnungstür ging, schoss er aus dem Schlafzimmer und fing mich ab.

»Warte. *Warte.*«

Ich öffnete die Tür und drehte mich zu ihm um. Sein Blick schoss nicht mehr unruhig herum, er war starr, die Augen rot und geschwollen. Wütend funkelte er mich an.

»Was willst du, Solly?«, sagte ich. »Ich gehe jetzt. Du wirst nie wieder von mir hören.«

Ich sah, wie seine Kiefermuskeln sich bewegten. Er musste sich zusammenreißen, um sich nicht auf mich zu stürzen. Sein Blick schoss herum, auf der Suche nach einer Waffe. Im Flur befand sich jedoch nichts Brauchbares, nur ein paar Schuhe und ein altes Festnetztelefon.

Er packte die Wohnungstür und riss sie weit auf. Nachdem er in den Hausflur geschaut hatte, musterte er mich noch einmal von oben bis unten. Er war fuchsteufelswild, und sein Gesicht war leichenblass.

»Wo ist er? Was hast du damit gemacht?«, sagte er leise. Er bebte vor Zorn.

»Was habe ich womit gemacht?«, sagte ich. Ich schob die Hände in die Jackentasche und ertastete eine Packung Süßigkeiten. Ich zog sie heraus: drei Pfefferminzbonbons. Ich pulte einen heraus und schob ihn mir in den Mund. Ich hielt Solly die Packung hin und hob die Augenbrauen.

Er nickte langsam und lächelte. Er wurde rot. Der ganze Fettfilm auf seinem Gesicht hatte sich verflüssigt und begann, ihm über die runzelige Stirn zu laufen. Er wirkte überhitzt, als würde er jeden Moment platzen.

»Ist alles in Ordnung mit dir, Solly?«, sagte ich. »Soll ich dir etwas zu trinken holen oder so?«

Er schaute zu mir auf, dann auf das Telefon, dann in sein Wohnzimmer. Er griff hinter mich und drückte die Wohnungstür behutsam zu.

»Pass auf, die Sache ist die«, sagte er leise. »Das Ding hast du gut gedreht, aber du hast etwas vergessen.«

»Ach ja?«

»Ja. Ich weiß, dass du keine Zeit hattest, ihn aus der Wohnung und in den Hausflur zu schaffen, und im Hausflur lässt er sich nicht verstecken, also hast du ihn irgendwo hier versteckt, in meiner Wohnung. Jetzt musst du mich nur noch dazu bringen zu glauben, er sei verschwunden, und dich dann aus den Augen zu lassen. Dann würdest du damit abhauen.« Er deutete mit dem Kopf allgemein in Richtung Wohnung.

»Er ist irgendwo hier drin, oder?« Sein Mund verzog sich zu einem Grinsen. Er tippte sich vielsagend an den Kopf.

Ich machte die Wohnungstür wieder auf. »Leb wohl, Solly«, sagte ich.

Mit einem leichten Lächeln sah er zu, wie ich aus seiner Wohnung und durch den Hausflur ging. Er hielt es für einen Bluff. Als ich etwa zehn Schritte entfernt war, kam er mir nach.

Er folgte mir bis zum Fahrstuhl. Ich stieg ein und drückte

den Knopf für das Erdgeschoss. Er stand an der offenen Tür und beobachtete mich. Er hatte immer noch dieses leise Lächeln im Gesicht. Dann verschwand es plötzlich.

Er stürmte in den Fahrstuhl und packte mich am Revers.

»Wo ist er, du kleine Ratte?«, brüllte er und schob sein Gesicht fast in meins.

Ich schüttelte ihn ab und warf ihn zu Boden. Er kroch aus dem Aufzug und kam hastig auf die Füße.

»*Zur Hölle mit dir!* Du verdammter Feigling!«, schrie er. »Du bist ein mieser, undankbarer kleiner Arsch!«

Und dann war er verschwunden. Während der Fahrstuhl Richtung Erdgeschoss fuhr, wurde es vollkommen still.

94 Sollys Aktivitäten waren viel ausgedehnter, als ich ihm zugetraut hätte. Überraschenderweise waren seine Festplatten ausgesprochen gut organisiert. Jede enthielt Ordner mit den Namen von verschiedenen Personen. Einer der Ordner hieß *Wilbur Cox*. Sein Faible, Menschen in kompromittierenden Situationen zu filmen, ging weit über seine sexuelle Perversion hinaus. Er hatte das Material benutzt, um die Leute zu erpressen.

Er hatte den gesamten Ablauf einer Erpressung emotional stets sehr fein austariert. Irgendwie kam er an das erste Filmmaterial, und dann jagte er den Opfern damit Angst ein und quälte sie. Er nutzte die Filme als Druckmittel, um mehr kompromittierende Dinge von ihnen einzufordern, unter dem Vorwand, dass sie es damit beenden könnten. Aber natürlich wurde es dadurch nur noch schlimmer. Nach und nach schlang er seine Tentakel immer enger um die Opfer und beraubte sie ihrer Würde.

Er spielte mit ihnen, es war wie ein Spiel im Spiel. Seine gesamte Korrespondenz bewahrte er in dem entsprechenden Ordner auf. Er hatte Einzelheiten über das Familienleben der Leute, kannte die Adressen ihrer Arbeitsplätze, Details zu den Bankkonten. Meine Kreditkartendaten hatte er natürlich ebenfalls, er hatte sie kopiert, als er für kurze Zeit mein Portemonnaie hatte.

Die Ordner enthielten Briefe an Arbeitgeber und Ehegatten und Hunderte von Sprachnachrichten. Die meisten Gespräche, die er mit mir geführt hatte, hatte er aufgezeichnet, einschließlich unserer ersten Begegnung auf der Straße. Jeder Ordner war eine Fallakte, die auf die eine oder andere Weise das Leben des Opfers in Schutt und Asche legen konnte. Die meisten Aufnahmen zeigten die Opfer beim Sex oder bei gesetzeswidrigen Handlungen, manche von ihnen hatten Affären. Die Aufnahme von mir war die einzige Gewalttat. Die einzige, auf der jemand starb. Mit dem Video von mir war er auf eine Goldader gestoßen. Zumindest hatte er das geglaubt.

Ich hörte nie wieder von ihm. Obwohl er mich zweifelsohne oft sieht, von seinem Platz hoch über den Dächern. Ich versuche, nicht zu seinen Fenstern hochzuschauen, aber ich tue es immer. Das Tarnnetz vor seinem Balkon ist verschwunden. Von den Kameras ist nichts mehr zu sehen. Ellie glaubt, dass er abgetaucht sein muss. Sie glaubt, dass er weg ist.

Einen ganzen Nachmittag haben wir damit zugebracht, Sollys Ordner zu löschen. Der erste Ordner, den wir uns anschauten, gehörte zu einer jungen Chinesin, die in einem der Gebäude ihm gegenüber wohnte. Sie war Studentin; es war ihr erstes Jahr im Land. Er hatte ein Video von ihr gemacht, als sie eines Abends mit jemandem geschlafen hatte, und drohte damit, es an ihre Familie zu Hause in China zu schicken. Er hatte riesige Summen Geld aus ihr herausgepresst, dieses miese Stück Dreck.

Die anderen Ordner sahen wir nur noch flüchtig durch. Abgesehen davon, dass wir uns wie Eindringlinge fühlten, war es emotional belastend aufzudecken, was er getan hatte. Ich erschauderte, als ich begriff, warum er unbedingt ein Foto von Ellie gewollt hatte. Die meisten Ordner öffneten wir nur, um den Namen und die Kontaktdaten des Opfers zu bekommen, damit wir sie anschreiben konnten –, um sie wissen zu lassen, dass er sein Material verloren hatte.

Als alles gelöscht war, ließen wir die Festplatten unwiederbringlich vernichten. Wir entsorgten auch seine Vakuumbeutel mit der Unterwäsche. Wir schafften alles fort. Es fühlte sich an, als würden wir den ganzen Horror dieser letzten sechs Monate entsorgen; es war ein wunderbares Gefühl.

Den Koffer brachte ich ihm zurück. Ich ließ ihn eines Morgens in der Früh draußen vor seiner Wohnung stehen. Natürlich war nichts mehr von dem Zeug darin, das er darin aufbewahrt hatte. Er war leer, bis auf eine Sache, ein Geschenk, das ich extra für Solly gekauft hatte: einen roten Hut.

Natürlich denke ich immer noch oft an ihn. Er hat eine unauslöschliche Narbe in mir hinterlassen. Niemals zuvor oder danach bin ich jemandem begegnet, der so losgelöst von menschlichem Anstand agierte. Trotzdem tat mir dieser Mensch leid. Er hatte, aus welchem Grund auch immer, seine eigene toxische Logik entwickelt, doch am Ende war er ganz allein damit geblieben. Und sein Gift hatte ihn langsam verfaulen lassen.

Ellie suchte in den folgenden Monaten ständig im Internet nach ihm – und fand keinen einzigen Hinweis auf seine Existenz. Sie behielt Pokerturniere im Blick, dachte, dass das unsere beste Chance sei, ihn aufzuspüren. Ich sagte ihr, dass das vermutlich vergebliche Liebesmüh sei und dass er wahrscheinlich überhaupt kein Poker spielte.

95 Es war ein ungewöhnlich heißer Mai in diesem Jahr. Eines Samstagnachmittags fuhren Ellie und ich mit der U-Bahn nach London Embankment. Wir hatten ein kleines Picknick dabei: eine Flasche Prosecco, ein französisches Baguette, ein paar Trauben und ein großes Stück irischen Käse. Wir liefen stundenlang herum und unterhielten uns, bevor wir uns ans Flussufer setzten und etwas Sonne tankten.

Wir saßen am Wasser und tranken und redeten, während ganz London um uns herum geschäftig summte. Ellie hatte sich bei mir angelehnt und streichelte gelegentlich meine Brust oder spielte mit meinem Haar.

Irgendwann beobachtete ich diese Gruppe deutscher Teenager, die sich aufgeregt am Ufer für ein Foto versammelten. Fünf oder sechs von ihnen standen dicht zusammengedrängt und grinsten begeistert, während sie darauf warteten, dass die Kamera auslöste. Sie brachten einen Spaziergänger dazu, ein Foto von ihnen zu machen, einen Mann mittleren Alters in einer dunklen, schweren Jacke. Es war ein merkwürdiger Tag, um so eine Jacke zu tragen. Ich legte den Kopf schräg und sah genauer hin, als er das Foto machte.

»Wie kommt es, dass du nicht mehr im Schlaf redest?«, fragte Ellie. »Das machst du schon seit Wochen nicht mehr.« Ohne den Blick von dem Typen in der Jacke abzuwenden, zuckte ich die Achseln.

»Ich meine es ernst«, sagte sie. »Früher hast du ständig herumgefaselt. Ich war ziemlich traurig deswegen, es war, als würdest du niemals richtig Ruhe finden.« Sie hob die Hand und berührte mich sanft an der Schläfe.

»Keine Ahnung«, sagte ich achselzuckend und beobachtete, wie der Mann die Kamera zurückgab und seine Sonnenbrille wieder aufsetzte. »Vermutlich habe ich es verarbeitet.«

Sie nickte.

Die Jugendlichen beugten sich über die Kamera, riefen laut und lachten über das Foto. Ich beobachtete ihren Fotografen, als er sich seinen Weg durch die Menge suchte und in der Ferne verschwand. Er war es nicht. Dieser Typ war viel jünger und bewegte sich viel unbefangener.

Als es allmählich Abend wurde, versiegte der Strom der Touristen zu einem sanften Plätschern. Ein Straßenverkäufer in der Nähe verkaufte Zuckerwatte, und kleine Windböen erfüllten die Luft um uns herum für einen Moment mit dem warmen, süßen Duft. Wir sahen zu, wie ein großes, schwerfälliges Tretboot an uns vorbei durch den Fluss dümpelte.

»Was willst du jetzt machen?«, sagte Ellie.

»Lass uns noch ein Weilchen hierbleiben«, flüsterte ich und nahm ihre schmale Hand.

Ich wollte nicht, dass dieser Moment schon zu Ende ging. Lächelnd sah ich zu, wie das Tretboot gemütlich die Themse hinunterfuhr und das Wasser zu einem weichen, weißen Schaum verwirbelte.

Emily Rudolf
Das Dinner
Alle am Tisch sind gute Freunde. Oder?

Alte Freunde. Neue Lügen. Mörderische Wahrheit. Für ein
Wiedersehen laden Jonathan und seine Verlobte Lotta die
alte Freundesgruppe in ein abgelegenes Restaurant in der
Eifel ein. Nur ein Platz bleibt leer: Vor fünf Jahren ist
ihre Freundin Maria spurlos in der Nacht verschwunden.
Um der alten Zeiten willen beginnen die Freunde ein Krimi-
Dinner. Doch das Spiel verschmilzt rasch mit der Realität.
Verstörende Erinnerungen kommen hoch und werfen Fragen auf: Wer lügt für seine Rolle, wer für sich selbst? Während draußen ein Sturm aufzieht, eskaliert das Spiel. Ist Maria noch am Leben? Oder sitzt ein Mörder mit am Tisch?

Thriller
464 Seiten, Klappenbroschur
978-3-651-02515-8

Weitere Informationen finden Sie auf
www.fischerverlage.de

Caro Carver
Bad Tourists
Sie sind gute Freundinnen. Aber noch bessere Lügnerinnen

Die Freundinnen Darcy, Camilla und Kate reisen auf die
Malediven, um Darcys Scheidung zu feiern. Das exklusive
Sapphire Island Resort mit luxuriösen Privatvillen, kristall-
klarem Wasser und weißen Sandstränden scheint der perfekte Ort, um sich zu entspannen. Doch die drei Frauen verbindet keine gewöhnliche Freundschaft: Ein traumatisches
Ereignis in ihrer Vergangenheit hat sie zusammengeführt –
und lässt sie auch auf den Malediven nicht los. Als ein Mann
verschwindet, müssen Darcy, Camilla und Kate sich fragen,
wie gut sie einander wirklich kennen …

Aus dem Englischen von Janine Malz
448 Seiten, Klappenbroschur
978-3-596-72022-4

Weitere Informationen finden Sie auf
www.fischerverlage.de